HEYNE <

Das Buch

Als Hanna eines Abends spät nach Hause kommt, ist nichts ist mehr, wie es war. Ihr Mann Steve ist spurlos verschwunden, und ihre einjährige Tochter Lilou liegt leblos in ihrem Bettchen. Sie kann zwar reanimiert werden, aber niemand weiß, was mit ihr und ihrem Vater passiert ist, während Hanna weg war. Als Lilou sich immer mehr verändert und um sie herum unerklärliche Dinge geschehen, ist Hanna überzeugt, dass das mit Steves Verschwinden zu tun hat. Doch mit dieser Überzeugung steht sie alleine da. Einzig der Privatdetektiv Marten Stein scheint ihr zu glauben, dass Lilou sie zu Steve führen kann, und unterstützt sie bei ihren Nachforschungen. Gemeinsam machen sie sich auf eine Reise in Steves Vergangenheit, die sie nach England führt und schließlich in tödliche Gefahr bringt …

Die Autorin

Janet Clark arbeitete nach ihrem Studium als wissenschaftliche Assistentin, Universitätsdozentin und Marketingleiterin in Belgien, England und Deutschland. Neben Beruf und Familie beschäftigte sie sich intensiv mit dem Schreiben, bevor sie sich an ihren ersten Roman wagte. Nach ihrem Debüt »Ich sehe dich« und dem erfolgreichen Jugendthriller »Schweig still, süßer Mund« ist »Rachekind« ihr dritter Roman, in Kürze gefolgt von dem zweiten Jugendthriller »Sei lieb und büße«. Heute arbeitet Janet Clark hauptberuflich als Autorin und lebt mit ihrem Mann und drei Kindern in ihrer Geburtsstadt München.
Mehr über die Autorin unter www.janet-clark.de

Lieferbare Titel

Ich sehe dich

Janet Clark

Rachekind

Thriller

WILHELM HEYNE VERLAG
MÜNCHEN

MIX
Papier aus verantwortungsvollen Quellen
FSC® C014496

Verlagsgruppe Random House FSC-DEU-0100
Das für dieses Buch verwendete FSC®-zertifizierte Papier
Holmen Book Cream liefert Holmen Paper, Hallstavik, Schweden.

3. Auflage
Originalausgabe 02/2013

Redaktion: Angelika Lieke
Printed in Germany 2013
Umschlaggestaltung: © Nele Schütz Design, München
Satz: Uhl+Massopust, Aalen
Druck und Bindung: GGP Media GmbH, Pößneck
ISBN: 978-3-453-40927-9

www.heyne.de

Für Michael
Wenn Seelen wandern können,
werden wir uns immer wieder finden

Prolog

Er hat meine Augen nicht geschlossen. Mein starrer Blick stört ihn nicht. Er schaufelt Erde auf meinen leblosen Körper, bedeckt ihn Zentimeter für Zentimeter, ohne eine Pause einzulegen. Unwirklich. Alles ist so unwirklich. Selbst die Stille der Nacht. Kein Knacken von Zweigen, kein Rascheln im Gebüsch. Es ist, als zollten die Tiere des Waldes meinem Tod den Respekt, den mein Mörder mir versagt. Oder ist es meine Wahrnehmung, die ausblendet, was nicht mit mir verbunden ist? Die meinen Blick verengt, wie eine Linse, die nur das scharf stellt, was sich in ihrem Fokus befindet? Einzig das Knirschen der kiesigen Erde durchbricht die gespenstische Ruhe und weckt die Geister meiner Kindheit.

Tschk-Schschsch.

Mit jedem Tschk bohrt sich die Schaufel in die aufgehäufte Erde, nimmt eine Ladung auf und gibt sie mit dem schleifenden Schschsch wieder frei. Erde rieselt auf meinen Mund und meine Nase. Ein Klümpchen löst sich und rollt den Nasenrücken entlang, bis es auf mein rechtes Auge kullert und auf dem Augapfel liegen bleibt. Der Dreck müsste mich irritieren, meinen Blick beeinträchtigen, doch ich sehe klar.

So klar wie nie zuvor.

Es ist, als wäre ich losgelöst von der Person mit dem Erdklümpchen neben der Iris, als hätte es nie eine Verbindung zu dem Körper gegeben, der mir so viele Jahre gehört hat. Vielleicht verspüre ich deshalb keine Wut, keinen Hass, nicht einmal Bedauern.

Tschk-Schschsch.

Ein wenig Haut von meiner Stirn und meiner Nase blitzt noch hervor.

Tschk-Schschsch.

Er verteilt die restliche Erde und scharrt altes Laub über mein Grab, macht es unkenntlich für Wanderer, die sich in diesen Teil des Waldes verirren könnten.

Es ist vorbei. Er hat meinen Köder geschluckt, hat sich von mir täuschen lassen.

Er packt seine Schaufel und geht schweigend zum Auto zurück. Ich bleibe bei ihm. Er kann mich nicht sehen. Nicht hören. Nicht spüren. Aber ich folge ihm wie ein unsichtbarer Schatten.

Im Auto sehe ich meinen Schlüsselbund auf der Mittelkonsole liegen.

Dann nehme ich die Richtung wahr.

Er müsste eigentlich nach Norden fahren, doch er fährt nach Südwesten. Er hat sich nicht täuschen lassen. Ich habe gezockt und verloren.

Wieder verloren.

Er fährt zurück zu meiner Wohnung.

Zurück zu Lilou.

* * *

Hanna genoss die Stille in dem Taxi, während in ihrem Kopf die ausgelassene Partystimmung des Kundenevents nachhallte. Der Refrain des letzen Liedes der Liveband schwirrte noch immer durch ihre Gehörgänge, und sie unterdrückte den Impuls, laut mitzusummen. Von Weitem nahm sie die beleuchtete Spitze des Aachener Doms wahr. Ob ihre Faszination je nachlassen würde? Hanna dachte an ihre erste Begegnung mit diesem architektonischen Meisterwerk, als sie die Gassen der Altstadt abgelaufen war, um ihre neue

Nachbarschaft zu erkunden. Ihr schneller Schritt über das regennasse Kopfsteinpflaster und die Freude über die bunten Häuserreihen, denen man die Nähe zu den Niederlanden ansah. Enge, mit Stuck verzierte Altbauten, manche nur ein paar Meter breit, deren Erdgeschosse liebevoll dekorierte Schaufenster kleiner Boutiquen beherbergten. Mittendrin der Dom. Wuchtig. Gewaltig. Und doch von einer Eleganz und Verspieltheit, die einen packte und nicht mehr losließ. Anfangs war sie fast jeden Tag die fünf Minuten zum Dom vorgelaufen und hatte nach neuen Details gesucht. Die filigranen Verzierungen an der Brücke zwischen Oktogon und Turm, das Bettlergewand einer Statue an der Südwestfassade, Adam und Eva in den unzähligen bunten Fenstern der Apsis. Wie klein sie sich damals bei der Betrachtung des Gotteshauses gefühlt hatte. Unbedeutend. Einsam. Und heute, keine drei Jahre später?

Sie formte mit ihren Lippen still die Worte »mein Mann«.

So stellte sie ihn am liebsten vor. Nicht: Das ist Steve, nein: Das ist mein Mann. Mit der Betonung auf *mein* und mit dem gleichen Stolz in der Stimme, mit dem sie ihre Tochter präsentierte. Mein Mann und meine Tochter. Steve und Lilou. Mein Leben.

Sie spürte den Blick des Fahrers im Rückspiegel. Einen prüfenden, fast abwägenden Blick. Als frage er sich, wie alt sie wohl sei. In ihrem schwarzen Minikleid und mit der Hochsteckfrisur wirkte sie älter als neunundzwanzig, seriöser. Perfekt für Events wie heute Abend. Sie strich die blonde Strähne, die sich gelöst hatte, energisch hinters Ohr und richtete sich in den abgewetzten Ledersitzen des Taxis auf. Mit starrem Gesicht fixierte sie den Spiegel und sah, wie die Augen des Fahrers sich hastig abwandten. Hanna lächelte und verweilte mit ihrem Blick auf dem baumelnden Pappbäumchen, dessen künstliches Pinienaroma sich in dem porösen Leder festgesetzt hatte. Sie hasste es, wenn man sie anstarrte. Sie hatte es immer gehasst. Schon als Kind, wenn die Menschen sie unverhohlen anglotzten, sobald sie erfuhren, dass ihr Vater Werner von Ebershausen war. Sie hatte ein untrügliches Gespür dafür entwickelt, wenn Blicke unangemessen lang auf ihr verweilten. Doch im Gegensatz zu früher hatte sie sich heute unter Kontrolle, wenn es geschah.

»Ich kenne Sie«, durchbrach der Fahrer die Stille. Seine Stimme war kratzig und dünn.

»Ach?« Hanna konnte sich nicht erinnern, je mit ihm Taxi gefahren zu sein.

»Sie sind Frau Warrington. Vom Schlüsseldienst in der Kleinmarschierstraße.«

»Stimmt.«

»Und«, fuhr er aufgeregt fort, »Sie sind die Frau, die jedes Schloss knacken kann!« Seine Augen suchten die ihren im Rückspiegel. »Ich hab die Sendung damals mit Ihnen gesehen. Das war ein ziemlich starker Auftritt, waren Sie nervös?«

»Dass ich es nicht schaffe?«

»Es war immerhin live im Fernsehen.«

Hanna überlegte. Hatte sie auch nur eine Sekunde daran gezweifelt, alle Schlösser in Rekordzeit knacken zu können? Nein, hatte sie nicht. Sie hatte diese Fähigkeit in sich. Sie erspürte genau den Punkt, an dem der Mechanismus nachgab, erfühlte die Schwachstelle jedes Schließsystems. Als wäre ein Schloss ein Lebewesen, das mit ihr kommunizierte. Seit sie denken konnte, war das so gewesen. Jedenfalls erinnerte sie sich an keine Zeit, an der eine zugesperrte Schublade oder eine verschlossene Tür ihrer Neugier Einhalt geboten hätte. »Natürlich. Wären Sie nicht nervös gewesen?«

»Na klar! Und wie! Ich hab zu meiner Frau gleich gesagt, da schau, das ist die Frau vom Schlüsseldienst. Die wollte das erst gar nicht glauben. Aber ich hab ihr gesagt, Lene, glaub mir, das ist die Warrington, die hat mir die Schließanlage in der Sechzehn eingebaut. Und schon brechen Sie einen Rekord.«

Hanna beugte sich vor und betrachtete den Fahrer im Rückspiegel. Jetzt erinnerte sie sich. Er hatte sie von Wohnung zu Wohnung begleitet und dabei unaufhörlich von seiner Tochter gesprochen. Dass sie studierte und alles so teuer sei. Dass er abends Taxi fahren müsse, um das Studium zu finanzieren.

»Das muss mindestens eineinhalb Jahre her sein. Sie waren dort Hauswart.«

»Bin ich immer noch.«

Hanna lehnte sich entspannt zurück. Eigentlich war er ein netter Kerl, auch wenn er zu viel redete.

»Ich hab Sie schon lange nicht mehr in Ihrem Laden gesehen«, nahm der Fahrer die Unterhaltung wieder auf. »Ich dachte schon, Sie hätten sich getrennt. Zumindest hat sich das so angehört, als ich letztens Ihren Mann vom Flughafen abgeholt hab.«

Hannas Oberkörper schoss vor. Mit beiden Händen ergriff sie die Kopfstütze des Fahrers.

»Getrennt?«, sagte sie ungläubig. »Das hat mein Mann Ihnen erzählt?«

»Nein.« Der Fahrer ließ das Lenkrad los und hob die Hände abwehrend in die Höhe. »Nicht erzählt. Ich dachte nur... wegen des Telefonats. Aber... dann habe ich mich wohl getäuscht.«

»Allerdings!« Hanna schob ihr Ohr neben die Kopfstütze des Fahrers, um keines seiner Worte zu verpassen. »Was hat er denn gesagt?«

»Ich weiß nicht mehr genau...«

»Das glaube ich Ihnen nicht.« Hanna zog an der Kopfstütze. »Sie erinnern sich genau, sonst hätten Sie das eben nicht angesprochen.«

Der Fahrer schwieg. Seine Hände hielten das Lenkrad fest umschlossen, sein Blick war starr auf die Straße gerichtet.

Sie brachte ihren Kopf noch näher an seinen. »Jetzt reden Sie schon!«

Er seufzte und schüttelte den Kopf, als wäre sie ein unartiges Schulmädchen. »Er hat gesagt, dass es ihm leidtäte und dass man manchmal einen Schlussstrich ziehen müsse oder so was.«

»Und weiter?«

»Nichts weiter. Das ist alles, woran ich mich erinnere.« Er wandte sich kurz zu ihr um, und sie sah, dass er die Wahrheit sagte. »Das mit dem Schlussstrich, das weiß ich noch ganz genau.«

Hanna löste ihre Hände von den glatten Metallstangen und lehnte sich wieder zurück. Einen Schlussstrich ziehen. Mit wem konnte Steve einen Schlussstrich gezogen haben? Mit einem Lieferanten? Er war seit Lilous Geburt nur einmal am Flughafen gewesen, vor sechs Wochen etwa, als er nach Berlin zu einem Kunden geflogen war. Sie dachte an seinen zärtlichen Abschiedskuss und spürte, wie ihr Körper sich wieder entspannte. Sosehr sie befürchtet hatte, dass das Baby ihre Beziehung gefährden könnte, es war nicht eingetreten. Im Gegenteil. Lilou hatte sie in dem Jahr seit ihrer Geburt noch mehr zusammengeschweißt. Ihr Leben bereichert, ihm eine neue Dimension gegeben. Unwillkürlich stahl sich ein Lächeln auf ihre Lippen. Früher hatte sie nie verstanden, warum Mütter so vernarrt in ihre Babys waren. Heute musste sie nur an Lilous fröhliches Quietschen denken, wenn sie beim Wickeln gekitzelt wurde, an ihr Brabbeln, wenn sie geschäftig durch die Wohnung wackelte und neue Schätze entdeckte, oder an die Ärmchen, die sie voller

Vertrauen um ihren Hals schlang, wenn sie sich an sie kuschelte – und schon breitete sich ein tiefes Glücksgefühl in ihr aus. Ein Leben ohne Lilou war unvorstellbar.

»Ich hoffe, ich hab jetzt …« Der Fahrer bremste so unerwartet, dass Hanna mit dem Kopf gegen den Vordersitz schlug.

Sie rieb sich die Stirn und beobachtete, wie er das Fenster herunterließ und mit einem Polizisten sprach. Hanna betrachtete die wogende Masse vornehmlich dunkel gekleideter Menschen. Von so einer großen Veranstaltung in Aachens Altstadt hätte sie eigentlich wissen müssen, schließlich wohnte sie nur wenige Minuten entfernt auf der anderen Seite der Fußgängerzone. Vor ihnen war die Straße abgesperrt. Lautes Gegröle, das sich wie ein Schlachtruf anhörte, überdeckte immer wieder die unterschiedlichen Musikfragmente, die aus mehreren Gettoblastern zu stammen schienen. Der Fahrer schloss das Fenster, und der Partylärm drang nur noch gedämpft ins Wageninnere.

»Was ist denn da los?«, fragte sie.

»Ein Flashmob.« Der Fahrer war sichtlich erzürnt. »Da kommen wir nicht durch, ich muss umdrehen und um die Altstadt rumfahren.« Wieder wandte er sich zu ihr um und sah sie bedeutungsvoll an. »Heute ist Freitag, der Dreizehnte. Ich sag Ihnen, da kommt noch was …«

* * *

Er packt meine Sachen. Er will vortäuschen, dass ich weg bin. Das ist gut. Vielleicht interessiert er sich gar nicht für Lilou. Vielleicht verschwindet er, wenn die Tasche voll ist. Wenn er erkennt, dass er hier nicht finden wird, was er sucht.

Lilou schläft. Die blonden Locken leuchten im Halbdunkel wie ein Heiligenschein und umrahmen ihr engelsgleiches Gesicht mit den immer rosigen Pausbäckchen, während alles um sie herum in grauen Schwaden verschwimmt, als würde dichter Nebel die Möbel verschlucken. Ihr Atem ist regelmäßig, ihre Gesichtszüge sind friedlich. Um ihren Mund deutet sich ein Lächeln an, das selbst im Schlaf ihre überschäumende Lebensfreude verrät. Vielleicht bemerkt er sie nicht.

Schlaf, Prinzessin, schlaf.

Die Tür zu ihrem Schlafzimmer geht auf. Sein Kopf, gefolgt von seinem kräftigen Körper, schiebt sich durch die Tür. Seine Hand sucht nach dem Lichtschalter. Findet ihn. Licht flammt auf. Viel zu helles Licht. Es wird sie aufwecken.

Schlaf, Prinzessin, schlaf.

Seine Hände reißen die Türen des Kleiderschranks auf und durchsuchen ihn, heben Stapel für Stapel hoch und legen sie zurück, schütteln Handtücher aus und falten sie wieder zusammen. Wie durch eine Lupe sehe ich die Hände, die sich durch den Inhalt des Schrankes wühlen. Erkenne den Schmutz unter den Fingernägeln, der die Geschichte meines einsamen Grabes erzählt.

Ich bewache Lilous Atemzüge, konzentriere mich auf die leisen Schlafgeräusche, als könnte ich sie davon abhalten, aufzuwachen.

Die Schranktür knallt zu.

Lilou rührt sich. Ihr Kopf dreht sich von links nach rechts.

Schlaf, Prinzessin, schlaf.

Die Hände wühlen sich durch eine Schublade. Außer Babyunterwäsche und Strumpfhosen ist dort nichts zu finden.

Lilous Kopf hebt sich. Ihre himmelblauen Augen zwinkern, das Licht tut ihr weh.

Sei still, Prinzessin, sei still.

Ich möchte sie hochnehmen und mit ihr davonschweben, sie in Sicherheit bringen, bevor sie sich bemerkbar macht. Doch ich muss hilflos mit ansehen, wie sie sich an den Git-

terstäben hochzieht. Gleich wird sie reagieren, wie sie immer auf Fremde reagiert. Sie wird anfangen zu weinen.

Sei still, Prinzessin, sei still.

Ihr Mund öffnet sich. Doch es bleibt still, als hätte sie meine stumme Beschwörung gehört. Dann läuft ihr Gesicht rot an, der Kiefer zittert, und ohne dass ich eingreifen kann, zerreißt ihr Schrei die Stille.

Die Schublade fliegt zu, Hände verharren kurz in der Luft, die Nebelschwaden im Raum verfärben sich dunkel. Ich sehe Lilous Bärenkissen. Es tanzt durch die dunklen Schwaden, getragen von fleischigen Händen. Von Händen, die sich in den Stoff krallen, bis sich das freundliche Lächeln des Bären zu einer Grimasse verzerrt.

* * *

Hanna sah auf den Taxameter und reichte dem Fahrer einen Zwanzigeuroschein. »Sehen Sie, wir sind angekommen, obwohl es Freitag der Dreizehnte ist…«

Er nahm das Geld und kruschte umständlich in seinem Portemonnaie.

»Behalten Sie den Rest.« Sie öffnete die Tür und stieg aus. Als sie schon auf der Straße stand, ließ der Fahrer sein Fenster herunter und streckte den Kopf heraus.

»Würden Sie mir bitte ein Autogramm geben?« Er hielt Hanna einen abgewetzten Stadtplan hin, wie man ihn seit dem Vormarsch der Navigationssysteme nur noch selten sah. »Jetzt mit dem Rekord, da sind Sie doch so was wie eine Berühmtheit, oder?«

Hanna signierte den Stadtplan. »Nicht wirklich. Und, ganz ehrlich, ich will auch keine sein.«

»Ach, kommen Sie schon, jeder will berühmt sein.« Der Fahrer betrachtete zufrieden ihre Unterschrift und stopfte die Karte dann zwischen Sitz und Mittelkonsole.

»Gut, dass ich nicht jeder bin«, grinste sie und nickte ihm zum Abschied zu.

»Sie sind aber berühmt, sonst hätte ich Sie ja nicht erkannt, oder?«, rief er ihr hinterher. Hanna winkte mit der Hand, ohne sich noch einmal umzudrehen, und stieg die Stufen zu der schweren, alten Haustür hoch, deren Farbe sich im Laufe der Jahre dem dunklen Klinker der Wand angepasst hatte. Während sie aufschloss, erfüllte sie eine tiefe Ruhe und Zufriedenheit. Wie schön es war, nach Hause zu kommen und zu wissen, dass Steve auf sie wartete. Sie konnte seine Nähe schon fast spüren. Seine warme, weiche Haut, wenn sie beim Einschlafen ihren Rücken an seinen Bauch schmiegte und er seinen Arm um ihren Körper legte. Sie freute sich darauf, ihm von dem Abend zu erzählen, von der Liveband und den makrobiotischen Nachspeisekreationen, und gemeinsam zu vergleichen, ob der Event dieses oder doch letztes Jahr das größere Spektakel gewesen war. *Ich dachte schon, Sie hätten sich getrennt.* Hanna konnte sich ein Grinsen nicht verkneifen. Wie schnell Gerüchte entstanden. Sie erreichte den Treppenabsatz. In wenigen Sekunden würde Steve sie in seine Arme nehmen. Dann würde sie ins Kinderzimmer schleichen, sich über das Gitterbett beugen, Lilous unvergleichlichen Duft einatmen und wissen, dass ihr Glück auch am Freitag, dem Dreizehnten vollkommen war. Eilig stieg sie die knarzenden Stufen in den zweiten Stock hinauf und schloss die Wohnungstür auf. Sie hängte ihre Handtasche an die Garderobe, schlüpfte aus den hochhackigen Pumps und genoss das Gefühl, barfuß über die alten Holzdielen zu laufen. Doch dann blieb sie abrupt stehen. Vor ihr lag das Bärenkissen aus Lilous Zimmer. Was Steve wohl mit Lilou gespielt haben mochte, dass ihr Kissen im Flur lag? Lächelnd hob Hanna es auf. Er würde immer ein Chaot bleiben.

»Steve?«

Erst jetzt fiel ihr das Lichtermeer auf. Alle Zimmertüren standen offen, überall brannte Licht. Sogar in Lilous Zimmer war die Deckenbeleuchtung eingeschaltet, als hätte sie plötzlich Angst, im Dunklen zu schlafen. Dafür musste es einen Grund geben. Selbst Steve ließ sonst nicht alle Lichter brennen. Hanna beschleunigte ihren Schritt. War er mit Lilou gemeinsam vor dem Fernseher eingeschlafen?

»Steve?«

Sie trat ins Wohnzimmer und überblickte den Raum. Der Fernseher lief, aber der Ton war abgestellt. Das riesige Ecksofa war unberührt, die bunten Kissen noch genauso angeordnet wie vor sechs Stunden, als sie die Wohnung verlassen hatte. Auf dem Plexiglaskubus, der als Sofatisch diente und dessen Innenleben aus Dutzenden von Zeitschriften und Zeitungen bestand, lagen die Fernbedienung, Steves Zigarettenetui und sein Feuerzeug. Lilous Spieltruhe war geschlossen, und der Stoffhund thronte wie immer auf dem Deckel, in Vorbereitung auf den nächsten Morgen, wenn Lilou über den weichen, weißen Berberteppich laufen und ihn an sich drücken würde.

Hanna verließ das Wohnzimmer. Steve musste mit Lilou eingeschlafen sein. Er hätte sie längst hören müssen. Sie horchte in die Stille, lauschte auf sein Schnarchen. Aber das einzige Geräusch, das sie wahrnahm, war ihr eigener Atem, viel zu laut, viel zu schnell. Ihr Herz zog sich schmerzhaft zusammen, während Bilder durch ihren Kopf schossen: Lilou am Boden, von der Wickelkommode gefallen, Steve in Panik, ein Krankenwagen, Steve und Lilou im Krankenhaus. Sie presste Lilous Bärenkissen an sich und hastete über den Flur zum Kinderzimmer.

»Steve?«, rief sie, und ihre Stimme nahm einen unnatürlich hohen Klang an. Sie betrat den hell erleuchteten Raum. Lilou lag in ihrem Bettchen. Sie lief zu ihr. Alles war gut. Lilou schlief.

Vor dem Bett blieb Hanna stehen. Etwas stimmte nicht. Das Kissen in ihren Armen fiel zu Boden, gespenstisch langsam, als bremse ein unsichtbarer Widerstand seinen Fall. Warum war Lilous Gesicht so bleich? Ihre Lippen bläulich? Warum hob und senkte sich der Brustkorb nicht bei jedem Atemzug? Hannas Mund öffnete sich zu einem Schrei, doch es kam nur ein ersticktes Ächzen heraus. Sie beugte sich über die Gitterstäbe, und ein Adrenalinstoß, so schmerzhaft, dass er ihr den Atem raubte, durchfuhr sie.

»Nein!« Sie riss das leblose Kind aus dem Bettchen und fühlte seinen Puls. Doch sie war viel zu aufgeregt, um irgendetwas außer ihrem eigenen, rasenden Puls zu spüren. Sie lauschte auf Lilous Atemzüge und hörte nur das Rauschen in ihren Ohren. Mit aller Anstrengung unterdrückte sie die aufsteigende Panik und versuchte sich an die Übung aus dem Erste-Hilfe-Kurs für Säuglinge zu erinnern. Sie legte Lilou auf der Wickelkommode ab, überspannte den Hals und beatmete sie so vorsichtig, als wäre sie ein kleines Vögelchen, immer darauf bedacht, die Lunge nicht zu überblähen. Während sie mit zwei Fingern Lilous Herz sanft massierte, hämmerte sie gleichzeitig mit dem Fuß wie verrückt auf den Boden und hoffte verzweifelt, dass Britt in der Wohnung unter ihr reagieren würde.

* * *

Was macht Mami?

Sie versucht dich zurückzuholen, Prinzessin.

Hannas Angst färbt die Nebelschwaden um sie herum tiefrot. Ich sehe die Panik in ihren Augen, spüre die Verzweiflung, wenn sie die Luft einsaugt, um sie dann in kleinen Stößen in Lilous Lungen zu pressen. Sie hebt Lilou von der Kommode hoch und läuft mit ihr zur Tür, ohne mit der Beatmung aufzuhören. Sie öffnet die Tür, und jemand tritt ein in den blutroten Nebel, der immer dichter wird, sodass ich nichts erkennen kann. Selbst Hanna verschwindet langsam darin. Ich weiß, dass mir nicht mehr viel Zeit bleibt, bevor ich den Kontakt zu ihr verlieren werde.

Geh zurück, Prinzessin, geh zurück. Ich brauche dich dort.

Kommst du mit?

Für mich ist es zu spät.

Dann bleibe ich bei dir.

Nein, das darfst du nicht. Du musst zurück. Du musst vollenden, was ich nicht geschafft habe. Mami ruft nach dir, hörst du sie nicht?

Hanna ist fast vollständig im Nebel verschwunden. Ich strenge mich an, doch ich dringe nicht mehr bis zu ihr durch.

Und du?

Ich werde bei dir sein, Prinzessin, jede Minute, jede Sekunde. Ich werde immer bei dir sein.

Die Farbe des Nebels verändert sich, er lichtet sich. Als wäre es mein eigenes, spüre ich das zaghafte Schlagen von Lilous Herz und begreife, dass es ganz und gar nicht vorbei ist. Dass ich eine zweite Chance bekommen habe. Dass es erst vorbei sein wird, wenn ich getan habe, was ich tun muss.

Samstag, 14. Mai

1

Wie benommen saß Hanna auf einer der Bänke des noch menschenleeren Krankenhausvorplatzes. Zum hundertsten Mal wählte sie Steves Nummer. Zum hundertsten Mal hörte sie die Ansage, dass der Teilnehmer nicht erreichbar sei. Sie schluchzte laut auf. *Steve! Wo bist du nur?*

Ihr Verstand versuchte zu begreifen, was geschehen war, was gerade geschah.

Atemstillstand.

Wiederbelebung.

Zu wenig Sauerstoff im Gehirn.

Intensivstation.

Hochrisikopatient.

Wird sie überleben? Wird sie Schäden davontragen? Wie hatte das passieren können? Lilou war nicht krank. Sie war aus dem Risikoalter für plötzlichen Kindstod bereits heraus.

Wo war Steve?

Fragen. So viele Fragen.

Keine Antworten.

Sie musste an etwas anderes denken, so konnte sie nicht auf die Intensivstation zurückkehren. Durch den Tränenschleier betrachtete sie das Gebäude der Universitätsklinik. Im leichten Morgennebel lag es gespenstisch vor ihr, und die blutroten Gerüste und silbrig schimmernden Rohre, die sich kreuz und quer über die Fassade zogen, gaben Hanna das Gefühl, in einem Science-Fiction-Film mitzuspielen. Es musste ein Traum sein. Ein schrecklicher Traum, der sie gefangen hielt, ihre Glieder lähmte und sie daran hinderte, einfach aufzuspringen und davonzulaufen. Einfach davon. Kilometer um Kilometer. Zurück in die Wirklichkeit, wo Steve und Lilou auf sie warteten.

»Frau Warrington?«

Hanna drehte den Kopf, als eine männliche Stimme zum zweiten Mal ihren Namen rief. Sie fröstelte. Noch immer trug sie das kurze schwarze Kleid, in dem sie sich auf dem Event so wohlgefühlt hatte. Es war viel zu dünn für diesen trüben, kalten Morgen.

Die Böden waren alle grün gestreift. Helles Grün, leuchtendes Grün, dunkles Grün. Hoffnungsgrün. Hanna lief hinter dem Pfleger her. Die Augen auf den Boden geheftet versuchte sie die Streifen zu zählen und so die Gedanken abzuwehren, die sich wie Giftpfeile in ihr Gehirn bohrten. Dass Lilou tot sein konnte. Dass sie ihre letzten Minuten versäumt hatte. Dass sie nie wieder dieses glockenhelle Lachen hören würde, das jeden Raum mit guter Laune füllte und zum Quietschen wurde, wenn Hannas Finger wie eine Armee fleißiger Ameisen ihre Beine hinaufflitzten und zu den Ärmchen ausschwärmten.

Hannas Blick wanderte zu den weißen Schuhen des Pflegers. Das Knirschen der Plastiksohlen auf dem Linoleum vermischte sich in ihrem Kopf mit den drolligen Patschgeräuschen von Lilous nackten Füßen auf dem Parkett, als sie ihr am frühen Abend in die Küche gefolgt war, ihren Breiteller aus der Plastikschublade geholt und voller Ungeduld gegen ihre Wade gestupst hatte.

»Da wären wir.« Der Pfleger deutete auf die Schleuse zur Intensivstation 11. Er läutete und kündigte sie an. Die Zeit, bis Hanna Schritte auf der anderen Seite der Tür vernahm, kam ihr endlos vor. So endlos wie die Zeit in ihrer Wohnung, als sie mit Britt auf den Notarzt gewartet hatte. Endlich wurde die Tür geöffnet. Eine Krankenschwester drückte Hanna einen Schutzkittel in die Hand. Sie schlüpfte gerade in die Ärmel, als die Oberärztin den Gang betrat. Schon von Weitem versuchte sie im Gesicht der Ärztin zu lesen, den Blick ihrer müden Augen, die gerade, fast steife Haltung des Kopfes zu deuten.

»Frau Warrington«, sagte die Ärztin, und in Hannas Kopf begann es zu rauschen, als stünde sie neben einem Wasserfall. Sie sah, wie der Mund der Ärztin sich bewegte, doch sie hörte nicht, was sie sagte. Schließlich verzogen sich die Lippen der Ärztin zu einem Lächeln. Sie lächelte! Der Wasserfall versiegte abrupt. Die Stille in Hannas Kopf war unbeschreiblich.

»Frau Warrington? Alles in Ordnung mit Ihnen? Sie können jetzt zu Ihrer Tochter.«

Hanna nickte. Ihr Unterkiefer zitterte. Nach einem weiteren prüfenden Blick drehte sich die Ärztin um und ging den Flur entlang. Hanna folgte ihr. Mechanisch setzte sie einen Fuß vor den anderen, bis die Ärztin endlich vor einer Tür anhielt und sie aufdrückte. Dicht hinter ihr betrat sie das Krankenzimmer. Das gleichmäßige Piepen des Herzmonitors begrüßte sie wie ein alter Freund. Es war das schönste Geräusch auf der Welt.

2

Das Klopfen an der Tür klang zaghaft, als überlege der Besucher, ob er das Krankenzimmer wirklich betreten oder lieber umkehren sollte. Steve! Hanna sprang von ihrem Stuhl und lief zur Tür. Als sie die Hand zur Klinke ausstrecken wollte, wurde ihr bewusst, dass Steve niemals so schüchtern an die Tür geklopft hätte. Sie blieb stehen.

Die Tür öffnete sich langsam, und ein Nest aus toupiertem schwarzem Haar schob sich durch den Spalt. Britt. Natürlich, sie hatte Britt ja selbst darum gebeten, ihr Kleidung zum Wechseln zu bringen.

»Komm rein«, sagte sie leise, um Lilou nicht zu wecken.

Britt öffnete die Tür ein Stück weiter, winkte zur Begrüßung und trippelte ins Zimmer. Sie stellte den kleinen Koffer auf dem Tisch ab und setzte sich auf einen der beiden Stühle.

»Wie geht es Lilou?«

»Sie ist stabil.« Hanna drängte die aufsteigenden Tränen zurück. *Lilou lebt. Es ist alles gut.* Sofort meldete sich die Stimme, die sie seit Stunden mit den ewig gleichen Fragen marterte: Was ist in der Wohnung passiert? Wo ist Steve? Warum meldet er sich nicht?

Wie konnte sie denken, dass alles gut war, solange sie keine Antwort auf diese Fragen hatte?

Sie öffnete den Reißverschluss des Koffers und klappte den Deckel auf. »Hast du Steve gesehen?«

Britt legte den Kopf schief und musterte Hanna. »Nein«, sagte sie dann und zog das Wort dabei betont in die Länge. »Habe ich nicht. Hast du nicht mit ihm gesprochen?«

Hanna entnahm dem Koffer die Kleidung, die Britt ordentlich gefaltet hineingeschichtet hatte, und presste sie an ihren Bauch. »Ich weiß nicht, wo er ist.«

»Du weißt nicht, wo er ist?«

»Ich kann ihn nicht erreichen.« Sie wandte sich ab und räumte umständlich den schmalen Spind ein, während sie Britts bohrenden Blick in ihrem Rücken spürte, die nicht gestellten Fragen förmlich hörte. *Kommt das öfter vor? Habt ihr euch gestritten?*

Sie unterdrückte die Angst, die in ihr hochschwappte, verdrängte die Bilder, die sie quälten. Steve zusammengeschlagen in einer dunklen Gasse. Steve orientierungslos im Wald...

»Hat das mit dem Schlüssel geklappt?«, wechselte sie schnell das Thema.

»Völlig problemlos. Ich soll dir von Simon schöne Grüße bestellen, und er wünscht Lilou gute Besserung.« Britt kicherte. »Der hat eure Kundinnen ganz schön im Griff...Wie alt ist das Schmuckstück eigentlich?«

»Sechsundzwanzig.« Hanna schloss den Spind und kam zum Tisch zurück. Dass Simon Britt beeindruckt hatte, verwunderte sie nicht. Mit seinen schulterlangen Haaren und dem offenen Lächeln strahlte er den lässigen Charme eines Surfers aus, dessen einzige Sorge die nächste Welle war. »Steve hat ihn eingestellt, als Lilou auf die Welt kam.«

Die Zimmertür ging auf, und die Schwester kam herein. »Zeit zum Fiebermessen!«

Wie auf Kommando stand Britt auf. »Ich geh dann besser. Melde dich, wenn du was brauchst, ja?«

Sie küsste Hanna auf beide Wangen. »Pass auf euch auf«, flüsterte sie, dann verließ sie auf ihren Stöckelschuhen den Raum.

Hanna sah ihr nach. Wie selbstverständlich sie ihre Hilfe

angeboten hatte. Als seien sie seit Jahren befreundet. Dabei kannten sie sich kaum. Wie lange wohnte Britt jetzt unter ihnen? Zwei Monate? Drei? Sie konnte es nicht genau sagen, obwohl sie sich schon so oft im Treppenhaus begegnet waren. Wenn sie es recht bedachte, hatte sie Britt in der kurzen Zeit öfter gesehen als die alte Frau im Erdgeschoss im ganzen letzten Jahr. Und Britt hatte sie immer in eine Unterhaltung verwickelt.

»Ich habe nachgefragt, wegen Ihrem Mann.« Die Schwester sah prüfend auf das Thermometer und nickte dann zufrieden. »Er ist in keinem Krankenhaus in der Umgebung gemeldet. Es ist auch kein Namenloser aufgetaucht, auf den seine Beschreibung passt.«

Die Hoffnung, die Hanna den ganzen Tag über gehegt hatte, fiel in sich zusammen wie ein Kartenhaus. Sie war überzeugt gewesen, die Schwester würde Neuigkeiten über Steves Verbleib mitbringen. Ein Unfall. Ein Überfall. Eine Notsituation. Ein Freund hatte ihn zu Hilfe gerufen. Auf Leben und Tod. Ihre Augen wurden feucht.

»Nun schauen Sie doch nicht so verzweifelt.« Die Schwester lächelte sie aufmunternd an. »Dass er in keinem Krankenhaus liegt, ist doch ein gutes Zeichen.« Sie steckte das Thermometer in ihre Kitteltasche und wandte sich zum Gehen. An der Tür drehte sie sich noch einmal um. »Ihr Mann kommt sicher bald zurück. Glauben Sie mir, der merkt ganz schnell, dass es zu Hause viel schöner ist. Das ist doch meistens so.«

Hanna zwinkerte, um die Tränen zurückzudrängen. Das waren auch die Worte des freundlichen Polizeibeamten gewesen, bei dem sie Steve als vermisst gemeldet hatte. Dass er Lilou allein gelassen und sie einen Atemstillstand gehabt hatte, hatte sie nicht erwähnt. Sie musste nicht einmal ihre Jurakenntnisse bemühen, um zu wissen, dass sie ihn damit in Schwierigkeiten bringen könnte. Dennoch hatte der Polizist die Personenbeschreibung aufgenommen und ihr versprochen, sie an die Streifenwagen weiterzuleiten. Sie hatte ihm die Nummer der Station gegeben, um immer erreichbar zu sein. Jetzt konnte sie nur noch warten, auch wenn sie es kaum aushielt, nicht ihre Joggingschuhe anzuziehen und sofort die Straßen nach ihm abzulaufen. Sie stellte sich ans Bett neben Lilou. *Steve kommt sicher bald zurück. Ja. Er kommt sicher bald zurück.*

Freitag, 20. Mai

3

Der Flur sah noch genauso aus wie vor sechs Tagen. Die Schuhe standen ordentlich aufgereiht an der Garderobe, die Briefe, die sie auf der Kommode abgelegt hatte, um sie am nächsten Tag zur Post zu bringen, waren unverrückt. Steve war nicht hier gewesen.

Hanna verharrte einen Moment auf der Schwelle, als verweigere ihr eine unsichtbare Macht den Zutritt. Die Rückkehr nach dem Krankenhausaufenthalt fiel ihr schwer. Sosehr sie gehofft hatte, die Tür zu öffnen und Steves übliches Chaos vorzufinden, so sehr schmerzte sie jetzt der Anblick des ordentlichen Flurs. Schließlich trat sie ein, streifte ihre Schuhe ab und drehte sich zu Britt um. »Vielen Dank fürs Abholen. Bleibst du noch auf einen Kaffee?«

Sie brachte die schlafende Lilou in die Küche und legte sie dort behutsam auf ihr Lammfell. Wie tief und friedlich sie schlief. Hanna schauderte es. Tief und tückisch. Tief und tödlich. Der Schlaf, aus dem die Babys nicht mehr erwachten. Sie beugte sich über sie und neigte ihr Ohr ganz nah an Lilous Mund. Leise Atemgeräusche drangen zu ihr. Beruhigt ging sie zurück und legte ihre Jacke ab. Britt stand noch immer unschlüssig in der Tür. Energisch winkte Hanna sie herein.

Britt zog ihre Pumps aus, und Hanna bemerkte, wie klein ihre neue Nachbarin war. Grob geschätzt einen Meter sechzig, auch wenn sie mit den hohen Absätzen und den hochtoupierten schwarzen Haaren größer wirkte. Hanna fragte sich, wie Britt es schaffte, den ganzen Tag auf diesen Absätzen zu stehen. Sie nahm Britts Jacke und hängte sie zu ihrer.

»Kaffee oder Tee?«

»Wasser. Kaffee ist tödlich für den Teint.« Britt folgte ihr in die Küche und setzte sich auf die Bank unter dem Fenster. Hanna stellte für sie ein Glas Mineralwasser auf den Tisch und machte sich einen Kaffee. Aus den Augenwinkeln beobachtete sie, wie Britt das Gesicht der schlafenden Lilou studierte, als wollte sie sich jeden Zug genau einprägen.

»Ich habe immer noch nicht verstanden, was ihr nun eigentlich gefehlt hat«, sagte Britt, als Hanna sich mit dem Kaffee an den Tisch gesellte.

»Sie hatte einen Atemstillstand. Einfach so. Es wurden alle möglichen Tests gemacht. Aber die Ärzte haben keine Erklärung gefunden ...« Hannas Stimme brach. Sie betrachtete ihre Tochter, deren Lippen im Schlaf ein Lächeln andeuteten.

Britt sah sie mitfühlend an. »Da hast du ganz schön Glück gehabt. Stell dir mal vor, du hättest nicht nach ihr gesehen! Hat sie ... Bleiben irgendwelche ... Schäden?«

»Weiß ich nicht. Die Ärztin meint, es sei zu früh für einen endgültigen Befund. Es kommt darauf an, wie lange ihr Gehirn ohne Sauerstoff war.«

Anstelle einer Antwort legte Britt ihre Hand auf Hannas Arm. Die Geste sagte mehr, als sie mit Worten hätte ausdrücken können, und Hanna spürte die Wärme, die von ihr ausging. Wie man sich täuschen konnte. Sie hatte Britt als oberflächlich eingestuft. Ihr perfektes Styling, der trendige Look, mit dem sie ein wenig an eines dieser Popstarlets erinnerte. Es musste sie Stunden kosten. Sie bat Britt innerlich um Abbitte, sie in eine Schublade gesteckt zu haben, nur weil ihr selbst es genügte, kurz durch die schulterlang gestuften Locken zu kämmen und etwas Mascara und Lipgloss aufzutragen. Inzwischen begriff sie, dass Britts Aussehen Teil ihres Jobs war. Und dass einer Friseurin das Ausfragen und Zuhören zur zweiten Natur wurde, konnte sie nachvollziehen.

»So eine Hübsche«, sagte Britt schließlich in das Schweigen hinein. »Sieht sie Steve ähnlich?«

»Hast du Steve denn noch gar nicht kennengelernt?«, fragte Hanna erstaunt.

»Ich habe ihn nur zwei- oder dreimal kurz im Treppenhaus gesehen.«

Hanna ging zur Pinnwand neben der Küchentür und nahm ihr Lieblingsfoto von Steve herunter. »Hier. Sie hat seinen Mund, findest du nicht?«

Britt vertiefte sich in das Foto. Steve mit zerzausten Haaren an Bord des Segelbootes, das sie vorletzten Sommer an der Nordsee gemietet hatten. Den Mund zu einem breiten Lachen verzogen, die muskulösen Arme spielerisch nach vorne gestreckt, als wolle er den Fotografen davon abhalten, ihn auf den Film zu bannen. Das Bild brachte alles zum Ausdruck, was sie an Steve liebte: die Unbekümmertheit, mit der er sich über Regeln hinwegsetzte, den Humor, die Abenteuerlust. Wie anders die letzte Woche im Krankenhaus mit ihm zusammen verlaufen wäre … Wäre! Die brennende Ungewissheit meldete sich wieder. Die Bilder, die sie seit Tagen verfolgten. Die sich, genährt von ihrer angstbeflügelten Fantasie, in einer unendlichen Schleife wiederholten. Die sie jeden Abend so lange gequält hatten, bis sie der Schwester Bescheid gesagt und ihre Joggingschuhe angezogen hatte, um mit der gleichen Beharrlichkeit die Straßen nach Steve abzulaufen, mit der sie früher die Unterlagen ihrer Eltern nach Antworten abgesucht hatte. Steves Verschwinden war unerklärlich. Nie hätte er Lilou alleine zurückgelassen. Nie. Das hatte er am Abend vor dem Event erst wieder bestätigt.

Ich vertraue unsere Prinzessin keinem Fremden an.

Es ist doch nur für ein paar Stunden.

Nicht einmal für eine Minute.

Wenn du so weitermachst, wird sie nie aufhören zu fremdeln.

Alle Kinder fremdeln. Das ist ein Schutzmechanismus.

Aber nicht so extrem wie Lilou. Sie fängt schon an zu weinen, wenn sich jemand hinter mir an der Kasse anstellt.

Nächstes Jahr. Wir haben alle Zeit der Welt, um wieder gemeinsam zu solchen Veranstaltungen zu gehen.

Was immer geschehen sein mochte, um Steve aus der Wohnung zu locken, es blieb jenseits ihrer Vorstellungskraft. Sie wandte sich schnell ab und fischte eine Zuckertüte aus einer Schale mit Rosenmuster. Ihre Nachbarin sollte nicht sehen, wie ihre Augen sich mit Tränen füllten.

Britt legte das Foto zur Seite. »Ich finde, Lilou sieht eher dir ähnlich. Die blauen Augen und die blonden Haare hat sie jedenfalls von dir. Hast du mehr Bilder?«

»Natürlich.« Hanna wischte sich verstohlen die Augen, dann zog sie ein Fotoalbum aus dem Regal neben dem Küchentisch. »Unsere Hochzeitsreise.«

Gierig griff Britt nach dem Album und verschlang Seite um Seite, als hätte Hanna ihr exklusive Skandalbilder eines A-Promis offeriert.

»Wie habt ihr euch denn kennengelernt?«

»In einer Kneipe.« Hanna lächelte bei dem Gedanken an ihre erste Begegnung mit Steve. »Er hat mir ein Bier über die Hose geschüttet und mich zur Entschädigung zum Essen eingeladen.«

»Wann war das?«

»Vor zwei Jahren. Ziemlich genau ein Jahr nachdem ich hierhergezogen bin. Und als ich ihm erzählt habe, dass ich bei einem Schlüsseldienst jobbe, hat er mich sofort abgeworben. Er hat seine Firma kurz zuvor von einem alten Mann übernommen, und es gab ziemlich viel zu tun. Dann bin ich schwanger geworden, und als Lilou kam, habe ich aufgehört zu arbeiten. Abgesehen von dem Bürokram, den ich hier erledige.«

»Hast du ihn inzwischen erreicht?«

»Nein.« Hanna wich Britts Blick aus. Sie setzte sich neben sie und blätterte in dem Album, das noch immer aufgeschlagen vor ihr lag. Jedes Bild bezeugte das unbeschreibliche Glück, das sie damals erfüllt hatte. Abrupt klappte sie es zu.

»Er hat dich verlassen, nicht wahr?« Britts Hand lag auf ihrer, und ihre Stimme war ganz weich.

»Natürlich nicht.« Hanna zog ihre Hand zurück. »Steve ist keiner, der sich heimlich davonschleicht.«

»Er war hier«, fuhr Britt unbeirrt fort. »Vorgestern. Deshalb war ich so verwundert, dass du mit dem Taxi heimkommen wolltest.«

Hanna erstarrte. »Du hast ihn gesehen?«, presste sie hervor.

»Gehört. Er ist von Zimmer zu Zimmer gegangen. Du weißt ja, wie hellhörig das Haus ist... Ich bin dann hoch... Ich wollte fragen, wie es Lilou geht.«

»Und dann?«

»Er hat nicht aufgemacht.« Britt tastete erneut nach Hannas Hand, ergriff sie und drückte sie so fest, dass Hannas Ehering sich schmerzhaft gegen Mittelfinger und kleinen Finger drückte »Ich wusste nicht, ob ich dir davon erzählen sollte. So wie du jetzt schaust, hätte ich wohl besser den Mund gehalten.«

Hanna atmete tief durch. Der Schmerz in den Fingern lenkte sie ein wenig von dem Krampf ab, der ihr Herz zerquetschte wie eine Schrottpresse ein ausgemustertes Auto. Britt musste sich getäuscht haben. Das Haus hatte eine seltsame Akustik. Manchmal klang es, als liefe jemand über einem herum, und dabei kam der Lärm aus der Wohnung darunter. Als sie sich verabschiedet hatte, um zu dem Kunden-Event zu gehen, hatte er sie zärtlich geküsst. Erst auf die Stirn, dann auf die Nase, dann auf den Mund, wie er es immer machte. Drei Küsse, symbolisch für ihre kleine Familie. *Du hättest Britt die Tür geöffnet und gefragt, wo wir sind.*

»Vielleicht hast du dich verhört.«

»Verhört?« Britt zog die Augenbrauen nach oben. »Was gibt's denn zu verhören, wenn ich vor der Tür stehe und dahinter rumpelt's?«

Hanna sprang auf. »Warte.«

Sie lief ins Schlafzimmer und riss den Schrank auf. Sofort bemerkte sie die Lücke, wo letzte Woche noch seine Reisetasche gestanden hatte. Übelkeit stieg in ihr hoch. Er hatte seine Tasche gepackt. Mit einem schnellen Blick überflog sie den Inhalt des Schranks. Es fehlten T-Shirts und die schwarzbraun karierte Hose. Mehr registrierte sie nicht, bevor sie zur Toilette rannte und sich übergab.

Obwohl sie sich ihre Gesellschaft vorhin so sehr gewünscht hatte, hoffte sie jetzt inständig, dass Britt in der Zwischenzeit gegangen war. Doch sie hörte ihre Stimme leise aus der Küche durch den Flur wandern und fragte sich, mit wem sie wohl redete. Hanna holte tief Luft, zählte bis drei und trat in die Küche. Lilou saß auf Britts Schoß und sah gebannt auf die Seiten des Bilderbuches, aus dem Britt ihr vorlas. Noch nie hatte Lilou auf dem Schoß eines Fremden gesessen. Sie hätte eigentlich weinen müssen, als sie nach dem Aufwachen nur Britt in der Küche gesehen hatte.

»Alles okay?« Britts Stimme verriet, dass sie genau wusste, dass nichts okay war.

»Ich habe Lilou gar nicht gehört.«

Britt strich eine besonders widerspenstige Locke aus Lilous Stirn. »Sie ist aufgewacht, und da habe ich sie auf den Arm genommen. Das ist doch in Ordnung?«

»Natürlich.« Hanna verharrte auf der Stelle. Sie konnte ihren Blick nicht von den beiden lösen.

Lilou blätterte die Seite des Buches um und hob ihren Kopf zu Britt, als hätte sie Hannas Anwesenheit gar nicht bemerkt. Britt zeigte mit dem Finger auf eine Kuh. »Wie macht die Kuh? Muuuuhhh!«

»Mmmm.« Lilous Hand klatschte auf die Kuh. »Mmmu.«

Hanna schüttelte still den Kopf. War Lilous neue Zutraulichkeit dem Kommen und Gehen der Schwestern und Ärzte im Krankenhaus geschuldet? Oder war es der erste Vorbote einer Veränderung? Einer Veränderung, die Lilous Leben dominieren würde, die auf eine Schädigung eines Gehirnbereichs zurückzuführen war? Hanna spürte ein Ziehen, als säße ihr ein Seilzug zwischen Kehle und Magen.

»Ich mache Lilou einen Brei. Kann sie solange bei dir sitzen bleiben?«

»Gerne.«

Hanna sah, wie Britt Lilou liebevoll durch die Haare blies und gemeinsam mit ihr auf die nächste Seite blätterte.

Sie kochte Wasser und ließ es abkühlen, bevor sie den Brei anrührte. Die Stimmen von Britt und Lilou verschwammen im Hintergrund, während sie versuchte zu realisieren, was Steves verschwundene Reisetasche bedeutete. Er war weggegangen. Hatte Lilou allein gelassen. Mitten in der Nacht. Ohne ein Wort.

»Ich hatte recht, nicht wahr?«

Britts Stimme war so einschmeichelnd, als wollte sie ein Kind trösten, doch Hanna traf jedes Wort wie ein Fausthieb. Als wären Tausende Klumpen in dem glatten Brei, prügelte sie mit dem Löffel auf die gelbliche Masse ein.

»Du brauchst jetzt eine gute Freundin an deiner Seite.«

Der Löffel schlug gegen die Seiten der Breischüssel. Die Masse rutschte daran herunter und warf Runzeln.

»Die einzige Freundin, die mir jetzt helfen könnte, ist nach Australien gezogen.« Hanna setzte sich mit der Breischüssel zu Britt und Lilou. Sie öffnete die Schublade, zog Lilous Zwergenset unter den Korksets hervor und legte es auf den Tisch. »Möchtest du sie füttern?«

Britt nickte und schob das Buch zur Seite. Sie tauchte den Löffel in den Brei und führte ihn an Lilous Mund. Lilou kniff die Lippen zusammen und schüttelte den Kopf. Hanna nahm Britt den Löffel aus der Hand.

»Komm, Püppchen. Dein Lieblingsbrei.«

Lilou schlug den Löffel weg, der Brei landete auf Britts Bluse und in ihrem schwarzen Haarnest.

»Lilou!« Hanna sprang auf und nahm Lilou von Britts Schoß. »Entschuldige bitte. Das hat sie noch nie gemacht.«

Britt ging zur Spüle, nahm ein Küchenhandtuch vom Haken und befeuchtete es. »Vielleicht hat sie keinen Hunger.«

Geschickt befreite sie Bluse und Haare von den Breispuren. »Hast du denn keine andere Freundin, die vielleicht ein paar Tage zu dir ziehen könnte?«

»Nein. Zu den Freundinnen, mit denen ich früher durch die Bars gezogen bin, habe ich kaum noch Kontakt, und mit den Müttern aus der Mutter-Kind-Gruppe bin ich noch nicht so weit.« Sie bemerkte Britts skeptischen Blick. »Ich habe mich damals total zurückgezogen. Irgendwie gab es in meinem Leben nur noch Steve und die Firma. Und als Lilou kam … So ein Baby krempelt deine Welt ganz schön um.«

Hanna setzte sich mit Lilou in die Spielecke und schlug ein Buch auf. »Wollen wir die Maus suchen?«

Lilou ließ ihren Blick über die Seite gleiten, dann stupste sie mit dem Zeigefinger auf die zwischen hohen Grashalmen versteckte Maus.

»Das hast du gut gemacht!« Hanna küsste Lilou auf den Kopf und blätterte um.

»Echte Freunde zu finden ist nicht so einfach, wenn man neu anfängt«, sagte Britt unvermittelt.

Hanna dachte an die vielen Begegnungen im Treppenhaus, in denen Britt versucht hatte, sie in ein Gespräch zu verwickeln.

»Ich habe es dir nicht gerade leichtgemacht. Entschuldige.«

»Schon gut.« Britt legte das feuchte Handtuch neben die Spüle. »Erst habe ich mich gewundert. Aber dann hat mir die Alte im Erdgeschoss rechts erzählt, dass dein Vater Ministerpräsident Werner von Ebershausen ist. Und da dachte ich, okay, bin vielleicht nicht der richtige Umgang.«

Hanna stand auf, ging zu Britt und umarmte sie. »Unsinn! Ich dachte einfach, du als Single und ich als Mutter, das passt nicht. Aber darauf kommt es nicht an. Das sehe ich jetzt. Es heißt immer, in der Not erkennst du deine Freunde. Danke, dass du für mich da warst.«

4

19. Januar 1991

Der Neue heult immer noch. Wir waren alle gespannt, wen der Alte zu uns aufs Zimmer legen würde. Luke hat noch Witze gerissen, heute früh, als das leere Bett neu überzogen wurde, obwohl wir gewusst haben, dass niemand das Loch stopfen kann, das Marcus' Tod in unsere Clique gerissen hat. Der Neue ist ziemlich übel zugerichtet. Über dem Auge hat er eine frische Naht, da sind noch die Fäden drin, und als er sich vorhin den Schlafanzug angezogen hat, hab ich die blauen Flecken gesehen. Von der Schulter bis zur Hüfte praktisch ein einziger riesiger Fleck und am Oberarm auch. Möchte nicht wissen, womit sein Alter den geschlagen hat. Wieder einer, der seinen Eltern weggenommen wurde, willkommen im Club. Trotzdem wird er bei uns keinen Fuß auf den Boden bekommen, das hab ich Luke angesehen. Sein Blick war eindeutig, wir brauchen keine Worte mehr, um uns zu verstehen. Babyfurzer, hat Luke mir zugeraunt, als wir aus dem Zimmer sind und ihn in seinem Elend zurückgelassen haben. Im Hof haben wir dann Wetten abgeschlossen, wie lange er für seinen Brei brauchen wird. Ich hab auf drei Mahlzeiten getippt, mehr braucht er nicht, dann hat der Alte ihn weich. Zweimal hat er schon verweigert. Wenn er ihn morgen früh nicht isst, ist mein Einsatz futsch. Ich muss ihn mir vor dem Frühstück noch mal krallen und ihm genau erklären, wie das läuft. Du kriegst hier nichts zu essen, bis du deinen Willkommensbrei gegessen hast, der ist scheißeklig, versalzen, angebrannt, und wenn du großes Pech hast, ha-

ben sie in der Küche noch ein paar Mehlwürmer gefunden. Je früher du kapierst, dass er wegmuss, und zwar in deinen eigenen Scheißbauch, desto schneller bekommst du was Ordentliches zwischen die Zähne. Initiierung nennt der Alte das. Ich geb ihm also morgen einen freundschaftlichen Tipp, so unter Zimmernachbarn, und gut is. Und mit etwas Glück schnallt er's, und ich habe die Wette in der Tasche. Muss nur aufpassen, dass Luke das nicht merkt, sonst denkt der noch, ich hätte Mitleid mit dem Neuen.

Dieses Scheißgeflenne geht mir langsam echt auf den Sack. Denkt der, er ist der Einzige hier im Zimmer? Gut, dass Luke schon schläft. Ist kein Paradies hier, das wissen wir alle. Und weg wollen wir auch alle, aber die meisten von uns kommen auch nicht gerade aus dem Paradies. Hier auf dem Zimmer gibt's keinen, der zu Hause nicht geschlagen worden ist. Manche weniger, andere mehr. Ich weiß gar nicht mehr so genau, wie's bei mir war. Ich kann mich kaum noch an meinen Vater erinnern, aber geschlagen hat er mich wohl. Ziemlich übel sogar, sonst hätte das Jugendamt mich nicht hierhergebracht, nachdem meine Mutter an einer Überdosis krepiert ist. Is hier also nicht schlimmer als woanders, nur hier kriegt man wenigstens dreimal am Tag was zwischen die Zähne, und man hat immer saubere Klamotten und ein warmes Bett. Ich hatte das früher nicht, weder das Essen noch die sauberen Klamotten und das warme Bett. Ich weiß noch, wie viel Angst ich hatte, als ich hier angekommen bin. Ich hab mir sogar meine Scheißeltern zurückgewünscht. Aber meine erste Nacht in einem warmen Bett, das nicht nach Pisse gestunken hat, war ziemlich beeindruckend.

Endlich ist er still. Wohl eingeschlafen. Dann hör ich jetzt auf zu schreiben, ich muss dringend schlafen, morgen schreiben wir Mathe.

Samstag, 21. Mai

5

»Kommt ein Mäuschen …« Hannas Finger krabbelten über Lilous Beine zu ihrem Bauch hinauf. Lilou lag ruhig auf der Wickelkommode. Als würde sie die Finger ihrer Mutter gar nicht spüren, griff sie nach der Cremedose und betrachtete sie von allen Seiten.

»Was ist nur los mit dir, Püppchen? Willst du gar nicht mehr spielen?«

Hannas Kehle wurde eng. Alles in ihr drängte darauf, Lilou zu packen und mit ihr ins Krankenhaus zurückzufahren, sie erneut untersuchen zu lassen, eine Erklärung für das veränderte Verhalten zu finden. Nur würde es nichts bringen. Die Schwester hatte ihr am Telefon deutlich zu verstehen gegeben, dass es sich bei Lilous Verhaltensänderungen nicht um einen Notfall handle und am Wochenende nur Notfälle aufgenommen werden konnten. Sie solle am Montag kommen, da sei der behandelnde Arzt wieder im Hause. Montag. Es schien unendlich weit weg, während die Angst in ihr mit jeder Minute wuchs, ihre Gedanken überwucherte, wie das Efeu Oma Wilmis Haus, und sie zwang, Lilou mit Argusaugen zu beobachten. Sie nahm Lilou die Cremedose ab und erwartete heftigen Protest. Doch anstatt sie wie sonst festzuhalten, gab sie die Dose freiwillig her und ließ sich anstandslos eincremen. So schnell wie nie zuvor war sie frisch gewickelt. Hanna legte sie zum Mittagsschlaf in ihr Bettchen. Sie schloss die Rollos und dimmte das Licht herunter. Es überraschte sie nicht, dass Lilou zufrieden mit ihren Füßen spielte, anstatt sich im Bett aufzustellen und wütend an den Gitterstäben zu rütteln. Es passte zu der neuen, ruhigeren Lilou. Vielleicht hatte Britt mit ihrer Vermutung recht, und die Medikamente wirkten noch nach. Bald fielen Lilous Augen zu. Hanna verdrängte die Gedanken, die ihre Angst erneut schürten, und machte sich daran, im Halbdunkel die Wäsche zu sortieren. Einen Stapel gefalteter Handtücher in der Hand öffnete sie den Schrank und räumte sie der Größe nach ein. Sie stutzte. Die kleinen Handtücher gehörten nicht auf die linke Seite.

Die Klingel schreckte sie aus ihren Gedanken. Mit einem Blick auf Lilou hastete sie zur Tür.

Es war Britt.

»Ich hoffe, ich störe dich nicht. Ich wollte nur …« Britts Augen wanderten an Hanna vorbei in die Wohnung. »Ist er zurückgekommen?«

»Nein.«

»Darf ich reinkommen?«

Hanna öffnete die Tür ganz. »Natürlich.«

»Es ist nur … nicht dass du jetzt meinst, dass ich dich belausche oder so«, sie tastete nervös über die toupierten Haare, »aber ich dachte, du bist nicht da, und ich habe vorhin in der Wohnung jemanden hin und her laufen hören, wie letzte Woche, als Steve …«

»Ich habe versucht nachzuvollziehen, was er mitgenommen hat«, unterbrach Hanna sie.

»Du Arme. Aber glaub mir, du wirst über ihn hinwegkommen.« Britts Finger berührten Hannas Oberarm. Es war eine zarte, fast unmerkliche Berührung, doch Hanna spürte nur das harte Plastik der falschen Nägel und musste an die Krallen eines Raubtiers denken. Sie widerstand dem Impuls, Britts Hand abzuschütteln.

»Ich habe nicht vor, über ihn hinwegzukommen. Glaub mir, ich werde herausfinden, was passiert ist. Wenn Lilou aufwacht, gehe ich mit ihr zur Polizei.«

Britt sah auf ihre Uhr. »Wenn du willst, kannst du gleich gehen. Ich könnte auf Lilou aufpassen.«

Hanna sah Britt an. Sie hatte Lilou noch nie jemandem anvertraut. Ihre Finger griffen nach dem Anhänger um ihren Hals, und ihr Daumen strich so bedächtig über das glatte Edelmetall des Schlüssels, als könnte er die Entscheidung für sie treffen. Sie dachte daran, wie liebevoll Britt gestern Lilou vorgelesen hatte. Wie wohl Lilou sich bei ihr gefühlt hatte.

»Würdest du dich zu ihr setzen, während sie schläft? Du müsstest bei ihr bleiben. Ich habe sonst keine Ruhe.«

Sobald das dichte Gedränge der Fußgängerzone hinter ihr lag, erhöhte Hanna das Tempo. Bis zum Polizeipräsidium waren es knapp vier Kilometer, die Strecke würde sie in fünfundzwanzig Minuten schaffen. Auch wenn sie einen Großteil des Weges an der vierspurigen Krefelder Straße zurücklegen musste, bereute sie nicht, sich gegen den Bus entschieden zu haben. Mit jedem Meter spürte sie, wie ihr Kopf freier wurde und ihr Körper nach einer Nacht voller Albträume Energie tankte. Zum ersten Mal seit einer Woche bemerkte sie, wie der Frühling die Blüte vorantrieb, und genoss die sanfte Wärme der späten Nachmittagssonne. Eigentlich sollte sie jetzt mit Steve und Lilou den kurzen Weg durch die Fußgängerzone zum Hof schlendern und dort gemütlich einen Milchkaffee im Kaisergarten trinken, während Lilou unter Steves wachsamem Blick den bunten Platz mit den vielen Stühlen und Sonnenschirmen, den römischen Säulen und schiefen Stufen erkundete. Und auf dem Rückweg würden sie bei Auguste haltmachen und sich Leckereien für den Abend besorgen und eine Flasche Wein, so wie es seit Lilous Geburt zur Gewohnheit geworden war. Seit sie abends nicht mehr gemeinsam nach Lust und Laune weggehen und die Nähe zu den Altstadtkneipen nutzen konnten.

Steve musste seine Sachen in aller Eile gepackt haben. Er hatte einfach die obersten drei T-Shirts genommen, das wusste sie genau, denn sie hatte sie am Nachmittag vor seinem Verschwinden selbst in seinen Schrank geräumt. Keines der T-Shirts oder Hemden passte zu der karierten Hose, auch nicht der blaue Pullover aus Merinowolle, der für die Frühlingstemperaturen eigentlich zu warm war. Dann die Uhren. Dass die Ingersoll weg war, verstand sie, er hatte sie an dem Tag getragen. Aber warum die Breitling? Er hasste diese Billigkopie aus der Türkei, seitdem bei ihr zweimal hintereinander der Sekundenzeiger abgefallen war. Ihr Magen krampfte sich schmerzhaft zusammen. War das ein gutes Zeichen? Oder ein schlechtes? Wenn er extra in die Wohnung zurückgekehrt war, um seine Sachen zu holen, warum hatte er sie dann so wahllos zusammengewürfelt? Oder hatte er jemanden geschickt? Aber warum? Weil er nicht selbst kommen konnte? Oder nicht *wollte*? Hatte Steve sich in letzter Zeit verändert? Hanna versuchte sich zu erinnern. Die Tage und Wochen vor seinem Verschwinden verschmolzen zu einem Brei, dessen einzelne Zutaten nicht mehr auseinanderzuhalten waren. Hatte er bedrückt gewirkt oder überarbeitet? War er besonders nachdenklich gewesen oder wirklich nur müde?

Ist was? Du bist so still.

Ah ja? Findest du?

Sie stellte sich sein Lächeln vor. Sein Das-geht-dich-nichts-an-Lächeln, wenn sie ihm Fragen stellte, die er nicht beantworten mochte. Fragen zu seinen Eltern. Seiner Jugend. Seinen früheren Freundinnen.

Du weißt, du kannst mit mir über alles reden.

Es ist nichts. Ich bin nur müde.

Als sie in die Hubert-Wienen-Straße einbog, setzte sie zum Vierhundert-Meter-Endspurt an. Sie sah Britts Gesichtsausdruck vor sich, als sie gestern in die Küche zurückgekommen war. *Siehst du, er hat dich verlassen*, hatte darin gestanden, als hätte es jemand mit Edding auf ihre Stirn geschrieben. Sie steigerte ihr Tempo, bis sie schließlich keuchend vor dem modernen Gebäude des Polizeipräsidiums anhielt.

Noch immer schwer atmend, betrat sie die Wache. Der Raum war hell und großzügig geschnitten, eine große Zimmerpalme brachte etwas Grün in die ansonsten triste, spärlich möblierte Umgebung. Ohne zu zögern, ging sie zu dem Tresen, der den für Besucher zugänglichen Teil von dem Bereich trennte, der Mitarbeitern der Polizei vorbehalten war. Ein Polizist blickte fragend zu ihr auf, stand schwerfällig auf und schlenderte zum Tresen hinüber.

»Was kann ich für Sie tun?« Der Polizist hatte kurze braune Haare und wache, dunkle Augen, die sie sofort an Steve erinnerten.

»Guten Tag. Mein Name ist Hanna Warrington. Ich hatte meinen Mann als vermisst gemeldet.«

»Vermisst?« Der Polizist zog fragend die Augenbrauen hoch. »Wie war der Name? Warrington?«

»Steve Warrington.«

Der Beamte zog eine Computertastatur zu sich heran und tippte etwas. »Hm. Sie haben das letzten Samstag gemeldet. *Ehefrau befürchtet Unfall oder Gewaltverbrechen*«, las er vor. »Die Personenbeschreibung wurde an die Kollegen weitergegeben.«

Hanna zog ein Foto von Steve aus der Hüfttasche ihrer Trainingshose. »Ich glaube, jemand hält ihn gegen seinen Willen fest.«

Der Polizist runzelte die Stirn. »Haben Sie einen Anhaltspunkt dafür?«

»Er hat sich bis jetzt nicht bei mir gemeldet. Und die Sachen, die er mitgenommen hat, passen nicht zusammen. Als ob jemand anders die Tasche gepackt hätte.«

»Er hat seine Sachen mitgenommen?«

»Ein paar. Aber eine seltsame Auswahl eben.«

»Vielleicht war er in Eile.« Der Polizist lächelte unverbindlich. »Machen Sie sich keine Sorgen, Entführer packen ihren Opfern keinen Koffer. Oder gibt es Kampfspuren in der Wohnung?«

»Nein.«

Der Polizist hob beschwichtigend die Hände. »Haben Sie etwas Geduld, in neun von zehn Fällen taucht der Mann nach kurzer Zeit wieder auf.«

»Er hat die Wohnung nicht freiwillig verlassen. Er sollte auf unsere Tochter aufpassen. Er hätte sie nie alleine zu Hause gelassen.«

»Wie alt ist Ihre Tochter denn?«

»Etwas über ein Jahr.«

»Dann kann er sich glücklich schätzen, dass Ihrer Tochter nichts zugestoßen ist.« Der Polizist sah sie ernst an. »Kann es sein, dass Ihrem Mann vielleicht das Kind und alles drum herum zu viel geworden ist und er eine Auszeit braucht?«

Hanna schüttelte den Kopf.

»Wissen Sie, das kommt öfter vor, als man denkt. Und jede Frau, die hier steht und ihren Mann als vermisst meldet, ist sich absolut sicher, dass er weder eine Freundin noch die Nase voll vom Alltag hat.«

»Aber ...«, protestierte Hanna.

»Kommen Sie in einer Woche wieder.«

»Verdammt! Haben Sie mir zugehört?«, fuhr Hanna ihn an, als wäre er schwer von Begriff. »Mein Mann hat mich *nicht* verlassen! Er braucht Ihre Hilfe!«

Der Gesichtsausdruck des Polizisten blieb unverändert freundlich. »Es tut mir leid, aber Ihr Mann darf sich aufhalten, wo er will, und, so schlimm das für Sie sein mag, er ist nicht mal Ihnen Rechenschaft darüber schuldig.«

6

Eigentlich war es zu früh für Alkohol, aber bereits die Wirkung des ersten Schlucks zerstreute ihre Bedenken. Sie fuhr sich mit den Fingern durch ihre vom Duschen noch nassen Haare. Als sie verschwitzt und aufgebracht in die Wohnung gepoltert war, hatte Britt sie nur angesehen und ihr wortlos ein Glas von Steves Cognac eingeschenkt.

Hanna merkte, wie sie ruhiger wurde. Sie war nicht machtlos. Wenn die Polizei nichts unternahm, würde sie eben selbst nach ihm suchen. Sie sah sich nach Britt um, die am Küchentisch saß und Lilou fütterte, als hätte sie seit Jahren nichts anderes getan. Jedes Mal ließ sie den Löffel wie einen Propeller vor Lilous Kopf kreisen, bevor sie ihn ihr in den Mund schob. Hanna war froh, jetzt nicht allein zu sein, und sie war froh, nicht reden zu müssen, sondern einfach nur hier stehen zu dürfen, während sie darauf wartete, dass das Nudelwasser kochte. Britt musste einen sechsten Sinn dafür haben, wann man einen Raum mit belanglosem Gerede füllen durfte und wann es besser war zu schweigen.

In keinem anderen Zimmer war Steve so präsent wie hier, wo sein Lieblingsregal mit den Büchern und sein dunkler Holztisch die Küche in einen gemütlichen Wohnraum verwandelt hatten. So wie Steve es ihr versprochen hatte, als sie unterwegs gewesen waren, um die hellen Fronten und die Arbeitsplatte gemeinsam auszusuchen. Hanna strich über die glatte Oberfläche der Schublade und lächelte. Diese Schublade hatte sie damals beim Einbau den letzten Nerv gekostet und ihr bewiesen, dass sie den richtigen Mann gefunden hatte.

»Das Wasser kocht.« Britts Stimme schreckte sie aus ihren Gedanken.

Sie schüttete die Nudeln ins Wasser und stellte die Eieruhr auf zwölf Minuten. Dann ging sie zum Tisch und setzte sich zu Britt.

Sie zog die Tischschublade auf. Die riesigen Augen des Gnoms starrten sie von Lilous Plastikuntersetzer an. Gestern Abend hatte sie ihn unter die Korksets eingeordnet. Wie immer. Oder war sie so sehr mit ihren Gedanken beschäftigt gewesen, dass sie ihn einfach obenauf gelegt hatte?

Sie griff nach zwei Korksets. Ihr fehlte wahrscheinlich nur etwas Schlaf. Erst die unruhigen Nächte im Krankenhaus, dann dieser schreckliche Albtraum gestern Nacht. Die Schreie der Kinder. Das gehetzte Atmen, die fliegenden Beine in der Dunkelheit. Die großen, haarigen Spinnen, die von überallher zu kommen schienen.

»Den Brei, den du mir für sie hingestellt hast, hat sie übrigens wieder nicht gewollt.«

Hanna ließ die Sets sinken. »Ich verstehe das nicht. Bisher mussten wir sie regelrecht dazu zwingen, auch mal was anderes zu essen. Steve hat sich oft darüber lustig gemacht. So wie sie das Zeug verschlingt, kann sie eigentlich nicht meine Tochter sein, hat er immer gesagt. Er hasst jede Art von Brei.« Hanna warf einen besorgten Blick auf Lilou. »Meinst du, das hat etwas mit dem Krankenhaus zu tun? Oder mit ihrem Atemstillstand?«

Britt zuckte mit den Schultern. »Ich habe angeblich als Baby nur Karottenbrei gegessen, und heute kannst du mich mit Karotten in jeder Form jagen. Ist doch egal, was sie isst. Hauptsache, sie hat Appetit, oder?«

»Vielleicht hast du recht«, sagte Hanna, ohne wirklich überzeugt zu sein. Sie verteilte die Sets auf dem Tisch. Die Unruhe kehrte zurück.

Sie stand auf und ging an den Herd. *Wo bist du, Steve? Hast du wirklich die Nase voll von uns? Ist dir Lilou zu anstrengend?* Sie nahm zwei Teller aus dem Schrank und stellte sie neben den Topf. Manchmal war er alleine unterwegs gewesen, mit seinen Fußballkumpels, nie lang, vielleicht zwei, zweieinhalb Stunden, auf ein Bier im Kaisergarten oder in der Domklause. Ein Stich durchfuhr sie. Hatte er doch eine andere kennengelernt?

»Wann hattet ihr denn das letzte Mal Sex?« Britt wischte Lilou den Mund ab.

Hanna fuhr zusammen. Konnte Britt Gedanken lesen? »Jetzt schau mich nicht so an, ich meine es nicht böse. Was glaubst du, wie oft ich das schon erlebt habe. Erst die Hochzeit und die Traumfrisur mit romantischen Korkenzieherlöckchen. Dann die Schwangerschaft, die das große Glück perfekt machen soll, trotz des Haarausfalls beim Stillen. Und dann kommen sie eines Tages und wollen einen komplett neuen Look. Dann weiß ich schon Bescheid…«

»Jetzt mach aber mal einen Punkt«, fuhr Hanna auf. »Du kennst Steve überhaupt nicht! Das sind doch Binsenweisheiten, mit denen du hier um dich wirfst. Die sind genauso haltlos wie deine Theorie, dass man von einer Tasse Kaffee einen schlechten Teint bekommt.«

Britt zuckte zusammen.

»Steve und ich…« Hanna senkte ihre Stimme und streckte ihre Hand schützend nach Lilou aus. Doch Lilou kaute ungerührt auf ihrem Löffel herum und beobachtete Britt. Lilou hätte auf Hannas harschen Tonfall erschrocken reagieren müssen, wie sonst, wenn sie in einem Streit mit Steve die Stimme erhoben hatte. Sie war seit dem Krankenhausaufenthalt so viel stiller. Als hätte sie keine Emotionen mehr. Als hätte sie in der kurzen Zeit verlernt, frei und unbändig zu lachen oder vehement und lautstark zu protestieren. Irritiert strich Hanna ihrer Tochter über die blonden Locken, bevor sie leise fortfuhr: »Steve hat nicht nur Lilou und mich zurückgelassen. Er riskiert auch seine Firma. Seine Existenzgrundlage. Ich weiß, wie er dafür geschuftet hat. Ich kann nicht glauben, dass er sein ganzes Leben wegen etwas mehr Sex wegschmeißt.«

»Er ist aber weg.« Britt nahm von Lilou den Löffel entgegen. »Und er war vor zwei Tagen in der Wohnung und hat sich nicht bei dir gemeldet. Hast du eine andere Erklärung dafür?«

»Eben nicht!« Hanna nahm Lilou aus dem Hochstuhl. Sie zappelte in ihrem Arm und drehte sich so, dass sie Britt weiterhin beobachten konnte. »Vielleicht steckt er in Schwierigkeiten.«

Britt antwortete nicht. Sie fixierte Lilous Plastiklöffel, den sie auf den Tisch gelegt hatte, und stupste ihn mit ihren manikürten Nägeln von links nach rechts und wieder zurück.

»Wenn ich nicht an ihn glaube, wer dann?«, brach Hanna das Schweigen. Jeder dachte, er hätte sie sitzen lassen. Der Polizist. Die Krankenschwester. Britt. Aber sie alle wussten nichts über ihre Ehe.

Britt löste den Blick von dem Löffel. »Es tut mir leid, wenn ich etwas Falsches gesagt habe. Aber ich meine es gut. Es bringt dir nichts, wenn du die Wahrheit nicht sehen *willst*. Glaubst du wirklich, andere Frauen klammern sich nicht genauso an jedes Fünkchen Hoffnung? Glaubst du etwa, du bist vor so was gefeit, weil du eine von Ebershausen bist?«

Hanna setzte Lilou wieder in ihren Hochstuhl und goss die Nudeln ab. Der Topf in ihren Händen zitterte. Sie war sich sicher, aus Britts Stimme eine Spur Gehässigkeit herausgehört zu haben. Der Dampf des Nudelwassers stieg heiß in ihre Nase. Sie zog den Kopf zurück und stellte die Nudeln auf der Spüle ab.

»Natürlich glaube ich das nicht.« Die Teller klirrten, als sie sie zu den Nudeln auf die Spüle stellte. Mit einer Nudelzange lud sie die Spaghetti auf und trug die Teller zum Tisch. »Aber ich kenne meinen Mann. Und es kotzt mich an, dass Leute, die ihn nicht kennen, sich ein Urteil über ihn erlauben. Du magst es ja normal finden, aber ich finde es ganz und gar nicht normal, dass Steve Lilou unbeaufsichtigt zurücklässt.«

Ein Knäuel Spaghetti war von Britts Teller gerutscht und glänzte feucht auf dem dunklen Korkset. Mit spitzen Fingern warf Britt es auf den Teller zurück. Sie saß kerzengerade, die Schultern etwas angehoben, als wollte sie ihren Kopf dazwischenklemmen. Ihre ganze Körperhaltung verriet, dass ihr die Situation unangenehm war. Hanna wandte sich ab und ging zum Kühlschrank.

»Möchtest du Ketchup?«

Britt verzog das Gesicht. »Dann kann ich mir ja gleich Zucker drüberschütten.«

Hanna lachte unwillkürlich. »Das hätte von Steve kommen können. Und den Gesichtsausdruck kenne ich auch.«

Sie setzte sich. Mit der Gabel trennte sie ein Stück Butter ab und gab es auf ihre noch dampfenden Nudeln. Die Butter zerfloss in Sekundenschnelle und tropfte durch den lockeren Nudelberg. Sie schob die Butter zu Britt und schüttete sich großzügig Parmesan auf ihren Teller.

»Auch wenn ich Steve nicht kenne, ich habe Geschichten wie deine schon tausendmal gehört. Und der Polizist mit Sicherheit auch. Ich wäre dir keine gute Freundin, wenn ich dich in etwas bestärkte, das dein Leiden nur verlängert. Was willst du? Eine Freundin, die ehrlich zu dir ist, oder jemanden zum Zeitvertreib, der dir nach dem Mund redet?«

So leise wie möglich verließ Hanna ihr Schlafzimmer. Endlich war Lilou eingeschlummert. Sie lauschte kurz und begab sich dann auf Zehenspitzen in das winzige Arbeitszimmer nebenan. Sie ließ beide Türen offen und stellte das Babyfon auf höchste Lautstärke, um selbst die geringste Unregelmäßigkeit sofort hören zu können. Sie setzte sich an den antiken Schreibtisch und begann die Post der letzten Woche zu öffnen. Beim vorletzten Briefumschlag stockte ihr der Atem. Sie kannte die Schrift. Besser als irgendeine andere Handschrift, von ihrer eigenen abgesehen.

Ihre Hände zitterten so sehr, dass sie Mühe hatte, den Umschlag aufzureißen. Sie zerrte den Brief aus dem Kuvert.

Meine liebste Hanna,
Dein Gesicht möchte ich jetzt sehen! Du hast Dir heute früh sicher gedacht, der Idiot hat unseren Jahrestag vergessen, aber wie könnte ich das? Am 16. Mai vor zwei Jahren haben wir uns das erste Mal geküsst.
Seitdem hat sich viel verändert, und ich bin Dir und unserer Prinzessin sehr dankbar dafür.
Ich liebe Dich.
Steve
PS: Nimm Dir für heute Abend nichts vor … ☺

Hanna ließ den Brief sinken. Sie nahm den Umschlag und las das Datum des Stempels. Vierzehnter Mai. Der Tag, nachdem er verschwunden war. Er musste ihn am Freitag auf dem Nachhauseweg eingeworfen haben. Typisch Steve. Wie romantisch wäre es gewesen, ihn an ihrem Jahrestag zu öffnen. Und doch verstand sie nichts. Das war kein Abschiedsbrief. Er passte nicht zu Steves Verschwinden. Er passte nicht zu einem Mann, der seine Frau verließ. Die inzwischen altbekannte Angst packte sie aufs Neue.

Angst, dass Steve etwas Furchtbares zugestoßen war. Dass sie ihn nie wiedersehen würde.

Mit einem Laut der Verzweiflung sprang Hanna auf und rannte auf den Balkon. Sie stellte sich vor die offene Tür, atmete tief durch die Nase ein und fixierte die Kapuze eines Mannes, der im Hauseingang gegenüber mit angewinkeltem Bein an der Mauer lehnte. Er wippte gemächlich vor und zurück, als warte er auf jemanden, der so bald nicht kommen würde. Sie trat an die Balustrade und hielt sich an dem schmiedeeisernen Gitter fest. Der Mann wippte noch immer rhythmisch vor und zurück, als er sie plötzlich bemerkte und abrupt innehielt. Ohne sein Gesicht unter der Kapuze erkennen zu können, spürte sie, dass er sie anstarrte. Hanna trat instinktiv in den Schutz der Wohnung zurück. Ihr Herz klopfte hart, ohne dass sie sich erklären konnte, warum. Sie schloss die Balkontür und verriegelte sie, dann ging sie zu ihrem Schreibtisch zurück. Dort nahm sie den Brief und las ihn, bis sie ihn sich Wort für Wort eingeprägt hatte.

Sonntag, 22. Mai

7

Konzentriert überflog Hanna die Mails, während Lilous stetes Gebrabbel wie eine beruhigende Hintergrundmusik den Raum füllte. Fast alle, die sie gestern noch angeschrieben hatte, hatten ihr geantwortet. Doch niemand konnte ihr einen Hinweis zu Steves Verbleib geben. Enttäuscht stellte sie den Laptop und die elektronische Maus neben sich auf dem Sofa ab. Die Hoffnung, mit der sie eben ihre Nachrichten abgerufen hatte, war mit jeder einzelnen weiter gesunken, bis nur noch ein Gefühl von Mutlosigkeit übrig war.

Ein Scheppern schreckte sie auf. Lilou kniete vor dem CD-Schrank und räumte ihn aus. Kunststoffhüllen fielen geräuschvoll zu Boden, CDs lagen lose auf dem Parkett verteilt und wurden von Lilou mit großem Ernst und unter stetem Geplapper über das nackte Holz geschoben, als müsste sie eine neue Ordnung in die Sammlung bringen. Hanna erhob sich seufzend und ging zu ihr. Mit einem »Da!« hielt Lilou ihr eine CD entgegen. Hanna nahm Lilou auf den Arm und ging mit ihr zur Stereoanlage. Dort legte sie die CD ein und drückte auf Play. Die Stimme von Unheilig erfüllte den Raum. Langsam ging sie zum Sofa und kuschelte sich neben Lilou in die weichen Polster.

Fühlst du auch, wie unsere Zeit verrinnt? Fühlst du?

Sie schloss die Augen und ließ sich von der eindringlichen Stimme forttragen.

Ein riesiger Strauß Rosen.

Eine Holzkiste.

Ein kompliziertes Vorhängeschloss.

Da bist du ja endlich!

Steve küsst mich und drückt mir ein Leatherman in die Hand.

Zeig mir, was du kannst.

Das Schloss ist schwer zu knacken, doch keine echte Herausforderung.

Ich öffne die Schachtel. Schnappe nach Luft.

Steve kniet vor mir und nimmt meine Hand. Er sagt nichts. Sieht mich nur an.

Brauchst du mich, wenn du am Abgrund stehst? Springst du? Ich springe mit … singt Unheilig.

Möchtest du meine Frau werden?

Ich verstehe Steve kaum, so leise spricht er.

Springst du mit?

»Ich springe mit, Steve.«

Das Lied war vorbei, und für Sekunden herrschte Totenstille. Hanna schlug die Augen auf. Fuhr erschrocken zusammen. Fenster auf ihrem Laptop öffneten und schlossen sich wie von Geisterhand, als hätte jemand die Kontrolle über ihren Computer übernommen.

Steve?

Sie hielt den Atem an. Er hatte von zu Hause Zugriff auf den Rechner im Büro. Andersherum funktionierte das sicherlich auch. Eine Internetseite sprang auf, ein schwarzer Fond, an dessen Seite grellrote Blutschlieren herunterliefen. In der Mitte erschien wie aus dem Nichts ein halb skelettierter Kopf, der sie fies angrinste und dazu höhnisch lachte. Mit einem Schrei knallte sie den Deckel zu und presste ihre Hand darauf, als könnte er von selbst wieder aufspringen.

Hektisch sah sie sich nach Lilou um. Kein Laut. Kein Gebrabbel. Keine Füße, die über den Holzboden patschten. Panische Angst, wie sie sie seit dem Atemstillstand so oft heimsuchte, überfiel sie.

Dann entdeckte sie Lilou auf dem Boden neben dem Sofa. Ihre Hand auf der Maus, mit der sie wahllos Kreise über den Teppich zog. Hanna atmete hörbar aus.

»Du hast Nerven!« Sie ging zu Lilou und nahm ihr die Maus ab. Ohne zu protestieren, blieb Lilou sitzen, legte den Kopf schief und begann wieder zu plappern. Hanna beugte sich zu ihr und strich ihr über die Locken. »Sollen wir ein Buch zusammen lesen?«

Lilou schüttelte den Kopf und brabbelte weiter vor sich hin, als würde sie eine großartige Geschichte erzählen. Hanna ließ ihren Blick einen Moment auf ihr verweilen, dann setzte sie sich zurück aufs Sofa und zog den Laptop auf ihre Oberschenkel.

Egal was andere dachten oder sagten, es musste einen Grund für Steves Verschwinden geben. Einen, der so schrecklich war, dass er sie durch sein Verschwinden vielleicht zu schützen versuchte. Die vertauschten Sets fielen ihr ein. Vielleicht war Steve in der Wohnung gewesen. Vielleicht hatte er das Set mit dem Gnom obenauf gelegt, um ihr einen Hinweis zu geben. Er wüsste, dass es ihr sofort auffiele. Dass sie Dinge immer an den gleichen Ort zurücklegte. Dass sie pedantisch darauf achtete, die etablierte Ordnung eines Systems aufrechtzuerhalten. *Und was soll dir ein Gnom mit Zwergenmütze sagen?* Sie klappte den Laptop auf. Die Gruselseite wirkte auf einmal viel harmloser. Das Lachen war verstummt, und der Kopf hatte aufgehört zu grinsen. Ein blinkendes Dreieck bot an, den Kopf wieder lachen zu lassen.

Hanna schloss die Internetseiten, die Lilou bei ihrem Spiel mit der Maus wahllos geöffnet hatte, und rief Steves Mailaccount auf. Erfolglos versuchte sie verschiedene Begriffe als Passwort und holte schließlich sein Notizbuch aus dem Arbeitszimmer.

Wieder im Flur sah sie, dass Lilou das Wohnzimmer verlassen hatte und jetzt die unterste Schublade der schmalen Kommode ausräumte. Ihre Lieblingsschublade. Die Zunge zwischen den Lippen stöberte sie durch den Inhalt. Handschuhe, Mützen und Schals flogen links und rechts von ihr auf den Boden, manche blieben an der Schublade hängen und wurden mit einem energischen Ziehen auf die Dielen befördert. Hanna wusste, dass Lilou jetzt darauf wartete, dass sie ihr die Mützen aufsetzte und mit ihr Verstecken spielte. Sie ging neben ihr in die Hocke, hob ihre Laufmütze vom Boden auf und setzte sie Lilou so auf den Kopf, dass sie die Augen bedeckte.

»Kuckuck.«

Mit einem Ruck zog sie die Mütze vom Kopf und wartete auf Lilous Klatschen und Kichern. Doch Lilou grapschte nur nach der Mütze und warf sie in die Schublade zurück, als sei sie viel zu alt für solch ein albernes Spiel. Als hätte Lilou sie gemaßregelt, kauerte Hanna betroffen neben ihr. Unschlüssig, wie sie reagieren sollte, ergriff sie den Schal, den Lilou aus dem Chaos neben sich gefischt hatte und ihr reichte.

»Da!«

»Danke, Püppchen.« Hanna nahm Steves Fanschal in Empfang. Rot-weiß gestreift, an beiden Enden das Wappen mit der Standkanone, über dem Wappen der Schriftzug Arsenal und darunter der Name Steve eingearbeitet. Steves Großmutter hatte ihn gestrickt, als er ein Junge war. Er war abgetragen und voller Wollflusen, das Weiß schon eher ein schmutziges Grau, aber Steve würde sich niemals davon trennen. Als würde der Schal sie magisch anziehen, konnte sie ihren Blick nicht mehr von ihm lösen. *Arsenal.*

Das konnte es sein. Das Passwort.

Ihre Vermutung war richtig gewesen. Arsenal – eigentlich naheliegend. Und doch, hätte Lilou nicht mit dem Schal gespielt, würde sie wahrscheinlich noch immer rätseln. Hanna blickte zufrieden auf den Posteingang von Steves Mailaccount und überflog die Nachrichten. Die meisten waren von seinen Kumpels aus dem Sportverein. Viele waren keine zwei Sätze lang – ein kurzes »ja, komme auch« oder »vergiss den Pokerabend nicht«.

Nachdem sie den Ordner »Freunde« durchhatte, machte sie eine Pause, um nach Lilou zu sehen. Sie schlief auf Steves Bettseite, in Rückenlage, die Arme kerzengerade neben sich ausgestreckt. *Genau wie Steve*, ging es Hanna durch den Kopf, und ein eigentümliches Gefühl erfasste sie, als stünde jemand hinter ihr und blickte ihr über die Schulter. Sie drehte den Kopf, obwohl sie genau wusste, dass niemand hinter sie getreten war, doch selbst das half ihr nicht, das unbehagliche Gefühl abzuschütteln. Leise verließ sie das Zimmer.

In der Küche setzte sie sich wieder an den Laptop und klickte auf den Ordner »Unbekannt«. Sie stutzte.

Las die Nachricht.

Erstarrte.

Las die Nachricht ein zweites Mal.

ich weiß nicht was du noch als warnung brauchst um mit der kohle rauszurücken aber ich sag dir ich hab keine hemmungen mich an deine alte zu halten die soll ja mächtig kohle haben ob die wohl weiß woher du deine mücken hast und was die wohl sagt wenn sie es erfährt?

also kumpel letzte warnung nächste woche ist zahltag zweite rate 30 mille kleine scheine keine verarsche

rob

Sie checkte den Absender. *Robinator66*.

Sie las die Mail noch einmal. Ihre Nackenhaare stellten sich auf. Was, um alles in der Welt, verbarg Steve vor ihr?

Hanna stand abrupt auf und trat auf den Balkon hinaus.

Steve war erpresst worden. Folglich hatte er etwas zu verbergen. Vor *ihr* zu verbergen. Sie bemerkte den Mann im Hauseingang gegenüber und trat zwei Schritte zurück. Es musste derselbe sein wie gestern. Den Fuß an der Wand wippte er rhythmisch vor und zurück, der Kopf wieder versteckt unter einer Kapuze. Ihr Puls beschleunigte sich. Sie verschwand hastig in der Küche und schloss die Balkontür, als sie ein leises Klopfen vernahm. Wie angewurzelt blieb sie stehen. Lauschte angestrengt. Das Klopfen wurde fordernder. Dann hörte sie Britts Stimme.

»Hanna?«

Erleichtert lief sie in den Flur und öffnete die Tür. Britt hielt ihr ein Päckchen Tee unter die Nase.

»Ich will gar nicht stören«, flüsterte sie, als befürchte sie, Lilou zu wecken, »ich dachte nur, vielleicht tut dir ein Entspannungstee gut.«

Sie stockte und berührte dann Hannas Arm. »Was ist los? Du siehst aus, als hättest du ein Gespenst gesehen.«

»Steve wurde erpresst«, brach es aus ihr hervor, so unvermittelt und vehement, als hätte sie eine Gräte ausgespuckt, an der sie sonst erstickt wäre. Sie winkte Britt mit sich in die Küche, wo der Laptop im dämmrigen Licht hell leuchtete. Hanna setzte sich und klopfte einladend auf den Stuhl neben dem ihren.

»Lies.« Sie schob den Laptop zu Britt.

»Was ist das für ein Typ?«

»Ich weiß es nicht.« Hanna tastete nach ihrem Anhänger. »Ich habe noch nie von einem Rob gehört.«

»Von welchem Geld redet er?« Sie sieht sich in der Wohnung um, als fiele es ihr schwer zu glauben, dass Hanna reich sein solle.

»Er meint wohl das Erbe meiner Oma. Das bekomme ich aber erst an meinem dreißigsten Geburtstag.«

»Und von welchem Geld darfst du nichts wissen?«

»Weiß ich auch nicht. Für die Firma zahlen wir einen Kredit ab. Und sonst weiß ich von keinen größeren Summen.« Hatte er sie angelogen? War er deshalb in letzter Zeit so häufig spät nach Hause gekommen? Kundentermine, Notfälle, immer eine Ausrede parat: *Du weißt doch, wie das ist. Schlösser halten sich nicht an die Ladenschlussgesetze.*

»Hanna?« Britt tippte sie an. »Hast du mir zugehört?«

»Entschuldige. Ich bin ganz konfus.«

»Hast du eine Idee, wie du herausfinden kannst, wer dieser Rob ist?«

»Nein.« Abrupt stand Hanna auf und lief zum Spülbecken. Sie füllte ein Glas mit Leitungswasser und schüttete es auf einen Sitz herunter. Sie musste unbedingt etwas tun. Irgendwas. Zur Polizei gehen. Steves Freunde anrufen. Zum Kaisergarten. In die Domklause. Vielleicht wusste dort jemand, wer dieser Rob war. Diese verdammte Untätigkeit. Sie spürte Britts Blick auf sich. Prüfend. Nachdenklich.

»Wenn du noch mal loswillst, kann ich bei Lilou bleiben«, sagte sie schließlich leise. »Ich weiß, wie du dich fühlst. Ich bin auch mal verlassen worden.«

8

Hannas Beine schlugen wie von allein den Weg zur Domklause auf der anderen Seite des Doms ein. Wenn sie dort nichts herausfand, konnte sie in den Kaisergarten gehen und danach noch ins Irish Pub. Woanders war Steve nie hingegangen.

Mit Kneipen ist das wie mit einer Frau, hatte er immer gesagt, du entscheidest dich für eine, und der bleibst du treu.

Sie fröstelte. Die Jacke war zu dünn für die kühle Abendluft, und sie verschränkte die Arme vor ihrer Brust, um sich zu wärmen. Die zierlichen Altbaufassaden der Fußgängerzone wirkten trotz der dezenten Beleuchtung trostlos und verlassen.

ich hab keine hemmungen mich an deine alte zu halten die soll ja mächtig kohle haben ob die wohl weiß woher du deine mücken hast.

Von welchem Geld durfte sie nichts erfahren? Was, zum Teufel, hatte Steve vor ihr verheimlicht?

Sie erreichte den Dom. Von Tausenden von Watt angestrahlt, thronte er wie ein Mahnmal auf dem verlassenen Domplatz. Sie lief um das Gebäude herum und betrat an der Rückseite eine dunkle Passage, die direkt zum Hof führte. Die warnende Stimme ihrer Mutter meldete sich. *Du wirst diesen Menschen nicht heiraten. Hörst du? Niemals. Wann begreifst du endlich, dass du eine Verantwortung uns gegenüber hast? Wir werden nicht zusehen, wie so einer unser Vermögen durchbringt. Und ich garantiere dir, darauf wird es hinauslaufen. Entscheide dich. Er oder wir.*

Obwohl es zu nieseln begonnen hatte, saßen im Hof vereinzelt Gäste unter großen, weißen Schirmen. Alte Straßenlaternen und hell erleuchtete Schaufenster spendeten genug Licht, dass Hanna im Vorbeigehen den Hof nach Steve absuchen konnte, obwohl sie genau wusste, dass er nicht dort sitzen würde. Sie passierte die römische Forumsruine, die wie eine Erinnerung an vergangene Zeiten in den Hof hineinragte, und steuerte auf das alte Backsteingebäude mit den sandfarben abgesetzten Buntglasfenstern am Ende des Platzes zu. Aus den Kneipen drang Musik, von den Rauchergruppen vor den Eingängen ertönte lautes Lachen. Vor dem alten Gebäude ließ sie ihren Blick über die draußen versammelten Gäste wandern, dann betrat sie die Domklause.

Die Luft in der Kneipe war im Gegensatz zu der frischen Abendluft abgestanden und stickig. Hanna blieb unschlüssig am Eingang stehen. Die dunkle, halbhohe Holztäfelung und die Holzdecke verliehen der Kneipe etwas Heimeliges, das durch die alten Holztische und -stühle noch unterstrichen wurde. Steve hatte sich hier wohlgefühlt. Wie mein Lieblingspub in England, hatte er immer gesagt.

Sie musste zielgerichtet vorgehen. Zwei Stunden hatte Britt ihr zugestanden. Um elf sollte sie wieder zurück sein. Zwei Stunden, um mehr über Rob zu erfahren. Über den Mann, der Steve erpresst hatte. Dessentwegen Steve vielleicht untergetaucht war. Um sich vor ihm zu verstecken. Hanna schöpfte Mut. Wenn Rob der Grund für Steves Verschwinden war, würde sie ihn finden. Und dann hätte Steve einiges zu erklären.

Mittlerweile hatte sie sich an das dämmrige Licht und die schlechte Luft gewöhnt und sah sich suchend um. Die Kneipe war halb leer. Sie ging zielstrebig zu der getäfelten Bar, die neben einem Sortiment an Spirituosen auch eine skurrile Sammlung an Nippes beherbergte. Als sie näher kam, winkte der Wirt sie zu sich.

»Na, ist Steve wieder aufgetaucht?«, fragte er und sah zum Eingang.

»Nein, leider nicht.«

Mit einem eleganten Schlenker zog er eine Flasche Prosecco aus einer Schale mit Eis und schenkte ein Glas ein. »Was kann ich für dich tun?« Er reichte ihr das Sektglas.

Hanna nahm einen kleinen Schluck. »War Steve in letzter Zeit mit jemandem hier, den du nicht vom Stammtisch kennst?«

Der Wirt zögerte. »Ich… Ich kann mich nicht genau erinnern, wirklich, es ist einfach immer zu viel los hier.«

»Es ist wichtig.«

Der Wirt wandte sich ab und trat zu der Batterie an Schnapsflaschen hinter ihm. Er nahm einen Marillenbrand herunter und goss sich ein Schnapsglas großzügig voll, dann leerte er es in einem Zug.

»Er war mit einer Frau hier«, nuschelte er kaum hörbar. »Das letzte Mal, als er hier war, saß er mit einer Frau an dem Tisch bei den Toiletten.«

Mit einer Frau! Hanna stürzte den Rest Prosecco hinunter und setzte das Glas klirrend auf dem Tresen ab. Der Wirt nahm die Schnapsflasche und füllte ein zweites Glas. Stumm schob er es ihr zu und beobachtete, wie sie es austrank. Der Schnaps brannte in ihrer Kehle.

»Kanntest du die Frau? War er… Ist er schon einmal mit ihr hier gewesen?«

Der Wirt schüttelte wieder den Kopf. »Ich habe sie weder davor noch danach je gesehen.«

»Welche Haarfarbe hatte sie?«

»Dunkel.«

Eine dunkelhaarige Frau. Sie biss sich auf die Lippe. »Wirkten sie vertraut? Ich meine, wirkten sie wie ein… ein Paar?«

»Nein, Mensch, auf keinen Fall.« Er winkte energisch ab.

Zu energisch, wie Hanna fand. »Nein, wirklich nicht. Sie war ziemlich sauer. Und hat geweint.«

Der Wirt schnappte sich einen Lappen und begann einen unsichtbaren Fleck vom Tresen zu putzen. Hanna merkte, dass er ihren Blick mied, und wusste, dass er ihr nicht mehr über Steve und die Unbekannte erzählen würde.

»Kennst du einen Rob? Oder hat Steve dir von einem Rob erzählt?«

Der Wirt sah von dem Putzlappen hoch. »Rob?« Er schüttelte den Kopf. »Tut mir leid. Da kann ich dir nicht weiterhelfen, aber wenn ich etwas höre, melde ich mich, versprochen.« Der Putzlappen kreiste wieder über das glatte Holz.

Hanna verstand. Die Unterhaltung war beendet. Sie deutete auf die Gläser vor ihr und sagte: »Danke.« Dann wandte sie sich ab und ging zum Ausgang. Als sie sich an der Tür noch einmal umdrehte, sah sie, dass der Wirt den Lappen weggelegt hatte und telefonierte.

Der Weg zum Kaisergarten war zu kurz für all die Gedanken, die Hanna im Kopf umherschwirrten. Sie ging die dunkelhaarigen Frauen durch, die sie kannte, und konnte sich beim besten Willen keine davon bei einem heimlichen Tête-à-Tête mit Steve vorstellen. Bei den Toiletten gesessen... Steve hasste das, mehr noch, er machte sich über die Leute lustig, die ihre Mahlzeit dort einnahmen, wo die anderen sie wieder loswurden. Die einzige Erklärung für diese Sitzplatzwahl war, dass er nicht gesehen werden wollte. Mit der Dunkelhaarigen. Einer, die wütend war, die geweint hatte. Mit wem hatte er sich heimlich getroffen? Und wann? Einmal? Öfter? Hatte er sie getroffen, wenn er behauptet hatte, noch bei einem Kundentermin gewesen zu sein? Sie erinnerte sich an ihren Streit, als er das letze Mal so spät nach Hause gekommen war.

Lilou ist schon im Bett.

Das klingt, als ob du sauer bist.

Du hast versprochen, heute früher zu kommen. Du bist die ganze Woche nicht vor acht zu Hause gewesen. Du hast mal gesagt, du willst nicht, dass deine Tochter dich nur am Wochenende sieht.

Es tut mir leid. Wir können es uns nun mal nicht leisten, Kunden wegzuschicken.

Doch. Können wir schon. In knapp einem Jahr bin ich dreißig, dann haben wir genug Geld, um deinen Kredit zurückzuzahlen, und bis dahin schaffen wir das auch so irgendwie.

Sie öffnete die Tür zum Kaisergarten. Im Gegensatz zur Domklause war es hier hell und luftig, die Tische waren großzügig verteilt, und die Musik berieselte die Gäste in einer angenehmen Lautstärke. Hanna ging zur Bar und tippte dem Besitzer der Kneipe auf die Schulter. Er wandte sich um.

»Ja?«

»Hallo, ich weiß nicht, ob du dich an mich erinnerst, ich bin Steve Warringtons Frau.«

Er kniff die Augen zusammen. »Anne, nicht?«

»Hanna.« Sie streckte ihm die Hand entgegen. »Ich suche Steve.«

»Joe an der Bar hat mir erzählt, dass du letzte Woche auf irgendeiner Joggingtour reingeschaut hast. Ich hatte gehofft, dass du noch mal kommst.« Er zog ein Papier aus einem Stapel und kam zurück. »Bequatscht mich, dass ich ihm einen speziellen Heimservice bringen soll, und verschwindet dann!« Er reichte Hanna das Blatt.

Hanna überflog es. Eine Rechnung für ein viergängiges Menü für zwei Personen, inklusive Wein und Digestif, zu liefern an ihre Adresse, am Montag, den 16. Mai. An ihrem Jahrestag. *Deswegen sollte ich mir also für den Abend nichts vornehmen.* Intuitiv wanderte ihre Hand zu ihrem Anhänger und strich zärtlich darüber. *Wen auch immer du getroffen hast, du hast mich nicht betrogen.* Sie schloss die Faust so fest um den silbernen Schlüssel, dass der Bart sich in den weichen Handballen drückte. Dann ließ sie ihn abrupt los und zog ihren Geldbeutel hervor.

»Ich zahle die Rechnung.« Sie zückte ihre Scheckkarte. »Bitte.«

Der Wirt nahm die Karte entgegen, steckte sie in den Kartenterminal, tippte etwas hinein und hielt ihn ihr dann zur Eingabe der Geheimnummer hin.

»Kennst du einen Rob?«, fragte Hanna, als sie ihre Karte wieder in den Geldbeutel zurücksteckte.

»Rob? Allerdings.« Er packte ihren Arm. »Hat er was mit Steves Verschwinden zu tun?«

Sein Griff war hart. Seine Reaktion erschreckte sie, doch sie entwand ihm den Arm und versuchte, sich nichts anmerken zu lassen. »Möglich. Was weißt du über ihn?«

»Er ist Ire. Rötliche, sehr kurze Haare, etwa einen Meter achtzig. Kräftig. Ähnlicher Akzent wie Steve. Nimm dich vor dem in Acht.«

»Was hat er denn gemacht?«

»Dumme Fragen gestellt. Über Steve. Als ob ich nicht merke, wenn mich jemand aushorcht. Ich hab Steve gleich Bescheid gesagt. Ganz ehrlich, ich hab mich gewundert, was Steve mit so einem zu tun hat. Der Typ ist nicht koscher.«

Hanna versuchte sich nicht anmerken zu lassen, wie es in ihr tobte. Rob war zwielichtig. Und er wusste etwas über Steve. Es musste etwas sehr Schlimmes sein, wenn Steve bereit war, Geld, viel Geld zu bezahlen, damit sie nicht davon erfuhr. Hatte er eine zweite Familie? Führte er ein Doppelleben? So etwas hörte man doch immer wieder. Oder war er ein Betrüger? Ein Dieb? Steckte hinter dem liebevollen und romantischen Mann, den sie geheiratet hatte, ein Verbrecher?

Undenkbar.

Alles an ihm wirkte zutiefst aufrichtig.

Seine Liebe.

Seine Sorge um sie während der Schwangerschaft.

Seine Zärtlichkeit für Lilou.

Er hätte das unmöglich vortäuschen können. Und doch hatte er etwas vor ihr verborgen. Und jetzt war er verschwunden. Hatte er Rob das Geld gegeben? Sie schauderte. Falls nicht, würde Rob es sich von ihr holen?

Feiner Nieselregen setzte ein, als Hanna in die inzwischen menschenleere Annastraße bog. Ihre Schritte hallten auf den nassen Pflastersteinen, und sie glaubte ein leises Echo zu hören, jedoch nicht das Klack-Klack ihrer Absätze, sondern ein raues Knarzen, wie sie es von Steves Stiefeln kannte. Nervös sah sie sich um. War da ein Schatten? Sie beschleunigte ihren Schritt. Der Mann mit der Kapuze aus dem Hauseingang gegenüber fiel ihr wieder ein. Robs Brief. Hatten rote Haare unter der Kapuze gesteckt? Sie begann zu laufen, schneller und schneller. Endlich erreichte sie keuchend die Haustür. Sie sperrte sie in Sekundenschnelle auf und warf sich dann von innen dagegen.

9

Schwer atmend ließ sich Hanna auf das Sofa fallen. Sie griff nach einem der flauschigen Kissen und drückte es an sich, um das Zittern ihrer Hände zu verbergen. Britt sah von ihrem Buch auf.

»Bist du gerannt?« Sie legte das Buch auf die Armlehne von Steves Lieblingssessel und musterte sie besorgt. »Ist was passiert?«

»Ich wollte nicht nass werden«, antwortete Hanna ausweichend und heftete ihre Augen auf den Tisch. Neben Laptop und Babyfon standen eine Flasche Rotwein, ein Glas Wasser und ein Glas Wein. Mit einem Mal kam Hanna ihre Angst völlig lächerlich vor. Rob hatte Steve gedroht, ihr etwas zu enthüllen, wenn Steve nicht bezahlte. Er war keine Bedrohung für sie, im Gegenteil, er brauchte sie, damit sein Erpressermodell funktionierte. Sie spürte, wie das Zittern nachließ, und stand auf. »Ich schau kurz nach Lilou.«

Als sie zurückkam, war Britt erneut in ihre Lektüre vertieft. Hanna setzte sich und versuchte, den Titel des Buches zu entziffern. Ein esoterischer Beziehungsratgeber. Sie legte das Kissen zur Seite und angelte sich Steves Fanschal, der neben ihr auf dem Sofa lag. »Ist Lilou zwischendurch aufgewacht?«

Britt legte das Buch zur Seite. »Nein, ich habe ein paarmal nach ihr gesehen, alles ruhig.«

Hanna blickte verwundert von dem Schal auf. Wenn Lilou nicht damit gespielt hatte, warum lag er dann hier? »Hast du den Schal aus der Schublade geholt?«

Britt schüttelte den Kopf. »Warum sollte ich?«

»Egal, ich werde wohl immer zerstreuter.« Sie seufzte und begann die Flusen vom Schal zu zupfen. Steve hasste es, wenn sie das tat. Er behauptete immer, irgendwann wäre vor lauter Flusenzupfen nichts mehr von dem Schal übrig.

»Hast du etwas erfahren?«

Hanna legte den Schal weg, holte sich ein Weinglas und kehrte an ihren Platz zurück. »Steve hat sich vor ein paar Wochen mit einer Frau getroffen. Und die soll ziemlich unglücklich gewesen sein.«

Hanna goss das Glas halb voll. Sie hielt es unter ihre Nase und sog den Duft nach Waldbeeren ein.

Britt beugte sich im Sessel vor. »Weißt du mit wem?«

»Nein. Dunkelhaarig. Mehr weiß ich nicht.«

Britt lehnte sich wieder zurück.

»Und dieser Rob soll ziemlich übel sein.« Hanna schwenkte den Wein im Glas, und ihr Blick folgte den Schlieren. Dann trank sie das Glas zur Hälfte aus und stellte es neben die Flasche.

»Nun, jemand, der andere erpresst, ist immer ziemlich übel«, warf Britt ein. »Finde ich zumindest.« Sie verengte die Augen zu Schlitzen und legte ihren Kopf schief.

Hanna begann sich unter ihrem Blick unwohl zu fühlen und griff erneut nach ihrem Weinglas. Ohne zu trinken, stellte sie es wieder ab. Noch einen Schluck, und sie würde nicht mehr schlafen können.

»Bist du deshalb vorhin gerannt? Weil du Angst hattest?«

Hanna nickte.

»Warum erzählst du mir dann was von Regen? Hey, ist das in höheren Kreisen so üblich, oder was?« Britts Stirn legte sich in Falten. »Ich glaube, du brauchst mal Nachhilfe in Grundregeln einer Freundschaft.«

»Jetzt reg dich nicht gleich so auf. Außerdem hat es wirklich geregnet.«

»Es geht ums Prinzip. Das mit dem Regen war gelogen. Du vertraust mir deine Tochter an, aber nicht, dass du Schiss hast? Das ist doch schizo!«

Hanna verkniff sich eine Antwort. Sie konnte Britts Ärger sogar nachvollziehen. Zumal es gar nicht nötig war, ihr die Information über Rob vorzuenthalten, schließlich wusste sie ohnehin Bescheid. Trotzdem konnte sie nicht einfach so umschalten. Es war ihr natürlicher Reflex, Informationen zurückzuhalten, genau zu selektieren, welche man preisgab und welche man besser für sich behielt.

»Ich glaube, Rob beschattet mich«, sagte Hanna schließlich in die angespannte Stille. »Da war ein Typ im Eingang gegenüber. Er war gestern auch schon dort. Als ob er meine Wohnung beobachtet.«

»Der mit der Kapuze? Ich weiß nicht... Fandest du den verdächtig? Der hat letzte Woche auch schon dort gestanden. Ich dachte, der wartet auf seine Freundin.« Britt legte einen Finger an die Lippen, als denke sie intensiv nach. »Aber wenn du Rob als Gefahr siehst, solltest du dir überlegen, ob du nicht dich und Lilou aus der Schusslinie bringen solltest. Kannst du nicht ein paar Wochen irgendwo unterschlüpfen? Bei deinen Eltern?«

»Das geht nicht.« Hanna nahm ihr Glas und trank den Rest Wein in einem Zug. »Für meine Eltern bin ich bereits gestorben.«

Kreischen. Immer lauter. Immer angstvoller.

Kinderstimmen. Ganz deutlich. Kinderstimmen.

Trampeln. Schnelle Schritte. Laufen. Stolpern. Schreien. Aufrappeln. Weiterrennen.

Die Umrisse kommen näher. Lösen sich aus der Schwärze des Schlunds, dem sie zu entrinnen versuchen, und verwandeln sich in eine Armee von Spinnen.

Sie liegt am Boden. Sieht die großen Körper. Die kleinen Köpfe. Die schwarzen Augen. Auf sie gerichtet. Böse. Starr.

Das schnelle Trappeln der staksigen Beine. Viel zu laut. Es müssen Tausende sein. Sie hat Angst. Will aufstehen. Kämpft. Ihre Beine versagen.

Die Spinnen erreichen sie. Große, haarige Spinnen.

Sie schreit.

Schreckt hoch.

Mit einem Stöhnen öffnete Hanna die Augen. Wieder der gleiche Albtraum. Ohne auf die Leuchtanzeige des Radioweckers zu schauen, wusste sie, wie spät es war. Drei Uhr dreiundvierzig. Jede Nacht. Drei Uhr dreiundvierzig. Sie wälzte sich zur anderen Seite hinüber und lauschte auf Lilous gleichmäßige Atemzüge. Alles normal. Sie drehte sich zurück und drückte die Nase in Steves Shirt, schloss die Augen und sog den noch schwach vorhandenen Duft seines Rasierwassers ein.

Ich habe vor dir keinen Mann gekannt, der sich vor dem Schlafengehen rasiert.

Ich fahre zärtlich über die glatte Wange.

Dann hast du bei der Auswahl deiner Männer ziemlich geschlampt.

Er schmiegt sich an mich.

Der einzige Mensch auf dieser Welt, dem ich gefallen möchte, steht nun mal auf glatt rasierte Männergesichter.

Ich würde dich auch unrasiert nehmen.

Ich weiß.

Er beißt mich neckisch in den Hals, dann wandern seine Lippen meinen Körper entlang.

Aber du würdest es weniger genießen, wenn ich an dir herumknabbere. Ich liebe dich, Hanna, mehr als mein eigenes Leben. Vergiss das nie.

Sie hörte seine Stimme so deutlich, als läge er neben ihr

und hauchte ihr die Worte ins Ohr. Es war ihr, als könnte sie ihn spüren, die Hitze, die von seinem Körper ausging, die Arme, die sich jeden Moment um sie schlingen mussten. Sie streckte ihre Hand aus, um ihn zu berühren, und ertastete Lilous Schlafsack.

Ich liebe dich, Hanna, mehr als mein eigenes Leben.

Warum hatte er sich ihr dann nicht anvertraut? Was war das für eine Liebe, wenn er so elementare Geheimnisse vor ihr hatte, dass er sich erpressbar machte? Alles leere Worte?

Sie erhob sich leise und schlurfte müde ins Wohnzimmer. Als sie sich in Steves Sessel setzte, glaubte sie einen Luftzug lang, Steve riechen zu können. Allerdings war sein Duft jetzt vermengt mit Spuren von Britts Parfum. Wieder spürte sie seine Anwesenheit, glaubte seine Stimme zu hören, die ihr verführerisch ins Ohr säuselte. *Ich liebe dich. Vergiss das nie.* Hektisch sah sie sich um. Eine Gänsehaut überzog ihre Arme. Hastig sprang sie auf und lief in die Küche. Sie füllte den Wasserkocher. Eine Tasse heißer Tee mit Rum. Danach würde sie vielleicht wieder schlafen können. Sie öffnete den Schrank und suchte nach dem großen Engelbecher, den Steve ihr aus Berlin mitgebracht hatte. Er stand in der hinteren Reihe, und sie stellte sich auf die Zehenspitzen, um nach hinten zu langen, als ihr Lilous Kinderteller ins Auge fiel. Anstatt nach der Tasse zu greifen, holte sie den Teller aus dem Schrank und starrte ihn ungläubig an. Der Teller gehörte in die Plastikschublade. Damit Lilou ihn selbst holen konnte. Vergeblich versuchte sie sich daran zu erinnern, wie sie den Teller aufgeräumt hatte. Sie wusste, dass sie Lilous Teller automatisch in die unterste Schublade stecken würde, und dass sie das nicht getan hatte, war ein weiterer Beweis, wie sehr sie aus dem Gleichgewicht geraten war. Hanna räumte den Teller in die Schublade, ging zurück ins Wohnzimmer und kuschelte sich in Steves Sessel, als wäre er ein geheimer Zufluchtsort, und konnte doch den Geistern ihrer Kindheit nicht entkommen.

Diese Frau ist eine Zumutung.

Mutters Stimme ist schrill.

Diese Frau ist meine Mutter.

Vater bemüht seinen diplomatischen Tonfall.

Ich weiß, dass sie deine Mutter ist, danke. Sie erinnert mich oft genug daran. Trotzdem ist sie eine Zumutung.

Sie ist ein wenig verwirrt. Hör auf, dich zu beschweren, du hast sie in ihrem Starrsinn unterstützt, sich nicht behandeln zu lassen.

Verwirrt? Sie ist hochgradig verrückt! Und ich war nie gegen eine Behandlung, ich wollte nur nicht, dass es an die große Glocke gehängt wird. Aber jetzt gehört sie in ein Heim, bevor sie uns alle irgendwann noch aus Versehen umbringt.

Das wird sie nicht überleben. Das ist dir doch klar. Willst du Hanna das wirklich antun? Du weißt, wie sehr sie an ihr hängt.

Hanna verdrängte den Gedanken an Oma Wilmi und griff nach dem Laptop. Sie rief das Internet auf und gab als Suchbegriff *Vermisste Personen* ein. Sofort baute sich der Bildschirm neu auf, und eine Reihe von Links erschien. Hanna klickte auf den ersten und versank im Blog einer Frau, die ihr Leben der Suche von Vermissten gewidmet hatte. Fotos von Kindern, jungen Mädchen, Männern und Frauen jeden Alters, umrahmt von einer Personenbeschreibung und den Umständen der Suche folgten aufeinander. Sie scrollte nach unten und las sich einen Fall nach dem anderen durch. Vier Jahre vermisst. Sieben Jahre vermisst. Fünf Monate vermisst. Und bei jedem Eintrag fanden sich aktuelle Kommentare von Familie und Freunden, die unermüdlich nach der verschollenen Person suchten und hofften, sie eines Tages wieder in ihre Arme schließen zu können.

Sie löste die Augen vom Bildschirm und lauschte angestrengt. Ihre Finger gruben sich in die Sessellehne. Das bekannte Knacken des alten Holzes, das Surren des Kühlschranks. Nichts Ungewöhnliches vermischte sich mit den üblichen Geräuschen der Wohnung. Und doch war da etwas. Sie glaubte Blicke zu spüren, die sich in ihren Rücken bohrten, sie beobachteten, belauerten. Mit einem Ruck drehte sie sich um. Niemand. Sie schloss die Augen und zählte langsam bis zehn. Ihre Nerven spielten ihr einen Streich. So konnte das nicht weitergehen. Sie musste etwas tun. Irgendetwas.

Entschlossen klickte sie auf das Kontakt-Icon und begann zu schreiben.

10

21. Januar 1991

Der Neue macht mich noch verrückt. Hätte ich ihm nur nicht mit seinem Scheißbrei geholfen. Er denkt, ich hätte es für ihn getan. Dabei hab ich ihm nur wegen dem Wetteinsatz die Minzbonbons gegeben. Der Trick funktioniert immer. So viele wie möglich auf einmal essen, das betäubt die Geschmacksnerven. Und dann ohne Zögern einen Löffel nach dem anderen in den Mund und einfach nur schlucken, schlucken, schlucken. Seitdem hängt der mir an den Fersen, als wär er mein Hündchen, egal wie oft ich ihm sage, dass er sich verpissen soll. Und Luke grinst sich einen. Heute hat der Neue mich gefragt, wieso wir so sind.

Wie sind wir denn?, hab ich zurückgefragt.

So gemein, hat er geantwortet, und er hat glatt Tränen in den Augen gehabt. Nur weil ich nicht wollte, dass er mir auf Schritt und Tritt folgt.

Jetzt pass mal gut auf, Babyfurzer, hab ich gesagt, ich brauch keinen Schatten, der die Luft um mich rum verpestet, hier stinkt's auch so genug. Du gehörst nicht zu uns, hab ich ihm gesagt, und du wirst auch nie dazugehören. Und das hat nichts damit zu tun, dass du erst vierzehn bist und ich sechzehn bin.

Warum hast du mir dann geholfen?, hat er gefragt, und ich wollte ihm von der Wette erzählen. Aber dann hab ich ihm einfach nur eine auf den Hinterkopf gegeben und gesagt, er soll die dämlichen Fragen den Weibern überlassen, und bin zu den anderen.

Luke hat uns die ganze Zeit beobachtet und hat natürlich sofort angefangen, über den Neuen abzulästern. Und irgendwie hatte ich heute keinen Bock mitzumachen. Der Neue hat an der anderen Seite vom Hof an der Mauer gelehnt und immer wieder zu uns rübergeschaut, als ob er wüsste, dass Luke und die anderen gerade über ihn lachen. Er hat ziemlich klein ausgesehen, so allein an der hohen Mauer, und auf einmal hat er mir leidgetan. Mir hat noch nie jemand leidgetan, nicht einmal Marcus, als er vom Alten halb totgeschlagen worden ist. Er hat gewusst, was passiert, wenn der Alte ihn erwischt, und außerdem, wenn du anfängst mit der Mitleidstour, dann hast du eh verloren. Heute der, morgen der, geht doch allen gleich beschissen. Irgendwie hat Luke mir das mit dem Mitleid angemerkt, und er hat aufgehört zu lachen. Hat aber nichts gesagt, ist nur zu dem Neuen rüber und hat ihm eine reingesemmelt, weil er zu uns rüberstarrt. Und dann noch eine, weil er bei uns im Zimmer ist und in Marcus' Bett schläft. Und dabei hat er mich die ganze Zeit beobachtet, als wollte er testen, ob ich den Neuen verteidige. Hab ich natürlich nicht. Ich will doch keinen Ruf als Pimpfverteidiger haben, aber ich hab gemerkt, dass ich vorsichtiger sein muss.

Luke ist mein bester Kumpel, und jetzt, wo Marcus nicht mehr da ist, so ziemlich der coolste Typ im Heim. Aber manchmal ist er einfach ein Arsch. Warum hat er das gemacht? Wenn wir draußen die Gymis prügeln, ist das was anderes. Die tun uns eigentlich auch nichts, aber die Penner brauchen ab und zu eine aufs Maul, bevor sie zu aufmüpfig werden mit ihren feinen Klamotten. Aber hier drinnen sind wir unter uns. Da herrscht ein anderer Kodex, und der Neue fällt auch darunter, selbst wenn er eine Nervensäge ist.

Montag, 23. Mai

11

Auf den Knien sammelte Hanna die Bauklötze vom Boden auf und verstaute sie in der runden Papptonne neben ihrem Schreibtisch. Sie streckte sich, um das letzte Klötzchen unter dem Schreibtisch hervorzuholen, als ihre Finger etwas Dünnes, Ledriges ertasteten. Sie zog es hervor. Es war Steves Notizbuch. Wie elektrisiert richtete sie sich auf, ließ sich auf den Stuhl fallen und legte das Notizbuch vor sich auf die Schreibtischplatte. Starrte darauf, als wäre es eine Bombe, die jederzeit explodieren könnte. Sie hatte es gestern geholt, um nach dem Passwort zu suchen, und es heute früh in die Schreibtischschublade zurückgelegt, bevor sie mit Lilou zum Arzt und in die Krippe zum Antrittsbesuch gegangen war. Das konnte nicht Steve gewesen sein. Er wäre nicht unerkannt an der Hausmeisterin vorbeigekommen. Sie hätte sie sofort darauf angesprochen. Hannas Kehle schnürte sich zu, und sie legte ihre Hand darum, als könnte sie den Druck dadurch verringern. *Wie kommst du überhaupt auf so eine Schnapsidee? Als ob Steve sich hier einschleichen würde, um dir heimlich Zeichen zu geben. Gnomaugen auf einem Plastikuntersetzer. Ausgerechnet Steve! Wie bescheuert ist das denn? Was für ein alberner Versuch, dich selbst zu täuschen. Du weißt, wie es angefangen hat. Opas Geist hat die Dinge verlegt, hat sie behauptet. Bis Mutter die Überwachungskameras installiert hat, um ihr zu beweisen, dass sie selbst es gewesen war.* Hanna merkte, wie sie am ganzen Körper zitterte. Mühsam stand sie auf. Dann schleppte sie sich in ihr Schlafzimmer und zog sich ihr Laufdress an. Jetzt half nur noch eines. Sie hörte die Stimme ihrer Mutter. *Du kannst nicht einfach davonlaufen!* Doch. Sie konnte. Solange sie lief, ging es ihr gut.

Es war die richtige Entscheidung gewesen. Auch wenn ihre Beine müde waren und ihre Arme steif vom Kinderwagenschieben, fühlte sie sich frisch und voller Energie. So weit war sie noch nie mit Lilou gelaufen, und wäre Lilou nicht nach ein paar Kilometern eingeschlafen, hätte sie umkehren müssen. Aber dann wäre sie nicht an diesen Punkt gekommen, an dem jede Zelle in ihr um eine Pause bettelte, und den man überwinden musste, damit die Beine wie von allein weiterliefen. Schritt für Schritt, als seien sie losgelöst vom Rest des Körpers. Der Punkt, an dem der Geist klar wird. Fokussiert und präzise.

Sie legte die noch immer schlafende Lilou auf ihr Lammfell in der Küche und ging ins Bad. Die Badezimmertür ließ sie offen, um zu hören, wenn Lilou aufwachte. Wie gewohnt stellte sie die Dusche an, bevor sie sich auszog.

Plötzlich hörte sie das Klappen der Wohnungstür.

»Hallo?« Sie riss das Handtuch von der Stange, wickelte es um sich und trat in den Gang. »Steve? Bist du das?«

Niemand antwortete. Barfuß lief sie zu Lilou, spürte die glatte Kühle der Holzdielen unter ihren Fußsohlen. Lilou lächelte zufrieden im Schlaf. Hanna beugte sich zu ihr und lauschte auf ihre Atemgeräusche. Dann inspizierte sie die Küche, prüfte, ob die Balkontür verschlossen war, und ging die restlichen Räume der Wohnung ab. Sie musste sich getäuscht haben. Sie waren allein in der Wohnung. Doch Hanna konnte das unbehagliche Gefühl nicht mehr abschütteln, das sie mit dem Schließgeräusch der Tür wie ein Stromschlag getroffen hatte.

Beschwingt vom Vorlesen und Singen ließ Hanna sich auf das Sofa fallen. Lilou hatte die Bücher so aufmerksam angesehen wie vor dem Atemstillstand, sogar noch aufmerksamer. Vielleicht war das ein gutes Zeichen. Vielleicht würde sie bald wieder sein wie früher. Hanna lehnte sich nach vorne und nahm den Laptop auf die Knie. Auf dem Bildschirm erschien eine Meldung. Eine neue Nachricht. Marten Stein. Der Name sagte ihr nichts. Sie klickte auf die Mitteilung.

Sehr geehrte Frau Warrington,
ich habe eben Ihre Vermisstmeldung über Steve Warrington gelesen und möchte mich kurz bei Ihnen vorstellen. Mein Name ist Marten Stein. Ich bin Privatdetektiv und habe schon vielen Menschen geholfen, ihre Freunde und Verwandten wiederzufinden – melden Sie sich, wenn Sie meine Hilfe brauchen.
Ein Tipp: Erstellen Sie eine Suchseite für Steve bei Facebook und versuchen Sie, Ihre Freunde auf Facebook dazu zu bringen, sie zu verbreiten.
Beste Grüße
Marten Stein

Eine Suchseite bei Facebook. Natürlich! Warum war sie nicht selbst daraufgekommen. Sie las die Nachricht noch einmal, klickte auf »Antworten« und bedankte sich für den Tipp. Dann löschte sie die Nachricht. Wenn sie einen Privatdetektiv engagierte, würde sie kaum den ersten nehmen, der sie ungefragt übers Internet kontaktierte. Sie blickte vom Computer hoch und lauschte nach Spielgeräuschen. Eben war Lilou noch damit beschäftigt gewesen, ihre Lieblingsschublade im Flur auszuräumen. Jetzt herrschte Totenstille. Alarmiert lief Hanna in den Flur. Dort blieb sie erleichtert stehen und schüttelte über sich selbst den Kopf. Lilou untersuchte Steves rechten Arbeitsstiefel mit der Neugier einer Einjährigen. Sie bohrte ihre Finger in das feinmaschige Innenfutter und zog an dem Schnürsenkel, als sei er eine Reißleine. Natürlich war alles in Ordnung. Was hätte sein sollen? Alle Türen waren geschlossen, der Flur kindersicher. Sie musste unbedingt aufhören, ständig so überängstlich zu reagieren. Das war weder für sie noch für Lilou gut.

Zufrieden betrachtete Hanna zwei Stunden später die Facebook-Seite zu Steves Suche. Als Nächstes musste sie so viele Menschen wie nur möglich auf die Seite locken, um die Verbreitung der Nachricht zu beschleunigen. Sie lehnte sich zurück. Zuerst der Blogeintrag, jetzt die Facebook-Seite, auf die der Blogeintrag verlinkte, ein Anfang war gemacht. Sie warf einen Blick auf Lilou. Hochkonzentriert zupfte sie am Innenfutter von Steves Stiefel. Es war unglaublich. Abgesehen von einer Wickelpause und einem gemeinsamen Ausflug zur Waschmaschine beschäftigte sie sich jetzt seit fast zwei Stunden mit dem Stiefel und brabbelte dabei in einem fort. Einzelne Worte hatte sie unterscheiden können, Mama, Papa und weg, ihr Lieblingswort, doch das meiste blieb unverständlich.

Das Chatfenster der Facebook-Seite sprang auf, und eine Nachricht von Marten Stein erschien.

Marten: Hallo, Frau Warrington, ich sehe, Sie haben meinen Vorschlag aufgenommen. Soll ich meine Kontakte auf die Seite aufmerksam machen? Viele von denen haben selbst einmal mit einer Vermisstengeschichte zu tun gehabt, die reagieren ziemlich schnell.

Hanna runzelte die Stirn. Sollte sie einem Fremden vertrauen? Was bezweckte dieser Stein mit seiner Freundlichkeit? Neugierig klickte sie auf sein Profil und las sich die Informationen durch. Sein Profilbild wirkte sympathisch. Die kurzen blonden Haare standen rebellisch vom Kopf ab, und in seinem Lächeln zeigte sich ein Schalk, als wäre er Indiana Jones' jüngerer Bruder. Sie überflog einige der Kommentare und Meldungen. Er schien seinen Job als Detektiv sehr ernst zu nehmen, und seine Kunden überhäuften ihn mit Lob und Dank. Hanna überlegte.

Sein Angebot anzunehmen würde helfen, die Suche schneller zu verbreiten, und sie verpflichtete sich damit zu nichts. Sie platzierte den Cursor in das Chatfenster und tippte.

Hanna: Vielen Dank. Das wäre sehr freundlich von Ihnen.

Marten: Gerne. Und falls Sie Hilfe brauchen, melden Sie sich. Gruß Marten Stein

Hanna: Versprochen. Gruß Hanna Warrington

»Mama.« Lilou zupfte Hanna am Bein und streckte die Arme nach ihr aus.

Hanna zog sie auf ihren Schoß und gab ihr einen Kuss. »Na, genug gespielt? Du hast sicher Hunger.«

Auf dem Weg zur Küche setzte sie Lilou ab und räumte ihre Lieblingsschublade wieder ein. Dann schnappte sie sich Steves Stiefel und stellte ihn neben den zweiten. Etwas glitzerte.

Sie hob den Stiefel wieder hoch und betrachtete das Innenfutter aus der Nähe. Lilou hatte ein Loch hineingepult. Ein winziges Loch, aus dem deutlich die Spitze eines kleinen Schlüssels hervorstand. Was hatte ein Schlüssel in Steves Stiefel zu suchen? Sie trug den Schuh in die Küche und trennte mit einer Schere das Futter weiter auf. Der Schlüssel war nur so groß wie ein Daumennagel. Mit spitzen Fingern hielt sie ihn ins Licht.

Ein Sicherheitsschlüssel.

Für einen Minisafe, möglicherweise in Form einer Schatulle. Eine Spezialanfertigung. Schwer zu knacken, selbst für sie. Hanna fixierte den Schlüssel. Dann Lilou.

Zufall?

Erst half sie ihr, durch den Schal auf das Passwort zu kommen, jetzt fand sie einen versteckten Schlüssel. Als hätte Lilou einen sechsten Sinn. *Das glaubst du doch selbst nicht! Denk logisch. Sie vermisst Steve und spielt deshalb mit seinen Dingen. Sie nimmt immer alles auseinander, was sie in die Finger bekommt. Das ist normal. Kinder sind neugierig. Das weißt du selbst am besten.* Hanna sog ihre Unterlippe ein und kaute angespannt darauf herum, als ein Schnalzen ihre Gedanken unterbrach. Sie fuhr herum. So schnalzte Steve mit der Zunge, wenn er besonders zufrieden war. Sie drehte den Kopf zu Lilou zurück und sah, wie sie den Mund öffnete. Der erneute Schnalzton jagte ihr eine Gänsehaut über den Rücken.

Obwohl Hanna die längere Strecke über die Fußgängerzone gewählt hatte, um die dunkle Straße vor dem Parkhaus zu vermeiden, erreichte sie das Ladengeschäft in weniger als zehn Minuten. In Gedanken ging sie alle Orte durch, wo Steve die Schatulle zu dem Schlüssel versteckt haben konnte. Hier musste sie ihre Suche koordinierter angehen. In der Wohnung hatte sie ein Spiel aus der Suche gemacht, mit Lilou Schränke durchstöbert und Schubladen geleert, und Lilou hatte ihr mit großer Ernsthaftigkeit geholfen, ohne dass sie wissen konnte, was ihre Mutter überhaupt suchte. Mit Grauen dachte Hanna an das Chaos, das sie in der Wohnung hinterlassen hatte und das sie dort bei ihrer Rückkehr erwarten würde.

Hanna entsicherte die Alarmanlage, sperrte die Ladentür hinter sich wieder zu und ging durch den kleinen Verkaufsraum gleich ins angrenzende Büro hinüber. Sie stellte den Kinderwagen ab und entfernte vorsichtig die zweite Decke. Dann ging sie in den Verkaufsraum zurück. Die obere Wandhälfte hinter dem Tresen war fast komplett mit Rohlingen bestückt, die an Haken hingen. Dort konnte er nichts versteckt haben. Darunter waren hüfthohe Schränke mit Schiebetüren und Schubladen angebracht, auf denen die Schleifmaschine stand. Jede Menge Platz, um etwas zu verstecken. Ebenso in den Schränken unter dem Tresen. Ansonsten gab es keinen Ort, der sich als Versteck geeignet hätte. Der Rest des Verkaufsraumes war mit Ständern für Handelswaren, einer Sitzgruppe und vier Glasvitrinen ausgestaltet, in denen die neuesten Schließanlagen und Alarmsysteme zur Schau gestellt waren. Hanna ließ ihren Blick durch den Raum schweifen.

Plötzlich zuckte sie zurück. Am Schaufenster stand ein Mann und blickte in den Laden hinein. Sie konnte nur die Umrisse erkennen. Ihr Herz schlug bis in den Hals hinauf. Rob! Fieberhaft überlegte sie, was sie tun sollte. Simon anrufen? Die Polizei? Der Mann klopfte an die Scheibe. Hanna verharrte reglos auf der Stelle. Der Mann klopfte erneut. Winkte sie heran. *Reiß dich zusammen! Wenn es Rob wäre, würde er kaum an die Scheibe klopfen. Geh hin, und sieh nach, wer dort ist.* Zögerlich näherte sie sich dem Schaufenster. Dann erkannte sie den Taxifahrer, der sie letzten Freitag nach Hause gefahren hatte. Er bedeutete ihr, die Tür aufzuschließen. Sie öffnete.

»Frau Warrington!« Er reichte ihr die Hand und schüttelte sie kräftig. »Ich hab Licht gesehen und mir gedacht, ich schau lieber mal, ob alles in Ordnung ist. Ist ja schon fast neun.«

»Viel zu tun«, sagte Hanna und zog ihre Hand zurück.

»Ich will Sie gar nicht aufhalten, aber als Sie letztens weg sind, dachte ich mir noch, Mensch, jetzt hast du ihr deine

Karte gar nicht gegeben.« Er zog eine Visitenkarte aus der Tasche und hielt sie ihr hin. »Wenn Sie mal ein Taxi brauchen. Ich fahre jeden Abend außer montags. Mein Standplatz ist in der Nähe vom Elisenbrunnen, da bin ich gleich bei Ihnen.«

Hanna nahm die Karte. »Danke. Das ist sehr aufmerksam.«

Der Taxifahrer tippte sich zum Abschied an seine Baskenmütze und verließ den Laden. Hanna steckte die Karte in die Jeanstasche und sperrte hinter ihm ab.

Dann machte sie sich an das Durchforsten der Unterschränke. Anders als zu Hause, wo sie in ihrer Ungeduld den Inhalt der ausgeräumten Schränke auf dem Boden hatte liegen lassen, räumte sie hier jeden Schrank sofort wieder ein und hinterließ den Raum am Ende so ordentlich, wie sie ihn vorgefunden hatte.

Im Büro konzentrierte sie sich auf den großen Doppelschreibtisch, an dem Steve und sie sich gegenübergesessen hatten, als sie noch zusammengearbeitet hatten. Sie begnügte sich nicht damit, die Schubladen zu durchwühlen, sie untersuchte die Tische auch nach geheimen Fächern. Nichts. Auch bei dem Stahlschrank hatte sie keinen Erfolg. Tief in sich spürte sie die Wut, die sich die letzten Stunden mit jedem ausgeräumten Schrank in ihr aufgebaut hatte. Sie zog und zerrte an ihren Eingeweiden und juckte in ihren Händen. Sie brauchte irgendein Ventil, bevor sie platzte. Ihr Blick fiel auf die Glaspokale auf Steves Schreibtisch. Sie nahm den größten und schönsten in die Hand und hob ihn über ihren Kopf. Sie wollte ihn gegen die Wand schmettern, wollte sehen, wie der Pokal in tausend Splitter zerbarst. Sie wollte hören, wie das Glas zerschellte. Sie würde die Scherben liegen lassen, für Steve, wenn er zurückkam. Sie wollte, dass er begriff, wie es in ihr aussah, was sein Verschwinden und seine Heimlichtuerei mit ihr anstellten, wie ihr vor einer Woche noch felsenfestes Vertrauen in ihre Beziehung bröckelte wie poröser Sandstein, wie sich Misstrauen in ihre Liebe einschlich und sie langsam, aber unaufhörlich mit Zweifeln vergiftete. Aus der Ecke, in der sie Lilou abgestellt hatte, ertönte ein Husten. *Der Angeklagte ist unschuldig, bis seine Schuld bewiesen ist.* Sie flüsterte den Satz wie ein Mantra vor sich hin, doch sie wusste, dass die Entdeckungen der letzten Tage nur bestätigten, was schon lange an ihr nagte. Steves verbissenes Schweigen, wenn es um seine Vergangenheit ging. Die Ausreden. Die Ausweichmanöver. Selbst wenn sie einander ganz nahe waren …

Und du?

Ich fahre mit den Fingern durch die Haare auf seiner Brust.

Was ist mit mir?

Du weißt jetzt alles über mich, und ich weiß nicht einmal, ob du Geschwister hast.

Nein. Keine Geschwister. Aber ich hatte mal einen Freund, der war für mich wie ein Bruder.

Was war so besonders?

Weiß ich nicht. Aber er war anders.

Sein Blick wandert zur Decke und verharrt dort, als böte die weiße Fläche ein spannendes Schauspiel.

Ich würde viel darum geben, wenn ich ihn noch mal treffen könnte, um ihm zu sagen, was er mir bedeutet hat.

Warum tust du das nicht?

Wir haben uns aus den Augen verloren.

Er löst seinen Blick von der Decke und sieht mich an.

Manche Menschen verliert man, andere gewinnt man.

Du lenkst ab.

Tue ich das?

Er grinst mich an und fährt mit seinen Fingern über meine Brust.

Ja, das tust du. Und deine Eltern?

Was ist mit ihnen?

Seine Finger halten inne.

Ich weiß nichts über sie.

Sie haben mich gezeugt.

Seine Hand streicht über meine Haut, so zart wie eine Feder.

Ich halte sie fest.

Du weißt genau, was ich wissen will.

Na gut. Meine Eltern heißen Mary und George Warrington, ich bin in einem Kaff in Devon aufgewachsen, in einem kleinen Cottage, an dessen Wänden sich Kletterrosen hochrankten, deren Duft mich ganz schwummrig gemacht hat, wenn ich die Nase ganz nah an die Blüten gebracht und dann tief eingeatmet habe.

Er befreit seine Hände und lässt sie wieder über meinen Körper gleiten.

So wie du, wenn du so nackt neben mir liegst…

Leise stellte Hanna den Pokal auf Steves Schreibtisch zurück. Sie blickte auf die Uhr. Es war fast Mitternacht. Höchste Zeit, Lilou nach Hause zu bringen.

Hanna blickte aus dem Küchenfenster in den sternenlosen Nachthimmel. Warum hatte Steve den Schlüssel in seinen Stiefel eingenäht? Was versteckte er vor ihr? Was war so geheim, dass er es in einem Minisafe wegsperren und den Schlüssel in seinem Stiefel einnähen musste? *Wir sind wie Fiona und Shrek*, hatte er vor der Hochzeit zu ihr gesagt, und sie hatte sofort gewusst, was er damit gemeint hatte. Der Hilfsarbeiter aus England, der sich mit einem Existenzgründerkredit den Traum von der Selbstständigkeit verwirklichte, und die Tochter des Ministerpräsidenten, die ihr Jurastudium abbrach, um bei einem Schlüsseldienst ihre wahre Berufung zu finden. Sie hatten ihre Welten verlassen und sich dabei gefunden. Es war ihnen egal, was andere über sie dachten oder sagten, sie wussten, dass ihr Weg für sie der richtige war. Hanna drückte ihre Stirn gegen die Fensterscheibe.

Vielleicht wusste Simon, wozu der Schlüssel gehörte. Morgen würde sie ins Geschäft gehen und fragen. Von elf bis drei war Lilou in der Krippe. Wenn Britt sie abholte und auf sie aufpasste, hatte Hanna sogar Zeit bis fünf. Sie durfte nicht vergessen, Britt morgen früh den Wohnungsschlüssel in den Briefkasten zu werfen. Ihr Blick verlor sich in den Ornamenten der beleuchteten Jugendstilfassade des Hauses gegenüber. Wie sehr sich ihr Leben in nur einer Woche verändert hatte. Mit den Augen folgte sie den Ornamenten in einer Linie bis zum Hauseingang. Sie hielt den Atem an. Der Schatten eines Mannes. Ein Bein angewinkelt. Aber im Gegensatz zu gestern stand er heute so weit im Hauseingang, dass sie nicht mehr als sein hervorstehendes Knie erkennen konnte. Sie sah auf ihre Uhr. Halb eins. Bewusst langsam trat sie vom Fenster zurück und hastete dann zum Lichtschalter. Sie löschte das Licht. Schlich erneut zum Fenster, versteckte sich seitlich daneben und beobachtete den Schatten. Kurze Zeit später bemerkte sie, wie er sich bewegte. Ein Mann mit Kapuze und Regenjacke löste sich aus dem Hauseingang. Ohne zu zögern, überquerte er die Straße und lief genau auf ihr Haus zu. Hanna presste ihr Gesicht an das Fenster, um besser sehen zu können, wohin er wollte. Doch er war aus ihrem Blickfeld verschwunden. Sie rannte zur Wohnungstür. Hastig drehte sie den Schlüssel zweimal im Schloss und ließ ihn stecken. Sie blieb an der Tür stehen und lauschte auf Geräusche aus dem Treppenhaus. Es blieb ruhig. Keine Tür, die zuschlug, keine Treppenstufen, die unter dem Gewicht eines Menschen knarzten. Schließlich ging sie zurück zur Küche. Ohne das Licht anzumachen, stellte sie sich wieder ans Fenster und spähte hinaus. Er war nicht mehr zu sehen. Sie verweilte noch mehrere Minuten auf ihrem Posten, bevor sie ins Wohnzimmer ging. Zum ersten Mal, seit sie in der Wohnung lebte, schloss sie die Rollläden, doch im Gegensatz zu dem diffusen Licht der Straßenlampen konnte sie das beklemmende Gefühl, beobachtet zu werden, nicht ausschließen.

Der Inhalt des Schranks war mit Ausnahme der Gläser und der Spirituosenflaschen auf dem Boden verstreut. Seufzend kniete sie sich vor das Chaos und begann aufzuräumen. Schlafen würde sie jetzt ohnehin nicht können.

Dienstag, 24. Mai

12

Die Mechanik des Ordners schloss mit einem Klick. Zufrieden stellte Hanna ihn in den Aktenschrank zurück. Wieder etwas erledigt. Es war wirklich höchste Zeit gewesen, dass sie Simon im Geschäft unterstützte. Der Haufen unbezahlter Rechnungen und nicht geöffneter Post, der sie in stummer Anklage begrüßt hatte, war bis auf ein paar Umschläge zusammengeschrumpft, die sie spätestens in einer Stunde erledigt haben würde. Der spitze Brieföffner fuhr ratschend durch den nächsten Umschlag. Eine Kreditkartenabrechnung. An ihrem Sandwich kauend, vertiefte Hanna sich in die einzelnen Posten. Abrupt hielt ihr Mund in der Kaubewegung inne. Das musste ein Fehler sein. Drei Posten mit Devisengebühren und Umrechnung aus Britischen Pfund Sterling. Hanna prüfte die Posten genauer. Achtzig Pfund für North Cliff View B & B, offenbar eine Pension, dreiundsechzig Pfund für BP Petrol Ilfracombe und hundertfünf Pfund für Hertz Autovermietung. Wann war Steve in England gewesen? Der Sandwichbissen in ihrem Mund war mittlerweile zu Brei geworden. Sie schluckte, rief den Terminkalender in ihrem Smartphone auf und gab das Datum ein.

Steve Berlin las sie. Hanna ließ das Telefon sinken. Steve hatte sie angelogen. Sie ging zu Simon hinüber. Er war allein im Laden und schliff an einem Schlüsselset. Breitbeinig stand er vor der Maschine und hielt den filigranen Schlüssel an den Schleifkopf. »Simon?«

Er hob den Kopf und hielt die Maschine an. Sein Lächeln entblößte eine Reihe strahlend weißer Zähne, die durch seinen olivfarbenen Teint noch weißer schienen und das Bild des unbekümmerten Sonnyboys abrundeten, der sich durch nichts und niemanden aus der Ruhe bringen ließ. »Ja?«

»Weißt du, was Steve in England wollte?«

»England? Nein, wieso?« Er wandte sich wieder der Schleifmaschine zu.

»Auf der Kreditkartenabrechnung sind Posten, die auf einen Kurztrip nach England hindeuten.«

»Er ist in England?« Simon legte die unfertigen Schlüssel auf die Arbeitsfläche und drehte sich zu ihr um. In seinem Gesicht spiegelte sich Erstaunen.

»War. Im April.«

Nachdenklich schüttelte Simon den Kopf. »Kommt Steve nicht aus England?«

»Doch. Seine Eltern leben noch dort. Aber wenn er sie besuchen will, warum heimlich?«

»Keine Ahnung.« Simon nahm die Schlüssel wieder in die Hand. »Mit mir hat er nie über seine Zeit in England geredet.«

»Mit mir auch nicht.«

Simon hob eine Augenbraue. »Nie?«

»So gut wie. Ich weiß nur den Namen seiner Eltern. Sonst nichts. Was immer damals vorgefallen ist, es muss schlimm genug gewesen sein, dass er es verdrängt hat. Er hat mir klar zu verstehen gegeben, dass er nicht über seine Kindheit reden will.«

»Und das hast du geschluckt?«, fragte Simon ungläubig. »Du gibst doch sonst nicht so schnell auf.«

»Man muss doch respektieren, wenn jemand über etwas nicht reden möchte. Steve ist nicht verpflichtet, mir alles zu erzählen.« Sie dachte an die Mail von Rob und fügte im Stillen hinzu: *Zumindest, wenn es mich nicht betrifft.* »Ich weiß, dass er mit zwanzig nach Deutschland gekommen ist und dort erst auf dem Bau gearbeitet und dann eine Ausbildung angefangen hat. Er muss einen tollen Ausbilder gehabt haben. Steve hat viel von ihm erzählt. Dass er ihn wie einen Sohn behandelt hat und er es ohne ihn sicher nicht bis zum Meister geschafft hätte. Er hat eine Zeit lang bei ihm gewohnt. Heinz Janusch. Er ist gestorben, kurz nachdem ich Steve kennengelernt habe. Steve ist extra nach Berlin zu seiner Beerdigung gefahren.«

»Vielleicht ist sein Vater oder seine Mutter gestorben, und er ist zur Beerdigung?«

»Und warum weiß ich nichts davon?«

»Vielleicht wollte er nicht, dass du mit Lilou dorthin fliegst. Vielleicht hat er befürchtet, dass du es dir nicht nehmen lassen würdest, ihn zu begleiten.«

»Natürlich hätte ich ihn begleitet!«

»Siehst du«, sagte Simon trocken.

Nichts sah sie. Sie spürte nur, wie ihr Vertrauen und ihre Liebe immer weiter bröckelten, und der dumpfe Schmerz, der seit Steves Verschwinden ihr ständiger Begleiter war, mit jeder Ungereimtheit zunahm.

13

Steves Reise nach England beschäftigte Hanna noch auf dem Heimweg. Wenn sie nur mehr über seine Kindheit und Jugend wüsste. Wenn sie nur darauf bestanden hätte, dass er ihr mehr erzählte, dass er sich öffnete und sie teilhaben ließ an seiner Vergangenheit, so wie sie sich ihm geöffnet und ihm Einblick in ihre tiefsten Ängste und größten Wünsche gewährt hatte. Simon hatte sie richtig eingeschätzt. Natürlich hatte sie gebohrt und gebohrt, mal drängelnd, mal bittend, dann drohend, doch er hatte jedes Mal dichtgemacht. Und sie hatte irgendwann erkannt, dass es zwecklos war weiterzubohren, wenn sie die Beziehung nicht gefährden wollte.

Lustig verzierte Amerikaner aus Dinkelmehl lachten sie aus der Bäckerauslage an, und sie kaufte kurz entschlossen drei Stück, um Lilou und Britt eine Freude zu machen. Britt aß nur Gebäck aus Dinkelmehl und beschwerte sich oft, wie wenig Auswahl es in Aachens Bäckereien gab. Wenn Britt Zeit hatte, könnte sie bei einer Tasse Tee versuchen, sie aufzumuntern. Als Hanna sie angerufen hatte, um sie daran zu erinnern, Lilou aus der Krippe abzuholen, hatte sie sich irgendwie bedrückt angehört. Mit jedem Schritt, den sie sich der Wohnung näherte, wuchs Hannas Vorfreude auf Lilou. Sie war noch nie so lange von ihr getrennt gewesen. Schon an der Wohnungstür lauschte sie auf Lilous Spielgeräusche. Sie öffnete die Tür. Die Stille der Wohnung traf sie wie eine Ohrfeige.

»Britt? Lilou?« Als hätte sie ein Déjà-vu, raste sie über den Flur in Lilous Zimmer. Es war leer. Beim Hinausgehen bemerkte sie Steves Schal in Lilous Bett. Mit einer Hand angelte sie den Schal von der Matratze. Sie musste Britt unbedingt sagen, dass seit Lilous Atemstillstand nichts im Bett liegen durfte. Unruhe kroch ihre Wirbelsäule hinauf. Warum waren sie nicht in der Wohnung? Das war ganz klar vereinbart gewesen. Britt sollte Lilou nach Hause bringen und schlafen legen. Sie suchte nach Britts Nummer im Telefonspeicher und rief sie an. Schon nach dem zweiten Läuten meldete sie sich.

»Na, suchst du uns?« Im Hintergrund hörte Hanna das Kreischen fröhlicher Kinder.

»Allerdings!« Britts Stimme löste gleichzeitig Erleichterung und Empörung in ihr aus. Sie versuchte den aufkeimenden Ärger zu überspielen. »Ihr seid auf dem Spielplatz, nicht wahr?«

»Lilou buddelt hier grade den Sandkasten um…«

Hanna seufzte. »Ich komme zu euch.«

Lilou aus dem Sandkasten zu holen würde nicht so einfach sein. Nicht seitdem sie davon besessen war, alles zu vergraben. Mit dem Instinkt einer Mutter wusste Hanna, dass es mehr war als eine vorübergehende kindliche Vorliebe, wie die Ärztin ihr heute früh versichert hatte. Und mit der gleichen Sicherheit wusste sie, dass es mit dem Atemstillstand zu tun hatte.

»Na, wie war der erste Tag ohne deinen Zuckerschatz?« Britt klopfte auf die Bank, die vor dem Sandkasten stand, und bedeutete Hanna damit, sich neben sie zu setzen. »Du hast sie ganz schön vermisst, nicht?«

Hanna drückte Lilou ein letztes Mal an sich und schickte sie dann mit einem liebevollen Klaps auf die Windel wieder zum Sandkasten. »Ja. Ich habe sie wahrscheinlich mehr vermisst als sie mich.«

Ihr Blick fiel auf die bunten Haarspangen in Lilous Haar. »Hast du ihr die Haarspangen reingetan?«

»Süß, gell?« Britt zog eine kleine Tüte aus ihrer Jackentasche. »Ich habe noch ein Paar mit Schmetterlingen gekauft.«

Hanna grinste. »Du wärst das Traumkind meiner Mutter gewesen! Ich habe Haarspangen gehasst. Und diese schrecklichen Schnallenschuhe aus Lackleder mit dem Schleifchen vorne. Ich habe eigentlich alles gehasst, was irgendwie rosa und mädchenhaft war.«

»Und deine Mutter?« Britt spielte mit den türkisen Spangen.

»Sie hat dann irgendwann angefangen, mich zu hassen. Naja, vielleicht hat sie mich nicht gerade gehasst, aber sie ist echt an mir verzweifelt.« Hanna kicherte. »Vor allem, als ich in meiner Robin-Hood-Phase war und unser Tafelsilber an alle möglichen Leute verschenkt habe. Das fand sie gar nicht lustig.«

Britt ließ die Spangen auf- und zuschnappen. »Lilou hat sich über die Haarspangen jedenfalls gefreut«, sagte sie dann spitz. »Ich musste sie ihr gleich in die Haare stecken.«

»Jetzt sei doch nicht gleich eingeschnappt. Die Spangen sehen süß aus. Das war sehr lieb von dir.«

»Ich bin nicht eingeschnappt«, konterte Britt. »Du bist dir nur offenbar nicht bewusst, wie privilegiert du aufgewachsen bist. Ich habe mir meine ganze Kindheit Schnallenschuhe aus glänzendem Lackleder gewünscht. Stattdessen gab es bei uns den Wodka schon zum Frühstück.«

»Deine Eltern waren Alkoholiker?«

»Meine Mutter. Sie hat sich zu Tode gesoffen. Als ich fünfzehn war.« Ihre Lippen wurden schmal.

»Das muss hart für dich gewesen sein.« Hanna sah die Trauer in Britts Gesicht und wusste nicht, ob sie der Mutter oder ihrer verlorenen Kindheit galt, aber sie begann zu verstehen, warum Britt so heftig reagierte, als sie abfällig über ihre eigene, wohlbehütete Kindheit geredet hatte. »Und dein Vater?«

»Habe ich nie kennengelernt.« Ohne Hanna die Chance auf eine Antwort zu geben, fuhr sie fort: »Das war anders als bei dir. Ihr hattet sicher Kindermädchen und Putzfrau und Chauffeur und sonst was, und wenn du nur im Nebensatz irgendwas erwähnt hast, ist wahrscheinlich sofort einer von denen losgerannt und hat es besorgt.«

Hanna sah die roten Flecken auf Britts Wangen und schluckte ihren Ärger über den unerwarteten Angriff herunter. »Es tut mir leid, dass du eine schwierige Kindheit hattest, aber dafür kann ich nichts. Ich hätte dir meine Schnallenschuhe gerne gegeben.«

»Entschuldige. Ich habe es nicht so gemeint. Lass uns von was anderem reden.« Britt steckte die Haarspangen in die Tüte zurück und verstaute sie in ihrer Handtasche.

Hanna beobachtete, wie Lilou ein Loch schaufelte, kleine Äste sammelte, sie hineinlegte und das Loch wieder zuschüttete. »Hat in der Krippe alles geklappt?«

»Die Leiterin hat ziemlich rumgezickt wegen dem Abholen. Du hättest meinen Namen auf eine Liste setzen sollen oder so was.«

»Mist, das habe ich total vergessen.« Hanna schippte mit dem Fuß Sand vom Weg in den Sandkasten.

»Halb so schlimm. Du hattest ja der netten Blonden Bescheid gesagt. Und Lilou kam gleich auf mich zu …«

»Ich weiß nicht, was mit mir los ist«, sagte Hanna. »Ich bin irgendwie total zerstreut. Die ganze Zeit verlege ich Dinge, das ist mir noch nie passiert. Ich habe für alles einen bestimmten Ort, schon seit ich ein Kind bin, das ist bei mir ein Automatismus.«

»Meinst du das mit dem Set?«

»Zum Beispiel. Gestern habe ich Lilous Löwenteller im Oberschrank gefunden statt in der Plastikschublade, und Steves Adressbuch war nicht in der Schreibtischschublade, sondern hinterm Schreibtisch.«

»Also das mit dem Löwenteller kann ich aufklären. Den habe ich dort hingeräumt«, unterbrach Britt sie. »Ich wusste nicht, wo der hinkommt. Und das Adressbuch ist wahrscheinlich einfach durchgerutscht. Wenn du die Schublade zu voll machst und sie mit Schwung zuknallst, dann kann so was schon mal passieren. In meinen Küchenschubladen fliegt andauernd was hinten runter.«

»Aber das erklärt nicht dieses komische Gefühl. Als ob jemand in der Wohnung ist. Als ich aufgewacht bin, dachte ich kurz, Steve stünde neben mir. Und gestern nach dem Laufen habe ich ganz deutlich die Wohnungstür gehört.«

»Vielleicht war Steve in der Wohnung?«

»Ich habe alles abgesucht. Da war niemand.«

»Und wenn er in der Wohnung gewesen ist, während du weg warst? Und dann hat er sich rausgeschlichen, weil er dir nicht begegnen wollte?«

Hanna schüttelte den Kopf. »Ich dachte auch erst, dass Steve zurückgekommen wäre. Aber es fehlt nichts. Was wollte er also, wenn er Lilou und mich meidet?«

»Und wenn du dich verhört hast? Vielleicht die Tür von deinem Nachbarn?« Britt warf einen Blick auf ihre Nägel, als könnte das bunte Muster darauf sie inspirieren. »Und dass du nach dem Aufwachen denkst, Steve sei bei dir, finde ich nicht ungewöhnlich. Bei dir dreht sich doch im Moment alles um sein Verschwinden. Du hast wahrscheinlich von ihm geträumt und warst noch nicht ganz da.«

»Ich habe nicht von ihm geträumt. Ich hatte einen Albtraum.« Hanna schüttelte sich. »Spinnen. Widerlich.«

»Spinnen?«, fragte Britt ernst.

»Ja. Dicke, fette, haarige Spinnen.«

»Halt mich jetzt nicht für esoterisch, aber Spinnen haben eine klare Bedeutung im Traum.«

»Ja?«

»Natürlich!« Britt ergriff Hannas Hand und zwang sie, ihre Aufmerksamkeit ganz auf sie zu richten. Offensichtlich war ihr das Thema sehr wichtig. »Wenn du von Spinnen träumst, könnte das zum Beispiel bedeuten, dass du dich abhängig und eingeengt fühlst. Weißt du, selbst wenn du das gar nicht so empfindest, in deinem Unterbewusstsein arbeitet es die ganze Zeit, und mithilfe von Träumen können wir das dann besser aufarbeiten.«

»Wer soll mich denn einengen?« Hanna lachte rau. »Steve engt mich im Moment sicher nicht ein!«

»Gerade Steve.« Britt langte nun auch nach Hannas Rechter und hielt beide Hände ganz fest. »Gerade weil er nicht da ist, engt er dich ein. Die Angst und die Suche und die Enttäuschung und so, das alles vereinnahmt dich völlig. Dein ganzes Leben dreht sich nur noch um die Frage, wo er sein könnte. Warum, wieso, mit wem. Du wirst launisch und depressiv… Du musst dich davon befreien! Das sagt dir dein Traum, glaub mir.«

Wo, warum, mit wem. Die Worte wirbelten durch Hannas Kopf. Britt hatte recht. Sie war Gefangene dieser Fragen, noch nie war sie so auf eine Sache fixiert gewesen. Wo, warum, mit wem. Sie wünschte, es könnte ihr einfach egal sein, sie wünschte, sie könnte aufhören, an ihn zu denken.

»Du musst dich von Steve lösen. Gib ihn auf. Lass los. Dann kommen die Antworten ganz von alleine.« Britt drückte ihre Hände, als wollte sie ihr einen Impuls geben. »Du bist nämlich wirklich schusselig zurzeit. Du hast vergessen, den Schlüssel bei mir einzuwerfen. Ist nicht schlimm, Lilou hat bei mir auf dem Sofa genauso gut geschlafen, aber es zeigt mal wieder, dass du mit deinen Gedanken ganz woanders …«

»O Mann!« Hanna verzog das Gesicht zu einer Grimasse. Sie hatte es wirklich vergessen. »Tut mir echt …« Sie verstummte. *Wenn Britt nicht in der Wohnung gewesen ist, wie kam der Schal dann in Lilous Bett?*

»Wo ist Lilou?« Britt sah sich suchend um.

Hanna blickte zum Sandkasten. Lilous Schaufel lag verwaist im Sand. Ein Stück davon entfernt bauten zwei fremde Kinder eine Burg. Der restliche Spielplatz lag leer vor ihnen. Hannas Herz krampfte sich zusammen, als wollte es aufhören zu schlagen, während eine heiße Woge durch ihren Körper schwappte.

»Lilou!« Ihre Stimme gellte über den Spielplatz.

Sie sprang auf. Überblickte den großen Innenhof, an dessen Ende sich der Spielplatz befand. Sie sah das umgefallene Rad inmitten all der abgestellten Räder und die übervolle Mülltonne, deren Deckel halb offen stand. Sie sah ein Eichhörnchen den Baum hochjagen und einen Vogel aus dem Geäst davonfliegen.

Dann hörte sie ein Rascheln. Hinter der großen Eiche am Eingang zum Hof. Ein Flüstern. Wieder Rascheln. Sie rannte los, hörte ihr eigenes Keuchen, als wäre es um das Hundertfache verstärkt. Schon nach wenigen Metern sah sie Gestalten hinter dem Baum, einen Mann, der Lilou an der Hand hielt und mit ihr auf den Ausgang zusteuerte.

»He!«, brüllte sie. »Lassen Sie sofort meine Tochter los!«

Der Mann zögerte. Nur den Bruchteil einer Sekunde, als schätze er die Entfernung zwischen Hanna und sich ab. Dann beugte er sich zu Lilou hinunter. *Er will sie hochheben!* Mit einem Schrei erhöhte Hanna ihr Tempo. Der Mann drehte sich um und hechtete über die Pforte. Dann war er verschwunden.

Donnerstag, 26. Mai

14

»Ich fange schon wieder an zu zittern, nur vom Erzählen.« Hanna streckte den Arm aus und zeigte Simon ihre bebende Hand.

»Krass!« Simon tunkte sein Sushi in die Sojasoße und balancierte es zu seinem Mund. Doch dann ließ er es wieder sinken. »Stell dir nur vor, was passiert wäre, wenn ihr nicht sofort reagiert hättet.«

Hanna schauderte. Wenn Britt nur eine Minute später Lilous Abwesenheit aufgefallen wäre! Mit den Fingerspitzen stupste sie das Sushitray von sich weg. »Die Polizei glaubt, dass Lilou von alleine zu dem Weg gegangen ist und der Mann sich ihr erst dort genähert hat.«

»Was wollte sie denn dort?«

»Steine holen, glaubt Britt. Sie waren davor schon zweimal Steine holen, damit Lilou sie eingraben kann. Sie verbuddelt derzeit alles im Sand.«

»Verbuddelt? Der Sohn von meinem Bruder müsste genauso alt sein wie Lilou. Aber wenn der im Sandkasten spielt, dann ist das eher ein unkoordiniertes Rumgeschuppere.«

Hanna atmete tief durch und versuchte, die Unruhe vertreiben, die mit seinen Worten sofort wieder in ihr aufkeimte.

»Sie macht das erst seit dem Krankenhausaufenthalt. Dafür reagiert sie nicht mehr, wenn ich mit ihr Kuckuck spiele oder sie kitzle. Sie ist überhaupt viel ruhiger geworden. Ganz anders. Ich war gestern früh deswegen mit ihr bei der Ärztin, aber die sagt, sie reagiert auf alle Tests völlig normal, und ich soll mir keine Sorgen machen. Ihre Nahtoderfahrung sei für das System ein großer Schock gewesen, und das könnte die eine oder andere Verhaltensänderung auslösen.«

Simon legte sein Sushi ins Tray zurück. Sein Gesichtsausdruck war ungewöhnlich ernst. »Du denkst anders darüber, nicht?«

»Ich weiß nicht mehr, was ich denken soll. Egal was ich denke, alle scheinen anderer Meinung zu sein.« Hanna seufzte. »Die Polizei und Britt glauben nach wie vor, dass Steve mich verlassen hat. Selbst zu dem Horrorerlebnis auf dem Spielplatz gestern haben sie keine Verbindung gesehen. Dabei wäre es doch naheliegend, dass Steves Verschwinden und Lilous Entführungsversuch zusammenhängen.«

»Aber die Polizei meint, es war wahrscheinlich irgendein Pädophiler, der seine Chance gesehen hat, und ihr habt sie ihm vermasselt«, stellte Simon fest. Er stocherte mit den Stäbchen im Ingwer herum. Dann sah er Hanna direkt an. »Jeder, der Steve kennt, weiß, dass er euch niemals freiwillig verlassen hätte. Wenn der von euch erzählt hat, das war, wie wenn du einen Lichtschalter anmachst, so hat der gestrahlt. So was kann man nicht vortäuschen. Ich habe mir oft gedacht, Mann, Vater werden musst du dir irgendwann geben, das scheint echt das Größte zu sein.«

Hanna nickte dankbar. »Eben. Hinter Steves Verschwinden steckt mehr. Und auf dem Spielplatz, das war kein Pädophiler. Das ist mir zu viel Zufall.«

Simon nahm das Sushi wieder zwischen die Stäbchen. »Was sagt die Polizei dazu?«

»Dass ich keine Beweise habe. Sie werden den Spielplatz überwachen.« Sie trommelte mit den Fingern auf den Tisch. »Steve ist weg, nachdem er Robs Erpressermail erhält. Irgendjemand lungert vor unserem Haus herum…«

»Ein Mann lungert vor eurem Haus herum? Warum erzählst du mir so was nicht?«

»Weil ich mir nicht sicher war, ob es etwas mit Steve zu tun hatte. Britt meinte, der Typ würde dort auf seine Freundin warten. Aber das glaube ich inzwischen nicht mehr.«

»Und nun? Was hast du jetzt vor?«

Hanna erhob sich und ging zum Aktenregal, das sich über die gesamte Rückwand des Büros erstreckte. »Ich suche nach Beweisen. Steve hat Rob mindestens dreißigtausend Euro gezahlt. Vielleicht bereits mehr. Er muss das Geld irgendwo herbekommen haben. Vielleicht war er deshalb in England. Vielleicht war das Geld aber auch in dem Minisafe, dessen Schlüssel ich in seinem Stiefel gefunden habe. Und wenn Steve Geld in einem Minisafe aufbewahrt, dann wette ich, dass er das Geld heimlich aus der Firma gezogen hat.«

»Du willst die Bücher durchgehen? Alle?«

»Alle.« Sie nahm die ersten drei Ordner heraus und stellte sie auf ihrem Schreibtisch ab.

Simon stieß einen Pfiff aus, der so leise war, dass er auch ein Seufzer hätte sein können. Hanna ließ sich nicht beirren.

»Ich bin mir sicher, dass hier irgendwas faul ist. Und ich werde herausfinden, was«, sagte sie nachdrücklich.

15

Müde legte Hanna den Kopf auf die Schreibtischplatte. Sie hätte doch gleich mit Lilou zusammen ins Bett gehen sollen. Dabei war es gerade mal halb neun, der ganze Abend lag noch vor ihr. Das grelle Licht der Schreibtischlampe blendete sie und verstärkte ihre Kopfschmerzen. Sie dimmte die Lampe auf ein angenehmes Licht herunter, doch es half nichts. Der stechende Kopfschmerz blieb. Egal wie sie es drehte und wendete: Es gab nur eine Erklärung, warum Steve ihr erzählt hatte, dass er das Geschäft mithilfe eines Existenzgründerdarlehens gekauft hatte, obwohl es bar bezahlt worden war.

Bar!

Er wollte Fragen nach der Herkunft des Geldes verhindern. Das wiederum konnte nur eines bedeuten: Das Geld war nicht legal verdient worden. Steve hatte Dreck am Stecken. Wahrscheinlich hatten ihre Eltern doch recht gehabt: Steve war hinter ihrem Geld her gewesen. Von Anfang an. Sie stöhnte laut auf. Dieses verfluchte Erbe. Alles in ihr sträubte sich dagegen, diese Möglichkeit näher zu betrachten. Steve und Lilou hatten ihr Leben verändert. Sie verändert. Sie war weicher geworden. Offener. Fröhlicher. Als ob Steves Unbekümmertheit und Lilous Lebendigkeit auf sie abgefärbt hätten. Konnte ein Mensch sich so verstellen? Sie dachte an seine Reaktion, als er erfahren hatte, dass er Vater werden würde.

Ich bin schwanger.

Es ist heraus.

Obwohl ich den ganzen Tag schier wahnsinnig geworden bin, fühle ich mich jetzt auf einmal ganz ruhig. Ich verstehe nicht, wie das passieren konnte. Wir haben verhütet. Unsere Beziehung ist noch nicht bereit für ein Baby. Es wird sie kaputt machen. Den Zauber unserer Zweisamkeit zerstören. Und doch will ich dieses Baby. Mehr als jemals zuvor etwas in meinem Leben. Der Wunsch, es auf die Welt zu bringen und großzuziehen, brennt in mir wie ein Feuer, das von dem kleinen Teststäbchen wie durch einen aggressiven Brandbeschleuniger entfacht wurde. Er sagt nichts. Lange nichts. Dann zieht er mich an sich. Legt seine Lippen an mein Ohr. Flüstert.

Das ist das größte Geschenk meines Lebens.

Ich zerfließe in seinen Armen. Erleichtert. Glücklich. Und gleichzeitig voller Angst vor der Verantwortung, die dieser Schritt bedeutet.

Ich werde unserem Kind ein guter Vater sein. Der beste. Das schwöre ich dir.

Er ist Lilou ein guter Vater gewesen. Der beste. Er hat sie vergöttert. Sie geherzt. Ihr Bücher vorgelesen, Reime aufgezählt. Sie abends in den Schlaf gesungen und ihr morgens die Flasche gegeben. Bis zu dem Tag, an dem er verschwand. An dem er das aufgab, was ihm das Wichtigste in seinem Leben war. Sie hob den Kopf von der Tischplatte und berührte dabei die Maus. Der Bildschirm erwachte, und Steves Facebook-Seite erschien. Erstaunt stellte sie fest, dass ihr Suchaufruf bereits über einhundertmal geteilt worden war. Sie postete ein Dankeschön an ihre Pinnwand und wollte die Seite gerade verlassen, als das Chatfenster blinkte.

Sie klickte darauf. Eine Nachricht auf Englisch erschien. Hannas Pulsschlag erhöhte sich. England. Schon wieder England.

Linus: Ich höre, du suchst Steve.
Hanna: Ja, weißt du, wo er ist?
Linus: Ich weiß, dass es nichts bringt, wenn du ihn suchst.
Hanna: Warum? Was weißt du über Steve?
Linus: Ich weiß, dass du ihn nicht finden wirst, wenn er nicht gefunden werden will.
Hanna: Und wenn er nicht freiwillig verschwunden ist? Wenn er festgehalten wird?
Linus: W.ie kommst du darauf?

Hannas Finger trommelten unschlüssig auf die Tischplatte. Wie viel Informationen durfte sie herausgeben? Sie starrte auf die Tastatur. Was hieß noch mal Vermutung auf Englisch?

Hanna: Nur eine Vermutung.
Linus: Hör auf zu vermuten. Du verschwendest deine Zeit.

Hanna schnaubte. Was war das nur für ein Typ? Konnte er nicht klipp und klar sagen, was er wusste?

Hanna: Wenn du mir nicht sagen kannst, warum ich meine Zeit verschwende, ist das auch nur eine Vermutung.
Linus: Nein. Erfahrung. Ich habe ihn zehn Jahre lang gesucht, aber gefunden hat er mich.
Hanna: Warum hast du ihn gesucht? Wer bist du? Kannst du mir mehr erzählen?

Das Onlinezeichen von Linus erlosch. Frustriert klickte Hanna auf den Namen und landete auf seiner Profilseite. Sie war nichtssagend, anstelle des Profilfotos prangte ein Avatar von Bart Simpson, und dass er aus England kam, war die einzige Angabe zu seiner Person. Keine Einträge, keine Aktivitäten.

Das Klingeln des Telefons zerschoss die Stille.

»Hallo?«

»Frau Warrington?«

Hanna versuchte die Stimme einer Person zuzuordnen. Sie klang männlich und weich zugleich. »Ja?«

»Hier Marten Stein.«

Marten Stein, der Privatdetektiv. Sie gab seinen Namen bei Facebook ein, sofort baute sich sein Profil auf. Die Stimme passte zu dem Foto. »Ich rufe wegen Ihres Facebook-Eintrags an. Sie suchen nach Weggefährten von Steve zwischen 1995 und 2008. Wenn Sie Orte eingeben, an denen er sich zu diesen Zeitpunkten aufgehalten hat, dann erhöhen Sie Ihre Chance auf sinnvolle Zuschriften erheblich.«

»Wo haben Sie meine Nummer her?«

Sie hörte ihn lachen. »Das ist für einen Privatdetektiv nun wahrlich keine große Kunst. Ich will Sie gar nicht länger stören. Es ist mir nur aufgefallen, und da dachte ich, ich sage Ihnen schnell Bescheid, schließlich geht es um einen Menschen. Und soweit ich aus Ihren Einträgen schließen kann, befürchten Sie, dass Ihr Mann in Bedrängnis sein könnte.«

Ich weiß nicht mehr, was ich befürchte. Ich weiß nur, dass er vor vier Jahren fünfundachtzigtausend Euro bar auf den Tisch gelegt hat. Ich weiß, dass er mich angelogen hat. Sie zahlten keinen Kredit ab, sie überwiesen dem Vorbesitzer eine Leibrente. Und die war wesentlich geringer als die angebliche Kreditrate. *Ich weiß, dass er jeden Monat neunhundert Euro an mir vorbeischmuggelt.*

Mit einem Schlag wischte sie einen Stapel Briefe von der Schreibtischpatte.

»Sind Sie okay?«, fragte Stein.

Hanna fixierte wieder sein Profilfoto.

Nein, ich bin nicht okay, wollte sie in den Hörer brüllen, doch sie hielt sich zurück. Stein konnte nichts dafür, dass ihr

Leben auseinanderbrach, dass Steve sie belogen und Lilou in Gefahr gebracht hatte, dass die Polizei ihr nicht glaubte.

Der Detektiv räusperte sich. »Ich will mich nicht aufdrängen, aber falls Sie Hilfe brauchen, bin ich gerne für Sie da. Bei Vermisstenfällen ist es wichtig, gleich am Anfang dranzubleiben. Solange die Spur noch heiß ist, wenn Sie verstehen. Ich kann Ihnen selbstverständlich Referenzen zukommen lassen.«

Hanna schwieg. In was auch immer Steve hineingeraten war, es war nicht mehr nur sein Problem. Spätestens seit dem Entführungsversuch war es auch ihr Problem. Und sie hatte keine Ahnung, wer ihr gegenüberstand. Wie gefährlich ihr Gegner war. Wie weit er gehen würde. Was sie als Nächstes machen sollte. Sie musste Steve finden. Nicht nur um seinetwillen, sondern auch wegen Lilous und ihrer eigenen Sicherheit. Sie musste den Weg bis zum Ende gehen, obwohl sie sich so müde und schlapp fühlte, dass sie am liebsten alles hinter sich lassen würde.

Sie realisierte, dass Stein noch immer in der Leitung war. Er hatte ihr Schweigen minutenlang nicht unterbrochen.

»Ich denke darüber nach«, sagte sie leise und legte auf.

Hanna schluckte zwei Kopfschmerztabletten und trank ein großes Glas Wasser. Mit etwas Glück würden ihr die Tabletten beim Durchschlafen helfen. Sie ging zur Küche, um das Glas noch einmal aufzufüllen. Stein hatte recht. Sie brauchte Hilfe. Bevor sie zusammenbrach. Gestern hatte sie überhaupt nicht geschlafen. So konnte das nicht weitergehen. Ihre Zerstreutheit. Ihre Albträume. Ihr Unbehagen, wenn sie danach nachts durch die Wohnung lief. Immer dieses Gefühl, jemand würde sie beobachten. Vielleicht sollte sie tatsächlich Steins Referenzen prüfen lassen. Er war Spezialist auf dem Gebiet. Zumindest ließen seine Webseite und die vielen Kommentare auf seiner Facebook-Seite das vermuten. Er hatte andere Möglichkeiten als sie. Sie holte sich das Telefonat ins Gedächtnis zurück. Seine Stimme klang sympathisch. Aber was hieß das schon?

Sie verließ die Küche und blieb vor der Kommode stehen. Wieder stellte sich ein unheimliches Gefühl bei ihr ein. Unerklärlich. Und doch konnte sie sich nicht davon befreien. Unwillkürlich musste sie an Steves Schal denken.

Sie zögerte. Eine innere Stimme befahl ihr nachzusehen, ob er an seinem Platz lag. Sie musste sich nur nach unten beugen und die Schublade aufziehen. Doch sie tat es nicht. Reglos stand sie einen Moment vor der Kommode.

Dann zog sie die Schublade mit einem Ruck auf.

Der Schal war weg.

Sie hatte ihn in die Kommode geräumt.

Hanna atmete tief durch. *Beruhige dich. Vielleicht ist er beim Zuknallen der Schublade nach hinten gerutscht.*

Wie in Zeitlupe bewegte sie ihren Arm. Sie griff in die Schublade und durchwühlte den Inhalt. Ertastete ihre Sonnenbrille. Ihre Seidenschals. Sie gehörten nicht hierher. Sie begann zu verstehen. Sie riss die Schublade darüber auf. Steves Schal lugte hervor. Sie öffnete die dritte Schublade. Auch diese war in Unordnung.

Jemand hatte die Kommode durchwühlt. In großer Eile. Jemand, der einen Schlüssel zu ihrer Wohnung besaß. Der Mann mit der Kapuze aus dem Hauseingang gegenüber? Was suchte er? Hanna fixierte die Wohnungstür. Sie realisierte, dass sie auf das Schleifgeräusch des Metalls wartete, wenn der Schlüssel von außen ins Schloss glitt. Realisierte, dass dies nicht das erste Mal gewesen war, dass jemand ihre Wohnung durchsucht hatte. Realisierte, dass sie nicht verrückt wurde, sondern jemand Stück für Stück die Schubladen in der Wohnung durchkämmte und Dinge falsch zurücklegte, während sie außer Haus war.

Ihre Angst verwandelte sich in Zorn. Er hatte ihre Sachen durchwühlt. Ekel stieg in ihr auf. Sie fühlte sich beschmutzt.

So nicht. Entschlossen griff sie zum Telefon und wählte Simons Nummer.

»Hanna? Ist was passiert?«

»Ich brauche ein neues Schloss. Sofort!« Sie war hellwach. »Kannst du bitte kommen?«

Nachdem sie aufgelegt hatte, beruhigte sie sich etwas. Noch immer brodelte der Zorn in ihr, doch langsam verwandelte er sich in Verzweiflung. Mit jeder Minute, die sie auf Simon wartete, erkannte sie klarer, dass ein neues Schloss zwar einen Einbrecher von der Wohnung fernhalten konnte, aber machtlos gegen die Bedrohung war, der Lilou und sie seit Steves Verschwinden ausgesetzt waren.

16

2. Februar 1991

Die anderen schlafen schon lange, sogar der Neue. Sie schlafen immer viel früher als ich. Luke hat den Neuen ziemlich zugerichtet. Er hat ein Veilchen groß wie ein Tennisball, und der Alte wollte unbedingt wissen, wer ihm das verpasst hat. Ich hätte gewettet, dass der Neue Luke brühwarm verpfeift, vor allem, als der Alte massiv geworden ist und seinen Stock rausgeholt hat. Ich glaub, Luke war auch ziemlich überrascht. Wir wissen alle, dass der Alte es nicht mag, wenn wir uns schlägern. Das ist sein Vorrecht, und wenn man ihm in die Quere kommt, zeigt er einem gnadenlos, wer hier der Boss ist. Der Neue hat aber dichtgehalten und alles, was Luke zu sagen hatte, als der Neue total verheult aus dem Zimmer vom Alten kam, war: »Besser für dich, wenn du die Schnauze hältst, Babyfurzer«, und dann hat er ihm noch eine über den Hinterkopf gezogen. Das war echt unnötig. Luke steht beim Alten auf der Abschussliste, und er hat sicher nicht vergessen, wie er letztes Mal ausgesehen hat, ganz zu schweigen von Marcus. Er muss sich ja nicht gleich bei dem Neuen bedanken, aber warum kann er ihm nicht einfach wortlos die Hand auf die Schulter legen? So traut sich keiner, mit ihm zu reden, nicht solange Luke ihn auf dem Kieker hat. Wer will sich schon mit Luke anlegen? Will ja keiner zur Zielscheibe werden. Ich bin der Einzige, der sich das erlauben kann. Naja, Linus natürlich auch. Als Sohn vom Alten kann der sich eh so ziemlich alles erlauben. Ich hab versucht, dem Neuen klarzumachen, dass es weder für ihn noch für mich gut ist, wenn er bei mir abhängt, und dann hat er sich endlich getrollt. Nach dem Essen bin ich dann raus und hab ihn gesucht. Warum, weiß ich eigentlich gar nicht. Ich hab mich bisher noch nie um die anderen gekümmert, jeder kämpft für sich selbst, so funktioniert das hier.

Ich hab ihn dann aber gefunden. Bei der dicken Eiche, er saß dort im Baum wie ein Affe, keine Ahnung, wie er da hochgekommen ist. Ich wollte, dass er mit zurückkommt, aber er hat sich geweigert. Ich hab ihm dann versprochen, ihm ein Geheimnis zu zeigen, wenn er mit ins Haus kommt. Das ist so komisch mit dem Neuen. Wenn ich in seiner Nähe bin, denke ich, dass ihm was passieren könnte, und dann denke ich an Marcus und frage mich, ob wir ihn hätten retten können. Ich weiß, das klingt voll beknackt, Vorahnungen gibt es nur in diesen dämlichen Filmen, aber deswegen behalte ich es ja auch für mich.

Als die anderen geschlafen haben, hab ich ihn dann zu dem Versteck mitgenommen. Er hat erst gar nicht kapiert, was das soll. Was an einem Schulheft so toll ist, aber dann hab ich ihm erklärt, dass das hier kein Schulheft ist, sondern mein bester Freund. Erst hat er voll bescheuert geguckt, dann wollte er genau wissen, was ich hier alles so reinschreibe. Aber das geht ihn einen Scheiß an. Steve, hab ich gesagt, hol dir selbst eins und schreib, dann weißt du's. Und dann hab ich ihm gesagt, er soll sich von mir fernhalten, wenn er es sich nicht noch mehr mit Luke verscherzen will. Und dann hab ich ihn gewarnt, dass sein Leben keinen Pfifferling mehr wert ist, wenn er unser Geheimnis jemandem verrät, und dass er tierisch aufpassen muss, dass niemand sein Heft findet. Wenn der Alte das in die Finger kriegt, dann kann er einpacken. Und je nachdem, was er in das Heft schreibt, nicht nur er.

Freitag, 27. Mai

17

Noch eine Stunde, dann musste sie Lilou abholen. Hanna schloss den Ordner und stellte ihn zu den anderen, die sie bereits geprüft hatte. Sie war froh, als sie hörte, wie Simon zu ihr ins Büro herüberkam. Er blieb in der Tür stehen.

»Na, konntest du gestern noch ein bisschen schlafen?«

Sie nickte und gähnte zugleich. »Danke. Danke auch, dass du gleich gekommen bist. Ich hätte mit dem alten Schloss kein Auge mehr zugemacht.« Sie schnappte sich einen neuen Ordner. Er war staubig und hinterließ einen hellen Streifen auf ihrer dunkelgrauen Tunika. Sie wischte mit der Hand darüber.

»Was ich nicht verstehe«, sagte Simon, »warum hast du das Schloss nicht schon früher ausgewechselt?«

»Ich dachte, Steve hat den Schlüssel.« Sie blätterte die erste Seite um und folgte ihrem Finger auf der Suche nach Barabhebungen oder Umbuchungen. »Er sollte jederzeit zurückkommen können.«

»Steve steckt böse in der Tinte, oder?«

Hannas Magen zog sich zusammen. Dass jemand offensichtlich Steves Schlüssel besaß, bedeutete nichts Gutes. Egal wie sie es drehte und wendete, die wahrscheinlichste Variante war, dass der Schlüssel ihm mit Gewalt abgenommen worden war. »Ich werde einen Privatdetektiv engagieren. Ich habe vorhin schon angerufen und eine Nachricht hinterlassen.«

»Gut. Das finde ich eine gute Idee«, sagte Simon nach

einer Pause. »Ich muss wieder nach vorne. Kommst du zurecht?«

»Geh ruhig. Ich bin fast durch. Es fehlen nur noch die da oben.« Sie deutete auf die letzte Regalreihe.

Simon kehrte in den Laden zurück. Sie hörte, wie er eine Kundin vertröstete, und stellte sich sein charmantes Lächeln vor, mit dem er der Frau signalisierte, dass er untröstlich war, ihr nicht sofort helfen zu können. Und die Frau würde den Laden verlassen und morgen gerne wiederkommen, um von Simon mit einem Strahlen begrüßt zu werden. Inzwischen war sie froh, dass Steve sich damals für Simon entschieden hatte, obwohl seine Mitbewerber ihn fachlich weit übertrumpft hatten.

Hannas Finger wanderte auf der Seite nach unten, und sie versuchte, sich auf die Zahlen zu konzentrieren. Sie notierte eine Barabhebung auf ihrem Block und blätterte weiter. Dann tippte sie Zahlen in einen Taschenrechner und schrieb die Endsumme auf einen Notizzettel. Wenn nicht noch eine richtig fette Abbuchung kam, konnte Steve das Geld für die Erpresserraten nicht allein aus der Firma gezogen haben.

Mit einem Klingeln erinnerte ihr Handy sie daran, dass sie bald Lilou abholen musste. Ohne auf die genaue Reihenfolge zu achten, schob sie die Ordner in das oberste Fach zurück, doch sie passten nicht mehr hinein. Egal wie sehr sie drückte, sie stieß auf einen Widerstand. Sie griff mit der Hand in die Lücke. Ihre Fingerspitzen berührten etwas Hartes. Sie stellte sich auf die Zehenspitzen, tastete nach dem Gegenstand und verschob ihn an den Rand des Regals, wo sie ihn mit der zweiten Hand in Empfang nahm. Eine silbrige Kassette, auf der sich der Staub mehrerer Jahre gesammelt hatte. Hanna wusste, dass sie soeben das Pendant zu dem Schlüssel aus Steves Stiefel gefunden hatte.

»Simon!«

Sie stellte die Kassette auf den Schreibtisch und wischte mit ihrem Ärmel den Staub ab, der sich sofort in dem dunklen Stoff festsetzte.

»Hast du etwas gefunden?«

Hanna zeigte auf die Kassette. »Weißt du, was das ist?«

Simon ging zum Schreibtisch, hob die Kassette hoch und betrachtete sie von allen Seiten. Sie war nicht sehr groß, besaß etwa die Ausmaße einer Postkarte mit zehn Zentimeter Höhe und war wunderschön graviert.

»Nie gesehen.« Er studierte das Schloss. »Soll ich sie aufmachen?«

Hanna nahm ihm die Kassette ab und verstaute sie in ihrer Handtasche. »Nein. Ich will sehen, ob der Schlüssel aus Steves Stiefel passt, bevor wir das Schloss manipulieren.«

Simon zuckte die Schultern. »Wie du meinst.«

Hanna sah die Enttäuschung in seinem Gesicht. Sie konnte nachvollziehen, was in ihm vorging. Auch sie brannte darauf, das Schloss zu öffnen und nachzusehen, was Steve in der Kassette aufbewahrte. Ihr Handy klingelte.

»Ja?«

»Hallo, Frau Warrington.« Die Stimme der Betreuerin aus Lilous Kindertagesstätte klang entschuldigend. »Ich will nicht stören, es ist nur, wissen Sie, auf dem Abholzettel stehen nur Sie als Abholerin. Aber vor ein paar Tagen hat ja Ihre Nachbarin Lilou abgeholt. Und jetzt ist da ihr Onkel. Dann ist es wohl auch in Ordnung, dass Lilou mit ihm mitgeht?«

Hanna umkrallte den Hörer. »Nein! Lilou hat keinen Onkel! Rufen Sie die Polizei! Lassen Sie Lilou nicht aus den Augen! Ich komme sofort!«

»Können Sie den Mann beschreiben?« Der Polizeibeamte hatte ein Notizbuch gezückt und wartete geduldig auf die Aussage der Erzieherin.

»Er hatte einen Kapuzenpulli an und schwarze Jeans.« Die Erzieherin machte eine Pause. Ihr Blick wanderte nach rechts oben, und Hanna sah ihr die Anstrengung an, mit der sie ihr Gedächtnis nach weiteren Details absuchte. Ihre Wangen waren mit unregelmäßigen roten Flecken überzogen und zeugten von dem Schock, den sie erlitten haben musste, als ihr bewusst wurde, wie nahe sie einem fatalen Fehler gewesen war. Hanna presste Lilou noch fester an sich. Wie Lilou wohl reagiert hätte, wenn die Erzieherin sie dem Mann mitgegeben hätte? Hätte sie geweint? Sich gewehrt? Oder wäre sie stumm mitgegangen, wie mit dem Mann auf dem Spielplatz?

»Rötliche Bartstoppeln«, fuhr die Erzieherin fort. »Und er hatte einen englischen Akzent. Erst dachte ich, vielleicht ihr Vater, er ist doch Engländer, nicht? Aber dann ist Lilou nicht auf ihn zugelaufen. Und da hab ich Sie dann angerufen.«

Der Polizeibeamte wandte sich an Hanna. »Kommt Ihnen der Mann der Beschreibung nach bekannt vor?«

»Nein.« Hanna vergrub ihre Nase in Lilous Haaren und sog ihren Kleinkindgeruch ein. »Ich denke, das war der Typ, der meinen Mann erpresst hat. Rob. Der soll rothaarig sein. Glauben Sie mir jetzt endlich, dass Steve etwas zugestoßen ist? Muss mein Kind auch erst verschwinden, bis Sie etwas unternehmen?« Nachdem sich der erste Schreck gelegt hatte, konnte Hanna ihre Wut kaum noch kontrollieren, und sie bemerkte, wie der Polizeibeamte bei ihrem scharfen Tonfall zusammenzuckte.

»Ich denke, das reicht für eine Fahndung nach Ihrem Mann. Und nach diesem Unbekannten.« Der Polizist steckte sein Notizbuch ein. »Ich werde das Nötige veranlassen.«

Hanna schloss für einen kurzen Moment die Augen, während eine Tonnenlast von ihr abfiel. Endlich wurde sie ernst genommen. Endlich bekamen sie Hilfe.

»Und Sie«, richtete der Polizeibeamte das Wort wieder an die Erzieherin, »kommen nachher bitte auf der Wache vorbei, damit wir ein Phantombild anfertigen können.«

Dann wandte er sich wieder an Hanna. »Passen Sie trotzdem vermehrt auf Ihre Tochter auf. Vermeiden Sie einsame Orte, und lassen Sie Ihre Tochter auch auf Spielplätzen oder im Kaufhaus nie aus den Augen. Besorgen Sie sich eine Trillerpfeife, damit Sie bei Gefahr auf sich aufmerksam machen können. So dreist, wie dieser Mann vorgeht, wird er Sie genau beobachten und den ersten geeigneten Moment abpassen. Seien Sie auf der Hut – überall und jederzeit.«

18

Hanna setzte sich mit einer Schüssel Apfel-Haferbrei und einer Tasse von Britts Entspannungstee zu Lilou an den Küchentisch. Vielleicht erinnerte sie sich wieder, wie gut ihr der Brei früher geschmeckt hatte.

»Jetzt wird nach dem Papa gesucht«, sagte sie zu Lilou. Der Löffel klapperte gegen das Porzellan, als sie ihn in den Brei tauchte. Hanna ließ ihn los, faltete die Hände vor ihrem Gesicht, um das Zittern unter Kontrolle zu bringen, und atmete mehrmals tief ein und aus. *Die Polizei nimmt dich ernst. Es wird alles gut.*

»Papa.« Lilou strahlte sie an und schlug mit ihrem Löffel auf den Tisch.

»Ja, ganz genau. Nach dem Papa.« Hanna schob den Löffel mit Brei in Lilous weit geöffneten Mund. Als sie ihn erneut in den Teller tauchte, traf sie etwas Feuchtes auf der Hand. Mit vor Ekel verzogenem Gesicht spuckte Lilou den Brei aus und schlug den vollen Löffel weg. Breispritzer trafen Hannas Tunika.

»Lilou!« Ärgerlich schob sie die Schüssel zur Seite. »Mensch! Schau dir mal die Sauerei an!«

Sie putzte Lilous Hände und Mund ab und setzte sie unsanft auf den Boden. *Du weißt doch, dass sie den Brei nicht mehr mag. Du musst einkaufen gehen, auch wenn dich die Worte des Polizisten völlig verunsichert haben. Oder willst du dich ewig verbarrikadieren?* Sie ertappte sich dabei, wie sie zum Fenster schielte, auf die Straße, zum Haus gegenüber. Angestrengt vermied sie, direkt dorthin zu sehen, sich am Fenster zu zeigen und eine Angriffsfläche für jemanden zu bieten, der sie von draußen belauerte und vielleicht nur darauf wartete, dass sie sich zum Abschuss präsentierte. Sie zwang sich, den Kopf abzuwenden, und sah, wie Lilou im Flur verschwand und dort leise brabbelnd die Schublade der Kommode aufzog und darin herumwühlte.

Hanna holte einen Lappen aus der Spüle und befreite Tunika, Tisch und Hochstuhl von Breispritzern, dann trank sie ihren Entspannungstee in kleinen Schlucken, bevor sie Brot und Aufschnitt hervorholte, eine Scheibe belegte und in kleine Würfel schnitt. Als Hanna den Teller auf den Tisch stellte, fiel ihr plötzlich auf, dass Lilous Brabbeln verstummt war.

Sie lief in den Flur, sah die Kommode, sah sich selbst in dem Spiegel darüber, sah den Inhalt der untersten Schublade verstreut auf dem Boden, sah die ordentlich aufgereihten Schuhe. Sah die verschlossenen Zimmertüren im vorderen Teil des Flurs. Keine Spur von Lilou.

»Lilou? Püppchen?« Angst ließ ihre Stimme krächzen.

Hektisch lief sie weiter. Bemerkte, dass die Schlafzimmertür am Ende des Flurs einen Spalt geöffnet war. Sie ließ die Schlafzimmertür nie offen. Zu viele Dinge waren dort in Lilous Reichweite, mit denen sie nicht unbeaufsichtigt spielen durfte. Sie betrat den Raum.

Vor dem großen Spiegelschrank hockte Lilou mit Steves Schal und lachte ihr Spiegelbild an.

Mit drei Schritten war Hanna bei ihr, ging neben ihr in die Knie und hob sie auf ihren Schoß. Plötzlich veränderte sich das Licht im Schlafzimmer, als würde sich eine Wolke vor die Sonne schieben, und sie sah nach oben.

»Steve!« Sie rang nach Luft. »Um Gottes willen!«

Er blickte sie aus dem Spiegel an. Das Gesicht blutüberströmt und schmutzig. Der Blick starr.

Sie fuhr herum.

Er war weg.

Aber er *musste* noch hinter ihr stehen. So schnell konnte er den Raum nicht verlassen haben. Doch außer ihr und Lilou war niemand im Schlafzimmer.

Eine Sinnestäuschung. Du bist übermüdet und angespannt. Sie wandte den Kopf wieder dem Spiegel zu.

Steve starrte sie noch immer an.

Sie schrie. Ihr Schreien vermischte sich mit Lilous angstvollem Weinen und dem Läuten der Türglocke. Eine Stimme rief laut und schrill nach ihr. Sie hörte, wie jemand durch den Flur rannte und sah im Spiegel, wie Britt ins Schlafzimmer gestürmt kam.

Sie sah sie alle. Im Spiegel. Britt. Lilou. Sich selbst. Steve.

Britt kam zu ihr und nahm ihr die weinende Lilou aus den Armen.

Und dann war Steve verschwunden. So plötzlich, wie er erschienen war.

Hannas Schrei erstarb. Sie löste ihren Blick vom Spiegel.

Britt wiegte Lilou beruhigend in ihren Armen. Steves Anblick im Spiegel schien sie nicht im Geringsten erschreckt zu haben. Sie stimmte leise ein Kinderlied an und verließ mit Lilou das Zimmer, ein paar Momente nur, in denen Hanna hocken blieb. Als Britt mit Lilou zurückkam, legte sie ihre Hand auf Hannas Schulter. Das Gewicht war kaum zu spüren, Hanna sah nur, wie sie sich mit dem unkontrollierbaren Zittern ihres Körpers auf und ab bewegte.

»Bist du in Ordnung?« Britt sah sie unsicher an und half ihr dann auf.

In Ordnung? Ich habe Steve im Spiegel gesehen. Mindestens eine Minute lang, das war nicht nur ein kurzes Aufblitzen. Ich bin verrückt! Außer …

»Hast du ihn gesehen?«, stammelte Hanna und deutete

auf den Spiegel, als könnte Steve jederzeit wieder neben ihnen auftauchen. Britt folgte ihrem Blick.

»Wen?«

»Steve.« Sie brach ab. Britts Gesicht sprach Bände. *Sie hat ihn nicht gesehen.*

Lilou weinte nicht mehr. Sie streckte ihre Arme nach Hanna aus, und Hanna zog sie an sich. Sie spürte die Ruhe, die von dem Kind auf ihren Körper überging und ihr Zittern verebben ließ. Es musste eine Halluzination gewesen sein. Nur eine Halluzination. Eine Projektion ihrer Angst.

Wie konnte ihre Psyche ihr solch einen Streich spielen? Britt musste sie für total durchgeknallt halten. Britts Hand legte sich auf ihren Arm.

»Geh ins Wohnzimmer. Setz dich. Ich mach dir einen Tee.«

Sie folgte Britts Aufforderung. Gemeinsam mit Lilou machte sie es sich auf dem Sofa bequem und schaute mit ihr ein Bilderbuch an, ohne wahrzunehmen, was sie auf den Seiten sah. Kurz darauf kam Britt mit einer Tasse dampfenden Tee und Lilous Brot. Sie stellte den Teller neben Lilou ab, und Lilou stürzte sich gierig auf die Wurstbrotecken.

»Was hast du gesehen?«, fragte Britt und setzte sich in Steves Sessel.

Hanna schüttelte es. Das Bild im Spiegel erschien vor ihren Augen. *Das Blut… Sein Gesicht…* Sie umklammerte ihren Anhänger und zog so fest daran, dass die Kette in die Haut am Hals schnitt.

»Steve«, flüsterte Hanna. »Er hat… Er war voller Blut.«

»Wo denn? Ich bin mit Lilou durch die Wohnung gelaufen, um sie zu beruhigen, ich hätte ihn doch sehen müssen.«

»Im Spiegel.« Wieder musste Hanna sich schütteln. Seine Augen. Sie hatten nicht sie angestarrt, sie hatten ins Leere gestarrt. Ohne Glanz. Wie tot.

»Hanna, hörst du mir zu?« Britt zerrte an Hannas Händen. »Steve ist nicht hier, und er war auch nicht hier. Er hätte mir im Treppenhaus begegnen müssen. Als ich deinen Schrei gehört habe, bin ich sofort aus der Wohnung raus. Ich hab mir deinen Schlüssel geschnappt und bin nach oben. Ich hätte ihn sehen müssen.«

Hanna zog ihre Hände zurück und verbarg ihr Gesicht darin. Natürlich hatte sie ihn nicht in der Wohnung angetroffen. Er war nicht real da gewesen. Nur in ihrer Einbildung. Begann es so, wenn man verrückt wurde? *Hat es so bei dir angefangen, Oma Wilmi? Erst hast du ihn gespürt, dann gehört und schließlich gesehen?* Nein! Sie war übermüdet. Ihre Nerven waren überreizt. Sie hatte halluziniert, was sie am meisten befürchtete: dass Steve etwas zugestoßen war.

»Ich habe Angst, Britt.«

Britt zog ihr die Hände vom Gesicht und zwang Hanna, sie anzusehen. »Wovor hast du Angst? Vor Steve?«

»Ich bin so müde. Was soll denn mit Lilou werden, wenn ich zusammenbreche?«

»Du brichst nicht zusammen.« Britt drückte Hannas Hände, als wollte sie ihr Kraft schenken. »Schläft Lilou noch immer in deinem Bett?«

Hanna nickte. »Ich traue mich nicht, sie die ganze Nacht alleine zu lassen.«

»Du hältst dich an ihr fest«, korrigierte Britt sie. »Und die Spinnen in deinem Traum sagen dir, dass du loslassen musst. Wenn Lilou in deinem Bett schläft, bist du nur am Aufpassen. Du brauchst deinen Schlaf, so geht es nicht weiter.«

Wie einfach sich das anhörte. Als ob sie sich freiwillig die Nächte um die Ohren schlug.

»Er hat es heute wieder versucht.«

»Wer hat was versucht?« Britt fuhr sich ungeduldig über die Haare und strich eine lose Strähne hinter das Ohr. Hanna fiel plötzlich auf, dass Britt sie heute nicht hochtoupiert, sondern zu einem kunstvoll geflochtenen Zopf gebunden hatte. Er stand ihr viel besser. Hanna bemerkte, wie hübsch sie eigentlich war.

»Hanna? Wer hat was versucht?«

»Ein Mann hat sich als Lilous Onkel ausgegeben und wollte sie von der Krippe abholen.«

»Nein! Meinst du, es war der Typ vom Spielplatz?«

»Ja. Die Polizei denkt das auch. Sie leiten jetzt eine Fahndung nach Steve ein.«

Britt schauderte. »O Mann, das ist echt gruselig. Kein Wunder, dass du vorhin so ausgetickt bist. Ich würde auch den Koller bekommen.«

Hanna schluckte. Koller bekommen. *Wirst du unfähig, für deine Tochter zu sorgen?*

»Lilou muss ins Bett. Es ist schon viel zu spät für sie.« Hanna stand auf und nahm Lilou hoch. »Danke, dass du gekommen bist.«

»Weißt du was?« Britt erhob sich ebenfalls und stemmte die Hände in die Hüfte. »Ich gehe jetzt und hole mir meine Schlafsachen, und dann bleibe ich heute Nacht bei dir. Ich schlafe bei Lilou im Zimmer, und du schläfst allein in deinem Bett. Und morgen sehen wir, ob du noch immer Albträume hast, okay?«

19

Vor sich ein Glas Wein lümmelte Britt mit ihrem Beziehungsratgeber in Steves Sessel, als Hanna das Wohnzimmer betrat. Steves starrer Blick im Spiegel drängte sich vor Hannas Augen, und sie kniff sie heftig zusammen, um das Bild zu vertreiben. Viel zu hart stellte sie das Babyfon ab und holte dann die Schatulle aus ihrer Handtasche und den daumennagelgroßen Schlüssel vom Regal. Mit einem Seufzen ließ sie sich auf das Sofa fallen.

»Sie schläft.«

Britt legte ihr Buch zur Seite. Ihr Blick war ungewöhnlich ernst. »Du glaubst wirklich, dieser Rob hat seine Finger im Spiel?«

»Das erscheint mir plausibel. Er will Geld, und Steve ist verschwunden. Jetzt braucht er ein neues Druckmittel. Wenn er Steve nicht mit mir erpressen kann, dann mich mit Lilou.« Hanna legte die Schatulle auf ihrem Schoß ab. »Wenn ich nur wüsste, womit genau er Steve erpresst hatte. Da sind natürlich die fünfundachtzigtausend Euro, die Steve ins Geschäft gesteckt hat. Aber wenn er die geklaut hat, warum zieht er dann jeden Monat Geld aus der Firma?«

»Vielleicht wollte er es zurückzahlen?«

»Möglich«, sagte Hanna. »Aber dieser Rob will noch was anderes. Etwas muss in dieser Wohnung sein, das er so dringend braucht, dass er hier alle Schubladen und Schränke durchgegangen ist.«

»Er war in der Wohnung?« Britt riss erschrocken die Augen auf.

»Jemand war hier. Mit Steves Schlüssel. Und ich glaube nicht, dass es Steve war. Warum sollte er die Kommode durchsuchen?«

»Das heißt, Rob kann hier jederzeit einfach reinmarschieren?« Hektisch drehte sie ihren Kopf zur Wohnzimmertür, als stünde dort bereits der Eindringling.

»Ich habe das Schloss ausgetauscht. Deshalb hattest du den neuen Schlüssel im Briefkasten.«

»Ich hatte mich schon gewundert.«

»Das Schlimmste ist für mich die Frage, wie Rob an Steves Schlüssel gekommen ist. Steve wird ihn nicht freiwillig hergegeben haben.« Hanna steckte den kleinen Schlüssel in das Schloss der Schatulle. Er passte perfekt. »Die habe ich heute im Büro gefunden.«

Britt nahm die Rotweinflasche und schenkte beide Gläser zur Hälfte voll. »Was ist drin?«

»Das werden wir gleich sehen.«

Hanna drehte den Schlüssel um, und die Schatulle sprang auf. Sie griff hinein und breitete den Inhalt auf dem Wohnzimmertisch aus. Sieben Fotos, ein Schmucksäckchen und ein mehrmals zusammengefalteter Brief kamen hervor. Die Fotos mussten ziemlich alt sein. Hanna erkannte Steve sofort. Auf einem der Fotos war er allein abgebildet, sie schätzte ihn auf zehn bis zwölf Jahre, im Hintergrund ein großes, altes Gebäude, umgeben von mächtigen Bäumen und einer hohen Steinmauer. Von den Fensterläden blätterte die Farbe ab, und einige Fensterscheiben hatten einen Sprung. Auf drei der Fotos posierte Steve mit einer Fußballmannschaft vor dem Tor eines Fußballfeldes, er stand immer in der hintersten Reihe, und trotz wechselnder Frisuren brauchte Hanna nur jeweils Sekunden, um ihn zu identifizieren. Die Fotos waren in drei aufeinanderfolgenden Jahren aufgenommen worden und hatten die Jahresangabe auf einer kleinen Schiefertafel vermerkt, die ein Spieler stolz präsentierte. Hanna rechnete nach. Steve war auf dem letzten Foto vierzehn Jahre alt gewesen. Sie schaute es genauer an. Er wirkte älter, aber vielleicht lag das auch an der Frisur. Anhand seines Haarschnitts nahm Hanna an, dass die nächsten zwei Bilder im selben Jahr aufgenommen worden waren. Das eine zeigte Steve mit einem anderen Jungen, etwas kleiner und schmächtiger, vor dem Stamm einer gefällten Eiche. Auf dem anderen lehnte Steve mit zwei Jungen an einer hohen Mauer. Einer der Jungen hielt seine Hand über Steves Kopf und machte ihm Eselsohren, alle drei hatten eine Zigarette zwischen den Lippen. Auf dem letzten Bild waren wieder nur zwei Personen abgebildet, Steve, jetzt deutlich älter, vielleicht Mitte zwanzig, die Haare kürzer, nur die Zigarette hing noch im gleichen Winkel von den Lippen, und ein rothaariger Mann, etwa im gleichen Alter oder etwas älter. Hanna hielt den Atem an. Rote Haare. Sie hielt Britt das Bild hin.

»Glaubst du, das könnte Rob sein?«

Britt pickte das Foto mit ihren langen Fingernägeln von der Tischplatte. »Rote Haare sind in England ziemlich verbreitet.« Sie drehte das Foto um. »Schade. Keine Beschriftung.«

»Beschriftung?«, höhnte Hanna. »Das wirst du nicht erleben, dass Steve ein Foto ordentlich beschriftet.«

»Das Foto, wo sie zu dritt rauchen, ist beschriftet«, wandte Britt ein.

»Was?« Hanna schnappte sich das Gruppenfoto und drehte es um. Tatsächlich. *Der Raucherclub – einer für alle, alle für einen – Luke.* Sie studierte die fein säuberliche, aber etwas ungelenke Schrift auf dem Fotopapier. Definitiv nicht Steves Schrift, außer sein Schriftbild hätte sich völlig verändert, als er älter wurde. »Woher wusstest du das?«

»Ich habe gesehen, dass etwas daraufstand, als du die Fotos aus der Schachtel genommen und ausgebreitet hast«, sagte Britt, und wie zum Beweis hob sie eines der Fotos mit der Rückseite zu Hanna gewandt hoch und legte es dann wieder auf den Tisch.

Hanna schob die Fotos auf einen Haufen und griff nach dem Schmucksäckchen. Neugierig zog sie an der Schleife der Schnur, die das obere Ende zusammenhielt, und schüttete dann den Inhalt des Säckchens auf ihre Hand.

»Ein Skarabäus.« Der silberne Schmuckkäfer hatte einen türkisfarbenen Panzer und war ungewöhnlich fein gearbeitet. Hanna betrachtete ihn von allen Seiten und prüfte, ob in den silbernen Bauch eine Widmung eingraviert war. »Ist der wertvoll?«

Britt nahm ihn vorsichtig aus ihren Fingern und stellte ihn auf die Mitte ihres Handtellers. »Jeder Skarabäus ist wertvoll für seinen Besitzer. Es ist die Bedeutung des Skarabäus, die ihm seinen Wert verleiht.« Sie strich mit ihrem Zeigefinger so leicht über die zu Flügeln verarbeiteten Türkise, als wollte sie ihn zum Leben erwecken. Dann stellte sie ihn abrupt zurück und nahm einen großen Schluck aus ihrem Weinglas.

»Erinnert dich der Skarabäus an etwas? Möchtest du darüber reden?«

Britt winkt ab. »Alte Geschichten soll man ruhen lassen.« Ihre Stimme klang rau.

Hanna hob eine Augenbraue. »Das hat Steve auch immer gesagt.«

»Sicher nicht so oft wie meine Oma. Und sie hatte recht.« Britt trank den restlichen Wein schnell aus und schenkte sich großzügig nach. Schweigen breitete sich aus und verstärkte die Anspannung, die im Raum herrschte. Hanna faltete den Brief auf, der unter dem Schmucksäckchen gelegen hatte. Sie las das Datum. Er war etwa zwei Jahre, bevor sie Steve kennengelernt hatte, verfasst worden:

Mein Herz, anbei übergebe ich Dir meinen Skarabäus. Bewahre ihn gut auf, damit wir uns nie verlieren, denn so versprechen es die alten Legenden: Der Skarabäus findet den Weg zu seinem Besitzer immer zurück. Ein Leben lang.

Dann folgte eine Unterschrift, die Hanna als *Rose* entzifferte. Sie reichte Britt den Brief. Wie sehr muss Steve diese Rose geliebt haben, dass er den Brief aufbewahrt und vor ihr versteckt hatte! Ob er sie noch immer liebte? Er hatte den Namen nie erwähnt. Rose? Klang englisch. Aber sie schrieb auf Deutsch. Ein Kosename? Wohl kaum. Steve fand Kosenamen albern. Er verwendete sie nie. Außer bei seiner Prinzessin.

Eine Deutsche mit dem Namen Rose. Sie spürte einen Stich. Rose. Lautlos sprach sie den Namen nach. War sie der Schlüssel zu seinem Verschwinden?

Steve hatte ihr immer versichert, die Frau zu sein, die sein Leben verändert hatte. Für die er alles tun würde. Die ihn glücklich machte. Die Frau, auf die er immer gewartet hatte.

Rose. Das nagende Gefühl in ihrer Brust wurde stärker.

Britt legte den Brief wortlos auf den Tisch zurück. Hanna griff danach und las ihn erneut. *…damit wir uns nie verlieren… Der Skarabäus findet den Weg zu seinem Besitzer immer zurück.* Steve hatte nicht nur den Brief aufbewahrt, sondern auch den Skarabäus. Den Skarabäus, der ihn wieder mit seiner Besitzerin zusammenführen würde. Sie knüllte den Brief zusammen und warf ihn in eine Ecke. Mit einmal wusste sie, warum Steve ihr nie von dieser Rose erzählt hatte – sie hätte ihm angesehen, dass er sie noch immer liebte. Dass sie nur die zweite Wahl war, nachdem es aus irgendeinem Grund mit Rose nicht geklappt hatte. Dass er nur darauf wartete, dass sie endlich zu ihm zurückkam.

Sein Treffen mit der Frau in der Domklause. Sie hatte geweint. Ihn tränenreich um Verzeihung gebeten. Ihn angefleht, zu ihr zurückzukehren. Hanna konnte sich die Szene so lebhaft vorstellen, als wäre sie als stumme Zeugin dabei gewesen. Und er hatte es als Ausweg dankbar angenommen, nachdem Rob ihn in die Ecke gedrängt hatte. Sie spürte eine Eifersucht in sich wachsen, die ihren Erinnerungen an Steves Liebesschwüre keinen Raum mehr ließ.

Steve hat sie bezüglich des Kredits angelogen und Geld an ihr vorbeigeschleust. Er hat Roses Brief vor ihr versteckt und sich heimlich mit ihr getroffen. Woher sollte sie wissen, wann er ehrlich gewesen war und wann nicht?

»Weißt du«, riss Britt sie aus ihren Gedanken, »anfangs war ich wirklich davon überzeugt, dass Steve einfach die Düse gemacht hat.«

Sie verstummte, und Hanna wartete, dass sie weitersprach, doch Britt schwieg.

»Und jetzt?«, fragte Hanna schließlich.

»Jetzt bin ich mir nicht mehr sicher. So viel kann doch gar nicht in so kurzer Zeit passieren.« Sie drehte ihren Kopf ruckartig zur Wohnzimmertür. »Du bist sicher, da kann niemand rein?«

»Das Schloss ist alarmgesichert, wenn das jemand aufbricht, wird bei einem Sicherheitsdienst ein Alarm ausgelöst und eine Streife vorbeigeschickt. Das ist unsere Hochsicherheitsschließanlage. Hier kommt keiner unbemerkt rein, außer er klettert die Fassade hoch und steigt über den Balkon ein.« Hanna bemerkte Britts Blick zum Fenster und spürte, wie die Angst auch von ihr selbst Besitz ergriff. Sie lauschte auf Geräusche. War da jemand? Hörte sie ein Scharren?

Das Telefon klingelte, und Britt schrie leise auf. Dann kicherte sie hysterisch. »Huch, siehst du, ich bin schon ganz irre, jetzt erschrecke ich schon vor dem Klingeln.«

Hanna lief zum Telefon. »Warrington?«

»Marten Stein. Ich habe gerade Ihre Nachricht erhalten. Hat die Polizei etwas unternommen?«

Steins Tonfall wirkte wie eine beruhigende Melodie. Hanna entspannte sich. »Sie leiten eine Fahndung nach Steve ein.«

»Das ist gut.«

»Ich würde Sie trotzdem gerne engagieren. Können wir uns morgen treffen?«

»In Ordnung. Um zehn Uhr bei Ihnen?«

»Zehn. Annastraße dreiundzwanzig A. Das ist eines der letzten Häuser, bevor die Fußgängerzone beginnt.«

»Gut, dann bis morgen.«

Sie legte auf und ging zum Sofa zurück.

»Wer war das?«, fragte Britt beiläufig. Sie hatte ihr Buch wieder hochgenommen, sodass ihr Gesicht halb verdeckt war.

»Marten Stein. Ein Privatdetektiv. Ich habe ihn gerade engagiert.« Hanna nahm ihr Glas und lehnte sich in die weichen Sofakissen zurück.

»Warum denn das? Die Polizei sucht doch jetzt nach Steve.«

»Weil ich mich nicht mehr sicher fühle. Jemand ist hinter Lilou her, vergiss das nicht. Und sie ist erst außer Gefahr, wenn Rob aus dem Verkehr gezogen wurde. Und vielleicht«, fügte Hanna hinzu, »kann er etwas über diese Rose herausfinden.«

»Privatdetektiv …« Britt ließ das Buch sinken. »Wo hast du den denn aufgetrieben?«

»Er hat mich angemailt. Über diese Vermisstenseite im Internet. Er ist auf die Suche von Personen spezialisiert.«

»Er hat dich angemailt?« Britt klopfte mit ihren langen Nägeln nachdenklich an ihr Weinglas. »Ich weiß nicht … da läuten bei mir echt Alarmglocken. Nach allem, was bisher passiert ist. Bei dir nicht? Was, wenn das ein abgekartetes Spiel ist? Er schafft Steve aus dem Weg, dann kontaktiert er dich, und als du nicht gleich anbeißt, schreckt er dich mit den Entführungsversuchen von Lilou hoch…«

»Keine Angst«, sagte Hanna, »Ich hatte anfangs auch Bedenken. Aber ich brauche Hilfe, und ich habe mit ehemaligen Kunden von ihm gesprochen. Die schwören auf ihn. Er soll absolut zuverlässig sein.«

»Trotzdem….« Britt sah Hanna eindringlich an. »Denk an dein Erbe! Ich weiß ja nicht, wie groß es ist, aber wenn dieser Rob davon weiß, warum nicht auch der Detektiv?«

Samstag, 28. Mai

20

Den Blick starr auf das Tablett gerichtet, balancierte Hanna das Kaffeegeschirr durch das Chaos, das Lilou im Flur verbreitete. Sie fühlte sich fit und ausgeschlafen, obwohl Britt und sie am Abend zuvor die ganze Flasche Wein geleert hatten, während Britt sie mit Geschichten aus dem Erfahrungsschatz ihrer Kundinnen abgelenkt hatte. Als hätte sie einen sechsten Sinn für so etwas, hatte sie immer dann eine weitere witzige Story zum Besten gegeben, wenn Hannas Gedanken wieder zu der Erscheinung im Spiegel und dem Brief an Rose abdrifteten. Nur über sich selbst hatte Britt geschwiegen. Dabei hatte Hanna gespürt, dass auch sie eine Geschichte zu erzählen gehabt hätte. Eine Geschichte über Liebe und Verlust, über Hoffnung und Enttäuschung. Kaum war sie am Spiegel vorbei, löste sie den Blick vom Tablett. Sie schüttelte den Kopf über sich selbst. Was erwartete sie? Dass Steve wieder im Spiegel erschien? Seine Erscheinung war eine Halluzination gewesen. Beängstigend, aber harmlos.

Trotz ihrer Zweifel und Wut auf Steve hatte sie zum ersten Mal, seit sie aus dem Krankenhaus zurück war, durchgeschlafen. Keine Spinnen. Als ob sie Britts Traumdeutung durch ihr Fernbleiben bestätigen wollten. Sie stellte das Tablett auf dem Wohnzimmertisch ab und deckte den Tisch. Zwei nach zehn.

Es läutete. Als Hanna die Wohnungstür öffnete, zupfte Lilou an ihrer Hose. Hanna nahm sie hoch und lauschte auf die Schritte im Treppenhaus. Stein hatte einen leichten Gang. Unbeschwert. Wie Steve. Endlich kam er um die letzte Ecke.

Er war schlank und groß, und sein Mund verzog sich zu einem schiefen Lächeln, was seinen Gesichtszügen einen verschmitzten Ausdruck verlieh.

»Guten Morgen. Ich freue mich, Sie kennenzulernen!« Er reichte ihr die Hand.

»Schön, dass es so schnell geklappt hat.«

Marten Stein berührte Lilous Hand mit einem Finger. »Du bist also Lilou. Über deine Bekanntschaft freue ich mich natürlich auch!«

Er folgte ihr durch den Flur zum Wohnzimmer, und Hanna hörte an seinen unregelmäßigen Schritten, dass er sich bemühte, auf keines der herumliegenden Teile zu treten.

Lilous Lachen füllte mit einem Mal den Flur. Hanna drehte überrascht ihren Kopf. Stein schnitt Grimassen. Lilou kicherte. Dann versteckte sie den Kopf an Hannas Schulter, als schämte sie sich, und lugte sogleich wieder hervor, um wie ein übermütiges Ferkel zu quieken. So fröhlich hatte Hanna sie seit Langem nicht mehr erlebt.

Im Wohnzimmer sah Stein sich kurz um, bevor er sich in Steves Sessel setzte. Hanna stellte Lilou auf dem Boden ab. Lilou betrachtete Stein, als sei er ein exotisches Tier, und verschwand dann brabbelnd im Flur.

»Also, was kann ich für Sie tun? So wie ich Ihre Mail verstanden habe, geht es nicht mehr nur um Steve, sondern auch um einen Unbekannten, der Ihnen nachstellt.«

»Er hat versucht, meine Tochter zu entführen. Schon zweimal. Und er hat Steve erpresst.« Sie nahm auf dem Sofa Platz und schob ihm einen Ausdruck von Robs Mail zu. Stein las ihn durch und legte das Blatt dann mit einem kaum merklichen Nicken auf den Tisch zurück.

»Außerdem möchte ich, dass Sie etwas über eine Frau herausfinden. Steve hat sich womöglich vor Kurzem mit ihr getroffen. Er ist in einem Lokal gesehen worden. Ich glaube, es ist dieselbe Frau, von der ich gestern einen Liebesbrief gefunden habe. Sie heißt Rose.«

»Glauben Sie, dass er Sie mit dieser Rose betrogen hat?«

»Der Brief ist vier Jahre alt.«

»Vier Jahre? Wieso denken Sie dann, dass es sich bei der Frau um die Schreiberin des Briefes handelt?« Wie aus dem Nichts hatte er plötzlich eine Mala in der Hand und ließ sie durch die Finger gleiten. »Könnte er Sie wegen dieser Rose verlassen haben?«

Hanna antwortete nicht. Dieselbe Frage hatte sie sich seit gestern Abend sicher tausendmal gestellt. »Ich möchte, dass Sie diese Rose finden. Rose ist Teil seiner Vergangenheit und Rob ebenfalls. Rose und Steve waren liiert. Sie kann uns vielleicht mehr über Rob erzählen. Und wenn wir Glück haben, weiß sie, worauf Rob in seiner Mail anspielt. Womit er Steve erpresst hat. Von welchem Geld er spricht.«

Stein vollführte eine schnelle Bewegung mit dem Handgelenk, und die Mala war verschwunden. »Kann ich den Brief sehen?«

Hanna nahm ihn aus der Schatulle und reichte ihn Stein. Er faltete ihn auseinander und las. Dann legte er ihn wieder zusammen, langsam und sorgfältig, als halte er ein wertvolles Kunstwerk in den Händen. »Ich würde ihn gern mitnehmen.«

Sie nickte.

»Gibt es sonst noch Informationen zu dieser Rose?« Er steckte den Brief in seine Innentasche. Faltete dann den Ausdruck von Robs Mail ebenso sorgfältig und packte ihn dazu.

Sie schüttelte den Kopf. Seinem Gesicht sah sie an, dass er keine andere Antwort erwartet hatte.

»Hat Steve Feinde?«

»Nicht dass ich wüsste. Abgesehen von diesem Rob natürlich.« Hanna nahm aus der Schatulle das Foto, auf dem sie Rob vermutete.

»Und Sie glauben, er will Lilou entführen, um Lösegeld zu erpressen.«

Sie reichte ihm das Foto. »Ich weiß es nicht. Aber ich könnte mir vorstellen, dass er realisiert hat, dass Steve weg ist, und jetzt versucht, auf andere Art an sein Geld zu kommen. Von wem er das bekommt, ist ihm bestimmt egal.«

Stein gab ihr das Foto zurück. »Sind Sie sicher, dass das Rob ist?«

»Nein, aber ich halte es für möglich.«

»Fällt Ihnen sonst jemand ein, mit dem Steve Streit hatte?«

»Meine Eltern«, entfuhr es ihr.

Er schien über ihre Antwort keineswegs erstaunt zu sein. »Gab es einen bestimmten Grund?«

»Er ist ihnen nicht gut genug.«

Stein verschränkte die Finger vor seinem Gesicht, legte das Kinn auf dem ausgestreckten Daumen ab und sah sie unverwandt an, als wolle er in ihre Gedanken eintauchen, um wie ein Goldgräber nach den Informationen zu schürfen, die sie nicht bereit war herauszugeben. Sie unterbrach den Blickkontakt, stand auf, durchquerte das Wohnzimmer und sah nach Lilou. Sie spielte noch immer im Flur. Neben sich einen Berg Handschuhe und Schals unterzog sie die Bügel von Steves Sonnenbrille einem Stresstest. Hanna ging zum Sofa zurück.

»Wie ist der Kontakt zu Ihren Eltern?«, fragte Stein, als sie wieder saß.

»Es gibt keinen. Sie haben jeden Kontakt abgebrochen und mich enterbt.«

»Das ist hart.«

»Ich brauche ihr Geld nicht.« Hanna verschränkte ihre Arme vor dem Oberkörper und presste sie unter ihre Brust.

»Es ist trotzdem hart. Geschwister?«

Hanna schüttelte den Kopf.

»Man verstößt nicht einfach sein einziges Kind.« Erneut

suchte er ihre Augen. Sie versuchte auszuweichen, doch er fing ihren Blick immer wieder ein.

»Ich komme aus einer alten Familie, Stammbaum bis Adam und Eva, Würdenträger noch und noch.« Hanna schnaubte. »Meine erste große Liebe war ihnen schon ein Dorn im Auge. Sie haben es geschafft, ihn zu vergraulen.«

»Haben sie es bei Steve auch versucht?«

»Ja. Aber ich hatte Steve von meinem Ex erzählt, und er hat meinen Eltern klargemacht, dass er zurückschießen würde.«

»Er hat ihnen gedroht?« Stein hob verwundert die linke Augenbraue.

»Ich weiß es nicht. Aber ich denke, er hat meinem Vater gedroht, sein kleines Geheimnis der Zeitung zu verkaufen. Ich habe doch ein Geschwister. Aber ich kenne es nicht. Ein uneheliches Kind meines Vaters, das seit über fünfundzwanzig Jahren totgeschwiegen wird. Ich habe Steve davon erzählt.«

»Sie haben nie nachgefragt, was zwischen Steve und Ihren Eltern passiert ist?«

»Doch. Aber Sie kennen Steve nicht. Wenn er über etwas nicht reden will, dann tut er es auch nicht. Und über seinen Besuch bei meinen Eltern hat er nur gesagt, er hätte die Fronten geklärt. Und meine Eltern haben danach kein Wort mehr mit mir gewechselt.« Sie seufzte. »Ich habe einen Brief von unserem Familienanwalt bekommen, in dem mir mitgeteilt wurde, dass ich enterbt bin und meine Eltern keinerlei Kontakt zu mir oder meinem zukünftigen Mann wünschen.«

»Ich nehme an, Steve hat nicht zum Familienimage gepasst?«

»Ein einfacher Handwerker?« Hanna lachte bitter auf. »Machen Sie Witze? Bei uns hat man mindestens einen Magister, lieber einen Doktor.«

»Und Sie?«

»Ich habe mein Jurastudium nach dem Desaster mit meinem Ex kurz vor dem zweiten Staatsexamen hingeschmissen. Ich habe es gehasst. Dann bin ich hierhergezogen und habe das als Beruf gewählt, was ich schon als Kind am liebsten gemacht habe. Schlösser knacken.«

»Sie haben als Kind Schlösser geknackt?«

»Ich wollte wissen, wer mein Bruder oder meine Schwester ist. Falsch«, korrigierte sie sich, »ich will es immer noch wissen, aber als Kind war ich deswegen richtig fixiert darauf, in den Sachen meiner Eltern herumzuschnüffeln. Das wurde irgendwann zu einem Selbstläufer. Ich bin nachts aufgestanden und habe ihre Schubladen und Schränke durchsucht. Nicht sehr erfolgreich. Das, wonach ich gesucht habe, wurde nicht zu Hause aufbewahrt. Ich glaube, das lag nicht so sehr an meiner Schnüffelei, als vielmehr daran, dass meine Mutter nichts, was mit dem Fehltritt zu tun hatte, bei uns im Haus haben wollte. Sie dachte wohl, aus den Augen, aus dem Sinn. Auf jeden Fall stammt aus der Zeit meine Affinität zu Schlössern.«

»Wie weit würden Ihre Eltern gehen, um an ihr Enkelkind zu kommen? Immerhin ist da viel Vermögen und kein direkter Erbe.«

Hanna zögerte. Die Geburtsanzeige, die sie ihnen geschickt hatte, war genauso ungeöffnet zurückgekommen wie all die anderen Briefe, mit denen sie versucht hatte, wieder Kontakt zu knüpfen. »Sie wissen nicht, dass sie eines haben.«

Stein pfiff leise durch die Zähne. »Interessant. Die Frage ist, ob sie es wirklich nicht wissen oder ob Sie nicht wissen, dass sie es wissen.«

Was wollte Stein damit sagen? Dass ihre Eltern Steve Geld gegeben hatten, unter der Bedingung, dass er sie verließe? Aber wozu dann die Scharade mit Lilous versuchter Entführung?

Hanna schüttelte den Kopf. Nein, so weit würden sie nicht gehen. Sie zog ihre Beine an, legte die Arme um ihre Knie und sah ihn abwartend an.

»Und Steves Eltern? Wie ist der Kontakt zu ihnen?«

»Genauso wenig vorhanden wie der zu meinen Eltern. Noch weniger. Ich hatte zumindest bis vor nicht allzu langer Zeit noch Kontakt, und wenn sie Steve tolerieren würden, hätte ich kein Problem damit, sie wieder in mein Leben zu lassen. Steve hat, seit er nach Deutschland gezogen ist, kein Wort mehr mit seinen Eltern gewechselt. Und das sind jetzt über zehn Jahre. Keine Geburtstagskarte, kein Gruß zu Weihnachten, nichts.«

»Kennen Sie den Grund für den Bruch?«

»Nein.« Sie zog die Beine näher an ihren Körper. »Das Thema war eine Tabuzone. Entweder die Eltern haben etwas getan, das ihn unglaublich tief getroffen hat, oder er hat etwas getan, wofür er sich unendlich schämt.«

»Interessant«, sagte Stein und zog eine Kamera aus seiner Tasche. »Und ungewöhnlich. Ich hätte angenommen, dass spätestens ab dem Bruch mit Ihren Eltern Steve sich Ihnen geöffnet hätte. Sie saßen im selben Boot. Und Steve war der Auslöser. Aber egal … Ich möchte jetzt wissen, was an dem Abend vorgefallen ist, an dem Steve verschwunden ist. Schließen Sie die Augen. Gehen Sie in Gedanken zu diesem Moment zurück, und erzählen Sie mir genau, was Ihnen auffällt.« Stein stellte die Kamera auf Hanna ein. »Ich würde das gern filmen, damit uns keine Details verlorengehen.«

»Okay.« Sie schloss die Augen. »Soll ich anfangen?«

»Und los.«

Hanna hörte ein kurzes Surren der Kamera. Dann holte sie sich Freitag, den Dreizehnten ins Gedächtnis zurück und ließ ihn vor ihrem inneren Auge ablaufen wie einen Film.

»Ich schließe die Tür auf. Die Wohnung ist hell erleuchtet. Ich wundere mich. Ich gehe weiter, schaue ins Wohnzimmer…«

»Ist dort etwas verändert? Ein Stuhl nicht an seinem Platz, irgendetwas, das auf einen Kampf hinweisen könnte?«

Als stünde sie wieder am Türrahmen des Wohnzimmers, ließ sie in ihrer Erinnerung den Blick durch den Raum schweifen. Nichts Ungewöhnliches, nichts, was auf einen unerwarteten Besucher hinweist, bis auf… »Der Fernseher ist auf lautlos gestellt. Steve hat den Fernseher nie ausgemacht, wenn jemand kam, nur den Ton abgestellt.«

»Es könnte also jemand da gewesen sein.«

Hanna nickte. Ja, das war möglich. Der Besucher hätte geläutet, Steve den Ton abgestellt und geöffnet.

»Ich möchte, dass Sie jetzt in den Flur zurückgehen. Ist etwas anders als sonst? Sehen Sie genau hin. Sind die Dinge auf der Kommode anders angeordnet? Könnte es sein, dass bei einem Handgemenge etwas heruntergefallen ist und in Eile falsch zurückgestellt wurde?«

Hannas Erinnerung streifte durch den Flur: Die Fotoreihen hängen gerade nebeneinander, die Schuhe stehen ordentlich der Größe nach aufgereiht an der Garderobe. Etwas stört sie. Das viele Licht. Nein. Da ist noch etwas anderes. »Am Boden liegt das Bärenkissen aus Lilous Zimmer.«

»Aus Lilous Zimmer?« Steins Stimme hatte den neutralen Klang verloren. Hanna öffnete die Augen.

»Steve und Lilou werden damit gespielt haben«, sagte Hanna. Sie verstand nicht, warum für Stein dieses Detail so bedeutungsvoll war.

Stein ließ die Kamera sinken. »Oder jemand hat es als Waffe benutzt. Haben Sie nicht Lilou leblos in ihrem Bett gefunden? So stand es in der Mail, die Sie mir geschickt haben.«

»Sie meinen, jemand hat versucht, Lilou zu ersticken?«, rief Hanna aus.

»Ich gehe noch weiter: Sie haben denjenigen gestört, als Sie nach Hause gekommen sind. Und ich bin mir fast sicher, er oder sie war noch in der Wohnung, als Sie Lilou gefunden haben.«

Hanna dachte an ihr Autogramm auf der Straßenkarte. Zwei weitere Sätze mit dem Taxifahrer, und Lilou wäre tot gewesen. Zwei Sätze weniger, und sie wären vielleicht beide tot gewesen, wenn Lilou noch gelebt und sie ahnungslos auf Steve gewartet hätte, zusammen mit dem Mörder, der sich in der Wohnung versteckt gehalten hatte. »Das ist… das ist…«

»Das ist nur eine Theorie.« Stein schaltete die Kamera ab. »Trotzdem denke ich, Sie sollten Aachen verlassen.«

»Ich lasse mich nicht verjagen!«, protestierte Hanna, wusste jedoch bereits, dass sie keine andere Wahl hatte. *Er wird Sie genau beobachten und den ersten geeigneten Moment abpassen. Seien Sie auf der Hut – überall und jederzeit.* Sogar der Polizist hatte befürchtet, dass Lilou in Gefahr war.

»Zwei Wochen weg von der Bildfläche. Das gibt mir etwas Luft. Sie sagen niemandem, wo Sie sind, und nehmen Ihr Handy nicht mit. Sie können heute noch mal Geld abheben, dann wird nur noch mit Bargeld bezahlt. Wer auch immer Lilou entführen wollte, er scheint Sie zu beobachten und hinter Ihnen her zu schnüffeln.«

Hanna saß kerzengerade. »Und dann? Was passiert, wenn ich zurückkomme?«

»Dann weiß ich hoffentlich, was hier gespielt wird.« Stein lächelte sie aufmunternd an. »Betrachten Sie es als Urlaub. Den können Sie nach den letzten Wochen gut gebrauchen.«

Lilou kam mit ihrem Wackelgang ins Wohnzimmer, sie zog Steves Schal wie eine zahme Schlange hinter sich her. Vor Stein blieb sie stehen und bot ihm den Schal an. »Da.«

»Sie müssen ihn nehmen, Danke sagen und ihr dann wiedergeben. Das ist ein Spiel«, sagte Hanna und winkte Lilou zu sich.

Stein nahm den Schal, sagte Danke und hielt ihn ihr wieder hin. Lilou jedoch drückte seine Hand mit dem Schal weg, wandte sich ab und stakste weiter zu Hanna.

Stein betrachtete den Schal, unsicher, was er damit tun sollte, und drapierte ihn schließlich über die Lehne. »Ich muss noch was erledigen. In zwei Stunden hole ich Sie ab. Bis dahin sollten die Koffer gepackt und ein Ferienziel gewählt sein.« Er erhob sich.

Lilou löste sich von Hanna und lief zu ihm zurück. Sie zog den Schal von der Lehne und hielt ihm ihn wieder hin.

»DA!«, sagte sie nachdrücklich und presste ihre Faust gegen sein Bein. Stein sah hilflos zu Hanna.

»Sie sollen ihn nehmen. Vielleicht will sie Ihnen den Schal schenken.«

Stein ging in die Hocke und nahm Lilou den Schal ab. »Der ist für mich? Das ist sehr lieb von dir. Aber der gehört sicher deinem Papi.«

»Da!«, wiederholte Lilou und schob Steins Hand mit dem Schal weg.

Hanna erhob sich ebenfalls. Sie musste ein Lachen unterdrücken, obwohl die Situation eigentlich viel zu ernst war. Wenn Stein recht hatte, waren sie in Lebensgefahr. Wenn er recht hatte, war Lilou bereits Opfer eines Mordanschlags gewesen. Wenn er recht hatte, wurden sie belauscht und belauert. Und dennoch – wie unsicher Stein plötzlich aussah. Eben noch Herr der Situation, einen Schlachtplan zur Hand und Befehle erteilend, kapitulierte er nun vor einem einjährigen Mädchen, das ihm einen Schal schenken wollte. Ausgerechnet Steves Fanschal. Immer und überall tauchte er auf. Vielleicht war es das Beste, wenn Stein ihn aus der Wohnung schaffte.

21

24. Februar 1991

Wenn man sich gibt wie ein Opfer, wird man auch eins. Wenn du das mal kapiert hast, kommst du hier ganz gut zurecht, sowohl mit dem Alten als auch mit den anderen. Steve peilt das nicht. Letzte Woche hab ich versucht, bei Luke ein gutes Wort für ihn einzulegen. Er wollte sogar mal drüber nachdenken, aber als Steve dann wieder wie das Leiden Christi persönlich angedackelt kam, war es vorbei. Ich glaube, der Luke kann dann einfach nicht anders. Das ist, als würde man einen Schalter bei ihm umlegen. Lukes Sprüche sind fies, aber auch ziemlich gut. Ich hab Steve gesagt, er soll auf Durchzug schalten. Angefasst hat er ihn aber nicht mehr seit der ersten Prügel, die er ihm verpasst hat. Ist auch schon was. Dafür hat ihn sich der Alte gekrallt. War klar. Schon viermal hat er ihn nachts geholt. Seitdem weint Steve wieder. Ist echt scheiße, wenn du zu den Auserwählten gehörst. Wundert mich nicht bei Steve, so schüchtern wie der ist. Opfer eben, das sieht der Alte auf den ersten Blick. Ich hab Steve gestern darauf angesprochen, obwohl hier niemand darüber spricht. Jeder tut so, als würde nichts passieren, und die, die es erwischt, die nachts geholt werden, die sagen eh nichts, die tun einfach so, als wäre nichts geschehen. Wir wissen aber alle, was der Alte mit seinen Auserwählten macht, und mir wird ganz schlecht, wenn ich nur daran denke. Ich verstehe schon, warum die nichts sagen. Ich würde eher sterben, als jemand anders zu erzählen, dass irgendein schmieriger, alter Sack seinen Schwanz irgendwo in mich reinsteckt.

Steve hat jedenfalls so getan, als hätte er meine Frage nicht gehört, als ich ihn darauf angesprochen hab. Er hat an mir vorbeigeschaut. Das macht er sonst nie, er ist immer froh, wenn ich mit ihm rede. Ich bin mir ziemlich blöd vorgekommen und wollte gehen, da hat er angefangen zu erzählen. Von seinem Zuhause. Und da musste ich bleiben und zuhören und wollte immer mehr hören, weil ich so was überhaupt nicht kenne. Ich hab mir dann vorgestellt, wie das aussieht, und hab mir geschworen, in so einem Haus will ich auch mal wohnen. Nix sozialer Wohnungsbau mit verpissten Fluren und kaputten Fenstern. Er hat in einem Cottage gewohnt und hatte ein eigenes Zimmer, mit schwarzen Balken an der Decke und einem echten Bärenfell auf dem Boden. Und sein Bett steht unter einer Schräge, die er mit Postern vom Arsenalteam beklebt hat. Am meisten hat er aber von den Rosen erzählt. Seine Mutter hat ganz viele gepflanzt, vor allem Kletterrosen. Die ganze vordere Hauswand ist voll, und sie sollen samtig riechen. Ich kann mir absolut nicht vorstellen, wie samtig riechen soll. Und dann hat er noch von diesem Brunnen erzählt. Er sagt, sein Vater hat den für ihn gebaut. Zwei Frösche, die sich anspucken. Der eine sitzt an einem Ende vom Teich, der andere am anderen Ende, und sie spucken sich gegenseitig in hohem Bogen das Teichwasser an den Kopf. Muss auch komisch sein, erst baut ihm sein Alter so einen Brunnen, und dann drischt er ihn so windelweich, dass er gleich ins Heim kommt. Aber vielleicht hat Steve das mit dem Brunnen und dem Bärenfell und den Rosen und den Postern auch nur erfunden, so wie manche hier den reichen Vater in Amerika.

Sonntag, 12. Juni

22

Hanna steuerte mit einer Hand den Buggy durch die Menschenmenge am Bahnsteig und zog mit der anderen den großen Reisekoffer hinter sich her. Italien war eine gute Wahl gewesen, aber es war auch schön, wieder nach Hause zurückzukehren. Sie schnupperte und roch den unvergleichbaren Mix an Düften, der Aachen so besonders machte. *Guten Tag, Aachen!*, dachte sie mit dem Enthusiasmus der Heimkehrenden und verstand zum ersten Mal, warum Oma Wilmi noch nach so vielen Jahren ins Schwelgen gekommen war, wenn sie über ihre Geburtsstadt gesprochen hatte.

In Rapallo hatte sie die Wärme genossen, das Hotel mit dem wunderbaren Kinderpool, in dem Lilou und sie viel Zeit verbracht hatten. Vor allem aber hatte der Schlaf ihr gutgetan. Zwei Wochen lang keine Albträume. Keine kreischenden Kinderstimmen, kein panisches Getrampel, keine Spinnen, die sie aus ihrem Schlaf schrecken ließen. Sie hatte Ruhe gehabt, um über Steve nachzudenken. Über Steve und sie selbst. Es würde nie wieder sein wie früher.

Manchmal hatte es Momente gegeben, in denen sie kurz davor gewesen war, ihre Eltern anzurufen und sie um ein Wiedersehen zu bitten. Jetzt, wo Steve nicht mehr zwischen ihnen stand. Nur eines hatte sie zurückgehalten: Der leise Zweifel, der seit dem Gespräch mit Stein regelmäßig hochploppte wie eine Boje, und die Frage, ob ihre Eltern etwas mit dem jähen Ende ihres Glücks zu tun hatten, immer lauter werden ließ.

Am Ende des Gleises wartete Stein auf sie. Sie freute sich,

ihn zu sehen. Er lehnte lässig an einem Pfeiler und beobachtete die Menschen um sich herum, während die Gebetskette unaufhörlich um seinen Finger kreiste. Als er sie bemerkte, lächelte er und kam auf sie zu.

»Gut sehen Sie aus! Richtig erholt!« Er nahm ihren Koffer. »Geben Sie mir das.«

»Danke«, sagte Hanna, froh, mit beiden Händen den Buggy schieben zu können.

»Ich dachte, wir essen hier ums Eck eine Kleinigkeit, dann kann ich Ihnen erzählen, wo wir stehen.« Mit einem Seitenblick auf Lilou fügte er hinzu: »Oder wollen Sie lieber nach Hause?«

»Sind wir dort sicher?«

Steins Lächeln verschwand. »Die Kamera und die Wanze, die jemand dort installiert hat, habe ich zwar entfernt, gelöst habe ich Ihre Probleme aber noch nicht.«

Lilou schlief noch immer, als der Ober die Getränke abstellte. Stein schob Hanna ihre Apfelschorle über den Tisch und nahm sich die Fanta. Die Kneipe war selbst am helllichten Tag dunkel und roch, als sei schon länger nicht mehr gelüftet worden. Stein hatte sie zielstrebig zu einem Tisch geführt, der etwas abseits stand. Auf der abgenutzten Resopalplatte waren Salz- und Pfefferstreuer sowie ein Plastikhalter für Bierdeckel lieblos aneinandergereiht.

»Das Essen ist besser, als man glaubt«, sagte er mit einem breiten Grinsen, als habe er ihre Gedanken gelesen.

»Als Schnüffler muss man wohl so eine Kneipe aufsuchen.« Hanna versuchte, das Grinsen zu erwidern, doch es misslang und endete in einem hilflosen Zucken der Mundwinkel. Nervös klopfte sie mit den Fingern auf ihre Oberschenkel.

»Am besten erzähle ich der Reihe nach«, begann Stein. Er lehnte sich mit beiden Ellenbogen auf den Tisch und verschränkte die Hände. »Sie hatten recht mit dem Foto. Der Mann darauf ist tatsächlich Rob. Robert Walker, geboren in Irland, seit zweitausendeins in Deutschland als Bauarbeiter beschäftigt.«

»Steve hat früher auch mal auf dem Bau gearbeitet«, sagte Hanna.

»Vielleicht haben sie sich dort kennengelernt. Vielleicht kannten sie sich noch aus England. Robert Walker ist bei der Polizei kein unbeschriebenes Blatt, daher war es auch relativ einfach, etwas über ihn zu erfahren. Er hat eine ziemlich lange Vorstrafenliste, meist kleinere Delikte. Ladendiebstahl, Körperverletzung in minder schwerem Fall, Einbruchdiebstahl, Hausfriedensbruch ... Vor vier Jahren allerdings war er in einen Raubüberfall auf einen Geldtransporter verwickelt und hat dabei auf den Fahrer geschossen. Er ist noch am Tatort gefasst worden und hatte Glück, dass der Fahrer überlebt hat. Es war also nur schwerer Raub mit schwerer Körperverletzung. Der Staatsanwalt wollte ihn wegen Mordversuchs drankriegen, aber da Rob ins Bein geschossen hatte, konnte sein Verteidiger dies abwenden. Rob landet also für fünf Jahre hinter Gittern, nach dreieinhalb, das war Ende letzten Jahres, bricht er aus. Die Beute wird nie gefunden, immerhin fast hundertfünfzigtausend Euro. Rob hat den Namen seines oder seiner Komplizen nicht preisgegeben. Und jetzt taucht er bei Steve auf und erpresst ihn.« Stein schüttelte ernst den Kopf. »Ganz ehrlich, das wirft kein gutes Licht auf Ihren Mann. Vor allem im Hinblick auf den nicht existierenden Kredit, von dem Sie mir erzählt haben. Wie viel hat er dem Voreigentümer gezahlt?«

Der Ober servierte das Essen. Hatte Steve dem alten Mann sein Geschäft mit der Beute aus dem Raub abgekauft? Wäre das so verwunderlich? Er hatte sich nie an Regeln gehalten. Genau das hatte ihr an ihm so gut gefallen.

»Offiziell hat er ihm fünfundachtzigtausend Ablöse gezahlt und eine Leibrente von achthundert Euro im Monat vereinbart.« Hanna rief sich die Zahlen ins Gedächtnis, die sie vor Kurzem in den Büchern gesehen hatte. »Mir erschien das sehr wenig, allein die Einrichtung und die Maschinen sind mindestens hunderttausend Euro wert, da ist der Kundenstamm noch nicht bezahlt und auch die Lagerware ist da noch nicht drin. Vorhängeschlösser, Schließanlagen, Zylinder, Rohlinge, Schilder, Stempel, ein paar Einbausafes waren auch dabei... Selbst wenn der Verkäufer über achtzig wird und noch zwanzig Jahre lebt, dann sind das weniger als insgesamt dreihunderttausend Euro. Das Geschäft war viel mehr wert.«

»Es wäre also möglich, dass Steve ihm unter der Hand eine größere Summe gegeben hat. Damit wären sie beide gut weggekommen. Steve hätte das Geld aus dem Raubüberfall gewaschen, und der Verkäufer spart sich die Steuer.« Stein schnitt sich ein Stück Fleisch ab.

Hanna wandte sich ab und ließ ihren Blick auf Lilou ruhen. Steves verschwenderischer Lebensstil, als sie sich kennenlernten, die teuren Segeltörns, das alles hatte nicht zu jemandem gepasst, der gerade ein Geschäft übernommen hatte. Als sie ihn darauf ansprach, hatte er nur gelacht.

Soll ich etwa sparen? Das Leben schuldet mir was, und ich werde mir verdammt noch mal alles nehmen, was ich kriegen kann...

Hanna meinte seine leicht aggressive Stimme zu hören.

Alles, was ich kriegen kann.

Inklusive einer reichen Erbin als Rückversicherung, falls er Rob auszahlen musste. Ihre Kiefermuskeln spannten sich schmerzhaft an. Einzelne Bilder ihrer gemeinsamen Zeit schossen ihr in den Sinn, sein Heiratsantrag, sein Blick, als er Lilou das erste Mal in den Armen gehalten hatte.... *Der*

Angeklagte ist unschuldig, bis seine Schuld einwandfrei bewiesen wurde. Welche Beweise hatte Stein? Bislang zogen sie nur Rückschlüsse, das hieß noch lange nicht, dass es so gewesen sein musste.

»Das ist natürlich nur eine Annahme. Wir dürfen andere Möglichkeiten deswegen nicht aus den Augen verlieren«, fuhr Stein fort. »In der Mail stand ja nicht, ›Gib mir meinen Anteil an der Beute‹, sondern ›Ich sage, woher dein Geld kommt‹ oder so ähnlich. Das kann auf etwas ganz anderes hindeuten. Sie sagen, Steve hat sich ziemlich zurückgehalten, wenn es um seine Vergangenheit ging, stimmt's?«

Hanna wandte sich ihm wieder zu und nickte.

»Ich halte es für unbedingt erforderlich, dass wir seine Eltern kontaktieren. Wenn wir wissen, warum sie miteinander gebrochen haben, kommen wir vielleicht ein Stück weiter. Wer weiß, seine Eltern könnten ihn rausgeschmissen haben, weil er in England ein krummes Ding gedreht hat.«

»Um das krumme Ding kommen wir wohl nicht herum?« Hanna fühlte sich auf einmal müde. »Und wenn es eine Erbstreitigkeit war? Viele Familien streiten um Geld.«

»Absolut möglich. Ich schließe nichts aus. Ich denke, sobald wir mehr über ihn erfahren, werden sich die Antworten von alleine ergeben.«

Wie einfach das klang. Von alleine ergeben. Er hält die Hoffnung aufrecht. Sie verfolgte schweigend, wie Stein den Rest seines Schnitzels aufaß, die Pommes zur Seite schob und den Salat auf dem Teller ausbreitete. Die Informationen, die er gerade mit ihr geteilt hatte, waren sicher nicht mehr, als auch die Polizei herausgefunden hatte, aber die Polizei würde sie nicht im Detail über Robert Walkers Strafakte in Kenntnis setzen. Sie dachte an die Antworten seiner Kunden, als sie Erkundigungen über Stein eingeholt hatte. *Absolut vertrauenswürdig… Sehr zu empfehlen… Marten hat meinen Sohn aufgespürt. Er hat nicht lockergelassen, als alle anderen schon aufgegeben hatten ... Ich weiß nicht, was ich ohne Marten gemacht hätte. Ich kann ihn Ihnen nur wärmstens ans Herz legen.* Sie begann zu begreifen, warum seine Kunden auf ihn schworen. Er verstand es, ihr den Eindruck zu vermitteln, dass ihr Fall und ihre Sicherheit das Wichtigste auf dieser Welt waren. Genau das brauchte sie. Die Bedrohung durch Rob war unerträglich. Zweimal hatte er Lilou fast geschnappt, und er konnte es jederzeit wieder versuchen. Die Angst davor saß so tief in ihr fest, dass sie auch in Italien keine Sekunde in ihrer Wachsamkeit nachgelassen hatte.

Stein zog einen Zettel aus seiner Innentasche. »Das sind Adresse und Telefonnummer von Steves Eltern. Möchten Sie sie anrufen?«

Hanna nahm das Stück Papier entgegen. Combe Martin, Ilfracombe. Der ungewöhnliche Name war ihr sofort ein Begriff. Der Tankstellenbeleg auf der Kreditkartenabrechnung. Steves Reise.

Sie ließ den Zettel sinken. »Ich fliege hin. Jetzt sofort«, sagte sie und erkannte an seinem Blick, dass er wünschte, die Adresse niemals erwähnt zu haben.

23

Hanna betrat den Souvenirladen am Düsseldorfer Flughafen und sah sich um. Bei dem Regal mit Schokoladespezialitäten fiel ihr eine hübsch verzierte Blechdose auf. Es war absurd. Sie fuhr mit einem Koffer mit deutlich mehr T-Shirts als Pullovern nach England, zu einer Familie, die sie nicht kannte, die sehr wahrscheinlich weder von ihrer noch von Lilous Existenz etwas ahnte und davon vielleicht auch nichts wissen wollte, geschweige denn, dazu bereit war, mit ihr zu reden. Und sie überlegte, welche Pralinen sich am besten als Mitbringsel eigneten. Am liebsten hätte sie die ganze Aktion abgebrochen. Eine größere Blechdose stach ihr ins Auge. Sie nahm sie vom Regal. Ein breites Sortiment an Printen war auf der Unterseite abgebildet, auf der Dose wies ein Sticker auf die integrierte Spieluhr hin. Hanna gab sich einen Ruck. Die Spezialität der Stadt, in der ihr Sohn lebte, war ein perfektes Geschenk für Steves Eltern – was sollte sie ihnen sonst schenken? Sie wusste nichts über sie, nicht einmal, wie sie aussahen. Mit den Schokoladeprinten in der Hand steuerte sie auf die Kasse zu.

Stein wartete bereits auf sie. Sie übergab ihm Lilou, die sich ohne Protest von ihm auf den Arm nehmen ließ. Hanna hatte aufgehört, sich darüber zu wundern, wie zutraulich Lilou seit dem Krankenhausaufenthalt Fremden gegenüber war. Schließlich war auch Stein ein Fremder für sie. Sie hatte ihn erst zweimal gesehen. Es war, als hätte Lilou neues Selbstvertrauen gewonnen.

Hanna legte die Einkaufstüte und ihre Handtasche in den

leeren Kinderwagen und sah auf die Uhr. Viertel vor vier. Der Flug nach Bristol startete in vierzig Minuten. »Wir gehen dann mal. Sie haben lange genug auf uns aufgepasst.«

»Ich kann mir immer noch ein Ticket kaufen und mitfliegen. Ein Wort von Ihnen genügt.«

Sie schenkte ihm ein Lächeln. »Danke, aber ich kann wohl kaum in Begleitung eines fremden Mannes bei meinen Schwiegereltern aufkreuzen. Das wird so schon schwierig genug.«

»Und wenn …«

»Es wird schon nichts passieren.« Sie nahm ihm Lilou ab, bevor er sie wieder in eine Diskussion über die Risiken der Reise verwickeln konnte, wie er es auf der Fahrt von Aachen nach Düsseldorf getan hatte. »Ich melde mich.«

Sein Gesicht drückte seinen Unwillen über ihre Entscheidung aus. Hanna war froh, dass er ihr trotzdem geholfen hatte, die Flugtickets zu besorgen, und sie zum Flughafen gebracht hatte.

Sie griff in die Tasche und kramte die Pässe hervor »Also dann … Bis bald … und danke.«

Stein hob die Hand zum Abschied.

Hanna ordnete sich in die Menschenschlange vor der Passkontrolle ein und spürte, wie die Nervosität wieder von ihr Besitz ergriff. Wenn Steves Eltern ähnlich gestrickt waren wie ihre eigenen, hatte sie schlechte Karten. *Sagen Sie Ihrem Mann, dass er sich Ihren Eltern nicht mehr nähern darf. Und sagen Sie ihm, dass Ihr Vater ihn in Grund und Boden prozessieren wird, wenn ihm zu Ohren kommt, dass Ihr Mann Lügen über ihn verbreitet.* Sie verscheuchte die Erinnerung an ihr letztes Gespräch mit dem Anwalt der Familie und bewegte sich in der Schlange nach vorne. Als nur noch eine Person vor ihr wartete, hörte sie Stein ihren Namen rufen. Sie drehte sich um und hoffte eine Sekunde lang, dass er doch noch ein Ticket gekauft hatte, um sie zu begleiten.

»Haben Sie ein Foto von Steve dabei?«

Hanna schüttelte den Kopf. »Die sind zu Hause. Verdammter Mist! Wenn seine Eltern mich fragen, stehe ich da wie eine Idiotin. Ich müsste mit einem ganzen Album zu ihnen reisen! Und sie fragen bestimmt.«

»Nehmen Sie das hier. Es ist eine Kopie von dem mit Steve und Rob.« Er schob ihr das Foto zwischen Pass und Daumen. »Mit etwas Glück erkennen sie Rob und können Ihnen erzählen, wie er früher zu Steve stand.«

»Danke!«

Hinter ihr räusperte sich eine ältere Dame. Schnell schob Hanna den Buggy zu dem inzwischen freien Schalter. Der Beamte schaute sie prüfend an und streckte seine Hand fordernd nach den Pässen aus. Sie ließ den Buggy los und legte die Pässe auf den Tresen. Dann verstaute sie das Foto in ihrer Handtasche.

»In Ordnung, gute Reise«, sagte die monotone Stimme des Mannes.

Hanna sah von der Tasche zu dem Beamten. Entsetzt fuhr sie zurück.

Steve starrte sie aus dem Glaskasten heraus an. Sein Gesicht war schmutzig und eingefallen, in seinem rechten Auge klebte etwas neben der Iris, doch er blinzelte nicht, um es zu entfernen.

»Ist noch etwas?«, fragte die monotone Stimme, und Steves Gesicht verwandelte sich zurück in das des Beamten.

»N… Nein«, stammelte Hanna und riss sich zusammen. Ihr Herz klopfte so hart, dass sie jeden einzelnen Schlag spürte. »Nein. Es ist nichts.« Hastig nahm sie die Pässe und ging weiter.

Devon

Montag 13. Juni

24

Die Landschaft lag friedlich vor dem Fenster der Pension, in der Hanna am Vorabend abgestiegen war. Es war eine kleine Pension mit einfachen Zimmern und einem Gemeinschaftsbad am Flur, aber die Wirtin war sehr freundlich, und es war die erste Unterkunft nach dem Verlassen der Autobahn auf ihrem Weg von Bristol nach Combe Martin gewesen, die noch ein Zimmer frei hatte. Die Dame von der Autovermietung hatte sie vorgewarnt, hatte ihr erklärt, dass in Devon gerade die Saison begonnen habe und die Gästehäuser zum größten Teil besetzt seien. Hanna ließ ihre Augen über das zarte Grün der Blätter und Weiden wandern und über die sanften Hügel, auf deren Rücken niedrige Steinmauern ein eigenwilliges Muster zeichneten. Dreißig Meilen trennten sie noch von ihren Schwiegereltern. Schwiegereltern, die von ihrer Existenz wahrscheinlich noch nicht einmal etwas ahnten.

Sie lehnte ihren Kopf an die Fensterscheibe und genoss die Kühle des Glases, als wäre es unerträglich heiß im Zimmer. Dabei war es absolut nicht heiß. Im Gegenteil, als sie vorhin zum Auto gelaufen war, um das Pulver für Lilous Morgenmilch zu holen, hatte der frische Wind ihr eine Gänsehaut verursacht. Trotzdem fühlte sich die glatte Scheibe gut an. Sie kühlte ihren Kopf, der sich anfühlte, als sei er heißgelaufen von den vielen wirren Gedanken, die in ihm herumspukten. Von den Ängsten um Steves Leben und ihre und Lilous Sicherheit, von den Erinnerungen an die unerklärlichen Erscheinungen und abstoßenden Bilder, die sich ihr aufdrängten, sobald sie die Augen schloss. Steves Gesicht, eingefallen und schmutzig, die Augen starr und leblos. In Rapallo hatte sie jede Nacht tief und traumlos geschlafen. Jetzt war der Albtraum zurückgekehrt. Die Kinderstimmen hatten noch ängstlicher geklungen, noch intensiver, noch verzweifelter. Diesmal waren die Füße jedoch nicht um drei Uhr dreiundvierzig, sondern genau eine Stunde früher durch ihren Traum getrampelt. Als hätte ihr Unterbewusstsein die Zeitverschiebung einkalkuliert.

Sie löste den Kopf von der Scheibe und drehte sich um. Lilou lag schlafend in der Mitte des Ehebetts, auf ihrem Gesicht ein zufriedener Ausdruck. Ob sie ihren Vater vermisste?

Dann rührte sie sich mit einem lauten Schmatzen. »Na, ausgeschlafen, Püppchen?« Hanna nahm die Milchflasche und setzte sich zu Lilou aufs Bett. Lilou lachte und streckte die Ärmchen aus.

»Mama.«

Hanna konnte nicht anders, als sie an sich zu drücken und zu küssen. Was immer zwischen Steve und seinen Eltern schiefgelaufen sein mochte, Lilou würde ihre Großeltern ebenso um den kleinen Finger wickeln wie ihre Eltern.

25

Als Hanna Combe Martin erreichte, ignorierte sie das Navigationssystem und folgte stattdessen dem Hinweisschild zum Meer.

Es war ein kleiner Ort, idyllisch eingebettet in ein enges Tal, mit verstreuten Wäldern und sanften Hügeln, deren saftige Wiesen mit Blumen übersät waren. Von der Hauptstraße gingen zu beiden Seiten kleine Straßen ab, die sich wie ein Adernetz weiter verzweigten. Beim Durchfahren fragte sie sich, wo Steve wohl früher gespielt haben mochte, wo er sich mit seinen Freunden getroffen und wo er mit ihnen sein erstes Bier getrunken und seine erste Zigarette geraucht hatte. So versessen, wie er aufs Segeln war, hatte er sicher viel Zeit am Wasser verbracht. Sie fuhr die von kleinen Läden gesäumte Straße zur Strandpromenade hinunter und stellte sich vor, wie Steve hier als Kind entlanggeschlendert war, einen Fußball in einer Hand, ein Eis in der anderen. Sie entdeckte ein Hinweisschild zu einem Campingplatz in der Nähe der Bucht und bemerkte Spaziergänger, die Richtung Promenade schlurften, in kurzen Hosen und Sandalen, die bunt gemusterten Hemden lässig über der Hose. Vielleicht Camper, die in den Geschäften die nötigsten Einkäufe tätigten. An der Uferpromenade stoppte sie kurz, öffnete das Fenster und sog den Duft nach Meer und Salz in die Lungen. Gerne wäre sie ausgestiegen und ein paar Schritte den Strand entlanggegangen, doch sie verbat sich diese weitere Verzögerung und fuhr langsam weiter. Vom Kindersitz aus begann Lilou unruhig mit den Füßen gegen ihre Lehne zu treten.

Hanna schloss das Fenster und folgte der monotonen Stimme des Navigationsgerätes die knapp zwei Kilometer zu der Adresse, die Stein ihr gegeben hatte, vorbei an einem Supermarkt und dem Campingplatz, bis sie in eine ruhige Straße einbog, in der sich in blumenüberladenen Gärten Cottage an Cottage reihte.

Das Cottage der Warringtons war ganz anders, als Hanna es sich vorgestellt hatte. Rosen, die sich an der Wand hochrankten, dunkelgrüne Fensterläden und schwarzes Fachwerk, das erstaunlich gut erhalten war. Hanna atmete tief in den Bauch hinein und starrte auf das Lenkrad. *Wovor hast du Angst? Es sind deine Schwiegereltern. Mehr, als dir die Tür vor der Nase zuschlagen, können sie nicht tun.* Ihr Blick wanderte zurück zu dem Haus.

Der Garten war mit unglaublicher Liebe gestaltet. Bunte Blumenbeete, Rhododendren in ihrer vollen Blüte, ein Meer aus Rosa- und Lilatönen, dazwischen Hortensien, deren zarte Färbung nur erahnen ließ, in welcher Farbe sie bald erblühen würden. Im Zentrum des Vorgartens stand eine Bronzestatue, die auf einen kleinen Teich voller Seerosen blickte, in dem sich zwei einander gegenüber platzierte Frösche anspien. Das Haus, der Garten, alles war ein wenig zu lieblich, zu verspielt. Es passte gar nicht zu Steve, und es passte nicht zu Eltern, die ihr Kind verstoßen hatten.

Sie gab sich einen Ruck. Dann stieg sie aus und hob Lilou aus ihrem Sitz. Als sie die hintere Wagentür schloss, bemerkte sie, wie jemand sie durch ein Fenster beobachtete. *Sie wissen nicht, dass du kommst. Du kannst Lilou einfach wieder in ihren Sitz schnallen und nach Aachen zurückkehren.* Lilou zappelte und versuchte, sich aus Hannas Arm zu befreien. Hanna stellte sie auf dem Bürgersteig ab und beobachtete verwundert, wie Lilou zielstrebig auf das verschnörkelte Gartentürchen der Warringtons zulief, beinahe als wüsste sie, dass dort ihre Großeltern wohnten. Lilou fuhr mit den Händen die gebogenen Eisenstangen nach, hielt sie fest und rüttelte daran, während Hanna vergeblich nach einer Klingel suchte und schließlich das Türchen öffnete. Lilou an der Hand ging sie über einen feinen Kiesweg zur Haustür, bückte sich dort, um Lilou zu helfen, die Stufen hochzusteigen, und richtete sich erst an der dritten und letzten Stufe wieder auf.

Überrascht blieb sie stehen.

Direkt vor ihr stand ein kräftiger älterer Mann. Breitbeinig füllte er den Türrahmen aus und musterte sie argwöhnisch. Sie hatte ihn nicht kommen hören.

»Haben Sie sich verfahren?«, fragte er freundlicher, als sein Gesichtsausdruck vermuten ließ.

Hanna schüttelte den Kopf. Mit einem Mal kam ihr die ganze Idee völlig absurd vor. Was hatte sie sich nur dabei gedacht, ohne jede Ankündigung hier aufzukreuzen? Jetzt, von Angesicht zu Angesicht mit diesem stattlichen Mann, brachte sie keinen einzigen der erklärenden Sätze hervor, die sie sich so sorgfältig zurechtgelegt hatte. Sie wollte nur noch eins: umdrehen, nach Hause fahren, alles hinter sich lassen. England, die Albträume, Steve.

»Sie sitzen schon eine ganze Zeit vor unserem Haus in Ihrem Auto.« Er machte eine Kopfbewegung Richtung Hausinneres. »Meine Frau hat Sie bemerkt.«

Sie müsste nur sagen, sie hätte sich verfahren, und ihn nach irgendeiner Straße fragen. Schon könnte sie sich verabschieden. Sah er Steve ähnlich? Hanna scannte sein Gesicht. Seine vom Wetter gegerbte, ledrige Haut war von vielen kleinen Fältchen durchzogen, sein dichtes, fast weißes Haar kurz geschnitten. Dennoch ließ sich der Ansatz von Locken gut erkennen. Seine Augen waren blaugrün, die Augenbrauen buschig, die Wangenknochen ausgeprägt und der geschlossene Mund so schmal, dass er fast wie eine gerade Linie wirkte.

Die dichten Haare? Die Gesichtsform? Sie sah, wie seine Brauen sich zusammenzogen, als sie wieder nicht antwortete.

Aus den Augenwinkeln bemerkte sie, wie Lilou eine Blüte von der Kletterrose riss, und hob sie mit einer schnellen Bewegung hoch, bevor sie noch mehr Schaden anrichten konnte. Lilou protestierte lautstark und wehrte sich gegen Hannas eisernen Griff. Der Duft der Rose stieg in Hannas Nase. Steve hatte davon gesprochen. Von dem Duft der Rosen, der so intensiv war, dass es einem ganz schwummrig wurde.

»Wollen Sie zu uns?«, versuchte der Mann einen erneuten Anlauf.

Als hätte er ein Zauberwort gesagt, gab Lilou das Zappeln auf und hielt ihm den zerschundenen Rosenkopf hin. »Da«, rief sie mit ihrer hellen Kinderstimme und strahlte ihn an.

»Na, und wer bist du, kleiner Spatz?« Er nahm die Rosenblüte entgegen, als hätte Lilou ihm etwas Wertvolles geschenkt, und balancierte sie auf seinem zur Schale geformten Handteller.

»Das ist Lilou«, hörte Hanna sich sagen und wunderte sich, wie klar ihre Stimme klang. »Steves Tochter. Lilou ist Ihre Enkelin.«

Die Rosenblüte glitt ihm aus der Hand. Noch während sie gespenstisch langsam durch die Luft segelte, zerfiel sie in ihre einzelnen Blütenblätter und bildete auf dem Boden eine Linie aus tiefroten Punkten, als wollte sie Hanna davor warnen, diese Schwelle zu übertreten.

26

20. März 1991

Luke hat sich verändert. Erst dachte ich, er verarscht mich. Gestern geht er einfach auf Steve zu, klopft ihm freundlich auf die Schulter und sagt, ey, wenn du willst, kannst du heute für Shem mitspielen. Steve hat gewartet, bis Luke weg war, und hat mich dann gefragt, ob das eine Falle sein könnte. Aber Shem war krank, und ich hab ihm gesagt, er soll ruhig zum Bolzplatz kommen. Da hab ich ihn das erste Mal, seit er hier ist, lächeln sehen. Nicht nur der Mund, das ganze Gesicht hat sich mitgefreut. Mann, hab ich mir gedacht, wenn es so einfach ist, einem von uns auf die Sprünge zu helfen, warum machen wir das dann nicht? Es reicht doch, dass die Alten uns fertigmachen. Vor allem Steve. Letzte Woche war der echt am Ende, da hat er mitten in der Pausenhalle angefangen zu flennen. Was ist der auch so dämlich? Luke hat sich das nicht entgehen lassen. Steve flennt also, Luke zu ihm hin, sein typisches Grinsen im Gesicht, da weiß man eh schon, autsch. Er fragt erst scheißfreundlich, was denn los ist, das hätte Steve gleich warnen müssen, ich meine, wann war Luke schon mal freundlich zu ihm? Und Steve sagt, dass er es hier nicht mehr aushält und nach Hause zurückwill, zu seiner Mama und seinem Papa. Ach, zu deinem Papa willst du, weil der so toll ist, hat Luke gleich zurückgeschossen. Ich versteh dich gut, hat er gesagt, und ist ganz nah zu ihm, wir alle vermissen unsere Papas. Ich auch, ganz besonders seinen rechten Haken, wenn er mal wieder zu viel gesoffen hat, oder vielleicht auch den Tritt in die Rippen. Und, hat er gesagt und dabei ganz süß gelächelt, wie hat dein Papa dich am liebsten verprügelt? Mit den Fäusten? Oder hat er was zu Hilfe genommen? Und da ist Steve total ausgerastet. Er hat sich gegen Luke gestellt und ihn angebrüllt, dass man es über den ganzen Hof gehört hat. Dass sein Vater ihn niemals schlagen würde, hat er gebrüllt und Luke geschubst. Und dass sein Vater ein Held ist. Luke war erst voll überrascht, aber dann hat er ihn ausgelacht. Ich war echt erleichtert, dass er ihn ausgelacht hat und nicht zusammengeschlagen, und hab voll mit gelacht. Die anderen auch, wir haben alle gelacht, immer lauter, und irgendwann hat der ganze Pausenhof über Steves Heldenvater gelacht und sich gar nicht mehr eingekriegt, und Steve ist weggerannt. Wahrscheinlich ist er wieder auf irgendeinen Baum geklettert, jedenfalls hat er für den Rest des Tages den Unterricht geschwänzt und ziemlich Ärger bekommen.

Auf jeden Fall hat Luke Steve gestern bei uns mitspielen lassen, und das war echt geil. Ich mein, Steve ist der Jüngste von uns und ziemlich schmächtig, aber der hat uns alle voll gezockt am Bolzplatz. Wenn der den Ball hatte, ist der ab wie die Sau, hat den anderen den Ball abgenommen und den großen Starspieler von den Blauen ausgedribbelt. Wir haben 5:2 gewonnen, die haben sich in den Arsch gebissen, die Scheißblauen… Mann, ich war so gut drauf, selbst Luke hat Steve nach dem Spiel anerkennend auf den Rücken geklopft und ihn gnädig ins Team aufgenommen. Und seitdem lässt er Steve eigentlich in Ruhe, und das heißt für Steve, dass man mit ihm reden darf und er nicht mehr alleine sitzen muss. Jetzt hockt er noch mehr bei mir rum, und ich pfeif ihn natürlich noch genauso an wie davor. Ich hab schließlich keinen Bock, hier noch den Ruf einer Mutter Teresa zu kriegen. Aber eigentlich hab ich Steve ganz gern in meiner Nähe. Er ist so anders. Ich kann gar nicht richtig sagen, was anders ist, vielleicht ist er nicht so gemein. Nicht dass wir anderen immer gemein sind, aber irgendwie eben schon. Ich bin sicher, wenn ich so geflennt hätte wie er, Steve wäre zu mir gekommen und hätte versucht, mich zu trösten. Und er hätte bestimmt genau die richtigen Worte gefunden. Als Steve damals von seinen Rosen erzählt hat und dem Brunnen, da wollte ich sofort dahin. So hat mich seine Begeisterung angesteckt. Mir fällt erst gar nichts ein, über das ich so erzählen könnte, damit jemand sagt, geil, da will ich hin oder das will ich auch. Und ich bin mir sicher, dass Luke das auch nicht kann. Apropos Luke, ich hab ja geschrieben, der hat sich voll verändert. Vorhin hab ich ihn darauf angesprochen, und er hat nur gelächelt und ist weiter. Das muss man sich mal reinziehen, Luke hat einfach nur gelächelt …

27

Lilou ist Ihre Enkelin.

Es war heraus. Warrington blieb stumm und sah sie an.

Hanna wurde unsicher, sie konnte seinen Blick nicht deuten. Noch nie hatte jemand sie so durchdringend angesehen. Als versuche er zu begreifen, was sie gerade gesagt hatte, und gleichzeitig zu ergründen, ob sie ihn belog.

Sie standen sich gegenüber wie zwei Sparringspartner vor einem Kampf. Endlose Minuten. Vielleicht waren es auch nur Sekunden, Hanna kam es vor wie eine Ewigkeit. Schließlich senkte er seinen Blick.

»Stevies Frau?« Seine Stimme war rau.

»Wir haben Anfang letzten Jahres geheiratet.«

»Ganz sicher? Steve Warrington? Unser Stevie?«

Hanna nickte. »Steve Warrington. Wenn Sie George Warrington und Ihre Frau Mary Warrington sind, dann ist mein Mann Ihr Sohn, und ich bin Ihre Schwiegertochter.«

Wieder veränderte sich sein Gesichtsausdruck. Seine zu einem Strich zusammengepressten Lippen lösten sich, ein zaghaftes Lächeln breitete sich auf seinem Gesicht aus.

»Unsere Schwiegertochter?« Er streckte ihr seine Hand hin. Überrascht bemerkte Hanna, dass sie zitterte. Er drückte ihre Hand so fest, als wolle er sie nie wieder loslassen, und schüttelte dabei fast unmerklich den Kopf. Wieder verstrichen Sekunden wie Minuten, während Lilous Gewicht kontinuierlich zuzunehmen schien. Schließlich ließ er ihre Hand los. »Komm herein.«

Hanna legte ihren zweiten Arm um Lilou und drückte sie

fest an sich. An seinem zögerlichen Schritt erkannte sie, dass er mindestens so verunsichert war wie sie selbst.

Sie folgte ihm durch einen dunklen Flur, an dessen weiß getünchten Wänden Landschaftsbilder in schlichten Holzrahmen hingen. Über einer schmalen, dunklen Holzkommode prangte ein großer, halbblinder Spiegel. Steves blutiges Gesicht schoss ihr in den Sinn, und sie senkte den Blick, als sie daran vorbeilief.

»Lieber, wer war das?«, rief eine Frauenstimme, und Hanna nahm die Ungeduld darin wahr. Warrington sagte nichts. An der dritten Tür bedeutete er ihr stehen zu bleiben und trat über die Schwelle. »Wir haben Besuch, Mary.«

»Ja? Wer ist es denn?«

Warrington drehte sich zu ihr um. »Entschuldige, ich habe nicht nach deinem Namen gefragt.«

»Hanna.«

Er trat zur Seite und winkte sie ins Wohnzimmer. Hanna sah Steves Mutter und blieb überrascht im Türrahmen stehen. Warrington durchquerte das Zimmer mit schnellen Schritten und stellte sich hinter seine Frau. Eine zierliche Dame in einem geblümten Kleid mit grauen, kurzen Locken und einem schmalen Gesicht. Sie saß aufrecht in einem modernen Rollstuhl und lächelte verwundert.

»Ich wusste nicht, dass wir Besuch erwarten.« Ihre Stimme war vorwurfsvoll, als hätte sie ihren Mann bei einer Nachlässigkeit ertappt. Warrington legte seine Hände auf ihre Schultern. Es war eine liebevolle Geste, die Hanna berührte. Genau so hätte Steve sich hinter sie gestellt, um zu zeigen, dass sie zusammengehörten, eine Einheit waren, die allen Widrigkeiten trotzen konnte.

Sie suchte nach Ähnlichkeiten mit Steve. Marys Augen waren ebenso dunkel wie Steves. Auch ihr Mund hatte eine ähnliche Form. Die Oberlippe etwas schmaler als die leicht hervorstehende Unterlippe. Hanna wusste, wenn sie lachte, würde sie ihre obere Zahnreihe zeigen. Und doch konnte sie nicht sagen, dass Steve wie seine Mutter aussah. Sein Gesicht war breiter und kräftiger. Seine Nase dominanter.

»Mary, das sind …« Er räusperte sich. »Das sind Hanna und Lilou.«

Mary betrachtete sie neugierig. Warrington machte eine Pause, als suchte er nach den passenden Worten, um seiner Frau die Neuigkeit so schonend wie möglich beizubringen.

»Wie schön.« Ihr Gesicht spiegelte Ratlosigkeit, als forschte sie in ihrem Gedächtnis nach einer Verknüpfung, mit der sie Hanna und Lilou einer Person zuordnen konnte.

»Hanna ist … sie … sie ist Stevies Frau.« Er presste die Worte *Stevies Frau* so hart hervor, dass Hanna es fast nicht verstand, aber Mary schien sofort begriffen zu haben, was ihr Mann sagte.

»Stevie? Oh mein Gott! Stevie!« Sie griff sich an die Brust, und ein Strahlen breitete sich auf ihrem Gesicht aus, als seien alle Sonnen des Universums auf einmal aufgegangen. »George, ist es wirklich wahr? Stevie ist zurück?«

Ein Surren ertönte, und der Rollstuhl bewegte sich auf Hanna zu. Hanna verlagerte das Gewicht von einem Bein auf das andere.

»Ich habe es immer gewusst.« Mary näherte sich Hanna. George Warrington folgte ihr. »Ich habe nie aufgehört, daran zu glauben. Siehst du, George, ich habe recht gehabt. Stevie lebt. Er ist zurück.«

Erwartungsvoll blickte sie zur Tür, und Hanna erkannte trotz des Leuchtens in ihren tiefen, dunkelbraunen Augen den Schmerz, den der Verlust ihres Sohnes in ihr verursacht hatte. Was immer passiert sein mochte, Mary war nicht der Auslöser für den Bruch zwischen Steve und seinen Eltern gewesen.

»Wo ist er denn?«, fragte Mary und reckte den Hals, als versuche sie zu sehen, ob ihr Sohn sich hinter Hanna versteckte. »Stevie?«

»Ja«, fiel George ein. »Wo, zum Teufel, steckt Stevie?«

Hanna spürte die Hoffnung und Sehnsucht, die Georges und Marys Körper wie Drahtseile spannte, und wünschte sich mehr als alles andere, dass Steve jetzt hinter ihr auftauchen und seine Mutter in den Arm nehmen würde. Warum nur hatte sie nie darauf bestanden, Kontakt mit seinen Eltern herzustellen? Sie räusperte sich. »Er ... Ich ... Er ist ...«

Die Veränderung in den Gesichtern des Ehepaars sprach Bände über ihr Verhältnis zu dem verlorenen Sohn: Marys zeigte noch immer freudige Erwartung, die von aufsteigender Sorge überlagert wurde. Georges hingegen wurde von einem dunklen Schatten überzogen, als würde Steves Abwesenheit seine Meinung über ihn nur bestätigen.

Sie holte tief Luft. »Ich suche ihn. Er ist verschwunden. Ich ... ich bin hier, weil ... ich weiß nicht, was ich mir gedacht habe. Ich möchte mehr über ihn erfahren. Ich hatte gehofft, er sei vielleicht hier gewesen.«

Mary sackte in sich zusammen. Das Leuchten in ihren Augen erlosch ebenso wie das Strahlen, das ihr Gesicht eben noch um Jahre verjüngt hatte. Um ihren Mund erschien ein verbitterter Zug.

»Verschwunden.« Sie spuckte das Wort aus, als sei es vergiftet. »Oh, wie ich dieses Wort hasse.«

George presste die Lippen aufeinander, und Hanna wünschte, sie wäre nie hergekommen. Angespannt sah sie von George zu Mary. Nichts, was sie nun sagte, würde die Situation retten können, den Schmerz lindern, den sie Steves Eltern mit ihrem Besuch so sichtbar zufügte. Lilou bäumte sich in ihren Armen auf, und Hanna bemerkte, dass sie ihre Tochter viel zu fest an sich presste. Sie lockerte ihren Griff, spürte Georges und Marys Blicke auf sich, spürte Lilous Ärmchen um ihren Hals, erinnerte sich an ihre Verzweiflung, als sie Lilou für immer verloren geglaubt hatte, und begriff mit einem Schlag, was in ihnen vorgehen musste. Sie musste ihnen alles erklären. Ihren Besuch. Sein Verschwinden. Die Übergriffe auf Lilou. Die Dringlichkeit, endlich zu verstehen, was passiert war, was noch immer passierte, um sie herum, mit ihr, mit Lilou. Sie wechselte Lilou auf den anderen Arm.

»Er ist vor einem Monat verschwunden. Ich kam von einem Event nach Hause, und er war nicht mehr da. Er sollte auf Lilou aufpassen und …«

George fiel ihr ins Wort. »So ein …«

»George!« Marys Ton war schneidend. Ihr Mann verstummte. Mary hatte sich wieder aufgerichtet. Ihr Gesicht war fahl. »Er ist also nicht hier«, flüsterte sie mit gebrochener Stimme.

Hanna bemerkte das verräterische Zucken von Marys Mundwinkeln und begriff, dass sie um ihre Fassung rang. Sie senkte den Blick. Mary sollte nicht den Eindruck bekommen, dabei von ihr beobachtet zu werden. Die Minuten verstrichen, keiner sprach, nur aus dem Fernseher drang leise die Unterhaltung eines Moderators mit seinem Studiogast. Hanna glaubte die Spannung knistern zu hören, die sich im Raum ausgebreitet hatte. Selbst Lilou verhielt sich völlig still. Ihr Gesicht war Mary zugewandt, und sie schien sie aufmerksam zu beobachten.

Schließlich brach Mary das Schweigen. Ihre Stimme war zittrig, wie die einer sehr alten Frau, und gleichzeitig so bestimmend, als dulde sie keinen Widerspruch. »Komm näher, Hanna, lass mich meine Enkelin ansehen.«

Hanna sah auf. Mary winkte sie zu sich, obwohl sie kaum einen Meter von ihr entfernt stehen geblieben war.

Behutsam stellte Hanna Lilou auf den Boden und ging mit

ihr zu Mary, die sich in ihrem Stuhl nach vorne beugte und Lilou sanft über den Kopf streichelte. »Lilou. Was für ein schöner Name.«

Das verräterische Glitzern in Marys Augen verriet das Ausmaß der Enttäuschung, die sie zu verbergen suchte. Hanna biss sich auf die Lippe. Sie hätte wissen müssen, was sie Steves Mutter mit ihrem Besuch antun würde. Sie hätte die Reise niemals antreten dürfen. Lilou streckte ihre Arme nach Mary aus.

»Geht das?«, fragte Hanna und setzte sie auf Marys Knie. Sie blieb dicht neben ihr stehen.

»Du bist also mein Enkelkind«, flüsterte Mary und küsste Lilou auf ihr Haar. »Mein Enkelkind.« Tatsächlich liefen ihr jetzt Tränen über die Wangen, doch sie machte keine Anstalten sie wegzuwischen. Sie hielt Lilou mit beiden Händen fest, als sei sie der kostbarste Schatz der Welt, den es um jeden Preis zu verteidigen galt.

Lilou ließ Marys Liebkosungen gutmütig über sich ergehen und kuschelte sich so entspannt an ihre Brust, als hätte sie instinktiv erkannt, dass Mary ihre Großmutter war und sie bei ihr die gleiche Sicherheit erfahren würde wie bei Hanna selbst. Die Vertrautheit, mit der Lilou und Mary zusammen in dem Rollstuhl saßen, erschreckte und freute Hanna zugleich. Sie wagte nicht, dieses erste, wortlose Kennenlernen von Großmutter und Enkelin zu stören. Gleichzeitig brannte sie darauf, Mary und George endlich mit Fragen zu Steve zu überhäufen.

Nach ein paar Minuten fragte George. »Hast du ein Foto von Stevie? Wir haben ihn schon sehr lange nicht mehr gesehen.«

Froh über seine Frage, kramte Hanna hektisch in ihrer Tasche, zog dann das Foto heraus, auf dem er mit Rob abgebildet war, und hielt es George hin. Sie hatte keine besondere

Reaktion erwartet, vielleicht einen Kommentar zu seiner Frisur oder darüber, dass er älter, dünner oder dicker geworden war, vielleicht eine verstohlene Gefühlsregung beim Anblick seines Sohnes. Ungläubig verfolgte sie die Veränderung in Georges Gesicht. Seine Augen verengten sich, die buschigen Brauen trafen sich in der Mitte wie zornige Gewitterwolken, bei deren Zusammenstoß eine unvorstellbar zerstörerische Energie die Erde treffen würde. George schleuderte ihr das Foto vor die Füße.

»Wer soll das sein?«, brüllte er sie an. »Das ist niemals Stevie!«

Er riss Lilou von Marys Schoß und drückte sie Hanna in den Arm. »Ich weiß nicht, was für ein Spiel das hier sein soll, aber es hat sich ausgespielt, hast du gehört? Hier gibt es nichts zu holen. Verlass sofort unser Haus.«

Sprachlos ließ Hanna sich von George in den Flur schieben. Sein Ausbruch verängstigte sie. Verstörte sie. George schubste sie unsanft Richtung Haustür. Sie stolperte durch den düsteren Flur. Steve war nicht ihr Sohn? Unmöglich! Zwei Steve Warringtons in Combe Martin, die beide den Kontakt zu ihren Eltern abgebrochen hatten. *So viel Zufall gibt es nicht*. Lilou begann schrill zu weinen und beugte sich dann mit ihrem Oberkörper abrupt so weit nach hinten, dass sie fast heruntergefallen wäre.

»George!«

Unter Lilous Gebrüll hatte Hanna das Surren von Marys Rollstuhl nicht gehört. Sie musste ihnen hinterhergefahren sein, und die Schärfe in ihrer Stimme ließ Hanna zusammenzucken. Georges Hand rutschte von ihrer Schulter.

»Du benimmst dich unmöglich. Ich wünsche, dass Hanna und Lilou bleiben, hörst du?« Mary übertönte Lilous Geschrei, als benutze sie ein Megafon. »Du glaubst mal wieder, alles zu wissen, dabei weißt du gar nichts.«

Hanna blieb so abrupt stehen, als hätte eine Ampel vor ihr auf Rot geschaltet. Sie drehte sich zu Mary um, und sofort hörte Lilou auf zu brüllen. Sie streckte die Arme nach Mary aus.

»Komm zu mir«, sagte Mary ruhig und winkte Hanna heran. Unschlüssig sah Hanna von Mary zu George und ging dann an George vorbei zu Mary, begleitet von einem Kribbeln, als sei ihr Körper durchdrungen von der Energie, die sich wie ein funkensprühender Strahl zwischen den beiden entlud. Mit zitternden Händen setzte sie Lilou auf Marys Schoß, die sie sofort wie ein kleines Baby in ihren Armen zu wiegen begann. Lilou klammerte sich an sie, als befürchte sie, wieder von ihr getrennt zu werden. Mit Befremden betrachtete Hanna die Szene. Was verband Lilou und Mary, wenn Steve nicht ihr Sohn war? Oder log George? Aber warum? Er hatte sich gefreut, von Steve zu hören, und für Mary war die Sonne aufgegangen. Selbst wenn Steve nie wieder auftauchen würde, hätte das Wissen, eine Enkelin zu haben, sie glücklich gemacht.

Mary lächelte Hanna traurig an. Eine Reihe gerader Zähne blitzte unter ihrer Oberlippe auf. »Erzähl mir deine Geschichte. Ich sehe dir an, dass du kein Spiel mit uns treiben willst.«

»Aber …«, polterte George. Mary ließ ihn nicht weiterreden.

»Spar dir deine Worte. Mach uns lieber eine Kanne Tee.« Hanna sah ihr an, dass das Thema damit für sie erledigt war. Murrend verschwand George in einer der Türen, die vom Gang abgingen.

»Du musst ihn entschuldigen. Er ist manchmal etwas jähzornig, aber eigentlich ist er eine gute Seele.« Mary schmiegte ihre Wange an Lilous Haar. »Schieb mich bitte ins Wohnzimmer zurück, meine Liebe, ich habe keine Hand frei.«

Hanna versuchte in dem, was sie den Warringtons soeben in Kurzfassung wiedergegeben hatte, einen Sinn zu sehen. Doch wie sie es auch drehte und wendete, es ergab einfach keinen. Ihr Mann hieß Steve Warrington. Seine Eltern Mary und George. Sie selbst hatte die Geburtsurkunde in ihrer Hand gehalten, als sie die Unterlagen fürs Standesamt zusammengestellt hatte. George und Mary und Steve Warrington. Alle drei Namen vermerkt auf dem quadratischen, rötlichen Dokument, das seine Ankunft in dieser Welt bestätigte. Wie betäubt folgte sie Marys und Georges leiser Unterhaltung, ob es in der Gegend weitere Steve Warringtons geben könnte, deren Eltern ebenfalls George und Mary hießen. Eine andere Erklärung gab es nicht. So unwahrscheinlich es sein mochte, so abwegig der Gedanke war, dass zwei Jungen auf denselben Namen getauft wurden, von Eltern, deren Namen ebenfalls übereinstimmten. Außer … Steve hatte sie sogar angelogen, was seinen Namen betraf. Aber warum? Und woher hatte er dann die Geburtsurkunde? Sie trank den letzten Schluck des milchigen Tees, den George ihr in einer mit Rosen verzierten Tasse serviert hatte.

»Mary und George sind sehr geläufige Namen. Und Steve gibt es ebenso häufig. Von der Warte aus betrachtet, könnte es sogar möglich sein«, sagte George abschließend. Sein Gesicht war noch immer gerötet, sein Blick gesenkt, als könnte er Hanna nicht mehr in die Augen sehen. Hanna war froh darüber, der Schreck über seinen Ausbruch saß ihr noch in den Knochen. Sie fühlte sich unbehaglich in seiner Anwesenheit, war auf der Hut, bereit aufzuspringen und mit Lilou aus dem Cottage zu fliehen, falls George einen weiteren Wutausbruch bekommen sollte. Sie wünschte sich weg von den Warringtons, wünschte, sie könnte die Uhr zurückdrehen, wünschte, sie wäre nie hierhergekommen. Und doch wusste sie beim Anblick von Lilou und Mary, dass sie am richtigen Ort war, dass sie hierbleiben musste, wenn sie Antworten finden wollte.

Mary half Lilou, etwas Saft aus einem viel zu großen Glas zu trinken. »Wir werden dir helfen, die Eltern von deinem Steve zu finden. Wir wissen, was es bedeutet, einen geliebten Menschen zu vermissen, und wie allein man sich fühlt, wenn man wie nach einer Stecknadel im Heuhaufen nach ihm sucht.« Sie richtete sich an George. »Das machen wir doch, nicht wahr?«

George grummelte etwas Unverständliches.

»Ihr bleibt solange bei uns. Wir haben ein Gästezimmer, und von unseren Nachbarn können wir ein Gitterbett leihen. Sandra hat drei Enkel, der Jüngste dürfte etwas älter sein als Lilou, sie ist voll ausgerüstet.« Mary war voller Tatendrang. Auch wenn der Glanz nicht in ihre Augen zurückgekehrt war, so hatte zumindest die Gesichtsfarbe wieder einen gesunden Ton angenommen. Offenbar tat es ihr gut, sich nach der Enttäuschung in eine Aufgabe zu stürzen.

»Das einzige Mal, als Steve von seinem Zuhause gesprochen hatte, hat er von den Rosenbüschen erzählt, die so gut riechen.« Hanna zeigte mit dem Finger auf das Fenster, an dessen Rand sich Rosen hochrankten. »Wenn er nicht euer Sohn ist, woher wusste er davon?«

»Rosenbüsche?« George lachte kurz auf. »Hast du beim Herfahren mal nachgezählt, wer *keine* Rosenbüsche im Garten hat?« Er hob die Hand und deutete mit Daumen und Zeigefinger eine Null an. »Pass nur auf, in zwei, drei Tagen wird sich das Rätsel lösen.«

»Meinst du?« Hanna versuchte nicht die Skepsis in ihrer Stimme zu verstecken. »Darf ich fragen, was mit eurem Sohn ist? Ich finde es so ungeheuerlich, dass er auch weg ist.«

»Tut mir leid. In diesem Haus wird nicht über Stevie geredet.«

Hanna zuckte zusammen. Wieder war Georges Stimme angeschwollen, er richtete sich drohend in seinem Sessel auf.

»George«, versuchte Mary ihn umzustimmen. »Es ist doch nur natürlich, dass Hanna wissen möchte, was mit …«

»Nein!« George stand auf. »Wir haben eine Abmachung. Hanna und Lilou sind bei uns willkommen, und ich werde sie unterstützen. Aber es wird nicht über Stevie gesprochen.«

Hannas Blick schweifte zu Lilou. Georges erneuter Ausbruch schien sie nicht zu berühren. Zufrieden saß sie an Marys Seite und spielte mit einem Wollknäuel, wie eine junge Katze, die schon immer zu dieser Familie gehörte. Plötzlich fühlte Hanna sich müde. So müde, als hätte sie tagelang nicht geschlafen. Ihr graute davor, wieder von Pension zu Pension fahren und nach einem Zimmer suchen zu müssen. Ihr graute davor, alleine zu sein mit ihren Gedanken und Zweifeln, und gleichzeitig hielt Georges Wutanfall sie davon ab, das freundliche Angebot anzunehmen. Sie wusste nichts über George und Mary. Nur dass sie einen Sohn hatten, der Steve hieß und nicht auffindbar war. Schließlich löste sie ihren Blick von Lilou.

»Es ist sehr freundlich, dass ihr uns das Gästezimmer geben wollt, aber ich möchte euch nicht zur Last fallen. Wir werden in eine Pension gehen.«

»Papperlapapp.« Mary schüttelte missbilligend den Kopf. »Du kannst doch nicht mit deiner Kleinen in irgendeiner abgewirtschafteten Pension übernachten. Und gute Adressen sind um die Zeit längst ausgebucht. Du bist unser Gast.«

Hanna spürte, dass es sinnlos war, Mary zu widersprechen. Sie beschloss, Lilous Instinkt zu vertrauen: So, wie sie an Mary hing, konnten Mary und George nicht böse sein.

Die gemütliche Atmosphäre des Wohnzimmers lullte sie ein und machte sie träge. Sie wollte nur noch schlafen.

Donnerstag 16. Juni

28

Das Bild, das sich Hanna bot, hätte idyllischer nicht sein können. Unermüdlich pulte Lilou Gras und Moos aus den Spalten zwischen den Wegplatten, die in einer geraden Linie von der Garage zum Haus führten. Ihre Beute schenkte sie voll Stolz Mary und wurde jedes Mal von ihr mit großem Lob überschüttet, bevor sie das Unkraut sorgfältig in dem Korb auf ihren Knien verstaute.

Lilou und Mary.

Die Vertrautheit der beiden war so natürlich und innig, dass jeder Außenstehende sie für Großmutter und Enkelin gehalten hätte. Es war beinahe ein wenig unheimlich. Als existierte ein unsichtbares Band, das die beiden untrennbar miteinander verknüpfte. Sie hatte versucht, eine Erklärung für diese Vertrautheit zu finden, und sich am Ende mit der Theorie begnügt, dass Lilou Marys sehnlichen Wunsch nach einem Enkelkind spürte und sich instinktiv der Person zuwandte, die bereit war, ihr uneingeschränkte Aufmerksamkeit zu schenken.

George stand etwas abseits und spritzte die Kletterrosen, die die gesamte Garagenwand bedeckten. Die Sonne stand schon recht hoch, bald würden Mary und Lilou die Rampe an der Hintertür hochfahren und das Mittagessen zubereiten. Und dann würden sie sich zusammen hinlegen und eine Stunde schlafen, als hätten sie das schon ihr ganzes Leben so gehalten.

Hanna wusste, sie musste zurück ans Telefon. Ihre Liste weiter abtelefonieren, auch wenn mit jedem Telefonat die

Hoffnung geringer wurde, dass Steve ihr wenigstens seinen wahren Namen gesagt hatte, und der Zorn über diese unfassbare Tatsache in gleichem Maße wuchs. Sie löste sich vom Fenster. Das Blumenmeer des Gartens setzte sich in der Einrichtung des Wohnzimmers fort. Teppich, Sofa, Sessel, Vorhänge: Blumenmuster, wohin man blickte. An einer Wand stand ein altmodischer Fernseher auf einer Anrichte mit Walnussfurnier neben einem Gasofen, in dem eine Plastikattrappe ein loderndes Feuer simulierte, an der anderen ein mit blauen Blumen bemalter Holzschrank. Nie würde sie sich ihr eigenes Wohnzimmer so einrichten, dennoch liebte sie diesen Raum, der eine Gemütlichkeit ausstrahlte, die sie zuvor noch nie kennengelernt hatte.

So wie der ganze Ort verzaubert wirkte, nicht nur die Straße, in der das Cottage lag, mit seinen gepflegten Gärten und zierlichen Häusern, sondern auch die Hauptstraße, über die man in wenigen Minuten die Uferpromenade erreichte und die kleine Läden beherbergte, deren Besitzer es noch schätzten, wenn die Kunden Zeit für einen kurzen Tratsch mitbrachten. Dennoch hatte Mary sie gestern, als sie ein Paar Gummistiefel für Lilou besorgen wollte, die zehn Kilometer in die nächste Stadt, nach Ilfracombe geschickt.

George hatte sich in den letzten Tagen auffällig gewandelt. Er war freundlich und hilfsbereit und stand ihr mit einer Selbstverständlichkeit zur Seite, als wäre sie tatsächlich seine Schwiegertochter. Trotzdem begegnete sie ihm mit Vorsicht, immer auf der Hut, nichts Falsches zu sagen oder zu tun. Sein Ausbruch, als sie ihm Steves Bild gegeben hatte, und der harte Griff, mit dem er sie zur Tür geschoben hatte, waren ihr noch zu lebhaft in Erinnerung.

Sie hatte begriffen, dass über den verschwundenen Sohn nicht geredet wurde, auch wenn es sie befremdete und mit einem schalen Gefühl zurückließ. Sie konnte einfach nicht verstehen, wie Mary und George es schafften, ihn so rigoros aus ihrem Leben zu verbannen. Es war ein Tabuthema, das auch Gäste nicht berühren durften, weil es für Mary zu schmerzlich war. Selbst Mary hatte ihr die Unsicherheit nicht nehmen können »George weiß, wie sehr ich unter Stevies Verschwinden gelitten habe und wie nah Hoffnung und Verzweiflung beieinanderliegen«, hatte sie ihr anvertraut, »er will mich nur schützen. Er ist ein guter Mann.«

Hanna nahm eines der Flugblätter, die sie erstellt hatte, und betrachtete Steves Foto. *Wer bist du? Kennt man dich hier?* Trotz ihrer Zurückhaltung gegenüber George war sie froh, dass er sie überallhin begleitete. Legte er seine Hand auf ihre Schulter und nickte hoheitsvoll, dann reagierten die Menschen völlig anders auf ihre Bitte, ein Flugblatt aushängen zu dürfen. Als wäre er ein italienischer Don, der seinen Segen erteilte. Niemand vergaß, sich nach Mary zu erkundigen, und manche gaben ihm eine Kleinigkeit für sie mit oder nahmen ihm das Versprechen ab, doch bald mal wieder mit ihr auf einen Tee vorbeizuschauen.

Sie strich mit dem Finger über das Foto. *Schade, dass George und Mary nicht deine Eltern sind. Wir mögen sie. Und sie mögen uns.* Hanna dachte an ihre eigenen Eltern und spürte ein Ziehen in der Brust. Sie fehlten ihr. Trotz allem, was passiert war.

Das Klingeln ihres Handys scheuchte sie aus ihren Gedanken.

»Warrington?« Sie legte das Flugblatt auf den Tisch zurück.

»Simon hier. Wie geht es dir? Hast du herausgefunden, wer die echten Eltern sind?«

»Nein. Wir haben Flugblätter verteilt, aber es hat sich noch niemand gemeldet.« Hanna wanderte durch das Wohnzimmer. »Zum Glück haben George und Mary uns aufgenommen.«

»Und du bist ganz sicher, die beiden sind nicht seine Eltern? Ich hab seit unserem letzen Telefonat an nichts anderes mehr gedacht. Irgendwie passt da was nicht.«

Hanna blieb vor dem Gasofen stehen. Auf dem Kaminsims waren mehrere Fotos aufgestellt: George und Mary, als sie noch sehr jung waren, das Foto musste aufgenommen worden sein, bevor Mary an den Rollstuhl gefesselt wurde; George und Mary vor einer unglaublichen Rosenpracht in ihrem Garten; Mary im Rollstuhl, George hinter ihr, seine Hand auf ihrer Schulter, als wollte er sie festhalten, damit sie nicht plötzlich auf und davon rollte und ihn allein und verwaist zurückließ.

»Ich habe mir die Frage schon hundertmal gestellt. Aber es passt nicht zu Georges Reaktion, als ich ihm Steves Foto gezeigt habe. Er hat mich fast aus dem Haus geworfen, so wütend war er. Das war nicht gespielt.« Sie nahm das Foto der jungen Warringtons und betrachtete es näher.

»Ich verstehe ohnehin nicht, wie das passieren konnte. Echt krass. Hast du mal mit diesem Stein gesprochen?«

»Er wäre am liebsten gleich hergeflogen, aber das wollte ich nicht.« Marys Lachen auf dem Bild war bezaubernd. Hanna konnte sich gut vorstellen, dass George bis über beide Ohren verliebt in seine Frau gewesen war.

»Warum nicht? Lass ihn seine Arbeit machen. Steve war vor Kurzem in Combe Martin, und ausgerechnet dort gibt es Warringtons mit einem Sohn Steve, der verschwunden ist – da *muss* es einen Zusammenhang geben.«

»Glaubst du, das ist mir nicht klar?«, rief Hanna. » Aber Mary und George haben nichts mit Steve zu tun. Du hast Mary nicht gesehen. Sie wäre am liebsten aus dem Rollstuhl gesprungen, um zu sehen, wann Steve endlich hinter mir durch die Tür kommt. Sie helfen mir. Wenn ich nicht weiterkomme, kann ich Stein immer noch einschalten.«

Sie stellte das Bild wieder auf dem Sims ab.

»Schalte ihn gleich ein«, sagte Simon eindringlich, »ich habe kein gutes Gefühl. Komm nach Hause. Du kennst diese Leute nicht.«

»Ich weiß, dass sie unglaublich herzlich sind und mich nach Kräften unterstützen.«

Sie hörte Simon seufzen. »Manchmal bist du einfach stur wie ein Esel. Hast du sie wenigstens mal gefragt, warum sie keinen Kontakt mehr zu ihrem Sohn haben?«

»Ja. Sie reden nicht darüber. Und bevor du fragst, nein, ich weiß nicht, warum sie nicht darüber reden.« Nachdenklich schlenderte sie zum Fenster zurück. Auch diese Frage hatte sie sich unzählige Male gestellt. Was konnte George und Mary dazu veranlassen, den verschollenen Sohn als Tabuzone zu behandeln? Marys Schmerz? Verbannte man deswegen seine Fotos?

Lilou versorgte Mary noch immer eifrig mit Moos und Gras. Von George war nichts zu sehen, er musste seinen Job an der Garagenwand beendet haben. Wenn sie mit Mary allein war, spürte sie manchmal, wie diese darauf brannte, ihr von ihrem Sohn zu erzählen, und sich dann doch nicht traute, vielleicht, weil sie es nicht übers Herz brachte, vielleicht, weil sie Angst hatte, George würde plötzlich auftauchen und sie dabei erwischen. Hanna fröstelte.

Plötzlich hatte sie ein ungutes Gefühl. Als wäre sie nicht mehr allein im Haus, als belausche jemand ihr Gespräch. Doch so plötzlich, wie das Gefühl gekommen war, verflog es wieder.

»Darüber reden sie nicht? Machst du Witze?« Simon klang jetzt höchst alarmiert. »Mensch, Hanna, wach mal auf! Ich weiß nicht, womit die dich eingelullt haben. Aber wenn ich über was nicht rede, dann ist da was faul. Hast du wenigstens ein Foto von ihrem Sohn gesehen?«

»Nein. Es stehen keine herum. Aber es gibt Alben. Als George gestern neues Papier aus dem Schrank geholt hat, habe ich eine Reihe Fotoalben gesehen. Allerdings hat George den Schrank wieder verschlossen, bevor ich genauer hinsehen konnte.« Auch das war ihr sofort aufgefallen. Marys Reaktion nach hätte das ganze Haus voller Fotos von Stevie hängen müssen, tatsächlich gab es kein einziges. Nicht als Baby, nicht als Kind, nicht als Jugendlicher. Es war, als hätte er nie existiert. »Du weißt nicht, was passiert ist. Vielleicht wollen sie nicht jeden Tag daran erinnert werden.«

»Du willst mich nicht verstehen, nicht wahr?«, sagte Simon. »Naja. Du bist der Boss. Hast du was zum Schreiben da?«

Hanna ging zu dem erhöhten Couchtisch, auf dem ein Block und ein Stift bereitlagen. »Ja.«

»Das Bed and Breakfast auf der Kreditkartenabrechnung heißt North Cliff View. Hast du das?«

Sie notierte sich den Namen. Noch heute würde sie mit ihrem Foto von Steve zu der Pension fahren und versuchen herauszufinden, was ihn vor knapp zwei Monaten hierher verschlagen hatte. »Danke.«

Simons besorgter Tonfall hallte in ihr nach wie ein Echo, und seine Zweifel saugten sich an ihr fest wie eine Zecke. Ohne nachzudenken, löste sie an ihrem Anhänger eine winzige Öse und zog an dem Bart des silbernen Schlüssels. Sogleich hielt sie einen Miniaturdietrich in der Hand und machte sich an dem Schloss des Wohnzimmerschranks zu schaffen. Sekunden später gab das Schloss nach und Hanna öffnete die Tür, begleitet von einem dunklen Knarzen. Fünf Alben, versehen mit Jahreszahlen und dem goldenen Aufdruck *Stevie* sowie mehrere Ordner, von denen nur einer Steves Namen trug, während die übrigen lediglich mit Jahreszahlen beschriftet waren.

»Suchst du etwas?«

Das Grollen in Georges Stimme klang wie das verhaltene Knurren eines Schäferhundes, der einen Eindringling erschnupperte. Hanna fuhr hoch.

»Ein Telefonbuch«, sagte sie dann und hoffte, dass ihre Stimme nicht verriet, wie aufgeregt sie war. »Ich habe den Namen des Hotels, in dem Steve im Frühjahr abgestiegen ist.«

29

Die Landschaft zog wie ein Film an ihnen vorbei. Klippen, die senkrecht ins Meer abfielen, sanfte Hügel in allen Nuancen von Grün, vereinzelte Bäume und Sträucher, die sich in unregelmäßigen Abständen zu einem scheckigen Farbklecks gruppierten.

Wenn sie sonst mit George unterwegs gewesen war, hatte er ihr spannende Vorträge über die Gegend gehalten, die Landschaft erklärt, ihr die Bauwerke und die Geschichten, die dahintersteckten, nahegebracht. Heute jedoch behielt er sein Wissen für sich. Hanna war sich sicher, dass ihre offensichtliche Schnüffelei der Grund für das Schweigen war. Und doch hatte er sich nicht davon abhalten lassen, sie zu begleiten.

»Ich weiß, dass du dich fragst, warum wir nicht über Stevie reden«, sagte George plötzlich.

Hanna sah ihn unsicher an. Hatte er ihre Unterhaltung mit Simon belauscht? Verstand er genug Deutsch, um ihren Worten zu folgen?

»Nach Marys Reaktion bei deiner Ankunft musst du dich das wohl fragen.« Er winkte dem Fahrer eines entgegenkommenden Fahrzeugs freundlich zu. »Du fragst dich, was die zwei verrückten Alten wohl zu verbergen haben. Und warum keine Fotos von Stevie im Haus sind. Du fragst dich das, weil du spürst, dass Mary sich nichts sehnlicher wünscht, als dass ihr Sohn zurückkäme oder wenigstens du und Lilou tatsächlich seine Familie wärt.«

Hanna legte die Hände in ihren Schoß. »Ja«, sagte sie

kaum hörbar, räusperte sich dann und wiederholte lauter: »Ja. Ich habe mich darüber gewundert. Aber ich denke, ihr werdet eure Gründe dafür haben.«

George nahm den Blick von der Straße und sah sie forschend an. Hanna wünschte, er würde sich auf die Straße konzentrieren, die immer enger zu werden schien.

»Ihr seid mir keine Erklärung schuldig. Ich bin sehr dankbar für das, was ihr mir die letzten Tage gegeben habt. Ihr habt uns aufgenommen und behandelt, als würden wir zu euch gehören.«

»Für Mary bist du die Schwiegertochter, die sie nie hatte«, sagte George leise. »Sie denkt, der liebe Gott hat euch geschickt, um ihren Schmerz zu lindern.«

Hanna überlegte, ob sie nachhaken sollte, entschied dann aber abzuwarten. Mucksmäuschenstill verharrte sie in ihrer Sitzposition, als könnte die geringste Bewegung ihrerseits Georges möglichen Redefluss behindern.

»Er ist einfach verschwunden. Fast zwanzig Jahre ist das nun her. Wie in Nichts aufgelöst. Im Oktober wäre sein vierunddreißigster Geburtstag. Anfangs hat die Polizei nach ihm gesucht, sie waren sich so sicher, dass er nur weggelaufen ist und nach ein paar Wochen von alleine wieder auftauchen würde, aber dann ist immer mehr Zeit verstrichen und schließlich hat die Polizei ihn aufgegeben. Wenn jemand so lange vermisst wird, ist die Wahrscheinlichkeit, dass er zurückkommt, fast null. Sie gehen davon aus, dass er tot ist und sie höchstens irgendwann seine Leiche finden werden.«

George machte eine Pause, und Hanna spürte, dass er auf eine Reaktion von ihr wartete.

»Wie furchtbar. Wie ist er verschwunden? Einfach nach der Schule nicht mehr aufgetaucht? Oder ist er richtig weggelaufen? So mit gepackter Tasche und aus dem Haus schleichen?«

»Wir waren nicht da, als es passiert ist.« George sog scharf die Luft ein. »Er war in Betreuung. Als wir wiederkamen, war er weg. Und niemand wusste, warum oder wohin.«

»Ihr wart nicht da?«

»Lange Geschichte.« Er verfiel in Schweigen, und Hanna verstand, dass er nicht vorhatte, diese Geschichte jetzt mit ihr zu teilen. In Betreuung. Vielleicht hat Stevie dort ihren Steve kennengelernt. Vielleicht waren sie Freunde gewesen.

»Könnte es sein, dass euer Stevie zusammen mit meinem Steve abgehauen ist?«, fragte sie zaghaft. »Vielleicht weiß er deshalb so gut über euch Bescheid.«

George schüttelte den Kopf. »Es wurde zu dem Zeitpunkt kein zweites Kind vermisst. Wir haben diese Möglichkeiten alle durchexerziert. Wenn er also mit jemandem weg ist, dann hätte der viel älter sein müssen als er.«

Wieder löste er den Blick von der Straße und suchte Hannas Augen. »Stell dir vor, Lilou würde verschwinden. Kannst du dir vorstellen, je die Suche nach ihr aufzugeben oder die Hoffnung, sie eines Tages wiederzusehen? Kannst du dir vorstellen, durch welche Hölle Mary gegangen ist, als die Polizei Stevie als verschollen eingestuft und wie eine Karteileiche abgelegt hat?«

Hanna nickte stumm. Ja, sie konnte es sich vorstellen. Die Verzweiflung, die Hoffnung, die Angst, die Schuldgefühle. *Du würdest wahnsinnig werden. Du würdest es nicht ertragen, nicht zu wissen, wo Lilou ist.*

»Mary hat es nicht verkraftet. Sie ist daran zerbrochen. Zehn Jahre haben wir nach ihm gesucht. Wir haben Spendengelder für die Suche mobilisiert und Privatdetektive engagiert. Du musst bedenken, das war vor Facebook und so. Wir hatten anfangs nicht einmal ein Handy, mit dem wir uns hätten koordinieren können, wenn wir einer neuen Spur nachgegangen sind.«

Er verstummte, aber Hanna spürte, dass er noch nicht fertig war. Sie ließ ihre Augen über die vorbeiziehende Landschaft wandern. Die Klippen. Das Meer. Anziehend und bedrohlich zugleich.

»Als wir vor zehn Jahren in Gibraltar einer heißen Spur gefolgt sind und wieder mit nichts zurückkamen außer einer weiteren zerplatzten Hoffnung und einem Loch in der Kasse, wollte ich die Suche aufgeben. Stevie war inzwischen über zwanzig, wenn er wirklich noch lebte und zu uns zurückwollte, wüsste er, wo er uns finden würde. Ich habe versucht, Mary davon zu überzeugen, aber sie wollte nichts davon wissen. Und dann ...«

Wieder verstummte er. Seine Hände umklammerten das Lenkrad so fest, dass seine Knöchel weiß hervortraten.

»Und dann«, fuhr er stockend fort, »hat sie versucht, sich das Leben zu nehmen.«

Georges Frustration, erst den Sohn zu verlieren und dann um ein Haar auch noch seine Frau, war in dem Auto so intensiv spürbar, dass Hanna bereits wusste, was er tun würde, bevor er mit der Hand auf das Lenkrad einschlug. Das Auto machte einen leichten Schlenker. Hanna presste die Lippen aufeinander.

»Entschuldige.« George brachte den Ford in die Spur zurück und konzentrierte sich wieder auf die Straße. »Der liebe Gott wollte sie noch nicht. Aber sie muss bis an ihr Lebensende mit den Konsequenzen leben.«

Der Rollstuhl.

Ob Mary sich eine Felswand heruntergestürzt hatte?

»Sie war monatelang im Krankenhaus und jahrelang in psychiatrischer Behandlung. Damals habe ich alle Bilder von Stevie weggeräumt. Ich musste das tun, verstehst du?«

Hanna nickte. Sie verstand. Arme Mary. Zwanzig Jahre Ungewissheit. Zwanzig Jahre Hoffnung. Zwanzig Jahre nicht abschließen können. Deshalb halfen die Warringtons ihr so selbstlos. Wenn irgendjemand sich in ihre Lage versetzen konnte, dann sie. Abrupt stoppte George das Auto und schaltet den Motor aus.

»Wir sind da.«

30

Das North Cliff View war vor fünfzig Jahren wohl ein stattliches Haus gewesen, heute jedoch war es eine heruntergekommene Pension, deren weiß getünchte Backsteinwände dringend einen neuen Anstrich gebraucht hätten. Von den Fenstern im Erdgeschoss blätterte die schwarze Farbe ab, der Vorgarten bestand größtenteils aus wucherndem Gestrüpp, und an den Steinstufen zur Eingangstür waren Stücke weggebrochen. Innen sah es nicht viel besser aus. Die Teppiche waren abgetreten, die altmodischen Blumentapeten nikotinfleckig und vergilbt.

George läutete an der winzigen Rezeptionstheke. Sogleich kam ein untersetzter Mann Mitte fünfzig aus einem Hinterzimmer geschossen.

»Bitte?«, fragte er beflissen und musterte Hanna und George von oben bis unten, als wollte er einschätzen, ob die beiden gute Kundschaft seien oder er lieber zu seinem Fernseher zurückkehren sollte.

Hanna zog Steves Foto hervor und zeigte es dem Pensionswirt. »Guten Tag. Erinnern Sie sich an diesen Mann? Er hat vor gut zwei Monaten zwei Nächte hier verbracht.«

Der Wirt kniff die Augen zu Schlitzen zusammen und betrachtete eingehend das Bild. »Warum wollen Sie das wissen?«

George trat vor sie und richtete sich vor dem Wirt zu seiner imposanten Größe auf. »Erinnern Sie sich?«

Der Wirt wich zurück und ließ George keinen Moment aus den Augen. »Ein komischer Kauz. Der hat hier im Frühstücksraum gesessen und andauernd telefoniert. Immer nur Hallo, kann ich mal soundso sprechen, und kurz darauf wieder aufgelegt. Hat er was ausgefressen?«

Hanna ignorierte seine Frage. »Hat er sich hier mit jemandem getroffen?«

»Nicht dass ich wüsste.«

»Fällt Ihnen sonst noch irgendetwas ein?«, bohrte Hanna nach. Der Wirt warf einen Blick auf George und verzog dann den Mund zu einem gequälten Lächeln, als müsste er sich in ein schweres Schicksal fügen. »Er war groß, größer als ich auf jeden Fall, und er trug sehr dunkle Jeans mit schiefen Taschen. Er hatte ein kleine Reisetasche dabei.«

»Ja, das ist alles korrekt«, bestätigte Hanna.

»Am ersten Tag hat er die ganze Zeit telefoniert. Kommt nach Woody Bay, das ist immerhin einer der schönsten Flecken dieser Erde, und verkriecht sich dann in meinen Frühstücksraum. Das ist der einzige Ort hier, an dem man einigermaßen guten Empfang hat.«

»Haben Sie verstanden, worum es in den Telefonaten ging?«

»Nein, tut mir leid, mehr kann ich Ihnen nicht bieten.«

»Vielen Dank«, sagte Hanna. »Sie haben uns wirklich geholfen.«

Auf dem Weg zur Eingangstür rief der Wirt sie zurück.

»Halt! Eine Sache noch!«

Hanna drehte sich um. »Ja?«

»Bei einem Telefonat ist er sehr böse geworden. Er hat den Tee verschüttet. Ich bin mit einem Tuch zu ihm hin und habe gehört, dass irgendein Schwein für etwas bezahlen soll.« Nachdenklich legte er den Finger an den Mund. »Ja. Das Schwein wird dafür bezahlen, hat er gesagt.«

Georges Computer war ziemlich alt, aber die Internetverbindung funktionierte erstaunlich schnell. Hanna rief ihre E-Mails ab und beantwortete die wichtigsten, dann loggte sie sich bei Facebook ein.

Sie verfolgte die Kommentare zu ihrem Suchbild von Steve. Ein Besucher wollte Steve in Namibia gesehen haben. Sie schrieb ihm eine Nachricht und kommentierte dann den Eintrag eines zweiten Users, den Steve angeblich am Flughafen in New York um hundert Dollar angepumpt hatte und der sein Geld zurückhaben wollte. Sie kopierte den von Stein in einer E-Mail vorgefassten Text in das Kommentarfeld.

> @Harry: Anfragen dieser Art werden automatisch an die zuständige Polizeibehörde weitergeleitet, da es sich dabei zumeist um eine polizeilich bekannte Betrugsmasche handelt.

Das Chatfenster blinkte. Hanna klickte darauf.

> Linus: Verteilst du die Flugblätter? Das bringt nichts, warum glaubst du mir nicht?

Mit einem Ruck richtete Hanna sich kerzengerade auf. Wenn er eines der Flugblätter gesehen hatte, war er hier in der Gegend.

> Hanna: Was weißt du über Steve? Warum hast du zehn Jahre nach ihm gesucht? Wann hast du ihn das letzte Mal gesehen? Bitte beantworte meine Fragen!
> Linus: Er hat etwas, das mir gehört. Ich möchte es wiederhaben.
> Hanna: Was?
> Linus: Kann ich hier nicht schreiben.

Hanna fluchte laut. Konnte dieser Linus nicht ein einziges Mal eine klare Antwort geben, anstatt sie vor lauter neue Rätsel zu stellen?

Hanna: Woher kennst du Steve?
Linus: Von früher.

Hannas Finger flitzten über die Tastatur.

Hanna: Wart ihr zusammen auf der Schule? Kannst du mir helfen, Steves Eltern zu finden?
Linus: Sind tot.

Tot. Eine Sackgasse. Erklärte das ihre vergebliche Suche? Warum hatte Steve ihr nicht erzählt, dass seine Eltern tot waren?

Hanna: Und die Schule? Freunde? Hast du ihn hier getroffen? Weißt du, was er hier wollte?
Linus: Nicht über Chat. Nicht sicher. Lass uns treffen.
Hanna: Wann? Wo?
Linus: Melde mich.

Sein Onlinestatus erlosch. Hanna überflog den Chatverlauf ein zweites Mal. Eine Spur. Endlich eine Spur. Sie sah auf die Uhr. Schon kurz vor elf. Sie würde bis morgen warten müssen, um Mary und George davon zu berichten.

Freitag, 17. Juni

31

Hanna wartete, bis Lilous regelmäßige Atemzüge ihr verrieten, dass sie fest schlief. Dann beugte sie sich über das Gitterbettchen und löste behutsam den neuen Plüschwal aus Lilous Armen, den sie sich bei einem Einkaufstrip mit Mary ausgesucht hatte. Auf Zehenspitzen verließ sie das Zimmer und lehnte die Tür hinter sich an.

Im Wohnzimmer brütete Mary über einem Kreuzworträtsel. Sie blätterte in einem Lexikon, fuhr mit einem Finger über die Seite und schnalzte dann verärgert mit der Zunge.

Hanna setzte sich und schaltete das Babyfon ein. Sie genoss die Stille und das selbstverständliche Zusammensein, in dem keiner den anderen unterhalten musste. Lilou war wie ausgewechselt. Das erste Mal seit Steves Verschwinden war sie wieder fröhlich und lachte, suchte Marys und ihre Nähe anstatt sich in eine Spielecke zurückzuziehen und vor sich hin zu brabbeln. Auch sie selbst war wie ausgewechselt. Keine Albträume mehr. Keine Halluzinationen. Wäre die Frage nach Steve nicht gewesen, hätte sie sich richtig wohlgefühlt. Sie nestelte ihr neues Handy aus der Hosentasche. Kein Anruf. Keine Nachricht von Linus.

»Hat dieser Linus gesagt, wann er sich meldet?«, fragte Mary.

»Nein. Ich hoffe, er meldet sich überhaupt.«

Mary setzte den Stift an und schrieb ein Wort in ihr Rätsel.

»Wenn er mir den Namen der Schule sagt, kann ich das Foto dorthin schicken. Vielleicht erfahre ich dann mehr über Steve.«

»Die Schulen!«, rief Mary. »Die Jahrbücher!«

Hanna wippte auf der Sofaecke, als säße sie in einem Startloch. »Am besten rufe ich gleich in den Schulen an. Wer weiß, ob dieser Linus sich wirklich meldet.« Sie stand auf und ging zu der Anrichte, aus der George das Telefonbuch geholt hatte, nachdem er sie beim Schnüffeln erwischt hatte.

»Suchst du ein Telefonbuch?« Mary zeigte auf den Schrank, in dem Hanna am Tag zuvor die Alben und den Ordner mit der Aufschrift *Stevie* gesehen hatte. »Die hat George dort hingelegt.«

Hanna machte kehrt und ging zu dem mit Blumen bemalten Schrank. Heute war er nicht verschlossen. Noch bevor sie ihn öffnete, wusste sie, dass die Ordner und Fotoalben nicht mehr da sein würden. Stattdessen standen die Telefonbücher und eine Batterie an Straßenkarten an ihrem Platz. Hanna nahm die Telefonbücher heraus. Simons Warnung spulte sich wie ein Sprachband vor ihren Augen ab.

Hast du wenigstens ein Foto von ihrem Sohn gesehen ... wenn ich über was nicht rede, dann ist da was faul. Ein Kribbeln wanderte durch ihren Magen. *George hat die Ordner entfernt, damit du deine Schnüffelnase nicht hineinsteckst. Er versteckt die Fotos nicht vor Mary, sondern vor dir.*

Ihr neues Handy klingelte.

»Warrington«, meldete sie sich.

»Viewpoint North. In einer halben Stunde.« Die Männerstimme war abgehackt, aber angenehm im Klang.

»Linus?«

»Wenn du Antworten willst, triff mich in einer halben Stunde am Viewpoint North.«

»In einer halben Stunde?« Viewpoint North war etwa vier Meilen vom North Cliff View entfernt. Allein bis dorthin war es eine gute halbe Stunde, und George kam frühestens in zwanzig Minuten zurück. »Das schaffe ich nicht! Ich könnte in einer Stunde dort sein.«

»In einer halben Stunde. Mehr Zeit habe ich nicht.«

Für den Bruchteil einer Sekunde schloss sie ihre Augen. Brachte sie sich in Gefahr, wenn sie allein zu diesem Treffen aufbrach?

»Was ist jetzt? Kommst du oder lässt du es? Ich habe noch anderes zu tun«, herrschte Linus sie an.

Hanna griff nach dem Anhänger. Das war ihre erste Chance, das Rätsel um Steves Vergangenheit zu lüften. Den Grund für sein Verschwinden aufzudecken. Vielleicht die einzige Chance, sich ihr Leben zurückzuholen.

»Wie erkenne ich dich?«

»Ich erkenne dich.«

Bevor Hanna antworten konnte, hatte er aufgelegt. Sie sprang auf, gefolgt von Marys beunruhigtem Blick.

»Was ist los, Liebes?«

»Ich muss zum Viewpoint North. Das war Linus!« Gehetzt blickte sie auf die Uhr. »Lilou müsste noch gut eine Stunde schlafen, kann ich sie bei dir lassen? Kommst du zurecht?«

Mary winkte ab. »Mach dir keine Sorgen um Lilou. Wenn ich Hilfe brauche, rufe ich Sandra an. Willst du nicht warten, bis George zurück ist? Er würde sicher nicht wollen, dass du alleine fährst.«

Hanna schüttelte den Kopf, obwohl ihr der Gedanke, allein zu dem Treffen zu fahren, mehr Angst machte, als sie sich eingestand. »Wenn ich nicht in einer halben Stunde aufkreuze, ist er weg.«

32

Der dritte Gang ließ sich kaum einlegen. Hanna fluchte, verstärkte den Druck auf die Kupplung und schob den Ganghebel mit aller Kraft nach vorne, bis sie den Widerstand überwunden hatte. Das Getriebe krachte, als zerbräche sein Gestänge in tausend Einzelteile. Ausgerechnet auf dieser Straße, die einen permanenten Wechsel zwischen drittem und viertem Gang erforderte. Hanna fluchte. Hätte sie nur die achtzig Euro Aufpreis für das Automatikgetriebe bezahlt.

Die Uhr am Armaturenbrett zeigte gnadenlos die verrinnende Zeit an. Hanna trat aufs Gaspedal. Sie wusste, dass sie zu schnell fuhr. Zu schnell für die schlechte Sicht an diesem ungewöhnlich diesigen Junitag. Zu schnell, um rechtzeitig reagieren zu können, falls ihr ein Fahrzeug entgegenkam. Sie schoss um die nächste Kurve und hupte, in der Hoffnung, dies würde als Warnung genügen, wenn sie mehr Platz brauchte, als ihrer Fahrbahnseite zur Verfügung stand. Sie hatte nur noch acht Minuten für die letzten sechs Kilometer. Wieder erhöhte sie ihr Tempo.

Es war unverantwortlich, wie sie die Straße entlangdonnerte. Gefährlich. So wie die ganze Unternehmung. Wenn George nach Hause kam und Mary ihm von ihrem Alleingang erzählte, würde er sehr ungehalten werden, so gut konnte sie ihn inzwischen einschätzen.

Aber vielleicht wusste sie in wenigen Minuten bereits, wo Steve war. Vielleicht wusste Linus, wie und wo sie ihn kontaktieren konnte, und wenn nicht, dann wusste er vielleicht wenigstens, warum Steve vor zweieinhalb Monaten hier gewesen war oder wie er wirklich hieß, wenn er nicht Steve Warrington war. Was immer er ihr sagen konnte, es würde sie erst einmal aus dieser verdammten Warteposition herausbringen. »Lass mich ja nicht umsonst wie eine Irre hier hochjagen!«, rief sie der Windschutzscheibe zu, als säße Linus auf ihrer Kühlerhaube.

Viel zu rasant preschte sie in die nächste Kurve und wurde über ihre Fahrbahn hinausgetragen. Mit einem hässlichen Knirschen, als werde Metall von einer Steinwalze zermalmt, streifte sie die fußhohe Abschlusskante, die die Straße einfriedete. Blitzartig nahm sie den Fuß vom Gas und schaltete zwei Gänge herunter. Mit einem unangenehmen Krachen rastete der zweite Gang ein. Der Motor heulte auf, dann griff die Motorbremse. Sie manövrierte das Auto in die richtige Spur zurück und registrierte, wie sich ihr Adrenalinpegel wieder normalisierte. Mit reduzierter Geschwindigkeit fuhr sie weiter, achtsam, nicht noch einmal den gleichen Fehler zu machen. Sie schaute auf die Uhr. Noch vier Minuten, und der Nebel wurde immer dichter. Wenn sie weiter so langsam fuhr, würde sie es nie schaffen. Sie erhöhte den Druck auf das Gaspedal und konzentrierte sich auf die Straße.

Plötzlich krachte etwas mit voller Wucht auf die Motorhaube. Noch bevor Hanna erkennen konnte, was ihr Auto getroffen hatte, zerbarst die Windschutzscheibe. Hanna schrie auf. Instinktiv riss sie die Hände vor ihr Gesicht. Das Fahrzeug schlingerte. Sie umklammerte das Lenkrad wieder mit beiden Händen, doch sie hatte die Kontrolle über den Wagen verloren. Er schleuderte über die Straße. Sie sah nichts. Die halb aus ihrer Verankerung gerissene Windschutzscheibe nahm ihr jede Sicht. Sie konnte nur noch erahnen, wo die Straße endete und der Abgrund begann. Ihr Herz pochte so laut in ihren Ohren, dass es das einzige Geräusch war, das sie wahrnahm, als das Auto über die schmale Straße schlitterte, viel zu schnell und doch so langsam, als bewegte es sich in Zeitlupe, Millimeter für Millimeter näher zum Abgrund, dem Ende ihres Lebens entgegen. *Lilou! Ich will nicht sterben!* Als hätte sie einen Befehl erhalten, riss sie das Lenkrad herum, trat Bremse und Kupplung durch, um den Schub des Motors zu reduzieren. Mit einem Kreischen, als würde sich eine Fräse in einen Berg fressen, schrammte der Wagen an einer kniehohen Steinmauer entlang. Endlich kam er zum Stehen.

Erleichtert nahm sie die Füße von Bremse und Kupplung, vergaß, den Gang herauszunehmen, und das Auto machte einen letzten Satz vorwärts, bevor der Motor erstarb.

Völlige Stille umgab sie. Mit einem Schluchzer senkte sie ihren Kopf auf das Lenkrad. Dann begann sie zu zittern. Unkontrolliert. In Stoßwellen wanderte das Zittern durch ihren Körper, wie bei einem heftigen Anfall von Schüttelfrost, und verebbte dann langsam wieder. Erst jetzt war sie fähig, ihren Kopf zu heben und ihre Gedanken zu ordnen. Die Windschutzscheibe war an der Beifahrerseite komplett herausgerissen, an der Fahrerseite allerdings noch fest verankert. Das Glas war in tausend winzige Splitter zerborsten, die milchig weiß auf der Sicherheitsfolie klebten und es ihr unmöglich machten, durch die Scheibe zu sehen. So konnte sie nicht weiterfahren. Hannas Blick fiel auf den Stein, der neben ihr auf dem Beifahrersitz lag. Sie nahm ihn in die Hand und stieg aus. Sah sich um. Sie spürte die Angst, die wie eine Flamme in ihr hochzüngelte. Woher war der Stein gekommen? Hatte ihn jemand auf ihr Auto geworfen, um sie in den Tod zu schicken, getarnt als bedauerlicher Unfall? Sie lief die Straße entlang, die Augen auf den Hang geheftet, dessen grüne Wiesen gespickt waren mit kleinen und größeren Felsformationen. Sie suchte nach bröckeligen Felsen oder einer verdächtigen Bewegung. Ein Auto, das wie zufällig dort parkte, ein Mensch, der in dieser verlassenen Gegend einen Spaziergang unternahm. Doch sie war völlig allein. Nicht einmal ein Vogel, der aus dem Gebüsch schreckte, oder eine Waldmaus, die über die Straße huschte. Der Stein in ihrer Hand wog schwer. Plötzlich wurde sie sich der Einsamkeit der Gegend bewusst, spürte, wie exponiert sie war, und rannte so schnell sie konnte zum Auto zurück. *Es war nur ein Steinschlag, ganz sicher. Der Stein kann sich von jedem dieser Felsen gelöst haben. Du steigerst dich in etwas hinein.* Am Auto drosch sie mit dem Stein auf die kaputte Scheibe ein, bis sie ganz herausbrach, ließ die Scheibe ins Autoinnere fallen und räumte sie so weit zur Seite, dass sie auf dem Fahrersitz Platz nehmen konnte. Schließlich ließ sie den Motor wieder an. Hanna sah auf die Uhr. Sie hätte vor sieben Minuten am Treffpunkt sein müssen.

Vorsichtig fuhr sie wieder los, gerade so schnell, dass der Fahrtwind nicht zu sehr in ihren Augen schmerzte. Endlich erreichte sie ihr Ziel.

Der kleine Parkplatz lag verlassen vor ihr. Sie blickte sich um. Viewpoint North war kaum mehr als eine Parkbucht mit einer befestigten Aussichtsplattform mit einem Fernglas und einem Toilettenhäuschen, das aus dem Nebel herausschimmerte. Hinter dem Toilettenhäuschen erahnte Hanna das Ende der Parkbucht, und ihre Hoffnung, dass Linus dort geparkt haben könnte, erlosch. Trotzdem stieg sie aus, um sich den Schaden am Auto noch einmal anzusehen. Ihre Beine jedoch waren so wacklig, dass sie sich einen Moment an der Karosserie festhalten musste, um nicht einzuknicken.

An der Beifahrertür kniete sie nieder und betrachtete die tiefen Schrammen, die ihr Bremsmanöver hinterlassen hatte. Vielleicht war es gut, dass er nicht gewartet hatte. Eben hatte sie durch ihre Raserei ihr Leben leichtfertig aufs Spiel gesetzt, sollte sie nun eine weitere Dummheit begehen und sich abermals in Gefahr bringen? Entschlossen ging sie zur Fahrertür zurück, als eine Silhouette sich aus dem Nebel löste und vom Toilettenhäuschen aus auf sie zukam. Sie blieb vor der Fahrertür stehen und beobachtete, wie ein kräftig gebauter Mann sich mit schnellen Schritten näherte.

»Du bist spät dran.«

Er trug die für diese Gegend typische Kluft aus Barbourjacke und Stoffhose, der Hanna in den letzten Tagen schon häufiger begegnet war. Die Haare waren kurz geschnitten und mittelbraun, das Gesicht breit mit gleichmäßigen Zügen und auffallend schmalen Lippen. Er blickte sie verärgert an. »Ich warte seit einer Viertelstunde.«

»Ich hatte einen Unfall.« Sie hörte das verräterische Vibrieren in ihrer Stimme, das den vorangegangenen Schrecken bezeugte.

Sein Blick wurde freundlicher. »Das sieht übel aus.« Er ging um den Wagen herum und pfiff durch die Zähne. »Da hast du ganze Arbeit geleistet.«

Er fuhr mit dem Finger den tiefen Kratzer nach, der sich über die gesamte Seite zog. Hanna folgte ihm auf die andere Seite des Autos und wartete darauf, dass er endlich von Steve zu sprechen anfing. Doch er schien sich nur für die vielen Schrammen und Dellen zu interessieren, die das Auto entstellten.

»Was weißt du über Steve?« fragte sie schließlich.

»Du siehst genauso aus, wie Steve dich beschrieben hat. Noch hübscher, würde ich fast sagen.« Linus hatte sich zu seiner ganzen Größe aufgerichtet und war näher an sie herangetreten. »Allerdings müsstest du einmal lächeln, damit ich überprüfen kann, ob du dann wirklich Grübchen hast.«

»Steve hat dir von mir erzählt?«

»Erzählt?« Er lachte. »Vorgeschwärmt, würde ich es eher nennen. Jetzt verstehe ich auch, warum …«

Hanna ließ die Hände an ihren Jeans auf und ab gleiten. »Wann hast du Steve das letzte Mal gesehen?«

»Vor Kurzem.«

»Wie kurz?« Ihre Gedanken rasten. War Steve in England? Vielleicht sogar ganz in der Nähe? »Weißt du, wo er jetzt ist?«

Linus zuckte mit den Schultern. »Ich wünschte, ich wüsste es. Er war vor ein paar Wochen hier, das erste Mal nach über zehn Jahren, und dann noch mal vor ein paar Tagen. Ich weiß nicht genau, wann, ich war nicht da, er hat mir nur seinen Dreck hinterlassen.«

Hanna hielt den Atem an. Vor ein paar Tagen? Das erhöhte die Chance, dass Steve noch immer in der Gegend war. »Dreck hinterlassen?« Das klang nach Steve.

Linus lächelte wieder, diesmal jedoch ohne eine Spur von Freundlichkeit. »Er hat sich bei mir eingenistet, Schlösser öffnen konnte er ja schon immer, und mir seinen Saustall hinterlassen auch. Da steh ich nicht so drauf.«

Hanna konnte sich lebhaft vorstellen, was Linus meinte. »Was wollte er denn von dir, als er das letzte Mal da war?«

»Über die guten alten Zeiten plaudern.«

Hanna runzelte die Stirn. »Soll das ein Witz sein? Deswegen ist Steve sicher nicht hierhergeflogen.«

Linus grinste. »Steve hatte mich gewarnt. Du sollst 'ne ganz gewiefte sein. Ne, natürlich ist Steve nicht zum Plaudern hergekommen. Er wollte meinen Rat. Und den hat er bekommen.«

»Rat?«

»Was weißt du über Steves Jugend?«, fragte Linus zurück.

»Seine Jugend?« Hanna runzelte die Stirn. Sie wusste fast nichts über seine Jugend, und je länger sie zusammen mit George nach ihm suchte, desto unsicherer wurde sie, ob die wenigen Informationen, die er ihr gegeben hatte, überhaupt wahr waren.

»Naja, er ist in England aufgewachsen, irgendwo hier in der Gegend.«

Linus sah sie erwartungsvoll an.

»Er wollte Fußballstar werden, Stürmer bei Arsenal, das war wohl lange das Wichtigste in seinem Leben, hat aber natürlich nicht geklappt, und das mit der Schule wohl auch nicht so. Jedenfalls hat er die Schule ohne Abschluss verlassen und dann eine Zeit lang auf dem Bau geschuftet. Nach ein paar Jahren ist er nach Deutschland gezogen, weil man dort besser verdient, und da ist er dann geblieben.« Hanna hielt inne, als sie Linus' spöttisches Lächeln bemerkte.

»Zumindest hat er mir das so erzählt.«

»Er ist also wegen der besseren Verdienstmöglichkeiten nach Deutschland?« Das spöttische Lächeln wurde zum Grinsen. »Der gute, alte Steve, war schon immer unschlagbar, wenn es darum ging, Geschichten zurechtzubiegen.«

Hanna schluckte. »Weshalb hat er England denn sonst verlassen? Hatte es etwas mit seinen Eltern zu tun?«

Das Grinsen verschwand aus Linus' Gesicht. »Er hat dir also wirklich nicht erzählt, was damals vorgefallen ist?«

Hanna verkrampfte ihre Hände in den Jackentaschen.

Linus' Augen bohrten sich in die ihren, als versuchte er zu erfahren, ob sie ihm etwas verschwieg. Schließlich brach sie den Blickkontakt ab. Ihr war mit einem Mal furchtbar heiß. Umständlich knöpfte sie ihre Jacke auf. Dann hob sie den Kopf und stellte sich erneut seinem Blick. »Was ist denn vorgefallen?«

»Das kann ich dir nicht sagen. Wenn Steve nicht darüber geredet hat, habe ich auch kein Recht dazu.« Sein Gesicht schien sich plötzlich zu verschließen.

Hanna hatte das Gefühl, als hätte er ihr die Tür vor der

Nase zugeschlagen. Wenn er ihr nichts sagen wollte, warum hatte er sie dann an diesen Ort beordert? Ihr fiel auf, dass bislang nur sie über Steve gesprochen hatte, er selbst hatte noch keine einzige Information preisgegeben. Was für ein Spiel veranstaltete er mit ihr? Sie richtete sich kerzengerade auf, um größer zu wirken, und stemmte ihre Hände in die Hüfte. »Was weißt du dann über Steve?«

»Ich weiß, dass du aufhören solltest, ihn zu suchen.«

»Das hast du mir im Chat auch schon mitgeteilt.« Seine unverbindliche Antwort verärgerte sie. »Er ist mein Mann, ohne triftigen Grund werde ich ihn kaum aufgeben, oder?«

Er zuckte mit den Schultern, als wäre ihm völlig gleichgültig, was sie vorhatte, aber seine Gesichtszüge verhärteten sich.

»Er ist schlechter Umgang. Glaub mir einfach, und vergiss ihn. Für immer. Es ist besser für dich.« Er senkte seine Stimme und trat so nah an sie heran, dass sie an seinem Atem kalten Rauch riechen konnte. »Als Steve zu mir kam und mich um Rat gefragt hat, wollte er nicht auf mich hören. Mach du nicht den gleichen Fehler.«

»Ist das alles, was du mir zu bieten hast?«, fuhr sie ihn an, unfähig, ihren Ärger weiter im Zaum zu halten. »Dass er schlechter Umgang ist? Ich denke, das kann ich immer noch am besten beurteilen. Ich bin mit ihm verheiratet, und das nicht erst seit gestern. Meinst du nicht, mir hätte das auffallen müssen?«

Er blickte sie mitleidig an. »Da hat Steve ja eine gute Show abgezogen. Das muss man ihm lassen.«

»Du weißt doch gar nichts«, zischte sie. »Du hast gar keine Informationen für mich, stimmt's?«

»Falsch. Du weißt nichts über ihn.« Linus steckte seine Hand in die Innentasche seiner Jacke und zog ein abgegriffenes Büchlein hervor. »Nichts über den wahren Steve. Nichts über den Steve, der er war, bevor er dich *zufällig* kennengelernt hat.«

Die Art, wie er das Wort zufällig betonte, ließ sie aufhorchen. Steve und sie waren sich zufällig über den Weg gelaufen. Sie hatten sich in einer Bar kennengelernt, als er angerempelt wurde und sein Bier sich auf ihren Pullover ergoss. Er hätte nicht wissen können, dass sie an dem Abend dort sein würde.

»Ich weiß, dass er ein liebevoller Ehemann und ein fantastischer Vater ist.«

Linus spielte mit dem Büchlein in seiner Hand, als überlegte er, was er damit machen sollte. »Das heißt nichts anderes, als dass du nichts über seine Vergangenheit weißt.«

Er hatte recht, sie wusste nichts. Sie wusste nicht, wo er hingegangen war, und sie wusste nicht, wo er hergekommen war. Zumindest wusste sie nicht, ob irgendetwas von dem stimmte, was er ihr erzählt hatte. Deshalb war sie hier. In England. Am Viewpoint North. Zum ersten Mal seit ihrer Ankunft nahm sie das Rauschen des Meeres wahr, dessen Wellen sich an den Klippen brachen.

Linus war schwer und muskulös. Es wäre ein Leichtes für ihn, sie über die Brüstung zu stoßen. Niemand wusste, mit wem sie sich traf. Nicht einmal sie selbst wusste, wer der Mann ihr gegenüber wirklich war und warum er sie hierhergelockt hatte. Sie spürte, wie ihr ganzer Körper unter Spannung stand, als warte sie auf einen Angriff, registrierte jede Bewegung ihres Gegenübers, jede noch so kleine Veränderung im Spiel seiner Gesichtsmuskeln. Ihr Gehirn arbeitete schnell und präzise. Sie musste das Gespräch beenden und von hier verschwinden. So schnell wie möglich.

»Vielleicht hast du recht. Ich weiß nicht viel über Steves Vergangenheit. Ich bin hier, weil ich dachte, du könntest mir davon erzählen. Aber wenn das nicht der Fall ist, dann habe ich wohl den Weg umsonst gemacht.« Sie drehte den Kopf demonstrativ in Richtung Straße und blickte dann auf ihre Uhr. »Wo George nur bleibt?«

»George?« Überraschung spiegelte sich auf Linus' Gesicht.

»George Warrington. Er holt mich ab«, log sie. Sie deutete auf den kaputten Leihwagen. »Mit dem kann ich wohl kaum nach Hause fahren. Ich habe George nach dem Unfall angerufen. Er müsste jeden Moment hier sein.«

Linus trat zurück, und Hanna atmete unmerklich auf.

»Vergiss Steve«, sagte er noch einmal und verbog das Büchlein in seiner Hand. »Wenn du wüsstest, was er mit dir vorhatte, würdest du ihm keine Träne nachweinen.«

»Wenn ich was wüsste?«, fragte sie scharf. Ihre Angst war mit einem Mal von ihr abgefallen, und sie machte einen Schritt auf ihn zu.

»Glaub mir, du willst die Wahrheit nicht wissen.«

»Deshalb bin ich hier.«

»Na gut.« Ein gemeiner Zug erschien um seinen Mund. »Warum glaubst du, hat sich der gute Steve wohl an ein reiches Mädchen wie dich rangeschmissen? Wegen der Liebe? Ja. Allerdings nicht so, wie du dir das denkst. Jetzt pass mal auf: Steve und seine Braut haben schon lange, bevor er dich *zufällig* kennengelernt hat, genau geplant, wie sie dich ausnehmen können. Der hat schon Pläne mit deinem Geld geschmiedet, da wusstest du noch nicht mal, dass es überhaupt einen Steve gibt.«

Hanna schnappte nach Luft.

»Ich habe doch gesagt, das willst du nicht wissen. Sei froh, dass er weg ist.« Wieder knetete er das Notizbuch in seiner großen Hand.

»Das kann nicht sein«, keuchte sie und presste die Hand auf ihren Magen. »Als wir uns kennengelernt haben, wusste Steve gar nicht, wer meine Eltern sind.«

Linus öffnete das Buch, blätterte durch die Seiten, als suche er eine bestimmte Textpassage. »Warum hat er dich dann monatelang ausspioniert?«

»Ausspioniert …?« Hannas Gedanken drehten sich immer schneller im Kreis. Steve ein Heiratsschwindler, der nur hinter ihrem Geld her gewesen war? *Lebst du nur deshalb noch, weil Steve warten musste, bis du das Erbe antreten kannst?*

Hanna schloss die Augen. Von der Ferne hörte sie Reifenquietschen.

»Ich glaube dir nicht«, sagte sie schließlich. »Wie willst du an diese Informationen gekommen sein?«

Linus schloss das Büchlein. »In seinem Tagebuch steht so einiges Interessantes drin …«

»Steve hat kein Tagebuch geführt.«

Linus präsentierte das zerschlissene Büchlein. »Er hat es zusammen mit einem dunkellila Hemd liegen lassen, als er bei mir kampiert hat. Leider hat er bei dieser Gelegenheit meine privaten Aufzeichnungen mitgenommen. Die hätte ich gern wieder. Im Tausch, sozusagen.«

»Ich weiß nicht, wovon du redest. Ich habe nichts zum Tauschen.«

Linus betrachtete sie schweigend, verlagerte dabei sein Gewicht von einem Bein aufs andere. Dann hielt er ihr das Notizbuch hin.

»Na gut. Damit du nicht umsonst dein Auto geschrottet hast. Aber versprich mir, dass du mir mein Heft schickst, wenn du es findest.«

Hanna nahm das Büchlein und wandte sich ab. Dann schlug sie es auf. Es schien tatsächlich eine Art Tagebuch zu sein, die Schrift war eindeutig Steves. Hanna las den ersten Eintrag.

Heute habe ich meine Rose gefunden. Es ist, wie Luke beschrieben hat. Eines Tages triffst du sie, und du weißt so-

fort, die ist es. Du weißt nicht, warum, du weißt nur, das ist die Frau, die du heiraten wirst. Ich werde sie Rose nennen. Meine Rose. Nur ich werde sie so rufen, und jeder wird wissen, wie besonders unsere Verbindung ist.

Hannas Blick wanderte zu dem Datum des Eintrags. Steve hatte ihn drei Jahre vor ihrem Kennenlernen geschrieben. *Rose*. Die Besitzerin des Skarabäus. *Rose*.

Nur ich werde sie so rufen, und jeder wird wissen, wie besonders unsere Verbindung ist.

Sie hatte er Hanna gerufen. Ausnahmslos. Kosenamen sind was für Weicheier, hatte er gesagt, außer bei Babys, da sind sie okay.

Motorengeräusch verriet, dass ein Auto viel zu schnell die kurvige Straße hochgefahren kam. Sie blickte auf und sah, wie Linus genauso leise im Nebel hinter den Toiletten verschwand, wie er aufgetaucht war, während Georges Ford auf den Parkplatz geschossen kam.

33

Der heiße Tee weckte Hannas Lebensgeister. Langsam verstand sie, warum dieses Getränk hier wie eine Wunderwaffe eingesetzt wurde, ein Heilmittel gegen alle Übel dieser Welt. Sie blickte über ihre Tasse hinweg zu George, der gerade die Küche betrat. Er wirkte noch immer verärgert über ihren leichtsinnigen Ausflug.

Der Zustand ihres Autos hatte ihn sichtlich erschreckt, und Hanna glaubte zu verstehen, was in ihm vorging. Was ein derart ramponiertes Auto in ihm auslöste.

»Und das Auto ist so kaputt, dass ihr es abschleppen lassen musstet?« Mary brach einen Keks in zwei Teile und reichte einen davon Lilou, die sich an sie kuschelte wie ein Kätzchen.

»Die Windschutzscheibe ist zerdeppert. Und dann hat es auch noch angefangen zu regnen«, sagte Hanna. »Sonst hat das Auto nur ein paar Dellen.«

»Dellen im Wert von mehreren Tausend Pfund«, bemerkte George düster.

Mary bedachte ihn mit einem tadelnden Blick. Dann wandte sie sich an Hanna. »Ist dir wirklich nichts passiert?«

Hanna brachte ein mühsames Lächeln zustande. Ihr Mann war ein Heiratsschwindler. Wie konnte sie behaupten, ihr sei nichts passiert? Sie wunderte sich, dass sie keine Tränen zurückhalten musste, ihr kein Frosch im Hals saß. Ihre Finger krallten sich um das zerschlissene Notizbuch in der Tasche ihrer Sweatshirt-Jacke. Sie hätte es am liebsten zerfetzt. So wie sie am liebsten Steve zerfetzen würde.

»Hast du wenigstens etwas über Steve erfahren?« Mary pickte Brösel von Lilous Pullover und zerrieb sie über ihrem Teller.

»Nein.« Hanna trank ihren Tee, um nicht weiterreden zu müssen. Sie dachte an den Eintrag in dem Notizbuch. *Rose. Meine Rose.* Sie dachte an den Skarabäus. *Der Skarabäus findet den Weg zu seinem Besitzer immer zurück.* Sie dachte an ihre erste Begegnung. Steve hatte den Typen, der ihn angerempelt hatte, nur mit einem »Pass doch auf« bedacht. So wie sie ihn heute kannte, hätte er ihn sich geschnappt und ihn gezwungen, ihm ein neues Bier zu kaufen und sich zu entschuldigen. Doch kein Zufall? *Hast du mich beobachtet und den Vorfall sorgfältig inszeniert?* War alles nur eine Inszenierung gewesen? Inklusive eines eigenen Schlüsseldienstes und eines falschen Namens? Sie schluckte die Wut hinunter, die wie ein Pfropfen in ihrem Hals steckte und ihr das Gefühl gab, daran ersticken zu müssen.

»Wo kam nur der Stein her?«, fragte Mary. »Steinschlag ist dort doch eher selten.«

»Ich glaube nicht, dass es ein Steinschlag war«, mischte George sich in die Unterhaltung ein. »Ich bin überzeugt, das Treffen war eine Falle und der Stein ein Mordversuch. Wenn Hanna die Kontrolle ganz verloren hätte, wäre sie die Böschung hinuntergestürzt und der Wagen mit hoher Wahrscheinlichkeit ausgebrannt.«

»George!«, rief Mary aus. »Weißt du, was du da sagst?«

George blitzte sie vorwurfsvoll an. »Du hättest sie niemals allein dorthin fahren lassen dürfen!«

»Ich hätte mich auch von dir nicht aufhalten lassen.« Hanna schloss ihre Finger noch fester um das Heft. Ein Mordversuch?

»Ich bin mir sicher«, fuhr Georg fort, und sein Gesichtsausdruck war so wütend wie an dem Tag, als Hanna ihm

Steves Foto gezeigt hatte, »der hat genau gewusst, dass ich nicht da war, und hat dich deshalb so unter Zeitdruck gesetzt. Das war kein Steinschlag. An der Stelle? Wo soll der Stein denn so plötzlich herkommen? Das war geplant. Und wenn du mich fragst, steckt der nicht allein dahinter.«

Mary schlug sich die Hand vor den Mund. »Das ist ja furchtbar!«

Er nickte ernst. »Hanna ist hier nicht mehr sicher. Ich wette, jemand möchte verhindern, dass sie weiter nach Steve forscht.«

Nicht mehr sicher. Die drei Worte arbeiteten fieberhaft in Hannas Gehirn. War sie überhaupt je wieder irgendwo sicher? Die Türglocke durchschnitt die Stille.

George erhob sich und verließ die Küche. Hanna hörte, wie er längere Zeit mit jemandem redete. Schließlich wurde die Tür geschlossen, und George ging gemeinsam mit dem Besucher zur Küche.

»Herr Stein!«

Sie erhob sich. Stein kam mit großen Schritten auf sie zu und nahm sie in die Arme, so innig, als wäre sie nur knapp einem großen Unglück entkommen. Plötzlich spürte sie, wie Tränen ihren Blick verschwimmen ließen. Er trat einen Schritt zurück.

»Mein Gott, ich habe gerade von dem Anschlag auf Sie erfahren.«

Sie blinzelte, um die Tränen zurückzudrängen. »Das ist gar nicht sicher. Vielleicht war es ein ganz normaler Steinschlag. Es könnte sonst ja nur dieser Linus dahinterstecken. Aber warum hat er mir dann Steves Tagebuch gegeben, anstatt mich bei dem Aussichtspunkt die Klippe hinunterzuwerfen?«

Stein warf ihr einen Blick zu, als wäre es überflüssig, weiter darüber zu diskutieren. »Ich denke, Mr. Warrington hat recht. Sie sind hier nicht sicher«, sagte er dann und ging zu Mary. Mit einem gewinnenden Lächeln streckte er ihr die Hand hin. »Ich bin Marten Stein. Sie müssen Mrs. Warrington sein, nehme ich an.«

»Was machen Sie hier?«, fragte Hanna, nachdem Stein sich zu ihnen gesetzt hatte.

»Ich bin gekommen, um Sie zu holen«, sagte Stein feierlich. »Rob wurde gefasst. Der ist erst mal für ein paar Jahre aus dem Verkehr gezogen. Die Betreuerin aus der Krippe hat ihn eindeutig identifiziert. Er dachte, wenn Steve nicht zahlt, könnte er mit Lilou die Kohle rauspressen. Ich habe mit ihm gesprochen und das Gespräch aufgezeichnet. Möchten Sie es hören?«

Hanna nickte, obwohl sie Steins Worte kaum erfassen konnte. Ihr Kopf fühlte sich an wie Brei, als hätte der Felsbrocken sie getroffen anstelle des Autos. Steve, Rose, Rob, Steinschlag, Entführung, Erpressung, Heiratsschwindel – in was war sie da nur hineingeraten?

Stein legte sein Smartphone auf den Tisch und rief eine Funktion auf. Sie hörte ein Rauschen, dann eine Tür, die auf- und wieder zugemacht wurde, und Schritte, die sich näherten. Ein Stuhl, der über den Boden scharrte. Dann Steins Stimme in akzentfreiem Englisch.

»Also, Walker, pass gut auf. Als Anwalt von Frau Warrington schlage ich dir jetzt einen Deal vor.« Etwas wurde auf den Tisch geknallt. »Kennst du die Mail?«

Unverständliches Grummeln.

»Das ist eine Erpressermail. Du weißt, was es für dich bedeutet, wenn Frau Warrington das auch noch zur Anzeige bringt.«

Wieder Gemurmel.

»Mein Vorschlag: Wir lassen diese Mail unter den Tisch

fallen, und du erzählst uns alles, was du über Steve weißt. Und wenn ich alles sage, meine ich auch alles, ist das klar?«

Ein Stuhl scharrt. Dann wieder Steins Stimme.

»Wann und wo hast du Steve kennengelernt?«

»Zweitausendzwei auf einer Berliner Großbaustelle. Wir waren zusammen eingeteilt.« Robs Stimme. Tief. Rauchig.

»Hatte Steve damals eine Freundin?«

»Nein, er hat immer mal mit Mädels rumgemacht, aber mehr als ein, zwei Nächte war er nie interessiert. Steve wollte sich nicht binden, der hat die einfach benutzt und dann abserviert.«

»Hast du ihn damals auch schon zu Straftaten animiert?«

»Ich?« Verächtliches Lachen. »Was soll das denn werden? Der böse Rob hat den netten Steve auf die falsche Bahn gebracht? Du hast doch keine Ahnung, wie Steve drauf war.«

»Erzähl es mir.«

»Er war übel drauf. Wütend. Nicht auf mich oder so. Auf die ganze Scheißwelt. Der hat gemacht, was er wollte. Wenn der was gesehen hat, hat der nicht lange rumgefackelt, dann ist der hin und hat es sich geholt. Weil ihm das zusteht, hat er gesagt. Das war seine Philosophie. Ihm steht alles zu, was er will.«

Etwas Hartes wird abgestellt, dann ein Schluckgeräusch. Wieder Robs Stimme.

»Bei uns in England ist Joyriding großer Sport, das hat Steve nach Berlin gebracht. Auto knacken, ein paar Stunden Spaß haben, das Teil irgendwo abstellen. Sind geile Schlitten gefahren. Das hatte der echt drauf, der hat alles geknackt. Deshalb hatte der auch immer Kohle. Hat nie große Brüche gemacht, immer nur, was er gerade brauchte.«

»Warum hat er dann bei dem Überfall auf den Transporter mitgemacht? Das war doch deine Idee?«

Stille. Füßescharren.

»Du warst zwei Jahre im Bau, und als du raus bist, hast du Steve kontaktiert und ihn zu dem Bruch überredet. Die Polizei sagt, der Überfall trägt deine Handschrift.«

»Als ich aus dem Bau kam, wollte ich bei ihm unterschlüpfen, und der Sack hat mich hängen lassen. Er sei sauber, hat er mir erzählt, er macht keine krummen Sachen mehr, und er will auch keinen Kontakt mehr zu den Badboys wie mich. Hey, glaubste das? Meint dieser Wichser, mich einfach so abservieren zu können.«

»Weißt du, woher der Sinneswandel kam?«

»Irgend so'n blödes Weibsstück natürlich. Und da gab's noch diesen Janausch oder Jonasch, sein Ausbilder, der hatte ihn ziemlich am Haken. Der muss ihn einer Gehirnwäsche unterzogen haben. Ich denk, ich spinne, kommt der auf einmal mit Tönen daher… Seinen Meister wollte er machen und einen eigenen Laden aufmachen und heiraten wollte er auch. Der hat sich sogar seine Zigaretten gekauft. Ich hab noch nie gesehen, dass Steve sich 'ne Schachtel gekauft hat, der knackt 'nen Automaten und fertig. Seine Tusse mag's nicht, wenn er klaut. Nicht zu fassen.«

»Warum hat er sich dann auf den Bruch eingelassen?«

»Ich mag's nicht, wenn man mich hängen lässt. Also hab ich gesagt, entweder er macht mit und ist mich danach los, oder ich pack bei seiner Rose und diesem Jaunausch mal ein wenig über ihn aus. Mal sehen, ob die ihm dann noch die Stange halten. Außerdem hab ich ihm gesagt, ein Bruch und er hat die Kohle für seinen Laden, er war ja inzwischen fertig mit dem Meister. Und dann kann er seine Rose heiraten und 'n Dutzend Gören in die Welt setzen.«

»Und das hat er gemacht?«

»Ne, er hat dann diese reiche Schnepfe geheiratet. Nicht zu fassen, ey, krallt der sich die Ebershausen. Aber was soll die blöde Frage, das weißte doch eh.«

»Du bist erwischt worden bei dem Bruch. Warum hast du Steve nicht verpfiffen?«

»Er hatte die Kohle. Ich bin doch nicht blöd. Und als ich dann raus bin, erzählt mir der Sack was von er hätte die Kohle investiert und kann mir meinen Teil erst in einem Jahr auszahlen. Er hätte das so geplant, dass das Geld da wäre, wenn ich aus'm Bau komme.«

»Du bist aber ausgebrochen …«

»Damit muss man immer mal rechnen. Jedenfalls hab ich die Kohle sofort gebraucht und nicht erst in einem verdammten Jahr. Und dann bin ich massiv geworden, und der Drecksack hat sich verpisst.«

Lautes Scharren.

»Also hast du dich an seine Tochter rangeschlichen.«

»Ist ja wohlbekannt. Ich hätt der Kleinen nichts getan. Er hätte nur zahlen müssen.«

»Und woher hattest du den Schlüssel, um in die Wohnung einzubrechen?«

»Hä?«

»Du warst doch in Warringtons Wohnung.«

»Blödsinn. Ich hab die beobachtet. Aber drin war ich nie. Hey, was soll das? Willst du mir jetzt was anhängen?«

Scharren. Gemurmel.

»Natürlich nicht.« Steins Stimme ist hart. »Setz dich wieder hin, wir sind noch nicht fertig.«

Scharren.

»Was weißt du über Steves Kindheit und Jugend?«

Stille.

»Wirklich nichts? Er hat nie mit dir darüber geredet?«

»Ne. Muss aber ziemlich scheiße gewesen sein, so wie der drauf war. Mann, wir sind doch keine Betschwestern, die bei 'nem Bier ihre Lebensbeichte ablegen.«

Stein drückte auf Stopp.

Schweigen breitete sich in der Küche aus wie ein unangenehmer Geruch. Hanna war völlig klar, was Rob gemeint hatte, als er von Steves Investition gesprochen hatte. Ihr Erbe. In ein paar Monaten war es so weit. Dann konnte sie es antreten und nach Gutdünken darüber verfügen, und Steve hätte Rob problemlos seinen Teil der Beute mit Zins und Zinseszins zurückerstatten können. Sie hätte ihm vollen Zugriff auf ihr Geld gegeben. Sie hatte ihm blind vertraut.

»Rob ist also kein Problem mehr«, brach Stein die Stille. »Der einzige offene Punkt ist noch, wer in der Wohnung gewesen ist. Könnte es nicht doch Steve gewesen sein? Vielleicht sucht er etwas. Und dass er sich nicht mehr traut, Ihnen unter die Augen zu treten, finde ich ziemlich verständlich.«

Hanna nickte stumm. Es wäre möglich. Vielleicht suchte er das Heft, hinter dem Linus her war. Vielleicht hatte er es versteckt und fand es nicht mehr. Das wäre Steve zuzutrauen.

»Als ich hierhergeflogen bin, war ich mir ziemlich sicher, dass ich Entwarnung geben kann. Grünes Licht, ihr könnt nach Hause. Ich glaube nicht, dass Steve eine Gefahr für euch darstellt. Wenn es so wäre, dann hätte er längst zugeschlagen.« Stein verstummte einen Moment. »Aber jetzt …« Er wechselte einen bedeutungsvollen Blick mit George.

»Ach, hört doch auf«, fuhr Hanna dazwischen. »Es war ein Steinschlag. Sonst wäre ich jetzt nämlich tot. Denn wer auch immer das gemacht haben sollte, hätte ausreichend Zeit gehabt, den bedauerlichen Unfall zu vollenden.«

»Vielleicht wollte derjenige dich nur erschrecken«, warf George ein. »Damit du aufhörst, nach Steve zu suchen. Dann bist du außer Gefahr, wenn du jetzt nach Hause fliegst.«

Hanna vernahm ein Seufzen und sah zu Mary, die die schlafende Lilou an sich drückte, als spüre sie schon jetzt den Abschiedsschmerz.

»Warum sind Sie überhaupt hierhergekommen? Hätte ein

Anruf nicht genügt?«, wandte Hanna sich an Stein, um von Mary abzulenken.

»Natürlich, aber ich wollte etwas vor Ort klären. Das mit der falschen Adresse hat mir keine Ruhe gelassen. Also bin ich noch mal an die Sache ran. Ich wollte wissen, ob ich einen Fehler gemacht habe oder ob da was faul ist.« Er öffnete die Umhängetasche, mit der er die Küche betreten hatte, und zog die Kopie einer Geburtsurkunde heraus. »Das ist die Geburtsurkunde, mit der Steve zweitausendeins in der englischen Botschaft in Berlin seinen Reisepass beantragt hat. Angeblich hatte er seinen Ausweis verloren, zumindest ist das dort als Grund angegeben. Als Dokument zur Ausstellung des neuen Passes musste er seine Geburtsurkunde vorlegen.« Er legte die Kopie vor Mary hin. »Diese hier.«

Als Eltern waren George Arthur Warrington und Mary Susannah Warrington, geborene Jamieson, eingetragen.

»Das ist Stevies Geburtsurkunde!«, rief sie aus. »Er kam am zweiten Oktober neunzehnhundertsiebenundsiebzig im Royal Devon and Exeter Hospital zur Welt. Wo haben Sie die her?«

»Von Hanna. Ich hatte mir gedacht, dass Sie die Urkunde wiedererkennen würden. Der Zufall, dass es ein Kind mit gleichem Namen und exakt den gleichnamigen Eltern gibt, das auch noch zur gleichen Zeit am selben Ort geboren wurde, schien mir einfach zu groß.«

George stieß seinen Stuhl zurück und verließ wortlos die Küche.

»Dann stimmt es also, Steve heißt gar nicht Steve?«, fragte Hanna nach.

Stein legte seine Hand auf ihre Schulter. »Ja. Das ist die einzige Erklärung. Wenn Mr. und Mrs. Warrington sich ganz sicher sind, dass der Mann auf deinem Foto nicht ihr Sohn ist, dann ist Steve nicht Steve.«

Also doch. Alles inszeniert. Sie fühlte sich wie betäubt. Gefühlstaub. Was immer jetzt noch passierte, es war ihr egal. Wo Steve war. Ob sie ihn je wiedersehen würde.

George erschien im Türrahmen. »Sie ist weg.«

»Was ist weg?«, fragte Mary.

»Stevies Geburtsurkunde«, sagte er und runzelte kopfschüttelnd die Stirn. »Sie hätte in dem Dokumentenordner sein müssen. Oder in dem Stevie-Ordner. Ich verstehe das nicht.«

Stein schaute Hanna bedeutungsvoll an. Sie verstand. Für jemand wie Steve wäre es ein Leichtes gewesen, hier einzubrechen und die Geburtsurkunde zu klauen.

Koffer und Reisetasche hatte George bereits im Kofferraum von Steins Leihwagen verstaut. Hanna war froh, nach Aachen zurückzufliegen. Sie wollte nach Hause. Ein neues Leben anfangen. Ihre Wut verarbeiten.

Eng gedrängt standen sie im Flur. George hinter Mary vor der schmalen Kommode mit dem halbblinden Spiegel, Hanna und Marten Stein in der geöffneten Haustür. Mary hielt Lilou fest an sich gedrückt, die Augen voller Tränen. Lilous Kopf lag still auf ihrer Schulter, als wüsste sie, dass sie Abschied nehmen musste und diese letzten Sekunden nicht herumzappeln durfte. Hanna bemerkte den forschenden Blick, mit dem Stein die Abschiedsszene beobachtete, und nahm Mary das Kind aus dem Arm. Anders als sonst wehrte Lilou sich heute nicht, sondern vergrub ihren Kopf in Hannas Halsbeuge.

»Wir kommen wieder«, sagte Hanna. »Ich verspreche es. Darf ich ein Bild von euch haben? Für Lilous Zimmer. Dann kann sie sich besser an euch erinnern, wenn die Zeit bis zum nächsten Besuch zu lang ist.«

George verschwand im Wohnzimmer und kam kurz darauf mit zwei Fotos zurück. Auf einem waren George und Mary in ihrem Garten vor der Statue abgebildet, das andere war das Foto von Steve, das Hanna zur Erstellung des Flugblatts verwendet hatte.

»Das habe ich gerade bei den letzten Flugblättern gefunden. Die kann ich jetzt wegwerfen, oder?«

Am liebsten hätte Hanna ihm Steves Foto zurückgegeben und ihn aufgefordert, es ebenfalls zu vernichten.

»Ja, bitte«, sagte sie stattdessen und steckte die Bilder in ihre Handtasche.

»Ich weiß wirklich nicht, wie ich euch danken soll«, begann sie und nahm Marys Hand. Mary liefen inzwischen lautlos Tränen über ihre Wangen.

Hanna reichte George die Hand. »Dan …«

Das Wort blieb ihr im Hals stecken. Sie drückte Georges Hand so fest, dass er sie mit einem Scherz befreite. Doch Hanna starrte nur auf den halbblinden Spiegel hinter ihm, aus dem Steves blutiges Gesicht sie verzerrt angrinste, als freue er sich auf ein makabres Spiel.

34

26. März 1991

Luke wird mir immer unheimlicher. Ich glaub, der Alte macht etwas mit ihm, irgendeine Gehirnwäsche, wie bei dem Film mit Jack Nicholson. Er hat die ganze Woche nicht einmal rumgepöbelt, und mit Steve ist er plötzlich richtig dicke. Eigentlich sollte mich das freuen, aber irgendwie nervt es mich. Erst macht er mich blöd an, weil ich überhaupt mit Steve rede, und plötzlich macht er einen auf bester Kumpel. Gestern Abend hat er sogar Shem vom Tisch geschmissen, damit Steve sich dazusetzen kann. Shem war arschsauer, und Steve wollte Shems Platz gar nicht, das hab ich ihm angesehen, aber er hat sich auch nicht getraut, Luke zu widersprechen. Jedenfalls hat er das ganze Essen über kein Wort gesagt, und sein Blick ist immer wieder zu Shem gewandert. Der hat zwei Tische weiter gesessen und gekocht vor Wut. Am liebsten würde der 'ne Bombe über Steve abwerfen. Erst haut er ihn aus dem Fußballteam raus, jetzt muss er ihm auch noch am Tisch Platz machen. Das geht nicht gut, das gibt noch richtig Ärger, und zwar für Steve. Und der weiß das auch und hat mich vorhin gefragt, was er machen soll. Ich hab aber keine Antwort für ihn gehabt, ich bin doch nicht der liebe Gott. Er war ziemlich ratlos und hat dann wieder angefangen, von seinem Heldenvater zu erzählen und seiner Mutter und dass die immer eine volle Dose mit Keksen für ihn dahat, und von dem Haus mit dem Brunnen und den vielen Rosen und dem Arsenal-Poster über dem Bett. Irgendwie konnte ich es nicht mehr hören und musste drin-

gend raus. Ich hab ihn mit zu den Spinnen genommen, und erst hat er sich voll gegruselt, bis ich ihm gezeigt hab, dass man vor denen keine Angst haben muss. Ich hab ihm die alte Zara auf die Hand gesetzt und hab gesehen, wie er sich zusammenreißt, um nicht total panisch zu werden. Aber dann hat er sogar mit dem Finger über ihren haarigen Körper gestrichen, und da ist es passiert. Es war schrecklich. Ich versteh nicht, woher er plötzlich gekommen ist, aber auf einmal stand Linus hinter uns und hat gefragt, was wir hier suchen. Er macht das immer. Schleicht sich an wie so'n Spanner und belauscht uns, und wenn er was mitbekommt, was er dem Alten stecken könnte, erpresst er uns damit. Deswegen hat Marcus ihn damals vermöbelt. Weil er keinen Bock mehr hatte, sich von dem Schleimbeutel ausnehmen zu lassen. Steve hat sich so erschreckt, dass er Zara hat fallen lassen. Linus hat das aber nicht gesehen und ist auf Steve zu, damit er nicht wegrennen kann, und dabei ist er auf Zara getreten. Ausgerechnet Zara, die Lieblingsspinne vom Alten. Es hat ein scheußliches Geräusch gemacht, und ich wusste, Zara kann das nicht überlebt haben. Ich hab Steve gepackt und bin ab mit ihm, nur weg, bevor Linus den Alten holt. Und dann sind wir Luke über den Weg gerannt, und ich hab ihm erzählt, was passiert ist. Er hat nur Scheiße gesagt, das ist echt Megascheiße, hat er gesagt, der Alte zermatscht euch genauso, wie Linus die Spinne zermatscht hat. Ich hab gefragt, was wir jetzt tun sollen, und da hat er zu Steve gesagt, ich regel das mit Linus, der schuldet mir noch was. Und als er dann später zurückkam, hat er gar nichts gesagt, nur einmal gezwinkert und den Mund auf einer Seite zu einem Grinsen verzogen.

Drei Monate später

Donnerstag, 15. September

35

Hanna heftete den Kundenauftrag unter L ab, schloss den Ordner und stellte ihn ins Regal zurück. Am Schreibtisch kündigte der Computer eine Mail an. Hanna setzte sich. Von Linus. Sie klickte darauf.

> Hat Steve sich gemeldet? Lebst du noch? Habe geträumt, dass du dich erhängt hast. Hätte dir Tagebuch nicht geben sollen, aber deine Überzeugung, dass Steve so ein toller Mann ist, hat mich wütend gemacht. Brauchst du noch ein paar Insiderinfos, um zu kapieren, dass er deine Tränen nicht wert ist?
> Grüße Linus

Sie klickte auf »Antworten«.

> Hallo, Linus, lebe noch, keine Angst! Nein, keine News von Steve, und danke nein, derzeit kein Bedarf an neuen Horrorstorys. Ich schließe ab mit dem Kapitel, genug geweint, genug gelitten. Danke für deine Unterstützung die letzten Monate. Deine Infos über Steve haben mir geholfen, ihn so zu sehen, wie er wirklich war.

Hanna dachte an die wöchentlichen Mails, mit denen sie sich zwei Monate lang über Steve ausgetauscht hatten, immer donnerstags, immer pünktlich um zwei Uhr. Die erste Mail hatte sie erstaunt, Linus war voller Sorge gewesen, wie sie mit dem Inhalt des Tagebuchs zurechtkam, und zum ersten Mal hatte er ihr wirklich Informationen über Steve gegeben. Doch sie erzählten keine schöne Geschichte. Sie bestätigten das Bild, welches Rob gezeichnet hatte, das Bild eines wütenden jungen Mannes, verloren in einer Welt, in die er nicht passte und nicht passen wollte. Das Bild eines Menschen, der keine Skrupel hatte, andere auszurauben, zu belügen und zu betrügen. Es hatte ihr gutgetan. Sie bediente sich der Erzählungen, wenn der Kummer sie übermannte und sie ihr eigenes Bild von Steve revidieren wollte, um ihn endlich und endgültig aus ihrem Herzen zu verbannen. Anfangs hätte sie gern etwas über Steves Kindheit erfahren, um verstehen zu können, warum er so geworden war, aber Linus hatte ihn erst als Zwanzigjährigen kennengelernt, wenige Jahre, bevor Steve England den Rücken gekehrt hatte. Erstaunt stellte sie fest, dass es sie nicht mehr interessierte.

Dein Heft habe ich nicht vergessen, wenn ich es finde, melde ich mich.
Herzlich, Hanna

»Musst du nicht langsam los?« Simon betrat das Büro und ging zu der Seite des Schreibtischs, an der Steve früher gearbeitet und die er nun in Beschlag genommen hatte.

Hanna sah auf die Uhr. »In ein paar Minuten. Um drei habe ich ein Gespräch mit Lilous Gruppenleiterin.«

»Ärger?«

Hanna zuckte die Schultern, obwohl die Geste mehr als unpassend war für die Panik, die sich allein bei dem Gedanken an das bevorstehende Gespräch in ihr ausbreitete.

»Hat Lilou ihren unsichtbaren Freund noch?«, bohrte Simon nach.

»Ja. Er hat sogar einen Namen. Om.«

»Om?« Simon lachte. »Das passt ja! Ohhhm.« Er faltete die Hände vor der Brust und deutete eine Verneigung an.

Hanna rang sich ein Lächeln ab. Solange sie Simon nicht einweihte in ihre Angst um Lilous Geisteszustand, konnte er nicht wissen, wie unangebracht sein Scherz war. »Du lachst. Aber Om ist ein fast vollwertiges Familienmitglied. Lilou deckt für ihn, sie schaut mit ihm ihre Bücher an, er hat sein eigenes Kopfkissen, eine Zahnbürste, und sie hat ihm ihren Hund geschenkt.«

»Sie deckt für ihn?« Simons Lachen erstarb. »Jetzt veräppelst du mich aber.«

»Nein. Das ist mein voller Ernst. Sie behandelt Om, als wäre er real bei uns. Ich muss sogar etwas zu essen auf seinen Teller tun.«

»Beunruhigt dich das nicht?«

Hanna schob die losen Papiere zusammen und richtete die Kanten so exakt übereinander aus, als würde sie dafür einen Bonus bekommen. Sie spürte Simons Blick und ließ den Stapel los.

»Die Ärztin sagt, das würde vorbeigehen. Ich soll Lilou beobachten, und wenn sie sich sonst normal benimmt, dann soll ich mir keine Sorgen machen.«

Simon musterte sie. »Du machst dir aber Sorgen.«

»Sie zieht sich immer mehr zurück. Es gibt nur Om. Er ist nicht nur ihr unsichtbarer Freund, er ist auch ihr einziger. Sie sitzt stundenlang in der Spielecke und baut Puzzles zusammen und brabbelt dabei vor sich hin, als ob sie mit ihm reden würde. Ich habe manchmal das Gefühl, dass ich gar nicht mehr zu ihr durchdringe.«

»Kein Wunder, dass du dich auch so zurückziehst. Das muss furchtbar sein, nach allem, was passiert ist …«

»Wer sagt denn, dass ich mich zurückziehe?«, brauste Hanna auf.

»Britt hatte so was angedeutet.«

»Britt?«

»Sie hat angerufen, wollte dich sprechen, und dabei hat sie erwähnt, dass sie sich Sorgen macht, weil du dich so zurückziehst. Und dass du sie meiden würdest.«

»Ich meide sie nicht.«

»Sie hat gesagt, sie hat mindestens ein Dutzend Mal bei dir vorbeigeschaut, und du hättest sie fast jedes Mal abgewiesen. Sie meint, dass du manchmal einfach nicht öffnest, obwohl sie genau hört, dass du da bist.«

Hanna antwortete nicht. Es stimmte, was Britt sagte. Sie hatte sich zurückgezogen. Vergraben in ihre maßlose Wut und Enttäuschung, in ihre Sorge um Lilou, die sich von Tag zu Tag mehr von ihr zu entfernen schien. Die einzigen Menschen, die sie ansatzweise in ihr Leben gelassen hatte, waren Marten Stein und Linus – und das nur virtuell.

»Meinst du nicht, du solltest langsam aus deinem Schneckenhaus auftauchen? Steve abhaken und mit dem Leben weitermachen?« Simon malte Strichmuster auf das aufgeschlagene Wochenblatt. »Ich will dir nicht zu nahe treten, aber …«

Hanna winkte ab. »Lass mal. Ich weiß, du meinst es gut. Ich brauch einfach noch ein bisschen, okay?«

Er zuckte die Schultern und wandte seine Aufmerksamkeit der Zeitung zu. Mit dem Finger fuhr er eine Spalte entlang und murmelte die Namen mehrerer Restaurants vor sich hin.

»Suchst du was Bestimmtes?«

»Was Besonderes.« Er errötete leicht. »Bezahlbar muss es aber auch sein.«

»Vielleicht das Red? Hab ich letzte Woche einen Bericht drüber gelesen. Probier es doch mal aus.«

Der Lärm, der durch die geschlossene Tür drang, war infernalisch. Hanna fragte sich, wie die Betreuerinnen das den ganzen Tag aushielten. Sie hoffte, dass Lilou heute nicht unbeteiligt in der Ecke sitzen würde, sondern in dem Tumult mitmischte und das fröhliche Quieken aus ihrem Mund stammte. Doch sie wusste, dass diese Hoffnung nicht realistisch war, sonst hätte die Betreuerin sie nicht angerufen und um ein Gespräch gebeten. Sie spähte durch das Türfenster und entdeckte Lilou, allein in der Ecke an einem der kleinen Tische. Vor ihr zwei Tassen und eine Teekanne aus der Puppenküche, der Plüschwal auf ihrem Schoß. Sie hob die Kanne und schenkte erst in die eine und dann in die andere Tasse imaginären Tee ein, dann nahm sie ihre Tasse und tat so, als würde sie trinken, bevor sie beide Tassen wieder füllte und dabei mehrmals mit dem Kopf nickte, um ihrem unsichtbaren Gesprächspartner zuzustimmen.

Hanna öffnete die Tür und trat ein.

»Guten Tag, Frau Warrington.« Als habe sie schon auf sie gewartet, stand die Betreuerin sofort neben ihr. Ihr Gesicht war ernst. »Lassen Sie uns nach nebenan gehen.«

Hanna versuchte das lähmende Gefühl abzuschütteln, das sie seit dem Telefonanruf begleitete, und folgte der Frau in den Besprechungsraum. Die Betreuerin deutete auf einen der Stühle, die um einen runden Tisch arrangiert waren. »Bitte.«

Hanna setzte sich und faltete ihre Hände im Schoß. Die Frau nahm gegenüber Platz.

»Nicht dass Sie mich falsch verstehen, Lilou ist ein bezauberndes Kind. Aber so kann das nicht weitergehen.«

»Ist denn etwas passiert?« Hanna wusste, dass nichts passiert war. Lilou war so ruhig. So brav. So friedlich. Sie gehörte nicht zu den Kindern, die die Gruppe mit ihrem unkontrollierbaren Verhalten aufmischten. Aber sie wusste auch, dass Lilou sich nicht benahm wie die anderen Kinder. Sie beobachtete es immer wieder am Spielplatz, und sie redete es sich jedes Mal schön. Kinder entwickeln sich eben unterschiedlich. Und verglichen mit den Absonderlichkeiten, die andere Mütter von ihren Kindern erzählten, schienen Lilous Eigenheiten ganz erträglich zu sein. Aber tief in ihrem Inneren wusste sie, dass etwas nicht stimmte.

»Im Gegenteil. Wir kriegen sie einfach nicht dazu, bei irgendetwas mitzumachen. Sie verweigert alle gemeinsamen Spiele und Aktivitäten mit Ausnahme des Singens. Das ist wirklich auffällig.«

»Wird sie nicht akzeptiert?«

»Dazu gibt sie den anderen gar keine Chance. Es ist, als ob die anderen Kinder sie einfach nicht interessieren. Verstehen Sie mich nicht falsch. Lilou ist nicht unglücklich, wenn sie sich in ihre Ecke zurückzieht. Wir würden das merken. Nein, sie wirkt zufrieden. Aber sie müsste eben schon einen Schritt weiter in die Gruppe gemacht haben.«

»Wir haben eine schwere Zeit hinter uns«, sagte Hanna. »Lilous Vater ist … fort … und ich … ich konnte das nicht ausgleichen.« Hanna verstummte. Wenn sie an die letzten Monate zurückdachte, sah sie nur grau in grau. Sie hatte funktioniert. Mehr nicht. Sie hatte dafür gesorgt, dass der Laden weiterlief. Sie hatte sich um Lilou gekümmert, und sie hatte versucht, mit ihrer Wut zurande zu kommen. Auf dem neuen Laufband in ihrem Schlafzimmer. Jeden Abend, nachdem sie Lilou zu Bett gebracht hatte. Stunde um Stunde, bis zur totalen Erschöpfung.

»Tja, also eine Scheidung ist natürlich traumatisch, aber … Nein, also so kenne ich das nicht. Diese Obsession mit dem Sandkasten«, fuhr die Betreuerin fort. »Sobald wir im Garten sind, rennt sie dahin und beginnt alles zu vergraben, was sie finden kann. Ganz ehrlich, das wirkt beinahe wie ein Zwang. Ich rate Ihnen dringend, Lilou von einem Psychologen ansehen zu lassen.«

»Einem Psychologen?«, fragte Hanna nach. »Ist sie dafür nicht noch viel zu klein?«

»Nein, es gibt spezielle Kinderpsychologen. Und dann«, die Erzieherin schüttelte sich, bevor sie weitersprechen konnte, »und dann ist da noch die Sache mit den Spinnen. Das macht den anderen Kindern Angst. Sie haben jetzt schon Spitznamen für Lilou, weil sie das so grauslig finden.«

Hannas Körper versteifte sich. Spinnen. Verdammte Spinnen. Überall diese verdammten Spinnen. In ihrem Traum, doch nicht nur dort, auch in der Wohnung waren noch nie so viele Spinnen gewesen wie in den letzten Monaten. »Was ist mit den Spinnen?«

»Lilou sammelt sie.«

»Sie sammelt sie?« Hanna starrte die Betreuerin bestürzt an.

Die Frau verzog ihre Lippen, sodass die Mundwinkel nach unten zeigten und das Kinn sich in Falten legte. Deutlicher hätte sie ihren Ekel mit Worten nicht ausdrücken können.

»Sie sammelt sie und legt sie dann in eine der Spielzeugkisten.« Die Betreuerin schüttelte sich. »Was meinen Sie, wie die anderen Kinder sich grausen…«

36

Hanna zündete die Kerze in dem Stövchen an und stellte die neue Glaskanne darauf ab. Die Worte der Erzieherin gingen ihr nicht mehr aus dem Kopf. *Die Kinder grausen sich … Lilou sammelt Spinnen … verweigert die gemeinsamen Aktivitäten …* Es war schlimmer, als sie befürchtet hatte. Solange nur sie selbst sich Gedanken über Lilou gemacht hatte, war es relativ einfach gewesen, sich einzureden, dass Lilou sich Om geholt hatte, weil sie zu sehr mit sich selbst beschäftigt gewesen war. Dass Lilous Obsession mit Om nur eine vorübergehende Phase sein würde, wie die Ärztin ihr versichert hatte. Doch jetzt hatte sie die Bestätigung von außen. Von einer Person, die Lilou jeden Tag erlebte und die einen direkten Vergleich zu anderen Kindern hatte. Es machte ihr Angst. Große Angst.

Gut, dass Britt sie überredet hatte, mit ihr noch eine Tasse Tee zu trinken. Sie fühlte sich jetzt schon besser, nur weil Britt im Wohnzimmer saß und der Tee, den sie mitgebracht hatte, angenehm nach Jasmin duftete.

»Weißt du, dass wir uns in den letzten drei Monaten nur fünfmal gesehen haben?« Britt klang vorwurfsvoll.

»Tut mir leid. Ich hatte wenig Zeit.«

»Du bist mir aus dem Weg gegangen.«

Hanna wollte protestieren, doch Britt sprach weiter: »Du willst nicht über Steve reden. Und über das, was in England vorgefallen ist.«

Hanna rang sich ein gequältes Lächeln ab. »Hast du nicht selbst gesagt, Vergangenes soll man ruhen lassen?«

»Es ist aber nicht vergangen, wenn es dich am Leben hindert.« Britt zog ihre Beine hoch und legte sie über die breite Armlehne des neuen Sessels. »Nimm nur deinen Wahn, alles rauszuschmeißen, was dich an Steve erinnert. Ich meine, ich freu mich zwar, dass du mir seinen Sessel und die Küchenmöbel geschenkt hast, aber das ist doch echt übertrieben.«

Hanna schnappte sich ein Kissen und presste es vor ihren Bauch. Kein anderes Möbelstück war so mit Erinnerungen an Steve besetzt gewesen wie dieser Sessel, auf dem mit größter Wahrscheinlichkeit Lilou gezeugt worden war. Sie hatte seinen Anblick nicht mehr ertragen.

»Willst du mir nicht doch erzählen, was in England vorgefallen ist?« Britt führte die Tasse zum Mund und stellte sie hastig wieder ab, ohne davon zu trinken. »Autsch. Heiß. Erst verschwindest du wortlos, dann kommst du zurück, schmeißt Steves Sachen aus der Wohnung und sagst, du willst seinen Namen nie wieder hören. Da muss doch was voll Krasses abgegangen sein …«

»Ich habe nicht alles weggeschmissen«, widersprach Hanna. »Ich habe umgeräumt. Es liegt noch ein ganzer Koffer voll mit Zeug von Steve unter dem Bett. Falls Lilou mal was davon haben will, immerhin ist er ihr Vater.«

Sie wollte nicht über Steve reden. Sie war noch nicht so weit. Der Einzige, mit dem sie sich in den letzten Monaten über Steve ausgetauscht hatte, war Linus gewesen. Steves Tagebuch verband sie auf seltsame Weise. Er wusste Dinge über Steve, die sonst niemand wusste, den sie kannte. Und sie wusste diese Dinge jetzt auch. Und genau das machte es ihr so schwer, über ihn zu reden. Wie sollten Britt oder Simon oder Marten sie verstehen, wenn sie nur einen Teil der Geschichte kannten? Sie müsste ihnen das Tagebuch zu lesen geben, und dazu war sie nicht bereit. Einerseits war es der Beweis, wie Steve sie ausgekundschaftet und getäuscht hatte, wie er von dem Erbe ihrer Großmutter erfahren und die Besitzverhältnisse ihrer Eltern erkundet hatte. Andererseits eine Liebeserklärung an Rose, die Frau, für die er sich geändert und ein neues Leben angefangen hatte.

Heute habe ich meine Rose Janusch vorgestellt. Ich war aufgeregt wie ein Erstklässler, ich weiß gar nicht, warum. Ich hätte mir gleich denken können, dass die beiden sich auf Anhieb verstehen. Jedenfalls hat der Janusch Rose gesagt, dass sie sich einen duften Typen ausgesucht hat. Einen duften Typen! Wenn das jemand anders gesagt hätte, hätt ich mich weggeschmissen vor Lachen. Aber als Janusch das gesagt hat, wusste ich gar nicht, was ich antworten sollte. Dufter Typ. Das heißt verdammt viel, wenn der Janusch das sagt. Und da hab ich gemerkt, dass ein Lehrer noch nie so was über mich gesagt hat, und dass es mir verdammt viel bedeutet, dass ausgerechnet der Janusch so über mich denkt. Jedenfalls hat Rose ihm gleich zugestimmt, dass ich meinen Meister machen soll, und dann haben die auf mich eingeredet wie auf einen kranken Gaul. Ich weiß nicht, ob das was ist für mich. Wieder Prüfungen und lernen, ich hab die Ausbildung durchgezogen, das reicht. Jedenfalls sind wir dann zu mir und haben den neuen Sessel eingeweiht. Ein richtig guter Tag.

Das verdammte Tagebuch.

Was würde Britt denken, wenn sie erfuhr, dass Steve und Rose Sex am liebsten auf dem Sessel praktiziert hatten, der jetzt in ihrem Wohnzimmer stand? Dass selbst der Küchentisch ein begehrter Ort gewesen war für die beiden, um ihre Liebe zu zelebrieren? Er hatte seine Rose mit in ihre Ehe gebracht, in Form eines Sessels und eines Tischs.

»Es würde dir guttun, darüber zu sprechen. Glaub mir, etwas in sich hineinzufressen hat noch niemandem geholfen.«

Hanna seufzte. »Na gut. Steve hat mich benutzt. Er war

nur hinter dem Geld her. Manchmal wünschte ich, meine Oma hätte meinen Vater nicht enterbt. Dann wäre ich nicht die Nächste in der Erbfolge.«

»Hatte sie Streit mit deinen Eltern?«

»Die haben sie ins Heim abgeschoben. Ich nehme das meinen Eltern heute noch übel. Oma Wilmi war ... war besonders. Deshalb bin ich auch nach Aachen gezogen.«

»Wann ist deine Oma denn gestorben?«

»Vor siebzehn Jahren.« Hanna lachte, als sie Britts verwirrten Gesichtsausdruck bemerkte. »Sie hat mir immer von Aachen vorgeschwärmt. Sie ist hier aufgewachsen. Sie hat mir so viele Geschichten über den Dom und die Brunnen und die Quellen erzählt, dass es für mich keine Frage war, wo ich hinsollte, nachdem ich beschlossen hatte, von Kiel wegzuziehen. Irgendwie dachte ich wohl, ich würde ihr näher sein, wenn ich in ihrem Haus wohne.«

»Das ist dein Haus?«

»Noch nicht. Aber bald. Im Testament meiner Oma ist festgelegt, dass ich mein Erbe erst nach Vollendung meines dreißigsten Lebensjahres antreten darf. Sie hatte wohl gehofft, dass ich bis dahin vernünftig genug bin, um damit umgehen zu können.«

Hanna nahm ihre Tasse und trank den Tee in kleinen Schlucken. Er schmeckte süß und doch leicht bitter.

»Und das mit Steve weißt du woher?«

»Ein Freund von ihm hat es mir erzählt.« Hanna hielt inne und überlegte, wie Linus zu Steve gestanden haben mochte. »Aber eigentlich kann es kein Freund sein, wenn er Steve bei mir anschwärzt.«

»Zumindest nicht die Art Freund, die ich gern hätte«, antwortete Britt.

»Jedenfalls hat Steve geplant, mich auszunehmen wie eine Weihnachtsgans. Und geliebt hat er nur diese Rose.«

»Rose!« rief Britt aus. »Die Frau mit dem Skarabäus! Weißt du mehr über sie?«

Hanna schüttelte den Kopf. »Nein. Aber wenn er gemeinsam mit ihr darauf wartet, dass ich endlich mein Erbe antreten und er kassieren kann, dann hat er sich getäuscht. Ich habe mein Testament geändert. Er wird leer ausgehen. Selbst wenn er plötzlich auftauchen würde, er dürfte nicht einmal Lilous Erbe verwalten. Ich habe das klar geregelt und einen Treuhänder eingesetzt.« Sie schleuderte das Kissen von sich.

»Du Ärmste. Hast du deine Wohnung deshalb in einen Hochsicherheitstrakt verwandelt?«

»Steve ist Schlossknacker, schon vergessen?«

»Hast du denn Angst, dass er dir was antun würde?«

Hanna zögerte. Hatte sie Angst vor Steve? Eigentlich nicht. Nicht, solange sie noch nicht dreißig war. Einmal hatte sie darüber nachgedacht, ob der Steinschlag nicht doch ein Anschlag auf sie gewesen war und Steve etwas damit zu tun gehabt haben könnte, aber es machte einfach keinen Sinn. Steve wusste, dass das gesamte Erbe in eine Stiftung floss, wenn sie vor ihrem dreißigsten Geburtstag starb. Seit ihrer Rückkehr war niemand mehr in die Wohnung eingedrungen, und die Dinge lagen wieder wie gewohnt an ihrem Ort. Je öfter Hanna darüber nachdachte, was Steve damals in der Wohnung gesucht haben mochte, desto mehr kam sie zu der Überzeugung, dass Rob gelogen haben musste.

Britt griff nach Lilous Plüschwal, der neben ihr auf dem Sofa lag. »Hast du gesehen, dass hier die Naht aufgeht?«

Hanna nickte. »Deswegen liegt er hier, ich wollte ihn nachher noch nähen. Mary hat ihn Lilou in Combe Martin gekauft.«

»Wirklich?« Britt drehte und wendete den Wal erstaunt in ihren Händen. »Der ist ganz schön ramponiert dafür, dass der grad mal drei Monate alt ist.«

»Der ist auch überall dabei. Krippe, Einkaufen, Spielplatz, Bett.« Hanna seufzte. »Immer nur *iss.*«

»Iss?«

»Fisch. Für Lilou ist der Wal ein Fisch. Wie die Fische in ihren Bilderbüchern oder in den Brunnen. Und *Lou iss* ist wahrscheinlich die häufigste Wortkombination, die sie zurzeit spricht. Dicht gefolgt von *Om nocheina*, wenn ich Om auch was auf den Teller legen soll, und *Mama weg*, wenn sie mich wegschickt.«

»Sie schickt dich weg?« Britt quetschte den Wal, bis die kaputte Naht sich zu einem Oval öffnete. »Das ist aber ungewöhnlich, seit wann schicken so kleine Mupfel ihre Mama denn weg?«

Hanna stöhnte. Wieder jemand, der Lilous Verhalten ungewöhnlich nannte. »Das macht sie nur, wenn ich sie beim Spielen störe.«

»Ich dachte, dass kleine Kinder in der Nähe der Mutter spielen wollen.« Britt schüttelte nachdenklich den Kopf. »Ist sie denn schon immer so?«

»Nein, aber was heißt das schon?« Hanna hob die Arme und drehte die Handflächen nach oben. »Die verändern sich in dem Alter am laufenden Band, woher soll ich wissen, wann was normal ist und wann nicht?«

»Also, das ist nicht normal.« Britt schüttelte vehement den Kopf. »Und das weißt du auch. Nicht bei einer Eineinhalbjährigen. Die schickt dich vielleicht mal weg, damit sie in Ruhe den Mülleimer ausräumen kann oder sonst was, was du ihr nicht erlaubst, aber warum soll sie dich nicht dabeihaben wollen, wenn sie spielt?«

»Ich denke, das hat was mit ihrem Om zu tun. Vielleicht ist das ihre Art, mit dem Verlust von Steve umzugehen. Und ich war die letzten Monate auch nicht richtig für sie da. Aber irgendwie wird das immer übermächtiger, als ob diese Fantasiefigur sie in ein Parallelleben entführt, in dem nicht einmal ich Platz habe.«

Hanna presste die Finger an ihre Schläfen, um die Bilder auszusperren, doch sie waren stärker und so real, als würde sie die Szene wieder erleben.

Püppchen? Wo bist du?

Das Kichern kommt aus der Ecke neben der Wickelkommode. Es hat nichts Kindliches. Es klingt gemein. Hämisch.

Lilou hockt vor dem zwanzig Zentimeter breiten Spalt zwischen Wickelkommode und Wand, mit einer Hand umklammert sie den Schwanz des Wals, die andere Hand ist zur Faust geschlossen.

Sie dreht den Kopf zu mir, langsam, als koste es sie Überwindung. Mein Lächeln gefriert. Ihre blauen Augen durchbohren mich wie ein Eiszapfen. Du störst, sagen sie.

Hilfst du mir beim Kochen?

Sie wendet den Kopf ab, so langsam, als hätte jemand auf Zeitlupe gestellt.

Mama weg.

Sie sieht mich nicht einmal an, als sie mich wegschickt. Ich fühle mich wie ein Eindringling. Denke an Steve. Sie wird ihm immer ähnlicher. Es sind Kleinigkeiten. Gesten. Blicke. Wie sie die Gabel hält. Wie sie läuft. Das Schnalzen.

Sie beginnt zu brabbeln, ignoriert mich. Ich stehe neben ihr, möchte sie schütteln, sie anschreien, sie dazu bringen, sie selbst zu sein, wieder meine süße, fröhliche Tochter zu werden.

Schließlich mache ich auf dem Absatz kehrt und gehe zur Küche zurück. Im Flur höre ich ihr Kichern und spüre die Gänsehaut, die über meinen Rücken läuft.

»Hanna? Hörst du mir zu? Du bist echt nicht ganz da heute.«

»Entschuldige. Was hast du gesagt?«

»Und du meinst, das ist so schlimm?«

»In der Krippe haben sie mich auch darauf angesprochen«, fuhr Hanna fort. »Ich werde einen Termin bei einem Kinderpsychologen ausmachen. Bei dem Kinderarzt habe ich gerade erst die Nachsorge machen lassen, der fand alles völlig normal.«

»Hast du Lilou mal auf ihren Om angesprochen?«, fragte Britt. Ihre Hände lagen noch immer um den Wal und drückten ihn in der Mitte so fest zusammen, dass die Augen anstatt nach vorne nach oben schauten.

»Nein. Ich glaube auch nicht, dass ich eine sinnvolle Antwort bekommen würde. Sie kann zwar inzwischen einige Worte sprechen, und wenn ich auf dich zeigen und fragen würde, wer das ist, würde sie sicher *itt* antworten und bei dem Walfisch, da würde sie *iss* sagen, aber das ist eben auch real. Wenn ich frage, wer ist denn dein unsichtbarer Freund Om, dann wird sie mir das nicht erklären können.«

Britt schwieg, während sie mechanisch das Plüschtier knetete. Das lange Schweigen beunruhigte Hanna. Sie hatte eine Flut an Ratschlägen und Erfahrungsberichten aus zweiter Hand erwartet. Einen Tipp aus einem ihrer esoterischen Ratgeber, um Lilou von ihrem seltsamen Spielgefährten zu lösen.

Noch immer schwieg Britt. Ihre Finger kneteten weiter den Bauch des Wals. Hanna bemerkte, dass die Füllung aus der offenen Naht hervorschaute, und wunderte sich über Farbe und Beschaffenheit. Sie war sich sicher, der Füllstoff hatte weiß durchgeschimmert, als sie den Wal vorhin ins Wohnzimmer getragen hatte. Jetzt war er braun und bewegte sich. Hanna kniff kurz die Augen zu. Als sie sie wieder öffnete, quoll noch immer brauner, fransiger Füllstoff aus der Naht. Sie beugte sich näher zu Britt und sprang dann mit einem Schrei vom Sofa.

»Britt! Der Wal!«

Britt schrak hoch, starrte auf das Plüschtier. Spinnen krochen aus dem Walbauch auf ihre Hand. Mit einem gellenden Schrei schleuderte sie ihn von sich. Er landete auf der anderen Seite des Couchtischs, die offene Naht nach oben, und Hanna beobachtete entsetzt, wie immer mehr Spinnen aus dem Bauch des Stofftiers krabbelten, in blitzartiger Geschwindigkeit über den Boden flohen und hinter dem Bücherregal verschwanden.

Hanna ging neben dem Wal in die Hocke. *Sie sammelt Spinnen.* Das hatte die Betreuerin also gemeint. Sie würgte, als sie an die Spinnenprozession dachte, die vorhin das Plüschtier verlassen hatte. Mit spitzen Fingern hob Hanna es vom Boden hoch und schüttelte es. Weißes Füllmaterial fiel heraus. Hanna überwand ihren Ekel und stopfte es wieder in den Walbauch zurück. Es war fest und kratzig und ließ keine Hohlräume erkennen, in denen Lilou die Spinnen hätte verstecken können. Hanna untersuchte den Wal genauer. Das Füllmaterial veränderte seine Form kaum, wenn sie darauf drückte. Es stopfte den Wal völlig aus. Wo waren all die Spinnen hergekommen? Wie hatte Lilou sie dort hineingequetscht, ohne sie zu töten? Sie überlegte, ob sie das Tier ganz zerlegen oder gleich wegwerfen sollte, wie Britt voller Panik geschrien hatte, bevor sie aus der Wohnung gestürmt war. Aber das konnte sie nicht tun, der Wal war Lilous Ein und Alles. Sie musste ihn zunähen. Heute noch, damit Lilou ihn in der Früh wie jeden Tag in Empfang nehmen konnte. Sie stand auf und trug das Stofftier so vorsichtig zum Sofa zurück, als hielte sie eine Bombe in der Hand.

Donnerstag, 22. September

37

Es war das erste Mal, dass Hanna den Friseursalon betrat, in dem Britt arbeitete. Er war hell und luftig, die marmorierten Wände glänzten seidig. In den Boden eingelassene, beleuchtete Wasserläufe führten sternförmig von der Mitte des Ladens zu übergroßen Frisierstühlen, deren dicke Polster zum sofortigen Hinsetzen einluden. Hanna ging zu der ovalen Theke in der Mitte des Raums, an der eine rothaarige Schönheit Nagellackfläschchen in einen Karton räumte.

»Entschuldigen Sie, ich suche Britt.«

Die Rothaarige lächelte sie freundlich an und legte ihren manikürten Zeigefinger auf den Terminkalender.

»Sie haben einen Termin?«

»Nein.«

Die Frau schüttelte bedauernd den Kopf. »Da kann ich leider nichts machen. Britt macht gerade Pause, und danach ist sie den ganzen Nachmittag ausgebucht.« Sie blätterte durch das Buch. »Darf ich Sie für nächste Woche eintragen?«

Ungeduldig drückte Lilou sich von ihr weg. Hanna stellte sie auf den Boden. Sofort setzte Lilou sich in Bewegung, steuerte zielstrebig auf einen der Frisierstühle zu und stellte sich vor das mobile Regal, auf dem die verschiedenen Utensilien zum Haareschneiden und -stylen untergebracht waren.

»Danke nein«, sagte Hanna und lief Lilou hinterher, die bereits fasziniert mit einem Beutelchen spielte, das an einem Lederband von dem Friseurwagen baumelte.

Hanna versuchte es ihr wegzunehmen, doch Lilou wehrte sich.

»Mein!«

»Hanna! Das ist aber eine Überraschung!« Britt stand wie aus dem Nichts vor ihr und küsste sie auf die Wangen. Dann ging sie neben Lilou in die Hocke. »Na, mein Schätzchen, kommst du Tante Britt besuchen?«

Lilou griff sofort wieder nach dem Säckchen. Britt löste das Lederband von dem Wagen, damit Lilou es ganz an sich nehmen konnte. »Das ist mein Talisman. Möchtest du damit spielen?«

Lilou drückte das Säckchen an sich und schnalzte mit der Zunge. Hanna zuckte zusammen. Sie würde sich nie daran gewöhnen. Wie Steve. Genau der gleiche Ton. Als stünde er neben ihr.

»Sie schnalzt mit der Zunge? Ist sie dafür nicht noch zu klein?«

»Theoretisch ja. Aber der Arzt sagt, manche Kinder können das bereits in dem Alter..« Hanna strich Lilou über den Kopf. »Ich hatte gehofft, du hättest einen Termin frei. Ich bin so genervt, ich brauche dringend jemanden zum Luftablassen. Und ein Haarschnitt könnte mir auch nicht schaden.«

»Ich bin komplett ausgebucht.« Britt schüttelte mit dem gleichen Bedauern den Kopf wie die Rothaarige ein paar Minuten zuvor, und Hanna überlegte, ob man so einen Gesichtsausdruck wohl trainieren konnte.

»Schade, aber es ist sowieso etwas vermessen, einfach in Aachens angesagtesten Salon zu marschieren und zu erwarten, dass man sofort drankommt.« Sie zuckte die Schultern, als wäre es nicht weiter schlimm, und lächelte bemüht. »Vielleicht hast du ja Lust, heute Abend auf ein Glas Wein vorbeizukommen?«

Britts Gesichtsausdruck veränderte sich schlagartig. Hanna

glaubte einen Anflug von Panik darin aufflackern zu sehen. Wahrscheinlich dachte sie an die Spinnen aus dem Walbauch und daran, dass diese Spinnen auch eine Woche später noch in Hannas Wohnung hausten. Sie sah, wie Britts Hand leicht zu zittern begann.

»Weißt du was«, sagte Britt und machte eine einladende Geste zum Frisierstuhl, »ich schiebe dich in meine Mittagspause. Ich habe noch eine gute halbe Stunde und gegessen habe ich schon. Ohne Waschen und Föhnen kriege ich das hin. Was meinst du?«

»Echt?« Hanna nahm Lilou an der Hand und folgte Britt. »Kann ich Lilou auf den Sessel bei den Magazinen setzen? Sie blättert nur, sie zerreißt sie nicht mehr. Damit ist sie locker die halbe Stunde beschäftigt.«

»Klar. Wenn sie das mitmacht.« Britt schleifte einen schwarzen Ledersessel neben den Frisierstuhl, setzte Lilou hinein und legte ihr einen Stapel Magazine auf den Schoß. Sofort grapschte Lilou nach dem obersten und blätterte es durch.

»Was kann ich für dich tun?« Britt stand hinter ihr und sah sie im Spiegel an. »Mut zu Veränderung?«

»Dazu ist es, glaube ich, der falsche Tag. Einfach Spitzen kürzen und in Form bringen, okay?«

Britt legte den Kopf schief. »Schade. Aber wie du meinst.« Sie legte eine Manschette um Hannas Schultern und sprühte ihre Haare ein. Dann zückte sie die Schere, nahm eine Strähne von Hannas blonden Haaren, fuhr mit den Fingern entlang bis zur Spitze und begradigte die ausgefransten Haarenden.

»Was ist los?«, fragte Britt während sie routiniert eine Strähne nach der anderen über Hannas Kopf hob und kürzte.

»Ich war mit Lilou bei diesem Psychologen, und irgendwie habe ich den Eindruck, der hat überhaupt nicht verstanden, worum es ging.« Hanna warf einen Blick auf ihre Tochter, die sich gerade die nächste Zeitschrift von dem Stoß angelte. »Ich habe ihm von Lilous seltsamem Verhalten erzählt, und er hat sie durchgecheckt und dann gemeint, sie sei völlig normal entwickelt und ihre Reaktionen lägen absolut im Normbereich. Alles andere würde sich schon geben. Kinder in dem Alter haben nun mal eine ausufernde Fantasie, hat er gesagt und einfach alles, was ich ihm an Beispielen gebracht habe, beiseitegeschoben.«

»Das ist doch gut«, sagte Britt und machte eine Pause. »Sei doch froh, dass alles so ist, wie es sein soll!«

»Es ist aber nicht, wie es sein soll!« Der Ärger über die Ignoranz des Arztes keimte wieder in ihr auf. Wie er sie angesehen hatte. Als ob sie hysterisch sei. »Du hast letzte Woche doch selbst gesagt, dass Lilous Verhalten nicht normal ist!«

»Ich bin aber kein Psychologe«, entgegnete Britt. »Ich habe nicht einmal Kinder.«

»Die Betreuerinnen in der Krippe waren auch besorgt.«

»Meinst du nicht, ein Kinderpsychologe weiß am besten, wann man einschreiten sollte?« Britt fuhr mit der Hand durch Hannas Haare am Hinterkopf und zerwuschelte sie. Dann warf sie einen prüfenden Blick auf das Ergebnis, nahm einen Kamm und zog die nächste Strähne nach oben.

»Ich glaube, dieser Arzt hat gar nicht verstanden, worum es geht.«

»Ach?« Britt suchte Hannas Blick im Spiegel. »Und worum geht es?«

»Um den Einfluss dieser Fantasiegestalt auf Lilous Verhalten«, antwortete Hanna. »Fantasie und fantasievolles Spiel sind ja schön und gut, aber doch nicht, wenn ein Kind sich deshalb von den anderen abkapselt. In der Krippe ignoriert sie die anderen Kinder und verzieht sich mit Om in die Puppenküche oder sammelt Spinnen. Ich hab mir das jetzt lange genug schöngeredet, weil ich Angst davor habe, etwas zu hören, was ich nicht hören möchte.«

»Ich bin sicher, das gibt sich. Wichtig ist doch, dass Lilou keine autistische Störung oder so etwas hat.«

»Vielleicht hast du recht.« Hanna faltete die Hände vor ihrer Nase. »Wenn es nicht so absurd wäre, dann würde ich sagen, Steve ist dafür verantwortlich.«

»Steve?« Britt hielt abrupt inne. »Hast du was von ihm gehört?«

»Nein. Aber... ich habe ihn wieder gesehen. In England. Wieder so eine Halluzination.« Hanna schauderte. Der Anblick von Steves blutüberströmtem Gesicht erschien vor ihrem inneren Auge, als hätte er sie erst gestern aus dem halbblinden Spiegel in Marys und Georges Cottage angegrinst. »Wenn ich Steve sehe, dann könnte Lilou ihn vielleicht doch auch sehen.«

»Findest du nicht, das klingt etwas... spooky?« Britt hatte ihre Stimme gesenkt.

»Mehr als das! Total gaga, total verrückt!« Hanna seufzte. »Aber irgendwas muss ich ja als Erklärung finden. Ich denke, ich habe diese Halluzinationen immer dann, wenn ich extrem unter Stress stehe. Vielleicht geht es Lilou auch so. Vielleicht übertrage ich meinen Stress auf mein Püppchen, und sie reagiert, indem sie in diese Fantasiewelt zu dem ominösen Freund flüchtet.«

»Hmm. Wäre es denn falsch, wenn sie in diese Welt flüchtet?«

»Natürlich!«, rief Hanna aus. »Sie muss das doch in dieser Welt verarbeiten!«

»Oh nein!« Britt stieß einen leisen Fluch aus. »Jetzt habe ich viel zu viel abgeschnitten! Oh Hanna, das tut mir so leid, das ist mir noch nie passiert!«

Hanna drehte den Kopf und schluckte. Während auf der rechten Seite die blonden Locken wie gewohnt über die Schulter fielen, endeten sie links auf Kinnhöhe. Dann lächelte sie tapfer. »Ist wohl doch an der Zeit, einen neuen Stil auszuprobieren.«

38

Der Verkehr auf der Jülicher Straße war dichter als sonst zu dieser Tageszeit. Es war halb drei vorbei, und Hanna stand schon die dritte Rotphase an derselben Ampel. Mit einem schnellen Griff zum Spiegel nutzte sie die Gelegenheit, um ihre neue Frisur noch einmal zu betrachten. Der asymmetrische Bob stand ihr wirklich gut. Britt hatte eine bislang unentdeckte Seite an ihr zum Vorschein gebracht. Einen neuen Typ hervorgezaubert, der ihr mit jedem Blick in den Spiegel besser gefiel. Sie wirkte weiblicher und trotzdem selbstbewusst, einfach nur durch einen Haarschnitt und etwas Make-up. Britt war wirklich eine Meisterin ihres Fachs. Selbst wenn sie sich absichtlich verschnitten hätte, um sie zu ihrem Glück zu zwingen, wie ihr Kollege augenzwinkernd behauptet hatte, nahm Hanna ihr den unfreiwilligen Stilwechsel nicht übel. Das Ergebnis war perfekt.

Ob Britt wohl je wieder ihre Wohnung betreten würde? Wie ihre Hände gezittert hatten, als sie ihr angeboten hatte, auf ein Glas Wein zu kommen. Hanna schüttelte sich. Der Spinnenaufmarsch war wirklich widerlich gewesen. Wieder beschlich Hanna das unangenehme Gefühl, das sie ergriffen hatte, als die Spinnen aus dem Stofftier hinaus hinter das Regal geflüchtet waren, ein Strom an braunen Gliedmaßen, die sich in einer Schlange auf das Regal zubewegt hatten. Es war so unwirklich gewesen, fast so unwirklich wie ihr altbekannter Albtraum mit den hysterischen Kindern, die vor den Spinnen flohen.

Ein röchelndes Geräusch aus dem Fond riss sie aus ihren

Gedanken. Sie drehte den Kopf. Lilou versuchte Britts Talisman über den Kopf zu ziehen. Das Lederband war verdreht und würgte ihr mit jedem Ruck weiter die Luft ab.

»Lilou! Nicht!« Sie griff nach hinten, entwand Lilou den Beutel und lockerte das Band um ihren Hals. Aus den Augenwinkeln sah sie, wie der Konvoi sich wieder in Gang setzte. Hinter ihr hupte ein Auto. Ohne den Beutel loszulassen, riskierte sie einen Blick nach vorne und begegnete Steves blutunterlaufenen Augen im Rückspiegel. Sie schnappte nach Luft und starrte entsetzt auf Steves Spiegelbild.

Sein Blick war anklagend, das Gesicht schmutzig und blutverkrustet. Er saß neben Lilou und strich mit einer verdreckten, wächsernen Hand über ihr blondes Haar. Wie von Sinnen ließ Hanna den Beutel los, wandte sich um und schlug nach Steve. Aber sie traf ins Leere, und so plötzlich, wie er erschienen war, war er verschwunden.

Unbekümmert bahnte Lilou sich einen Weg durch die vielen Beine um sie herum, während Hanna sich kaum traute, die Augen von dem vom Regen feucht glänzenden Kopfsteinpflaster zu nehmen. Zu sehr befürchtete sie, Steve in einem der Schaufenster der Fußgängerzone zu sehen, schon der Gedanke an sein verunstaltetes Gesicht verursachte ihr Übelkeit.

Was war nur los mit ihr? Was löste diese Halluzinationen aus? Oder war es eine Wahnvorstellung? Warum kamen sie ausgerechnet jetzt wieder? Weil der Arztbesuch sie gestresst hatte? Oder wurde sie langsam verrückt? Bei Oma Wilmi hatten anfangs auch große Abstände zwischen den Anfällen gelegen. Erst waren es mehrere Monate gewesen, dann waren die Abstände kürzer und kürzer geworden, bis ihr verstorbener Mann zu ihrem ständigen Begleiter wurde.

Für einen Moment verschwand Lilou hinter dem Mantel einer älteren Frau. Hanna spürte, wie Panik sie ergriff und überholte die Frau. Lilou steuerte fröhlich auf eine Pfütze in einer Senke des Kopfsteinpflasters zu. Hanna nahm sie an der Hand. Drehte ihren Kopf weg, um nicht in die spiegelnde Wasserfläche der Pfütze sehen zu müssen. Ihre Nerven lagen blank.

Sie erreichten die winzige Gasse zwischen Schmiedstraße und Münsterplatz. Hanna passierte die Gasse und blieb vor dem schweren Portal des Doms stehen. Dort nahm sie Lilou auf den Arm und betrat das Gotteshaus.

Sie verzichtete darauf, sich wie sonst mit Lilou unter die goldene Kuppel zu stellen, und ging direkt zu den Opferkerzen neben der Marienstatue. Dort warf sie einen Euro in die Spendenbox, nahm eine Kerze und zündete sie an. Sie war normalerweise nicht der Typ, der Stoßgebete zum Himmel sandte, doch heute tat sie genau das. Sie bat um Stärke und um Erlösung von ihrer selbstzerstörerischen Wut auf Steve. Sie bat um Gesundheit und eine normale Entwicklung von Lilou. Sie bat um Klarheit und um das Verschwinden von Erscheinungen, Halluzinationen und unsichtbaren Freunden, die Lilou und sie in den Wahnsinn trieben.

Im Gegensatz zur Illusion, bei der ein existenter Sachverhalt manipuliert wird, sieht man bei einer Halluzination physikalisch nicht nachweisbare Objekte oder hört Stimmen, die nicht existieren, ohne dass eine nachweisbare Reizgrundlage vorliegen muss. Dabei kann der Halluzinierende allerdings die Halluzination nicht von der Realität unterscheiden. Bei einer Wahnwahrnehmung hingegen wird eine reale Wahrnehmung mit einer wahnhaften Bedeutung verknüpft. Die häufigsten Ursachen für Halluzinationen sind psychische Störungen, oft ausgelöst durch Entzug oder krankhafte Veränderungen des Gehirns oder auch die Einnahme von …

Hanna scrollte den Text nach unten. Nach dem, was sie

bisher im Internet gefunden hatte, war Steves plötzliches Erscheinen im Spiegel weder eine Illusion noch eine Wahnvorstellung. Auch keine Halluzination. Sie wusste genau, dass das Abbild von Steve im Spiegel nicht real war. Was also dann? *Verrückt.* Sie überflog eine weitere Textpassage.

Bei einer Pseudohalluzination hingegen ist sich der Halluzinierende bewusst, dass es sich um keine reale Wahrnehmung handelt. Auslöser für Pseudohalluzinationen können Übermüdung und Halbschlaf sein.

Das passte. Eine Pseudohalluzination. Sie brach ein Stück Schokolade ab und ließ es auf ihrer Zunge zergehen. Es wäre eine Erklärung. Sie war übermüdet. Zum Einschlafen brauchte sie ewig, trotz der Laufsessions, mit denen sie sich fast jeden Abend auf ihrem Laufband auspowerte. Sie schlief fast keine Nacht durch. Obwohl der Traum sie nicht mehr erschreckte. Sie hatte sich an die kreischenden Kinder und die schwarzen Augen der Spinnen gewöhnt, an ihre haarigen Körper und die schnelle Bewegung ihrer staksigen Beine.

An der unteren Leiste blinkte das Chatfenster auf. Hanna sah auf die Uhr und lächelte.

Marten: Hallo Hanna. Was hat der Kinderpsychologe gesagt?
Hanna: Alles in Ordnung.
Marten: Das freut mich! Feierst du?
Hanna: Ich glaube nicht, dass alles in Ordnung ist.

Das nagende Gefühl, dass mit Lilou etwas nicht stimmte, meldete sich zurück.

Marten: Willst du darüber reden?
Hanna: Weiß nicht. Ich habe Britt vorhin davon erzählt, die denkt jetzt, dass ich gaga bin.
Marten: Gaga unter Freunden ist okay.

Unter Freunden. Marten Stein war tatsächlich ein Freund geworden. Auch wenn sie nur miteinander chatteten. Dies jedoch fast täglich, seitdem sich ihre anfangs zufälligen Treffen im Netz zu einem Ritual entwickelt hatten, ohne das für Hanna ein Tag nicht mehr vollständig war. Sie redeten nie über Steve, als ob Marten instinktiv wusste, dass dieses Thema tabu war.

Hanna: Ist zu kompliziert fürs Chatten.

Marten: Lust auf Kalbsgeschnetzeltes à la Marten?

Hanna: Klingt lecker.

Marten: Samstag? Bei dir? Ich koche – du erzählst.

Hanna klimperte mit den Fingern auf den Tasten, ohne sie anzuschlagen. Seit der Rückkehr aus England hatte sie Marten nicht mehr gesehen. Telefon. Chat. Das bot den sicheren Abstand, den sie zurzeit brauchte. *Schluss damit.*

Hanna: Komm doch um elf Uhr, dann essen wir mit Lilou zu Mittag.

Marten: Ich bring die Zutaten mit.

Hanna kehrte zu den Suchseiten zurück und gab »Unsichtbare Freunde« ein. Eine Seite mit Suchergebnissen erschien. Voller Elan vertiefte sie sich in die Lektüre der Artikel, bis Lilous schrilles Weinen sie herausriss. Sie sprang auf, lief in Lilous Zimmer, knipste das Licht an und hob sie aus dem Bett.

»Psst, Püppchen. Es ist alles gut. Mama ist da.«

Leise summend wiegte sie Lilou im Arm, bis das Schluchzen verstummte und regelmäßige Atemzüge anzeigten, dass Lilou wieder eingeschlafen war. Behutsam beugte sie sich über das Gitterbett und versuchte sie zurückzulegen. Manchmal hatte sie Glück, und Lilou schlief weiter. Doch heute schossen die kleinen Arme hoch und klammerten sich an ihr fest.

»Mami.« Es klang wie ein Klagelaut, so verzweifelt und ängstlich, dass er Hanna durch Mark und Bein ging. Sie richtet sich wieder auf, Lilou fest an sich gepresst.

»Alles ist gut. Mami ist da.«

39

28. März 1991

Luke ist weg. Der Alte hat es vorhin verkündet. Dass sie ihn suchen lassen, hat er gesagt. Und dass keiner von uns auf die Idee kommen soll, es ihm nachzumachen, wenn wir nicht bis ans Ende unserer Zeit hier verschärfte Bedingungen wollen. Und dass wir uns melden sollen, wenn wir wissen, wo er ist. Mich hatte der Alte heute früh in der Mangel. Mann, hatte ich die Hosen voll, als er mit seiner Rute auf mich zukam, ganz langsam, und er hatte diesen Ausdruck in den Augen. Mit der Rute hat er im Takt auf seine Hand geklopft, und bevor ich überhaupt was sagen konnte, hatte ich schon voll eine sitzen. Mann, tat das weh. Und dann gleich noch eine, so als Einstimmung, dass ich ja das Richtige sage. Ich wusste noch nicht einmal, um was es ging. Zum Glück. Obwohl ich enttäuscht bin, dass Luke mir nichts von seinem Plan erzählt hat. Ich muss so überrascht geschaut haben, dass er mir geglaubt hat, dass ich nicht weiß, wo er ist.

Trotzdem. Ich dachte, wir sind Freunde. Luke und ich, echte Freunde, die noch in fünfzig Jahren zusammen ein Bier trinken und über die beschissenen alten Zeiten ablästern. Aber wer weiß schon, ob Luke mich je als Freund gesehen hat? Eigentlich hat für den immer nur er selbst gezählt, halt bis er diese Tusse kennengelernt hat. Woher eigentlich? Louisa heißt sie. Mehr hat er nicht rausgelassen. Mit der ist er sicher ab durch die Mitte. Nur gut, dass außer Steve und mir keiner von Lukes Verwandlung zum Märchenprinzen weiß. Und der Alte kommt eh nicht darauf, dass ausgerechnet Steve was wüsste, der denkt noch immer, dass Luke Steve auf dem Kieker hat.

Irgendwie läuft das gerade nicht gut. Erst gibt Marcus den Löffel ab, jetzt ist Luke weg. Nur ich bin noch übrig von der alten Clique. Eine Ein-Mann-Clique, das ist echt ein Witz.

Der Alte ist voll übel drauf. Ich weiß nicht, ob wegen Luke oder wegen der Zara. Er muss inzwischen gemerkt haben, dass sie fehlt. Ich kann nur hoffen, das Linus die Klappe hält. Aber so wie der mich gestern angesehen hat, hab ich keine Hoffnung, dass der sich an seine Abmachung mit Luke hält, jetzt wo der weg ist. Und Shem ist plötzlich Linus' bester Kumpel. Das riecht nach Ärger. Vor allem, weil Linus nur darauf wartet, mir endlich eine mitzugeben, als Rache für die vielen Male, als Luke und ich ihn zum Flennen gebracht haben. Das ist das Einzige, was man mit ihm machen kann, da kann er nicht zum Alten rennen, der hasst es, wenn Linus flennt, und macht ihn vor allen anderen nieder. Vielleicht sollten Steve und ich auch abhauen. Bevor der Alte rauskriegt, was wirklich passiert ist, und Hackfleisch aus uns macht.

Samstag, 24. September

40

»Wie viele Kartoffeln soll ich schälen?«

Hanna drehte sich vom Herd weg. Marten hielt den Kartoffelsack in die Höhe und ließ ihn hin und her pendeln.

»Zwei für mich, eine für Lilou und so viele für dich, wie du essen kannst.«

»Sieben.« Marten zählte sieben Kartoffeln aus dem Sack und schob ihn über den neuen Küchentisch aus hellem Buchenholz. Dann setzte er den Schäler an. »Du meinst also, dass der Psychologe doch recht hat?«

»Ja. Eigentlich bestätigen fast alle Artikel, die ich gestern gelesen habe, was er gesagt hat. Viele Kinder haben unsichtbare Freunde. Die schaden nicht, sondern helfen ihnen im Gegenteil bei ihrer Entwicklung. Manchmal holt sich ein Kind so einen Freund, weil es ein Trauma zu verarbeiten hat. Dann sollte man einen Therapeuten hinzuziehen. Aber meistens sind die einfach da, so als Spielgefährte oder Tröster oder Aufpasser, und irgendwann sind sie dann weg.«

Hanna wandte sich wieder dem Topf am Herd zu und rührte das Geschnetzelte um. Es roch wirklich lecker. Dann sah sie zu Lilou. Sie saß mit ihrem Wal in dem Hochstuhl und blätterte in der Zeitschrift, die Britt ihr beim Verlassen des Salons geschenkt hatte.

»Es gibt sogar Stimmen, die sagen, Kinder mit einem unsichtbaren Freund würden sich besser entwickeln und wären kreativer«, fuhr sie fort. »Ich weiß gar nicht, warum die Betreuerin so besorgt war. Die müsste das eigentlich doch wissen. Im Internet steht, die Eltern sollen einfach darauf eingehen und den Freund so behandeln, als würde er wirklich existieren.«

»Heißt das, wir decken nachher vier Teller auf?«

»Auf jeden Fall. Om sitzt immer mit am Tisch.«

»Fertig.« Marten stand auf einmal hinter ihr. Sie spürte seine Nähe, spürte die Hitze, die von seinem Körper ausging, und wagte nicht, sich zu bewegen.

»Wohin damit?« Er schwenkte die geschälten Kartoffeln in der Plastikschüssel, als wären es Goldnuggets.

»Töpfe sind in der Schublade da drüben.«

Eifrig zog Marten die Schublade auf, holte einen Topf heraus, füllte ihn mit Wasser und gab die Kartoffeln hinein. *Als ob er hier zu Hause ist,* dachte Hanna und schaltete den Herd ein.

Marten setzte sich zu Lilou. Sie brabbelte munter, klatschte auf seine Hand und zeigte dann auf eines der Bilder in der Illustrierten. Hanna widmete sich wieder den Töpfen. Sollte sie ihm von ihren Pseudohalluzinationen erzählen? Vielleicht wusste er, warum sie immer das gleiche Bild sah. Fast das gleiche. Gestern war Steves Gesicht noch verfallener und schmutziger gewesen. Warum spielte ihr Unterbewusstsein ihr diesen Streich? Die letzten drei Monate war er ihr nicht ein einziges Mal erschienen. Sie hatte mit ihm abgeschlossen.

»Weißt du, was Lilou sich da seit fünfzehn Minuten anschaut?«, flüsterte Marten plötzlich neben ihr.

Ohne überhaupt hinzusehen wusste sie, dass Lilou sich wieder in den Sonderteil über exotische Spinnen vertieft hatte. »Sie liebt Spinnen.«

»Aber das sind Vogelspinnen. Vor denen graut sogar mir. Meinst du nicht, dass ihr die Bilder Albträume bereiten?«

Hanna schüttelte den Kopf. »Ihr nicht. Mir schon.«

Marten setzte sich zurück zu Lilou. Er zeigte auf ein besonders großes, haariges Exemplar. »Weißt du, was das ist?«

Lilou legte ihren Kopf schief, sah Marten an, dann bohrte sie ihren Finger in das Bild und murmelte etwas Unverständliches.

»Eine Spinne«, rief Hanna ihr zu. »Sag Spinne.«

»Pinne.« Lilou lachte und drückte ihren Mund auf das Bild. Hanna verzog das Gesicht. Es ekelte sie, die Bilder nur zu betrachten. Dann zeigte Lilou auf ein anderes Exemplar und redete wieder Kauderwelsch.

Marten deutete nach und nach auf die verschiedenen Abbildungen und hörte ihr aufmerksam zu, zückte schließlich sein Smartphone, ging mit ihr noch mal die Abbildungen durch und nahm Lilous Antworten auf.

»Was machst du da?«, fragte Hanna.

Marten steckte das Smartphone weg. »Ich bin mir nicht sicher, aber ich glaube, sie versucht, die Spinnen bei ihren lateinischen Namen zu nennen.«

Hanna lachte. »Ihren lateinischen Namen? Sie kann nicht mal reden, meinst du nicht, das ist etwas absurd?«

»Absurd?« Marten blätterte die Seite in dem Magazin um und deutete auf die nächste Spinne. »Es ist unglaublich. Aber warst du nicht genau deswegen mit ihr beim Arzt?«

Hanna lauschte.

»Gulaia anniaga.«

Marten hielt seinen Zeigefinger auf das nächste Bild, eine türkis schimmernde Spinne.

»Gulaia eolli«

Die nächste. Eine schwarz und rotbraun gestreifte kräftige Spinne.

»Bachma annta«

»Bachma annta?«, wiederholte Hanna. »Heißen Spinnen nicht irgendwas mit Arachnia?«

»Die Spinne als solche, die Unterarten haben andere Familienbezeichnungen. Ein ehemaliger Mandant von mir hatte zum Beispiel eine Avicularia versicolor, sie war sein ganzer Stolz.« Er blätterte eine Seite vor und studierte die in einem Kästchen zusammengefassten Bezeichnungen. »Da. Diese türkis schimmernde Spinne heißt Avicularia geroldi.«

»Avicularia«, sagte Hanna langsam. Sie blätterte zurück und zeigte wieder auf die türkis schimmernde Spinne. »Weißt du, was das ist?«

Gebannt wartete sie auf Lilous Antwort.

»Gulaia eolli«

»Avicularia geroldi, gulaia eolli…« Hanna setzte sich Lilou gegenüber. »Aber das ist unmöglich! Woher soll sie die lateinischen Begriffe kennen?«

»Ungewöhnlich, aber nicht unmöglich. Sie beweist uns ja, dass es nicht unmöglich ist.«

»Aber…« Hannas Kopf schwirrte. Sie spürte, wie sich die feinen Härchen auf ihren Armen aufstellten.

»Hatte Steve einen besonderen Bezug zu Spinnen? Auf Facebook hast du angegeben, dass er ein Spinnennetz-Tattoo auf der Schulter hat.«

»So wie andere Drachen oder Meerjungfrauen. Er hat sich nie besonders für Spinnen interessiert, auch wenn er grundsätzlich keine getötet hat. Spinnen sind nützliche Tiere, hat er immer gesagt, sie essen die Mücken, die uns nerven.«

Marten wirkte plötzlich sehr nachdenklich.

»Sind dir seit Lilous Atemstillstand andere unerklärliche Dinge aufgefallen? Abgesehen von Lilous Verhaltensänderungen.«

»Ich habe, seit Steve weg ist, immer den gleichen Albtraum. Auch mit Spinnen. Und letzte Woche waren Spinnen in Lilous Walfisch. Ich weiß nicht, wie die dort hineingekommen sind.« Leise fuhr sie fort »Und manchmal sehe ich Steve.«

»In deinem Albtraum?«

»Im Spiegel.« Hannas Stimme war nur noch ein Flüstern. Sie räusperte sich, als sie Martens fragenden Blick bemerkte, und wiederholte lauter: »Ich habe ihn im Spiegel gesehen. Hier in der Wohnung und in England bei Mary und George, als wir uns verabschiedet haben, und in der Scheibe der Passstelle am Flughafen und vorgestern im Rückspiegel im Auto.«

Marten sagte nichts. Er starrte sie nicht ungläubig an, er schüttelte auch nicht den Kopf. Er saß einfach nur da. Hanna hörte das Sprudeln des Kartoffelwassers und stand auf. Sie war froh, einen Grund zu haben, um sich an den Herd stellen zu können. »Ich glaube, es sind Pseudohalluzinationen. Die können einen heimsuchen, wenn man übermüdet ist.«

»Warum hast du mir nicht davon erzählt?«

»Dass ich Steve im Spiegel sehe?« Hanna schabte mit dem Löffel über den Boden des Topfes. »Wozu? Du hättest kaum im Spiegel nach ihm gesucht, oder?«

»Ich hätte dich ernst genommen. Vergiss nicht, Lilou war klinisch tot. Nur ein paar Sekunden, aber weißt du, was das bei einem Menschen auslösen kann? Vielleicht verursacht Lilou deine Albträume. Vielleicht will sie dich vor etwas warnen. Das dürfen wir nicht ignorieren.«

Er stand auf und kam zu ihr an den Herd. Dort nahm er ihr sanft den Löffel aus der Hand und legte ihn zur Seite. Dann löste er ihre andere Hand vom Henkel des Topfes und hielt schließlich beide Hände in den seinen. »Wann begreifst du endlich, dass du mir vertrauen kannst?«

41

Hanna kniete sich in den Sandkasten und reichte Lilou Steine, die sie mit großem Eifer vergrub. Die Nachmittagssonne tauchte mit ihren letzten Strahlen die Blätter der Bäume in ein goldenes Licht.

»Findest du das sinnvoll? Das auch noch zu unterstützen?«, fragte Britt von der Bank aus und zeigte mit ihrem Fuß auf die Steingräber. »Bau ihr doch mit den Steinen eine Pyramide, vielleicht bringt sie das mal auf eine andere Idee.«

»Vielleicht will sie mir mit dem Gebuddel etwas sagen. Ich verstehe es nur nicht.« Hanna reichte Lilou den nächsten Stein.

»Nocheina Om.«

Hanna streckte ihr einen zweiten Stein hin. Lilou nickte, legte ihn neben sich und begann das nächste Loch zu graben.

»Den Unsinn glaubst du doch nicht?« Britts Stimme klang anders als sonst, Hohn schwang in ihr mit. Hanna schaute überrascht zu ihr auf.

»Und was ist mit den Spinnennamen? Ist das auch alles Unsinn?«

»Du bist nervös und überlastet. Manche Menschen sind fest davon überzeugt, dass sie Ufos gesehen haben, bis sich irgendwann herausstellt, dass es ein stinknormaler Satellit oder so was war.« Ihre Stimme klang spöttisch. Hanna stand auf, klopfte sich den Sand von der Hose und setzte sich zu Britt, ohne Lilou auch nur eine Sekunde aus den Augen zu lassen. »Ganz ehrlich, ich weiß nicht, was ich glauben soll. Aber Marten nimmt das ziemlich ernst. Wir haben vorhin versucht, Zusammenhänge herzustellen. Das hat mich dann doch zum Nachdenken gebracht.«

»Was habt ihr denn herausgefunden?« Noch immer schwang ein höhnischer Unterton in Britts Stimme mit.

»Es geht um mehr als nur um eine vorübergehende Verhaltensänderung bei Lilou. Sie beeinflusst auch mich«, erklärte Hanna. »Egal ob Albtraum oder Erscheinung. Lilou ist immer bei mir, wenn es passiert.«

»Wie das denn? Schläft Lilou noch immer in deinem Bett?« Britt presste missbilligend die Lippen aufeinander. »Du weißt genau, dass das nicht gut ist, gerade bei Singlefrauen. Ich hab dir doch den Artikel gegeben. Lilou ist kein Kuschelersatz für einsame Nächte. Wenn das erst mal zur Gewohnheit geworden ist, kriegst du sie nie wieder aus deinem Bett raus.«

»Sie schläft ja nicht mehr von Anfang an bei mir«, verteidigte sich Hanna. »Aber wenn sie aufwacht, hole ich sie zu mir.«

Britt schwieg und polierte mit dem Daumen den Nagel ihres Mittelfingers. Dann streckte sie die Finger, als müsste sie die Hand dehnen, und legte ihren Kopf schief. »Willst du damit sagen, Lilou bereitet dir Albträume?«

»Nein.« Hanna nickte Lilou zu und hob beide Daumen in die Höhe, als sie die nächsten Steingräber fertig hatte. Sie sah ihr zu, wie sie im Sandkasten herumliegende Blätter einsammelte und sorgsam auf die kleinen Sandhügel legte. »Ich habe Albträume, wenn Lilou in meinem Bett liegt. In England hatte ich nur in dem Bed and Breakfast einen Albtraum. Das war das einzige Mal, dass Lilou in meinem Bett geschlafen hatte. Ich werde jetzt bewusst darauf achten. Und morgen gehe ich mit Lilou zu einer Auraleserin. Angeblich kann die feststellen, ob Lilou belastet ist.«

Britt schüttelte verständnislos den Kopf. »Belastet? Was soll das denn bedeuten?«

»Naja, genau kann ich das nicht erklären. Marten meinte, durch ihre Nahtoderfahrung könnte sie mit jemandem Verbindung aufgenommen haben, der bereits tot ist und der sie jetzt beeinflusst.«

Britt zog die Augenbrauen nach oben. »Und das glaubst du?«

Hanna seufzte. »Nein, eigentlich nicht. Das ist ein bisschen, als würde man an Geister glauben und so was, und das tue ich ganz bestimmt nicht.« *Geister sehen. Du weißt, wo das endet.*

»Warum lässt du dich dann darauf ein?«

Hannas Brust wurde eng. »Weil ich nicht weiß, was ich sonst tun soll! Ich habe Angst. Eine richtige Scheißangst. Lilou war fast tot. Sie hat überlebt, und jetzt entwickelt sie sich zum Freak. Und ich kann es mir nicht erklären. Verdammt! Sie kann nicht mal reden, aber kennt die lateinischen Bezeichnungen für irgendwelche exotischen Vogelspinnen. Wie willst du das erklären?«

»Jetzt komm, Hanna, so wie du mir das vorhin erzählt hast, hat sie was gebrabbelt, in das ihr die lateinischen Begriffe hineininterpretiert habt.« Britt ahmte Lilou nach. »Gulli olli.« Sie tippte mit dem Zeigefinger an die Stirn. »Das kann doch alles heißen!«

»Gulaia eolli«, verbessert Hanna sie. »Das ist ziemlich nah an Avicularia geroldi.«

»Sorry, aber du und dieser Marten dreht für mich gerade völlig durch.«

»Vorhin hat sie ein Spinnenbild geküsst.« Ein Kloß setzte sich in Hannas Kehle fest. »Ich habe mich geekelt. Vor meiner eigenen Tochter.«

»Kinder machen die ganze Zeit eklige Sachen«, warf Britt ein. »Ich sage nur Nasenpopel.«

Hanna kniff die Augen fest zusammen und drängte die

Tränen zurück, doch die Enge in ihrer Brust blieb. »Denk mal an die Spinnen in dem Walbauch. Welches Kind sammelt denn Spinnen und versteckt sie in einem Stofftier? Das ist gruselig. Das ist nicht normal. Du bist total ausgetickt an dem Abend.«

»Ich habe eine Spinnenphobie. Mich würde eine einzige Spinne schon zum Schwitzen bringen.«

Hanna beobachtete, wie Lilou immer mehr Blätter auf die Steingrabhügel häufte, bis sie komplett bedeckt waren. War Martens Interpretation von Lilous Verhalten Unsinn?

»Weißt du«, brach Britt das Schweigen, »als ich zu dir gesagt habe, du sollst Lilou mal untersuchen lassen, da habe ich nicht an Gespenster und so Kram gedacht. Ich mache mir Sorgen, ob Lilou aus dem Trauma heraus autistische Züge entwickelt. Ich weiß nicht, ob das sein kann, aber ich glaube, ich hab so was mal gehört.«

»Aber der Kinderpsychologe hat …«

»Der hat dich so geärgert, dass du gleich zu mir gefahren bist, um dich abzuregen. Der hat sich Lilou doch gar nicht richtig angesehen!« Britt streckte ihre Hand nach Hanna aus und legte sie auf ihren Arm. »Geh zu einem anderen Arzt. Hol dir eine zweite Meinung. Ich lese jede Woche mein Horoskop, und manchmal lege ich sogar Tarotkarten. Aber wenn ich krank bin, gehe ich zum Arzt.«

Die Enge in Hannas Brust nahm zu. Autismus. Fixierung auf bestimmte Objekte. Autistische Kinder zogen sich oft in sich selbst zurück und bewiesen häufig phänomenale Fähigkeiten in einem Mikrobereich des Lebens.

»Ja, du hast recht. Ich hole eine weitere Arztmeinung ein.« Sie sah zu Lilou. Geduldig arrangierte sie die Blätter auf den Steingräbern neu. »Und morgen gehe ich zu dieser Auraleserin.«

Britt verzog skeptisch das Gesicht.

»Ich habe mich gestern stundenlang im Internet in die Themen Nahtod und Aura eingelesen. Ich mag meine Schwierigkeiten damit haben, aber es gibt sehr viele Menschen, die sich ernsthaft damit beschäftigen. Auch Wissenschaftler. Das kann ich nicht ignorieren. Das schulde ich meiner Tochter. Ich darf mich vor nichts verschließen, was ihr helfen könnte«, verteidigte sich Hanna. »Außerdem hat Marten Himmel und Hölle in Bewegung gesetzt, um diesen Termin zu bekommen. Die Frau ist auf Monate ausgebucht, und sie nimmt uns morgen nur rein, weil sie eine gute Freundin seiner Mutter ist.«

Britts Blick verfinsterte sich. »Noch so ein Thema. Marten. Ich weiß noch immer nicht, wie ich den einordnen soll. Findest du nicht, dass der ein wenig zu eifrig ist? Der hat doch gar keinen Auftrag mehr. Sei mir nicht böse, aber mir kommt das schon ziemlich seltsam vor. Also, entweder der ist in dich verknallt, oder er hat einen anderen Beweggrund, den er dir verheimlicht.«

Hanna spürte, wie ihr die Röte in die Wangen schoss. »Ich glaube, der mag uns einfach.«

»Mag euch …« Britt lachte laut auf. »Du hast echt nichts dazugelernt. Wenn ich's nicht besser wüsste, würde ich jetzt glatt glauben, dass du dich in ihn verguckt hast.«

»Unsinn.« Hanna stand abrupt auf und ging neben Lilou in die Knie. »Wir müssen die Blätter wieder aus dem Sandkasten nehmen, Püppchen. Komm, ich helfe dir.«

Lilou schüttelte energisch den Kopf und lief zum Gebüsch, um neue Blätter zu holen.

»Hat Marten sich nicht bei dir zuerst gemeldet?«

»Er ist Privatdetektiv. Und ich war eine potenzielle Kundin. Ich finde es legitim, dass er mich angeschrieben hat.«

»Und wenn deine Eltern dahinterstecken? Das hast du doch mal vermutet, oder? Was, wenn sie Steve ausbezahlt haben und Marten jetzt den Auftrag hat, dich zu ihnen zurückzuscheuchen?« Britt stand auf und ging neben Hanna in die Hocke. »Es würde mich nicht im Geringsten wundern, wenn morgen was passiert, das dich näher zu deinen Eltern bringt.« Sie sah sie eindringlich an. »Denk an meine Worte morgen. Sei auf der Hut.«

Sonntag, 25. September

42

Hanna betrachtete sich von allen Seiten im Spiegel. Die Bluse passte perfekt zu ihrer neuen Frisur und der eng geschnittenen Hose. Zehn vor zwei. Um zwei wollte Marten sie abholen. Sie sollte sich beeilen. Martens Blick, als er ihr sagte, dass sie ihm endlich vertrauen sollte, ging ihr nicht mehr aus dem Kopf. War sie dabei, sich in ihn zu verlieben? Sie schob den Gedanken an Marten beiseite und verließ das Schlafzimmer. An der Garderobe nahm sie das Telefon und wählte Simons Nummer. Er meldete sich sofort.

»Hallo, Simon. Du hast vorhin angerufen?«

»Ja. Wie heißt noch mal das Restaurant, das du mir letztens empfohlen hast?«

»Red. Ist es endlich so weit? Ich würde einen Tisch reservieren.«

»Mach ich. Danke.«

»Viel Spaß heute Abend.«

»Werde ich haben. Bis morgen.«

Sie legte auf und lächelte. Wen er wohl beeindrucken wollte?

Es läutete.

Sie öffnete die Wohnungstür, bediente den Summer und hörte, wie unten die Haustür aufging. Zwei Uhr. Marten war auf die Minute pünktlich. Sie ging in Lilous Zimmer und hob sie aus dem Bett.

»Zeit zum Aufstehen!«

Lilou reckte sich, gähnte und klammerte sich dann an Hanna. An der Garderobe zog Hanna ihr Jacke und Schuhe an. »Wir fahren jetzt zu einer ganz besonderen Frau. Du, Mama und Marten.«

Lilou drehte sich zu Hanna und zeigte neben sich.

»Und Om natürlich.«

Marten fuhr zügig die fast leere Landstraße entlang. Die Bäume begannen sich herbstlich zu färben und boten eine prächtige Kulisse. Sie waren bereits kurz vor der niederländischen Grenze, als er die Bundesstraße verließ und die Fahrt auf einer unbefestigten Straße fortsetzte. Hanna saß auf dem Rücksitz neben Lilou und fütterte sie mit einem Sojajoghurt. »Kannst du mir noch mal genau erklären, was diese Frau macht?«

»Ariane liest die Aura eines Menschen.«

»Ja, das hast du gestern gesagt, und ich habe mich auch noch über das Thema informiert, aber ich kann mir trotzdem irgendwie nichts darunter vorstellen.« Hanna führte den nächsten Löffel zu Lilous Mund.

»Nach der Auralehre umgibt jeden Menschen ein Energiefeld. Das wird Aura genannt und besteht genau genommen aus sieben Aurakörpern, die jeweils einen Bereich abdecken. Wenn einer dieser Körper durch eine Fremdenergie gestört ist, wirkt sich das auf den Menschen aus. Ariane liest in Lilous Aura, ob es eine Störung gibt.«

»Und dann?« Hanna runzelte die Stirn. Auralesen. Plötzlich war sie sich nicht mehr sicher, ob es eine gute Idee war, mit Marten zu dieser Frau zu fahren. Was, wenn sie behauptete, dass Lilous Aura gestört war? Musste sie sich dann auf irgendeinen Hokuspokus einlassen? Mit Aspirin war so etwas wohl kaum zu heilen. Britt hatte es auf den Punkt gebracht: *Wenn ich krank bin, gehe ich zum Arzt.*

»Dann gibt sie dir Empfehlungen, wie du diese Störung angehen kannst.« Marten drehte den Kopf kurz nach hinten und warf ihr einen prüfenden Blick zu. »Auraarbeit soll die Selbstheilungskräfte im Körper anregen.«

Er verlangsamte das Tempo und bog dann von der unbefestigten Landstraße in einen schmalen Weg ein. »Es gibt alle möglichen Begriffe dazu. Chakrenarbeit, Lichtarbeit. Man muss sich natürlich darauf einlassen, sonst funktioniert das alles nicht.«

Fremdenergie. Störung. Sie erinnerte sich an eine der Webseiten, die sie studiert hatte. Die Aura war als elektromagnetisches Energiefeld durch Farben dargestellt worden. Leuchtende Farben, grün, gelb, blau, rot, violett, die sich immer wieder veränderten. Die Frau in dem Video hatte zum Schluss angeboten, gestörte Auren durch Übertragung ihrer Energie zu heilen. Hanna konnte sich nicht vorstellen, wie man Energie übertragen wollte. Sie beobachtete, wie Lilou ihren Wal an sich drückte, und nahm Oms Stoffhund aus der Tasche und legte ihn auf Oms Platz.

Lilou nickte zufrieden. »Dake.«

»Bitte schön.« Hanna wandte sich wieder an Marten. »Und du glaubst daran?«, fragte Hanna skeptisch.

Marten zuckte mit den Schultern. »Ich bin in einem Haus groß geworden, in dem Aura und Seelenwanderung alltägliche Begriffe waren. Außerdem versuche ich, offen zu sein für Dinge, die auf den ersten Blick ungewöhnlich erscheinen. Das bringt die Arbeit mit verzweifelten Menschen mit sich. Wobei das mit der Seelenwanderung nicht so ungewöhnlich ist. Nimm den Buddhismus zum Beispiel.« Er tippte an die Gebetskette aus hellbraunen Holzkugeln, die vom Rückspiegel baumelte. »Der endlose Kreislauf von Geburt, Tod und Wiedergeburt. Seelenwanderung ist für Millionen von Menschen etwas ganz Selbstverständliches. Vergiss nicht, Lilou war klinisch tot. Nur ein paar Sekunden, aber sie war tot. Weißt du, was ihre Seele in diesen Sekunden erlebt hat?«

Hanna schwieg. So hatte sie es noch nie betrachtet, bisher hatte sie die aberwitzigen Geschichten über Reinkarnation immer belächelt. Trotzdem sah sie keinen Zusammenhang. Lilou war nicht gestorben und als anderer Mensch wiedergeboren worden. »Du hast sicher schon einmal eine Situation erlebt«, fuhr Marten fort, »in der jemand einen Raum betritt und die Atmosphäre oder Stimmung sich schlagartig verändert. Das macht die Aura eines Menschen aus.«

Hanna lehnte sich wieder zurück. Der Notarzt, der Lilou als Erster versorgt hatte, kam ihr in den Sinn. Kaum hatte er die Wohnung betreten, war Ruhe und Zuversicht eingekehrt, und sie hatte instinktiv gewusst, dass Lilou bei ihm in guten Händen war. Sie musste lernen, offen zu sein für Dinge, die ihr fremd waren. Es war die richtige Entscheidung, zu dieser Ariane zu fahren.

Marten setzte den Blinker und bog in einen Feldweg ab, der so versteckt lag, dass Hanna ihn zunächst überhaupt nicht bemerkt hatte. Er führte an einem Waldstück entlang zu einem rostfarben verputzten Haus. Marten parkte das Auto davor und stieg aus. Das Haus wirkte alt und verfallen, an den Wänden zogen sich Beete entlang, ein wildes Durcheinander an Blumen und Kräutern, von denen Hanna viele noch nie zuvor gesehen hatte. Marten öffnete Hanna die Tür und ging dann zur anderen Seite, um Lilou aus dem Kindersitz zu heben.

In der Haustür erschien eine platinblonde Frau auf der Schwelle. Sie trug ein eng anliegendes Leoprint-Top und lilafarbene Leggings, darüber ein luftiges Cape. Hanna schnappte ihre Tasche und folgte Marten, der mit Lilou auf dem Arm auf die Frau zueilte. Wie immer sie sich Ariane vorgestellt hatte, so nicht.

43

»Na, Junge, du hast dich lange nicht blicken lassen.« Ariane hielt Marten ihre Wangen zum Kuss hin. Dann strich sie Lilou übers Haar, ließ ihre Hand einen Moment auf ihrem Kopf liegen und sagte dann: »Und das ist unser kleiner Schatz, eine Süße bist du, nicht?«

Hanna stieg die drei Stufen zur Haustür nach oben. Ariane reichte ihr die Hand. »Ich bin Ariane, ich darf doch Hanna zu dir sagen?«

Jetzt erst sah Hanna, dass Ariane mindestens Mitte sechzig sein musste, sorgfältig geschminkt, die Wimpern dicht und schwarz von Mascara, die Lippen in einem zarten Pastellton, der sich auf ihren Lidern wiederholte.

»Natürlich, gerne.«

Sie folgten Ariane ins Haus. Der Geruch nach Räucherstäbchen und Vanille katapultierte Hanna für einen kurzen Moment in ihre Jugend zurück.

Ariane ging durch eine gemütliche Wohnküche mit Dutzenden von getrockneten Blumensträußen an den Wänden ins angrenzende Wohnzimmer. Unbehandelte Holzregale bogen sich unter der Last von Hunderten von Büchern. An einer Wand stand ein gestreiftes Sofa, ihm gegenüber ein Sessel mit dem gleichen Bezug auf einem dicken Berberteppich. Etwas weiter weg, direkt vor der Terrassentür, befand sich eine kleine Sitzgruppe aus drei Korbsesseln.

Ariane bat Hanna und Marten, auf dem Sofa Platz zu nehmen, und setzte sich dann auf den Sessel gegenüber. Hanna nahm Lilou zu sich auf den Schoß.

»Es ist gut, dass ihr gekommen seid.« Arianes Augen wanderten zu Lilou, und sie verbesserte sich. »Es ist höchste Zeit, dass ihr gekommen seid.«

Hanna runzelte die Stirn.

»Marten hat mir von deinem Mann erzählt. Das muss sehr schlimm für dich sein. Und für Lilou auch. Ihr Papa fehlt ihr. Willst du mir erzählen, was dir Sorgen macht?«

»Sie verbringt ihre ganze Zeit mit ihrem unsichtbaren Freund Om«, sagte Hanna. »Und mit Spinnen. Sie kennt sogar ihre lateinischen Namen.«

Ariane legte ihren Kopf schief.

»Sie wacht oft auf«, fuhr Hanna fort. »Ich weiß, dass andere Kinder in dem Alter auch einen unruhigen Schlaf haben, aber ich glaube, sie hat Albträume. Wenn ich sie aus ihrem Bett hole, klammert sie sich an mich und schläft nur weiter, wenn ich sie mit in mein Bett nehme.«

Ariane nickte, als hätte sie diese Antwort erwartet.

»Setz Lilou bitte auf den Teppich. Am besten gehst du mit Marten zu den Korbsesseln dort drüben, damit ich mich auf das Kind konzentrieren kann.«

Ariane zog einen Korb mit Stofftieren heran, kniete sich vor Lilou und hielt ihr einen Fisch hin.

»Gefällt dir der?«

Lilou griff danach, sagte »Om iss«, lief zu der Tasche, die Hanna neben dem Sofa abgestellt hatte, und zog ihren Wal hervor. Mit beiden Stofftieren im Arm kehrte sie zu Ariane und dem Korb zurück und hockte sich davor.

Ariane schloss die Augen und winkelte die Arme an. Ihre nach oben geöffneten Handflächen waren auf der Höhe ihrer Brust. Hanna beobachtete die Szene gespannt. Lilou legte die Stofftiere neben sich auf den Teppich und untersuchte den Inhalt des Korbes, während Ariane völlig still saß. Keiner sprach ein Wort. Selbst Lilou verzichtete auf ihr übliches Gebrabbel.

Ariane begann, sich langsam vor und zurück zu wiegen. Ab und zu stieß sie einen seltsamen Ton aus, der Lilou jedoch in keiner Weise zu irritieren schien. Endlich öffnete Ariane die Augen und begann zu hecheln wie ein Hund.

Hanna zog ihre Augenbrauen zusammen. Arianes Auftritt wirkte auf sie wie eine Schmierenkomödie.

»Das ist nicht gut. Es ist schlimmer, als ich befürchtet habe.«

Ariane winkte Hanna und Marten zu sich.

»Lilous Aura ist völlig überlagert«, sagte sie, und ihre Stimme vibrierte theatralisch. »Das ist wie ein gläserner Sarg um sie herum. Man kann sie zwar sehen, aber man kommt nicht an sie heran. Und ich glaube, dass diese Fremdeinflüsse noch stärker werden. Immer stärker.«

»Sarg?«, wiederholte Hanna zweifelnd.

»Bildlich gesprochen, bildlich!« Ariane presste ihre Fäuste an ihre Brust. »Das sind die Bilder, die zu mir kommen, wenn ich mich auf Lilous Aura einlasse. Ganz starke Bilder! Da hängt ein, nein, zwei fremde Einflüsse hängen an Lilous Aura. Die vergiften sie und halten diesen Glassarg fest verschlossen. Das ist wie … wie zwei Gestalten, die nicht loslassen.«

Gestalten? Gläserner Sarg? Hanna verschränkte die Arme vor der Brust. Sie hätte nicht hierherkommen sollen. Was faselte diese Frau nur?

»Starke Einflüsse. Ganz furchtbar.« Ariane legte ihre rechte Hand aufs Herz. »Du musst wissen, dass Lilous Aura sich nicht richtig entfalten kann, wenn fremde Einflüsse sie blockieren. Ihr Auftreten, ihr Verhalten, sogar ihre Gesundheit kann leiden. Ihr Zustand müsste eigentlich noch viel schlimmer sein. Was für ein außergewöhnliches Kind. Eine tapfere Seele.«

Hanna presste die Arme fester an ihren Brustkorb. Sie verstand nicht, worauf Ariane hinauswollte. *Was für Einflüsse?* Der ganze Auftritt wirkte gespielt, als ob Ariane ihr mit diesem Theater Angst machen wollte.

»Und was versteht man unter Fremdeinfluss?«, fragte Hanna bemüht neutral.

»Zum Beispiel, wenn eine andere Seele deine Aura belastet. Oder eine Forderung an dich gestellt wird, die innerhalb der Familie systemisch weitergereicht wird.« Ariane schloss wieder die Augen und streckte die Arme mit geöffneten Handflächen nach vorne zu Lilou. Wieder vergingen mehrere Minuten. Dann öffnete sie die Augen und sah Hanna an: »Warum bist du hier, wenn du so voller Zweifel bist?«

Röte schoss ihr ins Gesicht. »Ich bin nicht voller Zweifel.«

Ariane erhob sich. »Abgesehen davon, dass deine Körpersprache Bände spricht, sind deine Zweifel so ausgeprägt, dass sie meine Arbeit behindern. Ich schlage vor, wir brechen entweder ab, oder du änderst deine Einstellung.«

Hanna wurde heiß. Sie fühlte sich ertappt. Ihr Widerstand gegen Ariane wuchs. Am liebsten wäre sie aufgestanden und gegangen.

»Lass Hanna ein wenig Zeit. Das alles ist sehr neu und gewöhnungsbedürftig für sie.« Marten löste Hannas Hand aus der Verschränkung und drückte sie sanft. Dann beugte er sich zu ihr und flüsterte ihr ins Ohr: »Denk an die Spinnen und an den Spielgefährten, denk an Steve im Spiegel, und denk vor allem daran, dass es hier um deine Tochter geht. Öffne dich neuen Eindrücken. Bitte.«

Hanna schluckte. Sie spürte das Vertrauen, das Marten in Ariane setzte. *Sei offen. Für Lilou. Sie braucht deine Hilfe.* »Entschuldigung. Es fällt mir wirklich schwer, das … das … anzunehmen, aber ich werde mich bemühen.«

Ariane lächelte. »Das ist schon besser. Hast du etwas von

deinem Mann dabei? Ein Foto? Etwas, das er dir mal geschenkt hat oder das ihm gehört?«

»Nein, nichts«, sagte Hanna. »Ich wusste nicht, dass wir das brauchen.«

»Nun, es wäre hilfreich, um zu sehen, ob dein Mann Lilou belastet«, erklärte Ariane »Ich habe noch nie ein so ruhiges Kind gesehen, und dabei steckt in ihr ein wahrer Wirbelwind – wenn sie sich frei entwickeln könnte. Aber dazu muss sie den Glassarg sprengen.«

Alle Blicke richteten sich auf Lilou. Sie hockte noch immer auf dem Teppich und spielte still mit den Stofftieren.

»Ich habe Steves Schal im Kofferraum!« Marten zog die Schlüssel aus der Jacke. »Ich hole ihn schnell.«

Hanna hielt ihre Hand hin. Ihr Bedürfnis den Raum zu verlassen, und wenn es nur ein paar Minuten waren, wuchs mit jedem Atemzug in der räucherstäbchengeschwängerten Luft. »Lass mich den Schal holen.«

Marten händigte ihr den Autoschlüssel aus.

Die frische Luft tat ihr gut. Sie atmete tief durch, dann bediente sie die Zentralverriegelung des Volvos. Die Lichter blinkten orange auf. Sie lief zum Auto und stemmte die Heckklappe des massigen Geländewagens nach oben. Der Kofferraum war auffallend ordentlich. In einem dunkelblauen Einkaufskorb sah sie die Farben von Steves Schal aufblitzen. Sie griff danach.

Mit einem Arm drückte sie die Heckklappe nach unten, als sie einen braunen Briefumschlag bemerkte. Sie musste ihn zusammen mit dem Schal aus dem Korb gezogen haben. Hanna ließ die Heckklappe los und vernahm das leise Zischen, mit dem sie sich wieder ganz öffnete. Sie nahm den Brief hoch. Marten Vanderhoven, las sie auf dem bereits aufgeschlitzten Umschlag. Darunter die Adresse von Martens Detektei. *Marten Vanderhoven?*

Mehrere Sekunden stand Hanna mit dem Brief in der Hand vor dem Kofferraum. Marten hatte ihr nie von einem Partner erzählt. Wer war Marten Vanderhoven? Oder hieß Marten Stein gar nicht Marten Stein? So wie Steve nicht Steve Warrington hieß? Sie drehte den Brief um. Er war von dem Rechtsanwaltsbüro, das ihre Eltern vertrat. Hannas Herz schien sich zu überschlagen. Sie legte eine Hand an ihre Brust und fühlte das heftige Pochen, dann zog sie den Brief aus dem Umschlag.

Sehr geehrter Herr Vanderhoven, gemäß Ihrer Anfrage in der Erbsache von Ebershausen, Wilhelmine, geborene Schütko, geboren am 19. Februar 1925 in Aachen, verstorben am 28. Mai 1995 in Kiel, muss ich Sie darauf hinweisen, dass kein Antrag auf Anfechtung des gültigen und uns vorliegenden Testamentes gestellt wurde und dass aufgrund der Eindeutigkeit des uns vorliegenden Testamentes auch kein solcher zu erwarten ist. Von weiteren Erbberechtigten, von denen Sie zu wissen glauben, ist uns nichts bekannt, noch wurden wir instruiert, weitere mögliche Erben zu ermitteln. Wir weisen Sie hiermit darauf hin, dass wir bei einer öffentlich geäußerten Behauptung dieser Art, die wiederum zu einem dem Leumund unserer Mandanten schädigenden Gerücht Anlass geben könnte, sofort rechtliche Schritte gegen Sie einleiten werden.
Mit freundlichen Grüßen

Hanna ließ den Brief sinken. Das Erbe ihrer Großmutter. Sie hatte es Marten gegenüber nie erwähnt. Wie erstarrt hielt sie den Brief in der einen Hand, den Umschlag in der anderen und dachte an Britts Worte, als sie Marten engagiert hatte: *Wenn dieser Rob von dem Erbe wusste, warum nicht auch der Detektiv …*

Sie hörte ihren Namen rufen. Hektisch schob sie den Brief wieder in den Umschlag und legte ihn in den Korb zurück. Dann nahm sie den Schal und schloss die Heckklappe.

»Wo bleibst du denn so lange?« Marten stand hinter ihr und berührte ihre Schulter. Sie versteifte. Dann drehte sie sich langsam um und lächelte.

»Mein Kreislauf.« Sie räusperte sich. »Mir ist nicht gut. Lass uns bald fahren, ja?«

»Du siehst blass aus.« Er legte seinen Arm um ihre Schulter und führte sie ins Haus zurück. »Es dauert nicht mehr lang. Ariane ist gut vorangekommen, und wenn sie mit ihrer Vermutung richtig liegt, dann sollte der Schal jetzt gleich Gewissheit bringen.«

Ariane kniete vor Lilou am Boden. Es kostete Hanna all ihre Kraft, nicht zu Lilou zu laufen, sie vom Boden zu schnappen und mit ihr aus dem Haus zu rennen. *Denk etwas Positives. Denk nicht an den Brief. Lass sie nicht merken, dass du sie durchschaut hast.* Hanna setzte sich auf die äußerste Kante des Korbsessels und legte ihre Hände in den Schoß.

»Da seid ihr ja.« Ariane schaute kurz zu ihnen rüber. »Hat Marten dir gesagt, dass wir Fortschritte gemacht haben?«

Hanna nickte. *Frag, was für Fortschritte. Tu so, als würde es dich interessieren.* »Weißt du jetzt, was sie belastet?«

Ariane faltete die Hände vor ihrer Brust. »Ich bin mir sicher, ich spüre ihren Vater. Die Verbindung ist zu stark, als dass es jemand anderes sein könnte. Ich spüre keinen Widerstand. Es ist … wie eine Koexistenz. Als hätte sie ihn eingeladen. Ja. Eingeladen.«

»Und jetzt? Was bedeutet das?«

»Wir müssen ihn bitten, Lilou freizugeben. Wir müssen erfahren, wozu er diese Koexistenz braucht.« Sie löste ihre Hände und legte sie mit den Handflächen nach oben geöffnet auf ihren Oberschenkeln ab. »Jede Koexistenz hat einen Grund. Wenn wir den herausfinden, können wir mit dem Lösungsprozess beginnen.«

Hanna runzelte die Stirn. »Ich verstehe das nicht. Was für eine Koexistenz mit dem Vater? Er ist verschwunden. Vor mehr als vier Monaten.«

»Das bedeutet …« Ariane und Marten wechselten einen verschwörerischen Blick, dann schüttelte Marten unmerklich den Kopf. »Es bedeutet, dass Steve …«

Wieder warf Ariane einen Blick zu Marten.

»Ich denke nicht, dass wir Hanna das vorenthalten können.«

»Was vorenthalten?«, frage Hanna scharf.

»Ich glaube nicht, dass Steve noch lebt«, sagte Ariane ruhig.

Hanna schnappte nach Luft. Sie spürte Martens Hand auf ihrer Schulter, leicht und tröstend. Sie schüttelte sie ab. Arianes Worte explodierten in ihrem Kopf wie ein Feuerwerk. *Du glaubst doch dieser Hexe nicht. Das ist alles einstudiert. Ein makabres Schauspiel.*

»Ich möchte jetzt gehen.« Hanna erhob sich. Marten folgte ihr.

»Ich weiß, das ist ein Schock. Aber wenn wir Lilou helfen wollen, müssen wir den Tatsachen ins Auge sehen. Der Tod ist nur eine Passage in ein neues Leben. Wirklich schlimm ist er nur für die Zurückgebliebenen.« Ariane nahm den Schal, den Marten über die Armlehne ihres Sessels drapiert hatte. »Einen kurzen Moment noch.«

Hanna nahm ihre Tasche vom Boden, als Marten sie zurückhielt.

»Bitte. Gib ihr diese eine Minute«, flüsterte er.

Hanna sah, wie Ariane Lilou den Schal über die Beine legte, und riss sich los.

Plötzlich keuchte Ariane. Sie griff sich an die Kehle, als würde sie keine Luft mehr bekommen. Dann schleuderte sie den Schal weg, und ihr Kopf sackte auf die Brust. Marten stürzte zu ihr, doch sie hob einen Arm und wehrte ihn ab.

»Alles gut.« Als müsste sie ein schweres Gewicht mit ihrem Kopf wegstemmen, richtete sie ihn langsam wieder auf. Dann sah sie Hanna an, und in ihren Augen schimmerten Tränen. »So viel Wut. So viel Hass.«

44

»Vielen Dank noch mal.« Mit einem letzten Rest an Selbstbeherrschung zwang Hanna sich zu einem freundlichen Lächeln, obwohl sie ihm am liebsten die Tür ins Gesicht geknallt hätte.

Marten stellte den Kindersitz ab und sah sie an, als warte er darauf, dass sie ihn noch auf einen Kaffee hereinbat.

»Ich muss mich unbedingt hinlegen, mein Kopf zerspringt gleich«, sagte Hanna. »Ich melde mich dann bei dir, ja?«

»Ich hoffe, es hat dir was gebracht.« Er musterte sie kurz, dann strich er ihr eine Haarsträhne aus dem Gesicht. Hanna versteifte sich unter seiner Berührung. »Du bist bleich. Soll ich dir Lilou abnehmen, damit du ein bisschen schlafen kannst?«

Im Haus eilte jemand die Treppe hoch. Hanna erkannte Britts kurze, schnelle Schritte mit dem Klappern der Absätze. »Nein, das ist lieb von dir, aber Britt ist gerade zurückgekommen, sie übernimmt Lilou, das ist schon ausgemacht.«

Britt schloss ihre Haustür auf.

»Du wusstest vorhin schon, dass du jetzt Kopfschmerzen hast?«

Hanna hörte, wie Britt in ihre Wohnung ging und die Tür hinter sich ins Schloss fallen ließ.

»Natürlich nicht. Ich wollte noch auf einen Sprung ins Geschäft schauen. Etwas für morgen fertig machen.«

»Na dann …« Er stand noch immer auf der Schwelle, als überlegte er, wie er Hanna doch dazu bekommen könnte, ihn hereinzulassen.

»Dann bis bald!« Hanna reichte ihm die Hand und trat in den Flur, um die Tür zu schließen.

»Ich rufe dich an. Dann besprechen wir, wie wir weiter vorgehen.«

Marten drehte sich um und ging. Erleichtert schloss Hanna die Tür und lehnte sich von innen dagegen. Wie viel Kraft sie diese letzten eineinhalb Stunden gekostet hatten. Sie musste ihre Kopfschmerzen nicht vortäuschen.

Sie stellte Lilou vorsichtig ab und zog ihr Jacke und Schuhe aus. Sie hatte gerade angefangen, ihm wirklich zu vertrauen. Und jetzt dieses Theater. Wie lächerlich Arianes Auftritt gewesen war. *Und wenn du den Brief nicht gelesen hättest? Wäre es dann auch lächerlich gewesen? Oder hättest du dich einschüchtern lassen? Vom Gefasel über Särge und dunkle Kreaturen?* Hanna ging neben Lilou in die Hocke und drückte sie fest an sich. »Wir lassen uns nicht unterkriegen, nicht wahr?«

Lilou nahm einen Mohairschal aus ihrer Schublade und warf ihn auf den Boden. »Weg!«

»Ja, weg. Der vom Papa ist auch weg. Den haben wir jetzt bei der doofen Frau liegen lassen, aber weißt du was, Püppchen, da liegt er gut. Wir brauchen den nicht mehr.«

Sie stand auf und ging in ihr Schlafzimmer. Dort schlüpfte sie in ihre Lieblingsjeans und tauschte ihre Bluse gegen ein langärmeliges Top und eine flauschige Strickjacke mit übergroßen Taschen. Dann ging sie in die Küche und stellte Teewasser hin. Während sie darauf wartete, dass das Wasser kochte, klappte sie den Laptop auf und fuhr ihn hoch. Der Bildschirm zeigte halb sechs Uhr an. Sie rief das Internet auf und gab Marten Vanderhoven in die Suchmaschine ein. Im Bruchteil einer Sekunde erschien eine große Anzahl von Treffern. Mehrere davon beinhalteten Informationen zur Todesnachricht eines Marten Vanderhoven, zwei verwiesen auf einen amerikanischen Schauspieler. Hanna scrollte die Seite runter, klickte dann auf die zweite Seite der Suchergebnisse. Schließlich stieß sie auf einen englischen Artikel. Hanna öffnete den Link und las den kurzen Text, in dem von dem Privatdetektiv Marten Vanderhoven die Rede war. Mit teils illegalen Methoden soll er zusammen mit einem englischen Partner das Privatleben mehrerer Prominenter ausspioniert und diese dann erpresst haben. Dem Artikel zufolge waren sie mit diesem Trick eine Zeit lang gut gefahren, bis einer der Erpressten an die Öffentlichkeit gegangen war und die Betrüger angezeigt hatte. Hanna schloss den Artikel und blieb, die Hände im Schoß gefaltet, still vor dem Laptop sitzen. Der Bildschirmschoner schaltete sich ein, und sie verlor sich in dem unendlichen Strahl weißer Punkte, die die Sterne der Milchstraße simulieren sollten.

Das mit den Artenbezeichnungen der Spinnen war Marten aufgefallen. Alles, was Lilou momentan sagte, ließ sich irgendwie interpretieren. Sie selbst hatte das Gebrabbel erst als mögliche lateinische Bezeichnung erkannt, als Marten es als solche erkannt hatte. Welch subtile Manipulation. Wenn man gesagt bekam, was man hören sollte, dann hörte man es auch. Marten hatte sie aktiv angesprochen, das konnte alles Teil eines ausgeklügelten Planes sein, den er mit Steve zusammen ausgeheckt hatte, um sie denken zu lassen, dass sie tatsächlich verrückt wurde. Steve wusste von ihrer Angst, wie Oma Wilmi zu enden. Wenn sie für unzurechnungsfähig erklärt würde, hätte Steve vollen Zugriff auf das Geld, während sie in einer Anstalt dahinvegetierte. Wie klug es eingefädelt war. Ihr vorzutäuschen, dass Lilou besessen sei. Wenn sie mit solch einer Aussage zu einem Kinderarzt ging, könnte diese später gegen sie verwendet werden. Oder ihre Reise. Marten hatte sie weggeschickt, nachdem er ihre Angst geschürt hatte. Wahrscheinlich hatte er die angeblichen Entführungsversuche von Lilou eingefädelt, um sie aus Aachen wegzulocken. Sie sollte plötzlich spurlos verschwinden, um später beweisen zu können, dass sie irrational handelte, und selbst Simon und die Erzieherinnen in der Krippe würden bestätigen, dass sie niemandem Bescheid gegeben hatte, bevor sie weggefahren war. Diesen Rob hatte es wahrscheinlich nie gegeben. Sie hatte Martens Behauptung, dass Rob gefasst worden war, nie nachgeprüft. Wozu auch. Er hatte ihr ein Gespräch vorgespielt, das alle Informationen enthielt, die sie interessiert hatten. Und Steve hatte in der Wohnung Dinge vertauscht, damit sie dachte, es würde bei ihr losgehen wie bei Oma Wilmi. Dann die lange Pause, in der nichts passierte, um sie in Sicherheit zu wiegen, bevor es in die nächste Runde ging. Steve wusste, dass Oma Wilmis Krankheit in Phasen verlaufen war. Alles Teil eines großen Plans.

Ob Marten auch hinter den Albträumen steckte? Hatte er etwas in ihrem Schlafzimmer versteckt, das diese Träume hervorrief? Eine Droge, die sie im Schlaf einatmete? Eine akustische Manipulation, die immer zur gleichen Zeit abgespielt wurde? Aber was war mit ihren Halluzinationen? Sie zupfte an ihrer Kette. An der Passstelle und in Marys Diele war er dabei gewesen. Und er war in England gewesen, als sie den Unfall gehabt hatte – hatte George richtig getippt? *Da steckt nicht einer allein dahinter.* Doch ein Anschlag? Hatte Marten ihr den Stein vors Auto geworfen? Oder Steve? Mit dem Ziel, dass sie sich verfolgt fühlte und immer ängstlicher und irrationaler reagierte?

Sie stöhnte auf und ließ die Stirn in ihre Hand sinken. Es war ihr kaum möglich, die Gedanken zu ordnen. Sie musste sie aufschreiben. Sortieren. In eine übersichtliche Form bringen. Dann würde sie ein Muster erkennen können. Sie berührte das Mousepad des Laptops, und der Bildschirmschoner verschwand. Stattdessen baute sich ein Bild auf. Ein

Waldstück, einsam, es waren keine Menschen unterwegs, ein Fuchs schnupperte am Boden, dann scharrte er die Blätter weg. Goldene und rotbraune Blätter, die den Waldboden in einen herbstlichen Flickenteppich verwandelten. Die Kamera zoomte näher auf den Fuchs, sein Schnüffeln wurde intensiver, seine Aufregung war über den Bildschirm spürbar. Er scharrte hektisch an ein und derselben Stelle, bis schließlich etwas Bleiches, Schmutziges an die Oberfläche kam. Hanna konnte ihren Blick nicht vom Bildschirm lösen. Sie verstand nicht, wo der Film herkam, fragte sich, wo sie hingeklickt haben mochte, um ihn auszulösen. Wieder vergrub der Fuchs seine Schnauze in dem weichen Waldboden, und als er diesmal aufsah, war seine Schnauze blutig. Hanna drückte auf die Escape-Taste, um den Film zu stoppen, doch er lief weiter. Wieder wurde der Zoom auf den Fuchs größer. Hanna sah jetzt die Blutstropfen auf der Fuchsschnauze ganz deutlich. Sie drückte auf »Escape«, hämmerte mit dem Mittelfinger auf die Entertaste, dann auf den Reset-Knopf. Das Bild veränderte sich nicht, der Fuchs sah sie an, die helle Schnauze blutrot, die Augen unverwandt auf Hanna gerichtet, als könnte er sie durch den Bildschirm sehen und mit seinem Blick festhalten. Dann veränderte sich der Blickwinkel der Kamera. Der Fuchs verschwand aus dem Bild, und ein heller Fleck am Boden erschien. Sie beugte sich näher an das Bild, und dann erkannte sie es. Die Kamera zoomte rasend schnell auf den Gegenstand. Sie sah die Großaufnahme. Sah jedes grausame Detail. Sah Steves Kopf. Sah die Verstümmelung, die Fuchs, Maden und die anderen Bewohner des Waldes angerichtet hatten.

Sie schreckte zurück. Etwas schnappte nach ihrem Bein. Mit einem Schrei sprang sie vom Stuhl. Sie riss den Laptop vom Tisch und schwang ihn über ihren Kopf, bereit zuzuschlagen, als Lilous Gebrüll sie innehalten ließ.

Lilou lag am Boden, aus ihrem Mund quoll Blut. Hanna warf den Laptop auf die Tischplatte und zerrte Lilou vom Boden hoch. Schlagartig wurde ihr bewusst, dass sie Lilou weggeschleudert haben musste, als sie vom Stuhl aufgesprungen war. Dass sie sich vor Lilou erschreckt hatte. Dass sie ihr eigenes Kind für einen Fuchs gehalten hatte und … Sie drückte Lilous Kopf an ihre Schulter und wiegte sie sanft hin und her. Langsam verebbte Lilous Weinen, und Hanna sah sich die Wunde am Mund genauer an. Die Unterlippe war aufgebissen. Hanna befeuchtete ein Küchentuch und drückte es Lilou zwischen die Lippen.

»Entschuldige, Püppchen!« Sie streichelte ihr über die Haare und versenkte ihre Lippen darin. »Es tut mir so leid.«

Die schrecklichen Bilder verfingen sich in Hannas Kopf. Was, um alles in der Welt, war das gewesen? Wieder Marten? Hatte er ihren Computer manipuliert? Sie bemerkte, wie Lilou an einer Schnur zerrte, die sie wie eine Kette um den Hals gelegt hatte. Sie zog und senkte ihren Kopf und schaffte es schließlich, das Lederband über ihren Kopf zu ziehen. Schwungvoll warf sie Britts Ledersäckchen auf den Boden. »Weg!«

Hanna hob das Säckchen auf. »Nicht auf den Boden werfen. Da geht der Rosenquarz kaputt. Wo hast du das denn wieder gefunden? Ich dachte, wir hätten das Britt zurückgegeben?«

Sie steckte den Talisman in ihre Jackentasche. Britt hatte die ganze Zeit recht gehabt. Sie hatte sie vor Steve gewarnt und vor Marten. »Den müssen wir Britt bringen. Sie sucht ihn sicher schon.«

45

Hanna musste dreimal läuten, bis Britts Schritte sich näherten. Vor der Tür stoppten sie, dann sah Hanna, wie sich der Spion verdunkelte. Schließlich öffnete Britt die Tür.

»Hanna!«, rief sie. »Ich habe gar nicht mit dir gerechnet. Ist was passiert?«

Ihre Haare waren in ein Handtuch gewickelt, im Gesicht klebte eine rissige, grünliche Maske, nur die Augen waren ausgespart und wirkten dadurch größer als sonst.

Hanna konnte nicht antworten. Steves zerstörtes Gesicht drängte sich wieder vor ihre Augen, und sie zwinkerte heftig, um es zu vertreiben. Sie nickte stumm.

Britt trat zur Seite. »Kommt rein.«

Hanna folgte ihr in die Küche. Steves Tisch und Stühle wirkten zu groß in Britts kleiner Küche mit den mädchenhaften Blumendrucken, die in rosa und roten Holzrahmen über die Wand verteilt waren und zu den Tischsets und Handtüchern passten.

»Setz dich. Ich nehm schnell die Maske ab, und du kochst uns einen Tee, ja? Nimm den Jasmintee. Der hat dir letztens so gut geschmeckt.«

Wieder nickte Hanna. Sie stellte Lilou auf den Boden und war erstaunt, dass sie sich an sie klammerte.

»Möchtest du auf meinen Arm?«

»Ja!« Lilou streckte die Arme nach oben. Hanna hob sie wieder hoch, setzte sie auf ihre Hüfte und stellte Teewasser auf. Lilou beobachtete jede Bewegung. Wieder war sie seltsam still. Ihre kleine Faust hatte sich in die weiche Wolle von Hannas Strickjacke gekrallt, und ihre Augen blickten so wachsam, als wüsste sie von einer Gefahr, von der Hanna nichts ahnte. Hanna stupste sie liebevoll an die Nase und wartete, dass sie anfing zu plappern, nach einem Glas Wasser verlangte oder in einen Schrank schauen wollte. Doch sie blieb still. Einzig der Wasserkocher gab ein gurgelndes Geräusch von sich, und aus dem Bad drang das gleichmäßige Rauschen des laufenden Wassers. Hanna öffnete die Oberschränke auf der Suche nach dem Jasmintee. Verwundert schüttelte sie den Kopf über das Chaos.

Gläser, Tassen und Schüsseln standen wild durcheinander, Zucker und Mehl waren bei den Tellern, und der Tee mitten unter den Gewürzen. Bei Steve hätte so etwas auch vorkommen können. Sie würde das nie verstehen, aber Britts Schränke gingen sie nichts an. Sie fand eine Dose grünen Tee mit Jasmin und brühte ihn in einer bauchigen Teekanne auf. Dann stellte sie Kanne und Tassen auf den Tisch, setzte sich mit Lilou an die Stirnseite und studierte die Ratgeber in dem kleinen Wandregal. Es waren Dutzende, und sie alle sahen aus, als wären sie intensiv gelesen worden. Ob Britt wirklich hoffte, durch diese Bücher den Weg zu Glück, Erfolg und einer guten Beziehung zu finden? Vielleicht konnte Hanna sie irgendwann einmal dazu bringen, von der unglücklichen Liebe zu sprechen, wegen der sie von Berlin nach Aachen gezogen war, und endlich mit diesem Kapitel abzuschließen.

Britt betrat die Küche, perfekt geschminkt, die feuchten Haare mit einer Klammer auf dem Kopf zusammengehalten. Sie holte eine Packung Dinkelkekse aus einem Oberschrank und stellte sie vor Lilou hin. »Hier. Für dich, Zuckerspatz!« Dann setzte sie sich an den Tisch und goss sich eine Tasse Tee ein. »Also, leg los …«

»Du glaubst ernsthaft, Steve und Marten stecken unter einer Decke?« Britt drehte die Tasse in ihren Händen. Noch immer hatte sie keinen Schluck von ihrem Tee getrunken.

»Das alles kann doch kein Zufall sein, oder?« Hanna benutzte ihre Hände als Aufzählungszeichen. »Marten spioniert in England Promis aus. Meine Eltern sind Promis. Steve kommt aus England. Ich weiß, dass er mich ausgekundschaftet hat. Er schmeißt sich an mich ran. Ich glaube, Marten und Steve haben sich in England kennengelernt, und Marten hat ihn auf mich aufmerksam gemacht.«

»Okay, aber was wollen sie jetzt von dir? Steve hatte doch, was er wollte. Du kommst ja erst in ein paar Monaten an dein Erbe ran.«

»Er hat eben nicht, was er will! Er will ja nur mein Geld – für diese Rose.« Sie stieß den Namen mit einem Hass hervor, der sie selbst erschreckte.

Britt fuhr zusammen. »Stimmt, die gibt es ja auch noch. Aber krass finde ich, dass Marten nicht davor zurückschreckt, Lilou mit hineinzuziehen. Mit der Kleinen zu dieser Verrückten, ganz ehrlich, ich hätte da als Mutter nicht mitgemacht. Ich will ja nichts sagen, aber ich habe dich gleich vor dem Typen gewarnt.«

Hanna drückte Lilou an sich. Sie war eingeschlafen, der Mund leicht geöffnet, die Lippe geschwollen. Wie hatte sie nur so die Kontrolle verlieren können? Sie beugte sich vor und hauchte einen Kuss auf Lilous Stirn.

»Und wie erklärst du dir, dass du Steve siehst?«, fragte Britt.

»Ich denke schon die ganze Zeit darüber nach. Es gibt ganz banale Tricks, um eine Illusion hervorzurufen. Ich habe das mal im Fernsehen gesehen, da haben die hinter die Kulissen geschaut, und schon war der ganze geheimnisvolle Zauber beim Teufel.«

»Aber was versprechen sie sich davon? Damit kommt Steve doch nicht an dein Geld.«

»Stell dir mal vor, ich wäre ihm jetzt nicht draufgekommen«, sagte Hanna mit gepresster Stimme. »Ich ... ich würde glauben, dass ich verrückt werde. Ich sehe Dinge, die nicht da sind. Weißt du, wie fertig mich das macht? Immer wenn ich an einem Spiegel oder Schaufenster vorbeilaufe, habe ich Angst hineinzusehen. Dann diese Geschichte bei der Auraleserin. Von wegen, dass Steve tot sei. Und schwupps, direkt im Anschluss kriege ich diesen Film mit Steve als verwesende Leiche. Wenn ich nicht wüsste, dass Marten dahintersteckt ...« Ein Zittern durchlief Hannas Körper. Die Großaufnahme von Steves Gesicht. Die Hautfetzen, die von dem Loch in der Wange hingen, die Maden, die aus der Augenhöhle quollen. Es hatte unglaublich echt gewirkt. »Die versuchen, mich fertigzumachen. Die Leute sollen mich für verrückt halten. Das geht schneller, als du denkst. Glaub mir, ich weiß, wie so was abläuft. Wenn ich anfange zu erzählen, dass Steve tot ist und ich von Visionen von ihm verfolgt werde, dann bin ich nur noch einen Schritt von der Klapse entfernt. Und wenn Lilou schon reden könnte, würde sie morgen früh in der Krippe erzählen, dass sie eine kaputte Unterlippe hat, weil ich sie für einen Fuchs gehalten habe. Und dann taucht Steve plötzlich wieder auf und lässt mich einweisen und verwaltet mein Erbe. Das bekomme ich ja trotzdem nach meinem Geburtstag, und es ist beachtlich. Nur habe ich keinen Zugriff, wenn ich entmündigt bin. Steve zockt sich ein paar Millionen zur Seite und kann sich mit seiner Rose absetzen.«

Britt drehte die Tasse unaufhörlich in den Händen. »Und wie macht Marten das?«

»Ich weiß es nicht. Halluzinogene? Nur, wie kann er steuern, dass ich immer Steve sehe? Außerdem finde ich es ziemlich auffällig, dass mir Steve immer nur als Spiegelbild erscheint, außer vorhin im Film. Aber der ist sowieso was ganz anderes, und es ist ziemlich einfach, einen Computer von außen zu steuern. Dazu braucht es nur ein simples Streamingprogramm, das kann man sich kostenlos herunterladen.« Sie zog den Laptop, den sie auf dem Küchentisch abgestellt hatte, zu sich heran und fuhr ihn hoch. »Warte, ich zeige ihn dir.«

Britt setzte sich näher zu Hanna.

»Könnte Marten mit einer Projektion arbeiten?«

»Spiegel, Glas ... reflektierende Flächen. Ich bin mir sicher, dass es da einen Trick gibt.« Hanna öffnete das Internet und ließ sich den Browserverlauf anzeigen.

»Er könnte etwas in der Wohnung und in deinem Auto installiert haben und es dann per Fernbedienung oder über Lichtschranke auslösen«, überlegte Britt laut. »Und am Flughafen und bei Mary und George war er ja eh dabei, da muss er dann nur den Taschenprojektor auf die Scheibe halten, und schon denkst du, du bist gaga.« Sie schlug sich mit der Hand vor den Mund. »Scheiße, Hanna, wenn er das bei hundertachtzig auf der Autobahn ausgelöst hätte ...«

Hanna schauderte. Und für alle hätte es wie ein normaler Unfall ausgesehen. »Ich finde den Film nicht. Der ist weder im Browserverlauf noch im Speicher. Den Streamer finde ich auch nicht. Entweder ich bin zu blöd oder Marten hat alles gelöscht.«

Enttäuscht klappte sie den Laptop zu.

Britt erhob sich. »Vergiss es. Wenn Marten gut ist, und das muss er sein, sonst könnte er das nie so krass bringen, dann hast du keine Chance, irgendwas zu finden. Ich muss mich jetzt umziehen, ich bin noch verabredet.« Sie berührte Hannas Arm. »Das ist doch okay für dich? Oder soll ich bei dir bleiben?«

»Nein, nein, geh nur, ich muss Lilou in ihr Bett bringen«, sagte Hanna leichthin, obwohl ihr davor graute, in ihre Wohnung zurückzukehren. »Ich trinke noch meinen Tee, dann pack ich`s.«

»Lass dir Zeit«, antwortete Britt, »dann kannst du mir noch bei der Wahl der passenden Schuhe helfen. Wir gehen ins Red, dieses neue Trendlokal.«

»Ach! Simon ist da heute auch. Das soll richtig gut sein.«

Britt verließ die Küche, und Hanna hörte, wie sie in ihrem Schlafzimmer Schranktüren öffnete. Sie nippte am Tee und verzog den Mund. Der bittere Geschmack von zu lange gezogenem Grüntee haftete an ihrer Zunge. Vorsichtig, um Lilou nicht zu wecken, stand Hanna auf. Sie öffnete die Tür des Küchenschranks, in dem sie vorhin Zucker und Mehl gesehen hatte. Die Zuckerdose war leicht, doch nicht leicht genug, um leer zu sein. Hanna schüttelte sie. Aber das Geräusch war nicht das von Zuckerkristallen, die sanft über Alu scharrten. Hanna schraubte den Deckel ab. Sie hatte sich nicht getäuscht. Es war kein Zucker darin, stattdessen lehnten Fotos an der Dosenwand. Sie zog sie heraus. Starrte sie an, ohne zu verstehen, was sie sah.

Steves Fotos aus der Schatulle.

In Britts Zuckerdose.

Aus dem Badezimmer hörte sie, wie Britt den Spiegelschrank öffnete und wieder schloss. Dann wurde ein Föhn eingeschaltet.

Gesprächsfetzen schossen ihr in den Sinn. *Das Foto ist beschriftet.* Britt hatte das gesagt, als Hanna ihr die Fotos gezeigt hatte. Sie hatte damals nicht die Rückseite gesehen, wie sie behauptet hatte, sie hatte das Foto bereits gekannt. *Von Steve ist noch eine ganze Kiste voll mit Zeug unter unserem Bett.* Sie selbst hatte Britt darauf hingewiesen, wo Steves Sachen waren, es musste kinderleicht für Britt gewesen sein, sich die Fotos zu holen. Während sie Lilou ins Bett brachte oder auch tagsüber, wenn sie arbeitete – Britt hatte ja einen Schlüssel zu ihrer Wohnung. Nur – warum? Warum klaute Britt die Fotos? Sie hätte sie haben können. Alle.

Hanna lauschte. Noch immer drang das monotone Gebläse des Föhns aus dem Badezimmer. Die Fotos in ihrer Hand zitterten.

Plötzlich durchzuckte sie ein Gedanke. Was, wenn Britt neben Marten und Steve die Dritte im Bunde war? Passte das nicht noch besser? Deswegen auch Britts Tiraden gegen Marten. Eine bessere Tarnung gab es nicht. Britt ging andauernd bei ihr ein und aus, sie wusste, wann sie zu Hause war, sie hätte leicht Projektoren bei ihr installieren und wieder deinstallieren können.

Sie musste weg. Wenn Britt herausfand, dass sie hinter ihr Geheimnis gekommen war, würde sie handeln müssen. Hannas Körper spannte sich an, als warte sie auf den Startschuss bei einem Wettlauf. Sie steckte die Fotos in die Hosentasche und presste Lilou fester an sich. Schnell verschloss sie die jetzt leere Dose und stellte sie in den Schrank zurück. Ihr Blick fiel auf die Mehldose. Auch sie gehörte nicht in den Geschirrschrank. Obwohl ihr Verstand ihr befahl, die Wohnung so schnell wie möglich zu verlassen, griff ihre Hand danach. Die Dose war schwer. Sie schüttelte sie, es klang dumpf wie feines Mehl. Sie stellte die Dose ab und öffnete sie. Mehl. Trotzdem gruben sich ihre Finger in das weiche, weiße Pulver. Stießen auf etwas Hartes. Hanna zog die Hand aus dem Mehl. In ihren Fingern hielt sie den Skarabäus aus Steves Schatulle.

Der Skarabäus.

Rose.

Wie ein Blitz flammte das Bild vor ihren Augen auf, als sie Britt den Skarabäus gezeigt hatte. Die Zärtlichkeit, mit der sie über die türkisen Flügel gestrichen hatte. *Jeder Skarabäus ist wertvoll für seinen Besitzer. Es ist die Bedeutung des Skarabäus, die ihm seinen Wert verleiht.*

Britt war Rose. Ausgerechnet Rose.

Hannas Herz pochte hart und schnell, und mit jedem Schlag fiel ihr eine weitere Rose in der kleinen Küche auf, so präsent und leuchtend, als würden ihre Augen sie für einen kurzen Moment heranzoomen und sich dann auf die nächste fokussieren. Sie waren überall. Auf den Sets, den Tüchern, den Bildern. Die Seidenblumen waren Rosen, selbst die Kühlschrankmagnete.

»Hanna?«

Hanna fuhr herum. Britt stand hinter ihr in der Küchentür. Sie sah auf Hanna, dann auf den Skarabäus in ihrer Hand und ihr eben noch freundliches Lächeln erstarrte. Der Skarabäus fiel mit einem Klacken zu Boden. Britt machte einen Schritt auf sie zu, zögerte, als überlegte sie, was sie tun sollte. Hanna verstärkte ihren Griff um Lilou. Als hätte sie es geplant, schoss die Hand mit der Mehldose nach vorne. Das Mehl flog Britt entgegen. Britt riss ihre Arme vors Gesicht. Hanna nutzte den Moment, rannte auf sie zu, stieß sie zur Seite und sprintete zur Wohnungstür. Der Riegel war vorgeschoben. Hanna hörte Britts Absätze auf dem Parkett und Lilous angstvolles Aufheulen. Zitternd schob sie die Kette zum Ende, entriegelte die Tür und quetschte sich noch beim Öffnen in den Gang. Anstatt nach oben in ihre Wohnung zu laufen, stürmte sie mit Lilou die Treppen hinunter und auf die Straße hinaus. Rannte, so schnell sie konnte, rannte vorbei an der Bäckerei, in der sie für Britt den Amerikaner gekauft hatte, und dem Blumenladen, in dem sie Sträuße für sie als Dankeschön hatte binden lassen. Und doch wusste sie genau, dass, egal, wie schnell sie rannte, sie diesem Albtraum nicht entfliehen würde.

46

Es war zu kühl für Lilou ohne Jacke draußen auf der Straße. Ohne ihren Schritt zu verlangsamen, schlüpfte Hanna aus ihrer Strickjacke und wickelte Lilou darin ein. Sie hatte das Ende der Annastraße erreicht und lief zielstrebig die wie ausgestorben daliegende Fußgängerzone entlang. Hanna wünschte, sie könnte jetzt in der sonst so lebhaften Menschenmenge untertauchen, anstatt in der Stille das Klappern ihrer Stiefelabsätze auf dem Kopfsteinpflaster zu hören. Am Münsterplatz verlangsamte sie ihr Tempo und verschnaufte einen Moment. Trotz des kühlen Wetters saßen Kneipenbesucher unter großen Schirmen, gewärmt von silbrig schimmernden Heizpilzen und eingewickelt in knallrote Decken. Hanna zog Bilanz. Sie hatte das Haus ohne Geld, ohne Jacken und ohne Handy verlassen. Sie konnte nicht zurück, weil Britt einen Schlüssel zu ihrer Wohnung besaß und sie dort nicht mehr sicher waren. Sie könnte zu Simon. Auf ihn war Verlass. Sie schöpfte Mut, doch schon in der gleichen Sekunde fiel ihr ein, dass Simon ins Red gehen wollte. Britt war auch im Red verabredet. Traf sie sich mit Simon? Warum nicht? Wäre es denn so überraschend, wenn auch er Teil des Komplotts war? Steve hatte ihn eingestellt. Er hatte das letzte Jahr mit ihm gearbeitet, ihn zu seiner rechten Hand gemacht. Zu einem zuverlässigen Stellvertreter, wenn Steve mehrere Monate verschwinden musste. Sie stöhnte auf und presste ihr Gesicht an das von Lilou. Sie konnte niemandem mehr vertrauen. Auch Simon nicht. Sie musste ganz allein durch diesen Albtraum.

Mit schnellen Schritten ließ sie den Dom hinter sich und näherte sich dem oberen Eingang des Elisengartens. Eine Gruppe Jugendlicher stand mit Bierflaschen in der Hand an Lilous Lieblingsbrunnen, dessen pittoreske Figuren den Kreislauf des Geldes darstellten. Lilou zeigte auf die Figuren und wollte von Hannas Arm.

»Heute nicht«, sagte Hanna, obwohl ihr die Arme schwer wurden und es eine Wohltat gewesen wäre, Lilou einen Moment abzusetzen und sie die Figuren berühren zu lassen. Stattdessen lief sie weiter, quer durch den kleinen Park, am Elisenbrunnen vorbei auf den belebten Friedrich-Wilhelm-Platz.

Endlich erreichte sie den Taxistand. Ein halbes Dutzend Taxis standen dort und warteten auf Theaterbesucher, die gut gelaunt aus einer Aufführung kamen, oder Restaurantbesucher, die sich satt und zufrieden in die Polster fallen ließen. Hanna lief die Reihe der Taxis ab. Jeden Abend außer Montag, hatte er gesagt.

Beim fünften Wagen öffnete sie die Tür.

»Erkennen Sie mich?«

Der Taxifahrer schaute sie an, dann verzog sich sein Gesicht zu einem breiten Grinsen. »Ja, so eine Frage!« Er klopfte auf den Stadtplan, der zwischen Sitz und Mittelkonsole steckte. »Ich werde doch unsere Frau Warrington wiedererkennen!«

Hanna stieg ein und schloss die Tür fest hinter sich. Dann wickelte sie Lilou aus der Strickjacke und half ihr, sich auf ihrem Schoß aufzurichten. Interessiert sah Lilou sich in dem Taxi um und versuchte, das Pappbäumchen am Spiegel zu erhaschen.

»So kann ich Sie leider nicht mitnehmen, für Ihre Kleine brauchen wir einen Sitz.« Der Fahrer zeigte auf einen Kombi zwei Taxis vor ihm. »Der Kollege dort hat einen Kindersitz, wollen Sie mit dem fahren?«

Hanna schüttelte den Kopf. »Ich brauche Ihre Hilfe.«

»Ehrensache.« Er stupste das Bäumchen in Lilous Richtung, und Lilou griff begeistert danach.

Hanna löste das Pappbäumchen aus Lilous Hand, bevor sie es abreißen konnte, und setzte sie wieder auf ihren Schoß. Ohne dagegen aufzubegehren, lehnte Lilou sich an Hanna und spielte mit ihren Fingern.

»Das ist aber ein braves Kind.«

»Ja, das ist Teil des Problems.«

Der Fahrer sah sie fragend an, doch Hanna winkte ab.

»Das erzähle ich Ihnen später. Würden Sie mich bitte in ein Hotel fahren und dann aus meiner Wohnung ein paar Sachen holen? Ich sage Ihnen gleich, ich habe kein Geld bei mir, nur meinen Hausschlüssel. Alles andere ist in der Wohnung.«

»Ist das alles?«

»Es könnte sein, dass eine Frau in der Wohnung ist, oder auch ein Mann, und Sie nach mir fragt. Sie dürfen auf keinen Fall sagen, wo ich abgestiegen bin, und Sie müssen absolut sicherstellen, dass Ihnen niemand folgt, wenn Sie zum Hotel zurückfahren. Am besten fahren Sie Umwege. Halten Sie mal hier und mal dort, bis Sie sicher sind, dass Sie ganz alleine hier ankommen.«

»Werden Sie von der Polizei gesucht?«

»Nein. Keine Angst. Jemand ist hinter mir her, und der will mir nichts Gutes.«

»Wie im Film«, sagte er ehrfürchtig.

»Viel schlimmer.« Hanna schlang ihre Arme um Lilou. »Im Film ist nach eineinhalb Stunden alles ausgestanden.«

47

Das Hotelzimmer lag mit dem Fenster zum ruhigen Innenhof. Hanna atmete erleichtert auf, als sie die Tür hinter sich geschlossen und abgesperrt hatte. Sie ließ die Schlichtheit der Einrichtung auf sich wirken. Ein Doppelbett, gegenüber ein Schrank mit einer verspiegelten Tür, ein Schreibtisch, ein Fernseher, eine Tür zum Badezimmer. Sie zwang sich, in den Spiegel zu schauen. *Hier kann nichts passieren. Hier bist du sicher.* Sie griff zum Telefon und bestellte einen Teller Nudeln mit Sahnesoße für Lilou und ein Glas Rioja für sich selbst, dazu ein extra Gedeck für Om. Dann setzte sie sich mit Lilou aufs Bett und bemühte sich, ein paar fröhliche Kinderlieder zu singen, während sie gleichzeitig zu verstehen versuchte, wie man sie so hatte täuschen können. Sie hatte allen vier vertraut. Steve. Simon. Britt. Marten. Der Gedanke an Britt und Steve hob ihren Magen. Die ganze Zeit hatte Britt sie angelogen, während sie selbst dankbar für ihre Freundschaft gewesen war. Sie dachte daran, wie Britt bei ihr gewesen war, als sie den Skarabäus gefunden hatte, und die Übelkeit schlug in rasende Wut um. Sie unterdrückte ihr Verlangen loszubrüllen und krächzte verkrampft die letzte Strophe der »Vogelhochzeit«. Was sollte sie tun? Sie hatte keinerlei Beweise. Egal wie Marten und Britt diese Bilder im Spiegel entstehen lassen hatten, spätestens jetzt würde Britt dafür sorgen, dass alle Spuren beseitigt wurden. Und sie würde die anderen darüber informieren, dass Hanna Steves Plan durchschaut hatte. Dass sie handeln mussten. Schnell handeln, wenn sie ihr Vorhaben noch in die Tat umsetzen wollten.

Noch nie hatte Hanna sich so einsam gefühlt. Sie ließ ihre Finger über Lilous Beine krabbeln und murmelte mit erstickter Stimme: »Kommt ein Mäuschen …«, als sie ein zaghaftes Klopfen hörte. Hanna stand auf. Jetzt pochte es dreimal schnell hintereinander an der Tür, als verwende jemand einen geheimen Code, um Einlass gewährt zu bekommen.

»Hallo?« Hanna legte den Kopf an die Tür.

»Ich bin's«, raunte eine kratzige Stimme, und Hanna öffnete die Tür.

Der Taxifahrer drehte den Kopf nach links und rechts, als wollte er sich vergewissern, dass ihm niemand gefolgt war, und trat dann ins Zimmer, in einer Hand ihren Koffer, über der Schulter ihre Handtasche.

»Ich hoffe, ich habe nichts vergessen«, flüsterte er verschwörerisch.

»War jemand …«

»Niemand. Ich habe den Alarm wieder eingeschaltet.« Er machte ein entschuldigendes Gesicht. »Ich muss gleich weiter. Ist gerade eine Fahrt reingekommen. Soll ich später noch mal vorbeischauen?«

Hanna kramte in der Handtasche nach ihrem Geldbeutel und zog zwei Fünfzigeuroscheine heraus. »Besser nicht. Ich lege meine Tochter gleich schlafen.«

Sie reichte ihm das Geld. »Tausend Dank. Ich melde mich.«

Hanna lauschte auf Lilous regelmäßige Atemzüge in der Stille des Hotelzimmers. Wie eine Flutwelle schlug plötzlich die Ausweglosigkeit der Situation über ihr zusammen, zog sie in einen Strudel zerstörerischer Gedanken und entfachte in ihr eine Sehnsucht nach Frieden und Geborgenheit, so drängend und übermächtig, dass sie wünschte, alles hinter sich zu lassen, einzuschlafen und nie wieder zu erwachen.

Steve und Britt. Sie dachte an Britts liebevollen Umgang

mit Lilou und begriff, dass er genährt war von ihrer Liebe zu Steve. Dass sie sich schon in ihrer Rolle als zukünftige Stiefmutter gesehen hatte. Sie dachte an Britts Vorliebe für Steves Sessel. Wie sie sich hineingeschmiegt hatte. Wie scharf sie darauf gewesen war, ihn zu übernehmen. Sie hatten sich darauf geliebt. Erst Britt und Steve. Dann Steve und sie. Ekel überkam sie mit einer Wucht, dass ihr ganzer Körper sich schüttelte. Sie hatte Steve als Mittel zum Zweck gedient, um seiner Rose die Welt zu Füßen zu legen, wie er es in seinem Tagebuch beschrieben hatte:

Ich hätt es wissen müssen.

So ein gottverdammtes Arschloch.

Wenn sie mich auch krallen, kann ich einpacken.

Damals in London hatte ich auch so ein Scheißgefühl, und es ist schiefgelaufen. Nur noch auf eigene Faust, habe ich mir geschworen, als ich hierhergekommen bin. Neues Leben, neues Glück und Hände weg von Pissnelken. Keine großen Geschichten, mal eine Karre, mal einen Automaten, kein Risiko. Jetzt kann ich wieder von vorne anfangen, nur diesmal ist der Preis irre hoch, und ich werde mich verdammt anstrengen müssen, um das bei Rose noch mal geradezubiegen. Ich hab ihr versprochen, nie wieder ein krummes Ding zu drehen. Sie wird denken, ich hätte sie verraten.

Das hat sie nicht verdient.

Rose hat genug hinter sich und ist dabei immer anständig geblieben. Sie denkt, dass Ungerechtigkeit eines Tages ausgeglichen wird, aber daran glaube ich nicht, auch wenn es irgend so ein Guru in einem Ratgeber geschrieben hat. Wenn man nicht selbst was tut, um sich Gerechtigkeit zu verschaffen, wird man sie auch nie bekommen. Aber ich werde dafür sorgen, dass die Ungerechtigkeit, die sie erfahren hat, ausgeglichen wird. Ich werde jemanden finden, der dafür bezahlen wird. Ich hab Rose versprochen, sie zur glücklichsten Frau der Welt zu machen, und das werde ich, auch wenn ich jetzt abtauchen muss.

Er hatte jemanden gefunden. Sie. Er hatte sie beobachtet und gewusst, dass sie donnerstags manchmal mit den Kollegen nach der Arbeit in die Kneipe ging, in der er ihr versehentlich das Bier über die Kleidung geschüttet hatte. Damals war sie unglücklich und einsam gewesen. Bis Steve in ihr Leben getreten war. Lilou bewegte sich im Schlaf, und Hanna legte die Hand auf ihr Köpfchen. Sie spürte die Energie ihrer Tochter, die sie durchströmte und mit neuem Lebenswillen und Kampfgeist auflud. Sie würde sich nicht unterkriegen lassen. Nicht von Steve. Nicht von Britt. Von niemandem.

Ein leises Ächzen verriet ihr, dass Lilou erwacht war. Sie richtete sich in dem Doppelbett auf und sah Hanna verschlafen an.

Hanna kniete sich neben das Bett und tastete nach dem Lichtschalter. »Ist das Licht zu hell?«

»Papa.«

Hanna streichelte Lilou über den Kopf. »Der Papa ist nicht da. Schlaf jetzt wieder.«

»Papa!«

»Der Papa ist nicht da.« Hannas Stimme nahm eine Schärfe an, die sie bei Lilou noch nie an den Tag gelegt hatte. Sie wollte nichts mehr hören. Nichts mehr sehen. Nichts mehr denken. Nichts mehr fühlen.

»Papa«, wiederholte Lilou weinerlich und drückte ihren Wal an sich.

»Der Papa ist weg!«, schrie Hanna und packte Lilou bei den Schultern. »Weg! Hörst du? Weg!«

Lilou schaute sie mit großen Augen an, die sich mit Tränen füllten. Ihr Kinn zitterte, und sie begann zu weinen.

»Es tut mir leid. Ich wollte dich nicht anschreien.« Hanna setzte sich neben Lilou und nahm sie in den Arm. Sie lehnte ihre Wange an Lilous Kopf, schloss die Augen und summte das englische Kinderlied, das Steve ihr immer vorgesungen hatte. Bilder von Steve poppten in ihrer Erinnerung hoch. Bilder von Steve und Lilou. Beim Buchlesen. Beim Singen. Beim Spielen. Kinder brauchen die Liebe ihrer Eltern, hatte er immer gesagt, sie gehen ein wie Primeln im Winter, wenn sie diese Liebe nicht bekommen. Unsere Prinzessin braucht ihre Mutter, hatte er geantwortet, wenn sie ihn auf die Kinderkrippe angesprochen hatte. Sie konnte seine Stimme hören. So weich. So zärtlich.

Was verpasst du schon, wenn du erst einmal Pause machst? Es ist doch unsere Firma, du wirst immer die Chefin sein.

War das Taktik gewesen, um Simon in die Firma zu holen? Um zu verhindern, dass sie sich die Bücher näher ansah und entdeckte, dass sie gar keinen Kredit abzahlten? Sie dachte an seinen Brief. An das Essen, das er für ihren Jahrestag arrangiert hatte. Wozu? Als Teil des Verwirrspiels, um sie in den Wahnsinn zu treiben? Wie clever, Steve so schrecklich zu verunstalten. Es musste sie Stunden gekostet haben, ihn zu schminken. Das war sicher Britts Werk gewesen. Und es hatte funktioniert. Sie hatte sich so erschreckt, dass sie Lilou verletzt hatte. Sie fuhr mit der Hand durch Lilous weiche Haare und schloss die Augen. *Das wird nie wieder passieren. Nie wieder.*

Lilou bewegte sich. Hanna öffnete die Augen. Schrie auf.

Steve starrte sie an. Von seiner rechten Gesichtshälfte war kaum noch etwas übrig. Das Auge fehlte, die Haut am Jochbein hing in Fetzen herunter. Wo früher seine Wange gewesen war, klaffte ein großes Loch, durch das eine Reihe Backenzähne sichtbar war. Sie kniff die Augen zu, doch Steves Anblick hatte sich bereits in ihr Gedächtnis gebrannt.

Das Blut rauschte in Hannas Ohren. Was war das gewesen? Niemand wusste, dass sie hier war. Keiner konnte ihr einen üblen Trick spielen. Oder hatte Britt auf dem Jasmintee bestanden, weil ein Halluzinogen beigemischt war?

Sie öffnete die Augen einen winzigen Spalt. Er war weg. Nur sie selbst war im Spiegel zu sehen. Sie atmete auf. Dann wurde ihr übel. Sie sprang auf und rannte zur Toilette. Riss den Deckel hoch und übergab sich. Keuchend hing sie über der Toilettenschüssel, dann überkam sie die nächste Welle von Übelkeit so heftig, dass ihr Magen sich zusammenzog. Sie erbrach sich, bis es nichts mehr gab, was sie hätte erbrechen können, und sie nur noch bittere Galle schmeckte.

Endlich verschwand das Bild in ihrem Kopf. Der Magen beruhigte sich. Mühsam erhob sie sich, spülte den Mund aus und wusch ihr Gesicht. Sie wagte nicht, in den Spiegel über dem Waschbecken zu blicken, und löschte das Licht, bevor sie sich im Dunkeln ihre Zähne putzte. Dann setzte sie sich auf den Rand der Badewanne.

Ich glaube nicht, dass Steve noch lebt.

Arianes Worte waren so präsent, als würde sie vor ihr stehen.

Ich bin mir sicher, ich spüre ihren Vater. Es ist wie eine Koexistenz.

Es traf sie wie ein Schlag. War es doch möglich? War Steve tot?

Koexistenz. Steve beeinflusst Lilou. Wir müssen erfahren, wozu er diese Koexistenz braucht…

Wieder würgte es sie.

Nein! Unsinn. So etwas gibt es nicht.

Es war nur eine Pseudohalluzination. Es hat nichts mit Lilou zu tun. Du bist übermüdet. Gestresst. Du musst schlafen.

Morgen sieht alles ganz anders aus.

Doch Arianes Worte gingen ihr nicht mehr aus dem Kopf.

Tot. Koexistenz.

Die Worte der Betreuerin sprangen ihr in den Sinn.

... alles einbuddeln, was sie finden kann ... wirkt beinahe wie ein Zwang ...

Koexistenz.

Sie glaubte das Geräusch von Lilous Schaufel zu hören, wenn sie sich in den Sand grub und der feuchte Sand danach vom Blatt rutschte.

Tschk-Schschsch.

Versuchte Steve über Lilou zu zeigen, dass er vergraben worden war?

Wie in einem Film liefen die letzten Monate vor ihr ab. Lilous Eigenheiten. Die Spinnen. Die Albträume. Die Erscheinungen.

Oder wurde sie doch verrückt? Hatte ihr Vater es all die Jahre geahnt?

Wir sollten Hanna zu einem Spezialisten bringen.

Vater klingt besorgt.

Das ist doch nicht normal, diese Schnüffelei.

Einen Spezialisten?

Mutter stellt ihre Kaffeetasse klirrend ab.

Wenn du einen Psychiater meinst, dann sag das.

Ja, ich meine einen Psychiater. Einen verdammten Psychiater.

Unsere Tochter braucht keinen Psychiater.

Mutter wird schrill.

Sie ist völlig normal.

Ach? So wie meine Mutter?

Jetzt klirrt auch Vaters Tasse. Ich ziehe die Beine näher an meinen Oberkörper, um mich hinter dem schweren Vorhang noch kleiner zu machen.

Da hast du auch immer abgewiegelt. Bis es zu spät war.

Er ahmt Mutter nach.

Was werden die Leute sagen? Denk an die Presse ...

Das war etwas anderes.

Ja. Sie hat all diese unmöglichen Dinge getan, weil Vater durch den Wasserhahn zu ihr gesprochen hat.

Er lacht hart.

Hanna braucht nicht mal einen Geist im Wasserrohr, um jede Nacht durch das Haus zu spuken.

Du weißt genau, was sie sucht. Wenn du damals mit dem Kopf anstatt mit dem Penis gedacht hättest …

Jetzt mach aber einen Punkt. Das hat doch nichts mit Hanna zu tun! Ich habe für diesen Ausrutscher mehr als genug bezahlt.

Vater erhebt sich.

Ich will, dass Hanna zu einem Psychiater geht. Basta. Die können viel bewirken. Wenn man nicht so verdammt borniert ist wie du, sondern früh genug eingreift.

Hanna stand auf. Ihr linker Fuß war eingeschlafen. Die Fußsohle war taub, der Fuß fühlte sich an wie ein formloser, harter Klumpen. Ob ihr Leben anders verlaufen wäre, wenn ihr Vater sich durchgesetzt und sie zum Psychiater geschickt hätte, anstatt in ein Internat? Sie hatte nie erfahren, ob sie die gleiche Veranlagung besaß wie ihre Großmutter, aber die Angst davor hatte sich bei ihr eingenistet wie ein Schmarotzer, der von ihren Zweifeln lebte. Sie stöhnte. *Was für eine Wahlmöglichkeit. Entweder du wirst verrückt, oder Lilou ist von ihrem Vater besessen.* Der Gedanke daran erzeugte eine neue Welle der Übelkeit.

Besessen. Mein Kind.

Sie humpelte zur Toilette. Die Übelkeit legte sich, und sie setzte sich auf den Klodeckel und hob das Bein an. Sachte bewegte sie die Zehen. Das Klumpfußgefühl ließ nach und wurde vom Piksen Tausender Ameisen abgelöst. Sie musste unbedingt schlafen. Wenn Pseudohalluzinationen durch Schlafmangel und Stress ausgelöst wurden, musste sie genau dort ansetzen. Hanna begann sich auszuziehen. Langsam. Bedächtig. Als sei es wichtig, jede Bewegung genau zu kontrollieren. Mit einem Klacken fiel Britts Talisman aus der Jackentasche. Sie hob ihn auf, öffnete das Ledersäckchen, nahm den Rosenquarz heraus und schaltete das Licht an. Dann wendete sie das Leder von innen nach außen. Ein Herz war darauf gemalt und darin die Worte: *love forever.* Steves Schrift. Sie schleuderte es von sich.

Als sie ihren Fuß vorsichtig auf den Boden stellte, war das Prickeln nur noch schwach zu spüren. Peinlich darauf bedacht nicht zum Spiegel zu blicken, humpelte sie ins Zimmer zurück. Dort kramte sie in dem Koffer nach ihrem Nachthemd, streifte es über und legte sich neben Lilou.

Am Kopfende befanden sich zwei Lichtschalter. Sie löschte das helle Deckenlicht und ließ nur die Nachttischlampe brennen. Vorsichtig äugte sie in den Spiegel. Nichts geschah.

Neben ihr schmatzte Lilou im Schlaf. *Wie Steve.*

Hanna schaltete das Licht aus und lag mit offenen Augen im dunklen Zimmer. Durch das Fenster schimmerte das Licht der Straßenlampen. Nach ein paar Minuten erkannte Hanna die Konturen der Möbel und hielt sich mit den Augen daran fest.

Sie hatte Steve im Spiegel gesehen. Es konnte kein Trick sein.

Wurde sie wie ihre Großmutter?

Sie musste zum Psychiater.

Man würde ihr Lilou wegnehmen. Sie in ein Heim stecken.

Hanna tastete mit der Hand über das steife Laken nach Lilou und zog sie abrupt wieder zurück. Als hätte sich eine unsichtbare Barriere zwischen Lilou und ihr aufgebaut, konnte sie ihre Hand nicht näher als ein paar Zentimeter an ihre Tochter schieben.

Koexistenz.

Es ist nur ein Wort. Ein dummes Wort.

Doch es hatte sich in ihr festgehakt wie ein Angelhaken in einem Fischmaul, und es zerrte an ihr, als wollte es sie mitsamt ihren letzten klaren Gedanken in eine unergründliche Tiefe ziehen. Sie richtete sich auf und betrachtete Lilous Konturen. Wartete auf die mütterlichen Gefühle, die sie sonst erfüllten, wenn sie Lilou betrachtete. Sie blieben aus. Zum ersten Mal in ihrem Leben fühlte sie sich in Lilous Anwesenheit unwohl. Sie glaubte, Steve bei ihr zu spüren. Steve, der in ihr nur eine Geldquelle gesehen hatte und seine Tochter für seine Ziele missbrauchte. Und obwohl sie wusste, dass solch eine Koexistenz nicht möglich war, rückte sie von Lilou ab, als hätte sie eine ansteckende Krankheit.

Sie ist deine Tochter! Wende dich nicht von ihr ab. Du glaubst diesen Unsinn doch nicht!

Hanna schluchzte auf. Was passierte nur mit ihr? Lilou war ihr Lebensinhalt. Ihr Ein und Alles. Wie konnte sie nur solche Gefühle zulassen? Sie presste die Handballen so fest gegen ihre Schläfen, als wollte sie mit Gewalt die wirren Gedanken in ihrem Kopf ordnen. Sie versuchte, eine logische Erklärung zu finden, eine Erklärung, die sie aufatmen und ruhig schlafen lassen würde. Doch sie wusste, dass sie keine finden würde, solange sie nicht bereit war, sich auf das Unerklärliche einzulassen, auf eine Reise in eine Welt, in der für Logik kein Platz war. Eine Welt, in der sie sich nicht auskannte und die sie furchtbar ängstigte.

48

1. April 1991

Luke ist jetzt den fünften Tag weg, und der Alte tobt. So scheiße drauf hab ich ihn noch nie erlebt. Keiner muckst. Die Stimmung ist so geladen, wenn da ein Funke fliegt, dann knallt das so, wie es hier noch nie geknallt hat.

Ich glaub, der Alte hat gemerkt, dass Zara weg ist. Wenn wir Glück haben, hält Linus dicht, und der Alte denkt, Zara hat sich zum Sterben irgendwo im Terrarium verkrochen. Ich weiß nicht, was Luke mit Linus ausgemacht hat. Vielleicht hat Linus dem Alten gesteckt, dass Luke Zara zermatscht hat. Dann sind Steve und ich aus dem Schneider. Aber ich hab trotzdem ein ziemliches Scheißgefühl. Steve auch. Er wollte mich vorhin dazu überreden, mit ihm abzuhauen. Zu seinen alten Nachbarn. Die sind wie Tante und Onkel für ihn. Ich hab ihm erklärt, dass das kein guter Plan ist. Der Alte lässt ihn doch zuallererst dort suchen, und dann sind wir voll am Arsch. Er meint, die verstecken ihn, bis er zu seinen Eltern zurückkann. Das ist natürlich Blödsinn. Ich hab ihm gesagt, dass die sich strafbar machen, weil er in die Schule muss, und dass das wie Kidnapping ist, wenn die ihn behalten. Wer will schon in den Knast, nur weil er zwei Heimis beim Türmen hilft?

Auf jeden Fall ist Steve voll nervös und denkt, dass Shem was weiß, weil der schon zweimal irgendwelche komischen Bemerkungen und gleichzeitig seine blöde Rübe-ab-Geste mit den Fingern am Hals gemacht hat.

Und ich?

Ich weiß nicht, was ich denken soll.

Abhauen ist Schwachsinn. Wohin denn? Luke hockt bei seiner Tusse, da bin ich mir ziemlich sicher. Der hat einen Unterschlupf und ist sowieso eine ganz andere Liga. Der sieht locker wie 19 aus, 20, wenn er sich nicht rasiert. Der kann jobben und bekommt keine lästigen Fragen, so wie, he, musst du nicht in die Schule und so. Und der stinkt auch nicht, weil er sich verstecken muss und sich nicht waschen kann und keine sauberen Klamotten hat und dann von dem ersten Schwein, dem man begegnet, verpfiffen wird. Wenn's so ausgeht, kann man auch gleich dableiben.

Devon, Combe Martin

Montag, 26. September

49

Hanna parkte den grauen Nissan vor dem niedrigen Zaun, der von prachtvollen Hortensien mit handballgroßen, pinkfarbenen Blütenköpfen regelrecht erdrückt wurde. Noch während sie Lilou aus dem Kindersitz schnallte, begann diese zu zappeln, als könnte sie ihre Ungeduld nicht mehr bezähmen. Kaum hatte Hanna sie auf dem Gehweg abgestellt, rannte sie ohne zu zögern zum Gartentor und rüttelte daran.

Schmunzelnd hängte Hanna ihre Handtasche um und zog ihren Koffer vom Rücksitz. Sie hatte ihn in aller Eile gepackt, nachdem sie Lilou für zwei Stunden in der Krippe abgegeben und sich vergewissert hatte, dass niemand in die Wohnung eingedrungen war. Sie fröstelte. Obwohl die Sonne strahlend am Himmel stand, blies der kühle Herbstwind durch ihre Kleidung hindurch, als stünde sie nackt vor dem Auto. Sie drehte sich zu Lilou um und bemerkte einen Schatten, der sich vom Fenster löste. Stumm begann sie zu zählen. Bei fünf wurde die Haustür aufgerissen, und George stürzte heraus. Kaum hatte Hanna die Klinke hinuntergedrückt, stieß Lilou das Gartentor auf und lief George entgegen.

»Lilou!« Er hob sie hoch und drehte sich mit ihr im Kreis. Lilou quietschte vor Vergnügen. Hanna lächelte. Es war fast wie nach Hause kommen. Ein Gefühl der Ruhe durchflutete sie, und ihre Schultern sackten nach unten, als hätte jemand den Strom abgeschaltet, der die Anspannung nährte, die sie seit dem Besuch bei Ariane am Tag zuvor nicht mehr abschütteln konnte. Jetzt sah sie auch Mary. Freude spiegelte sich so deutlich auf ihrem lieben Gesicht, dass Hanna Mühe hatte, ihre Tränen zurückzudrängen. Es war besser, als nach Hause zu kommen.

»Hi, George, pass auf, dass ihr nicht abhebt!« Hanna duckte sich, um nicht von Lilous fliegenden Beinen getroffen zu werden, und ging lachend an dem fröhlichen Gespann vorbei zu Mary.

»Guten Tag, Mary.«

»Hanna!« Mary nahm Hannas Hand. »Was für eine wunderbare Überraschung!«

Mary fuhr ihren Rollstuhl rückwärts den Gang entlang und drehte ihn dann geschickt in die Küche hinein. »Ich habe gerade einen Tee aufgebrüht.« Sie nahm ein paar Topfhandschuhe von der Arbeitsfläche, rollte zum Ofen und öffnete ihn. Dann zog sie ein Backblech mit Muffins heraus. »Du kannst dir gar nicht vorstellen, wie glücklich mich euer Besuch macht.«

Spontan beugte Hanna sich zu ihr herunter und umarmte sie. Wie gut, dass sie sich doch noch dazu entschieden hatte, zu ihnen zu fahren, anstatt in einer Pension abzusteigen. »Ich bin auch sehr froh, euch zu sehen«, sagte sie leise und ließ ihren Tränen endlich freien Lauf. Sie setzte sich auf ihren Stuhl und sah zu, wie Mary die Muffins auf einem handbemalten Teller arrangierte. Mary sagte nichts. Nur einmal rollte sie zu ihr, legte ein großes, weiches Stofftaschentuch vor sie und strich zart über ihren Handrücken.

»Guck mal, ein kleiner Muffinfrosch!« Lilou wie ein Päckchen unter den Arm geklemmt, betrat George die Küche und übergab sie behutsam Marys ausgestreckten Armen.

»Mi! Mi!« Lilou legte ihre Ärmchen um Marys Hals und schmiegte den Kopf an ihre Schulter.

»Mein Schätzchen«, flüsterte Mary und hielt Lilou fest. »Mein Schätzchen.«

George räusperte sich. »Dann schenk ich mal Tee ein, bevor jetzt alle zu heulen anfangen.« Er goss die Tassen voll und reichte Hanna die Milch. »Mary hat mich heute früh ins Dorf geschickt, Bananen kaufen. Weil sie für Lilou Bananenmuffins backen wollte. Ich hab sie ausgelacht, aber du kennst sie ja, wenn sie sich mal was in den Kopf gesetzt hat.« Er sah Mary an, und sein Blick war voller Zärtlichkeit. »Ich hab mir gedacht, wenn es ihr Spaß macht, dann soll sie Bananenmuffins backen, irgendjemand findet sich immer, der sie isst.«

Hanna horchte auf. Wie konnte Mary ahnen, dass sie heute kommen würden? Sie beobachtete Mary und Lilou. *Als wären George und ich nicht da. Woher kommt nur diese extreme Bindung?* Nachdenklich berührte sie ihren silbernen Schlüssel. *Koexistenz.* Sie verscheuchte den Gedanken.

»Ja, und jetzt seid ihr tatsächlich hier.« George nahm einen Schluck Tee und grinste. »Wenn ich gewusst hätte, dass das so einfach geht, hätte ich Mary schon vor Wochen Muffins backen lassen.«

Hanna versuchte zu lächeln, doch es misslang ihr. »Ich wünschte, wir wären wegen der Muffins hier.«

»Du bist wegen Steve hier.« Mary zerteilte Lilous Muffin in kleine Stücke.

»Om nocheina«, sagte Lilou und streckte fordernd ihre Hand aus.

Hanna holte einen weiteren Teller und stellte ihn vor Lilou. »Es ist einiges passiert, seit ich euch das letzte Mal gesehen habe, und Lilous kleiner Freund Om ist dabei das geringste Übel.«

George kam mit der frisch aufgebrühten Kanne Tee zum Tisch zurück. Sein Blick war noch immer skeptisch, und Hanna spürte, wie sehr er mit sich kämpfte.

»Spuck's schon aus! Ich weiß, wie verrückt das alles

klingt, und ganz ehrlich, George, wenn du mir das eben alles erzählt hättest, würde ich jetzt genauso an deinem Verstand zweifeln wie du wahrscheinlich an meinem.«

»Tut mir leid, ich kann da nicht aus meiner Haut.« Er strich verlegen die Tischdecke glatt. »Mary kann dir ihr Leid darüber klagen, nach ihrem … Unfall hat sie mal gesagt, sie hätte Steve gesehen. Das klang für mich genauso unsinnig, wie wenn sie mich Bananen kaufen schickt, weil sie glaubt, dass Lilou mit dir zum Tee einfliegt.«

»Sie sind aber da«, bemerkte Mary trocken.

»Du weißt, was ich meine«, sagte George. »Dass sie jetzt hier sind, ist purer Zufall, so was kann man nicht spüren.«

Mary zuckte mit den Schultern und lächelte, als würde sie sagen wollen: »Wer weiß?«

»Ich glaube selbst nicht an Geister und solchen Kram.« Hanna verteilte mit der Gabel die Brösel auf ihrem Kuchenteller, um das Zittern ihrer Hand zu verbergen, das sich bei dem Gedanken an Steves Anblick im Spiegel einstellte. »Aber … manche Dinge kann ich mir einfach nicht erklären. Britt und Marten können nicht für alles verantwortlich sein, was Lilou und mir in den letzten Monaten passiert ist. Vor allem, was Lilou betrifft. Es ist eine Sache, mich zu manipulieren. Aber wie stellen sie das bei Lilou an?«

»Manchmal geschehen Dinge, die wir nicht erklären können.« Mary sprach sehr leise, und doch vernahm Hanna jedes Wort so deutlich, als hätte sie besonders laut gesprochen. »Manchmal musst du dich auf das Unglaubliche einlassen, wenn du Antworten haben willst. Sonst wirst du ewig suchen.«

George winkte ab. »Ach, hör nicht auf Mary. Als Nächstes wird sie vorschlagen, dass du dir ein Ouijabrett kaufst. Sag lieber, warum du zu uns gekommen bist. Dein Besuch hat doch einen Grund, nicht wahr?«

»Ich möchte herausfinden, wer Steve wirklich war. Warum er vor sechs Monaten hier gewesen ist. Was er vorhatte. Wenn ich das weiß, weiß ich auch, was… Britt und Marten vorhaben.« Sie spuckte den Namen Britt beinahe heraus, als hätte es sie größte Überwindung gekostet, ihn überhaupt in den Mund zu nehmen.

»Hast du einen Plan?«

»Ich habe ein paar Fotos von Steve, als er ein Jugendlicher war. Ich dachte, wenn ich noch mal so eine Flugblattaktion starte… Und die Schulen abfahre. Ich wollte letztes Mal schon die alten Jahrbücher einsehen.« Sie kramte Steves Fotos aus ihrer Tasche hervor und legte sie auf den Tisch.

»Und ich werde Linus bitten, mir zu helfen. Den Typen, den ich damals am Viewpoint…«

Georges Hand schoss vor. Er grapschte nach den Fotos, als Marys Stimme wie ein Peitschenknall durch den Raum schwang. »Gib es mir. Wage nicht, es vor mir zu verstecken.«

Georges Gesicht lief rot an. Seine große Hand verharrte über den Fotos, als wüsste er nicht, was er tun sollte.

»George!« Mary streckte eine Hand aus. »Sofort!«

Gebannt verfolgte Hanna den Machtkampf zwischen den beiden. Was hatten sie auf den Fotos entdeckt?

Widerwillig nahm George die Fotos hoch und reichte sie Mary.

»Stevie«, flüsterte sie. »Er ist es. Schau nur, George, unser Stevie.« Sie hielt eines der Fotos dicht an ihr Gesicht.

Hanna beobachtete sie stumm.

George stand auf und trat hinter Mary. Seine Hand lag auf ihrer Schulter, die Finger gruben sich in ihre blaue Samtbluse.

»Geh, und hol das Album!«, forderte Mary ihn auf.

George bewegte sich nicht. Sein Blick war unverwandt auf das Foto gerichtet.

»Nun geh schon!«, wiederholte Mary. Endlich riss sich George von dem Anblick los und verließ die Küche. Hanna hörte ihn im Wohnzimmer rumoren, dann kam er mit einem hellbraunen Fotoalbum zurück, das er vor Mary auf den Tisch legte.

In Hannas Kopf schwirrten Fragen, doch sie wagte nicht, sie jetzt zu stellen. Es war, als wäre sie für die beiden nicht mehr anwesend. Als wären sie in einer anderen Zeit verschwunden, in einer Dimension, zu der Hanna keinen Zutritt hatte.

Mary schlug das Album auf und blätterte zur letzten Seite. Dann winkte sie Hanna zu sich. »Das ist unser letztes Foto von Stevie.«

Hanna erkannte den Jungen sofort. Es war derselbe, der mit ihrem Steve vor dem Baum posierte. Er trug Steves Arsenal-Schal.

»Er trägt den Lieblingsschal von meinem Mann. Seine Großmutter hat ihn gestrickt.«

Mary hob den Kopf und sah sie irritiert an. »Ich habe diesen Schal gemacht. Ich habe ihn Stevie zu Weihnachten geschenkt. Unserem letzten gemeinsamen Weihnachten.«

»Du?« Hannas Unterkiefer klappte nach unten. Der Schal gehörte Marys Sohn? Plötzlich sah sie Ariane vor sich. Wie sie nach Luft rang, nachdem sie Lilou den Schal gegeben hatte.

So viel Wut. So viel Hass.

Ein Kribbeln lief ihre Wirbelsäule hoch. Sie erinnerte sich, wie Lilou Marten den Schal aufgedrängt hatte. Als wäre es ungeheuer wichtig, dass er den Schal mitnähme. Das hatte Marten nicht steuern können. Aber kurz darauf hat er George und Mary aufgespürt.

Das Kribbeln nahm zu.

Koexistenz. Mein Gott. Bitte lass mich eine Erklärung finden.

Wie von weit her drang Marys Stimme an ihr Ohr.

»Unser Stevie und dein Steve kannten sich also.« Mary schob das Fotoalbum ein Stück zur Seite und lächelte müde. »Sie müssen Freunde gewesen sein. Ist dir aufgefallen, wie unser Stevie deinen Mann ansieht? Er muss ihn bewundert haben.«

»Und ihr habt meinen Mann wirklich nie gesehen? Auch nicht als Jungen?« Es kostete Hanna all ihre Anstrengung, sich auf die Unterhaltung zu konzentrieren. Sie versuchte, den Gedanken an Ariane aus ihrem Kopf zu verbannen, und nahm das Foto mit den zwei Steves. Sie ließ ihren Blick kurz darauf verweilen, dann reichte sie es George. »Ganz sicher?«

»Nie gesehen.« George schüttelte den Kopf. »Vielleicht haben sie sich erst später kennengelernt.«

»Ein großer Altersunterschied scheint es nicht zu sein, so von dem einen zu dem anderen Foto«, sagte Hanna zweifelnd.

»Möglich. Das letzte Bild von ihm hat Mary ein paar Tage vor der Trennung geschossen.« George gab Hanna das Foto zurück und zeigte auf die Narbe über dem rechten Auge seines Sohnes. »Die hatte er damals noch nicht. Die durfte ich an ihm nie kennenlernen.«

Hanna schleuderte das Foto auf den Tisch. »Ich kann einfach nicht fassen, dass wir jetzt wissen, dass sie sich kannten, und doch keinen Schritt weiter sind, weil wir nicht wissen, woher!«

»Ich denke, ich weiß, woher sie sich kannten«, sagte George finster. »Ich bin mir sogar sicher, dass dieses Foto aus diesem verfluchten Heim stammt, aus dem er verschwunden ist.«

»Euer Sohn war in einem Heim?« Hanna starrte von George zu Mary und wieder zu George. Sie überlegte fieberhaft, was diese Information bedeuten könnte.

»Es muss ein schreckliches Heim gewesen sein.« Marys Gesichtsfarbe hatte eine gräuliche Färbung angenommen. Sie sah plötzlich Jahre älter aus.

»Mary«, sagte George warnend.

»Es muss schrecklich gewesen sein«, wiederholte sie flüsternd. »Das weißt du genauso gut wie ich, und nur weil wir darüber schweigen, was wir unserem Jungen angetan haben, machen wir es nicht ungeschehen.«

50

4. April 1991

Er ist weg. Ich fühle mich fast so beschissen wie damals, als Luke mir gesagt hat, dass Marcus tot ist.

Erst Marcus.

Dann Luke.

Heute Steve.

Jetzt bin ich allein. Ich vermisse sie. Marcus, Luke und Steve.

Ja, sogar Steve. Ich vermisse es, wie er plötzlich vor mir steht, einfach nur dasteht und nichts sagt. Wie er mich erwartungsvoll anstarrt, als ob ich der beschissene Weihnachtsmann wäre. Bis ich sage, ey, was los, Mann?, und er nur die Schulter zuckt und sagt: Nichts. Und dann fragt er mich, was ich mache, und ich sage, siehst du doch, ich hör dem Gras beim Wachsen zu, und er setzt sich zu mir, und dann hören wir zusammen dem Gras beim Wachsen zu und sind zufrieden.

Jetzt hat das Gras aufgehört zu wachsen.

Ich wünschte, ich hätte Steves Plan abzuhauen ernst genommen. Ich hätte mitgehen sollen. Er hat keine Chance da draußen. Und selbst wenn er es bis zu den Nachbarn schafft, dann wird ihn der Alte dort bald einsacken. Der hat die Bullen schon alarmiert, und die haben uns gefragt und ganz dringend getan. Der Alte hat behauptet, Steve braucht dringend eine bestimmte Medizin, sonst überlebt er nicht. Das ist gelogen. Ich habe Steve noch nie was nehmen sehen. Er wollte nur, dass wir ihn verraten.

Der Alte ist noch wütender als bei Luke. Gestern hat er das Abendessen gestrichen. Komplett. Ich möchte nicht wissen, was Steve erwartet, wenn er gefunden wird. Der Alte macht ihn alle. Kommt wohl nicht so gut bei den Behörden, wenn so kurz nacheinander zwei von seinen Zöglingen die Biege machen. Jedenfalls hat er die Sicherheitsvorkehrungen verschärft. Nachts sind die Zimmer von außen abgeschlossen, und wenn wir mal müssen, haben wir Eimer im Zimmer, in die wir pissen sollen.

51

Die Stille in der Küche war unerträglich. Hanna erahnte die Schuld, die George und Mary in ein unsichtbares Gefängnis sperrte, aus dem es kein Entrinnen gab. Nicht die letzten zwanzig Jahre, nicht heute, nicht in diesem Leben. Mary wiegte ihren leicht gebeugten Oberkörper vor und zurück, als müsse sie Lilou mit ihrem Körper vor der Grausamkeit dieser Welt beschützen. Ihr Gesicht war steinern. Kein Zucken der Lippen, kein Wimpernschlag. Es war, als hätte sie eine Totenmaske aufgesetzt, die zu lösen sie nie wieder in der Lage sein würde. Schließlich räusperte sich George.

»Es war im Januar neunzehnhunderteinundneunzig«, begann er, ohne Hanna anzusehen. »Ich war im Golfkrieg und wurde bei einem Gefecht schwer verletzt.«

»Du warst Soldat?«, fragte Hanna erstaunt.

»Ja. Bevor ich Mary kennengelernt habe, war ich sogar einige Jahre in Deutschland stationiert.« Seine Hände schlossen sich zu Fäusten und öffneten sich wieder, dann verschränkte er sie ineinander, als müsste er sich selbst festhalten. »Wie gesagt, ich wurde schwer verletzt. Die Ärzte wussten nicht, ob ich es schaffen würde. Da haben sie Mary angerufen. Sie haben ihr gesagt, dass ich wohl die nächste Woche nicht überleben werde und auch nicht transportfähig sei.«

In Marys Gesicht regte sich noch immer kein Muskel.

»Ich hätte nie zugelassen, dass Mary informiert wird.« Er löste seine Hände und suchte Marys Blick. »Niemals hätte ich das zugelassen.«

»Nein, das hättest du niemals zugelassen.« Es war Mary,

die sprach, doch es war nicht ihre Stimme, die fremd und brüchig die Worte formte. »Es war meine Entscheidung, zu dir zu fliegen. Ganz allein meine Entscheidung.«

»Du bist George in ein Kriegsgebiet gefolgt?« Hanna runzelte die Stirn. »Wie alt war Stevie?«

»Vierzehn. Ich war nicht transportfähig. Mary hatte Angst, ich könnte sterben, ohne dass sie sich von mir verabschieden konnte. Sie hat so lange Terror gemacht, bis sie eine Sondergenehmigung bekam.«

»Ich wusste nicht, dass Zivilisten in Kriegsgebiete nachreisen dürfen.«

»Es war eine Sondergenehmigung«, sagte George.

»George hat zweiundzwanzig Soldaten gerettet und dabei sich selbst geopfert. Er war ein Held. Man wollte ihm eine Ehre erweisen.« Noch immer klang Marys Stimme fremd. »Es sollte eine Reise von drei Tagen sein. Stevie kam zu meiner Schwester. Er wollte unbedingt mit, aber das habe ich natürlich nicht erlaubt.«

»Und dann ist Marys Konvoi gekidnappt worden. Sie wurde fast drei Monate als Geisel festgehalten. Ich habe nichts davon mitbekommen. Die Ärzte hatten mich in ein künstliches Koma versetzt.«

»Und Stevie? Er war doch bei deiner Schwester?« Hanna schaute fragend von Mary zu George.

»Sie hatte einen Freund«, presste George mühsam hervor. »Ein mieses Dreckschwein. Stevie war ihm lästig. Angeblich ist ihm Stevies Gerede über meine Heldentaten auf die Nerven gegangen. Jedenfalls hat er sich über mich lustig gemacht, und dann ...«

»Stevie hat George verteidigt.« Marys Worte klangen monoton, als zähle sie die Maschen des Pullovers, den sie gerade strickte. »Er muss schrecklich ausgerastet sein, er soll sogar eine Vase in den Fernseher geworfen haben.«

»Und dann hat dieses miese Dreckstück Stevie krankenhausreif geprügelt. Ich habe die Bilder gesehen. Und als er mit ihm fertig war, hat er bei Marys Schwester weitergemacht.« Georges Atem ging stoßweise. »Ich hätte ihn umbringen müssen. Es ist nicht recht, dass dieser Drecksack noch atmet.«

»Schsch, George. Du weißt, das hätte niemandem etwas gebracht.«

»Und was ist dann mit Stevie passiert?«

»Sie haben ihn in ein Heim gesteckt. Nach ein paar Tagen, als er das Krankenhaus verlassen konnte. Seine Tante lag noch auf der Intensivstation, sie hatte einen Milzriss.«

Georges Atem hatte sich wieder beruhigt. »Und von dort ist er verschwunden. Einfach abgehauen. Keiner weiß, warum. Er ist nie wieder aufgetaucht. Wir haben jahrelang gesucht. Mit Privatdetektiven. Allein. Wir sind jeder Spur gefolgt. Alles vergebens. Immer erst die Hoffnung, diese verfluchte Hoffnung. Die Aufregung und dann der Sturz ins Bodenlose, wenn man wieder merkt, dass ... Und dann hatte Mary ihren ... Unfall.«

Er verstummte und starrte hilflos auf seine Hände hinab.

Hanna sagte nichts. Sie begann zu begreifen, was in Mary vorgegangen sein musste, als sie sich das Leben nehmen wollte. Sie verstand, dass diese Achterbahnfahrt zwischen Hoffnung und Enttäuschung zu rasant für Marys verwundete Seele gewesen war.

»Ich habe daraufhin die Suche beendet und Stevie komplett aus unserem Leben gestrichen. Ich habe alle Fotos weggeräumt. Sein Zimmer neu eingerichtet. Ich wollte uns eine Chance auf ein Leben ohne ihn geben. Mary hat mich dafür gehasst, aber Stevie war inzwischen alt genug, um zu uns zurückzufinden, wenn er noch lebte.« Er sah Mary an. »Was hätte ich sonst tun sollen? Zusehen, wie du dich zerstörst? Dich auch noch verlieren?«

52

Der altersschwache Computer in Georges Arbeitszimmer arbeitete diesmal langsam. Hanna lehnte sich in dem abgewetzten Lederstuhl zurück und wartete darauf, dass der Bildschirm sich neu aufbaute. Georges Geschichte ließ sie nicht los. Wäre Mary zu Hause geblieben, hätten sie nach Georges Genesung ein ganz normales Leben führen können. Wie oft musste sie sich gewünscht haben, die Uhr zurückdrehen zu können, um an diesem Scheidepunkt einen anderen Weg einzuschlagen.

Wie absurd das Leben doch war. Welch banale Kleinigkeiten das Zickzackmuster bestimmten, in dem man durchs Leben wanderte. Hätte sie eine Minute länger mit dem Taxifahrer geredet, wäre Lilou wahrscheinlich gestorben, und sie müsste sich ein Leben lang fragen, ob sie ihr Kind hätte retten können, wenn sie dem Taxifahrer kein Autogramm gegeben hätte.

Endlich erschien die Mitteilung, dass die Fotos hochgeladen worden waren. Hanna klickte auf Steves Facebook-Seite und überflog ihre Textänderungen. Auf dem Foto konnte man beide Steves gut erkennen. Im Text hatte Hanna den Namen des Heims angegeben und das Jahr, in dem das Foto entstanden war. Es klopfte. Hanna drehte sich um und sah George das Zimmer betreten.

»Mary schläft. Das hat sie alles ziemlich mitgenommen. Soll ich dir eine Pastete aufwärmen?«

»Danke. Ich habe vorhin bei Lilous Abendessen genascht.« Hanna legte ihre Hände in den Schoß. »George?«

»Ja?«

»Darf ich dir Fragen zu Grace Manor Home stellen?«

Sein Gesicht verschloss sich. »Es war ein schlechtes Heim.«

»Warum? Was ist dort passiert? Ich habe gegoogelt. Es existiert nicht mehr. Es ist heute ein Hotel mit einem Vergnügungspark. Grace Manor Hotel. Es wurde umgebaut, nachdem es vor knapp zehn Jahren wegen Sicherheitsmängeln geschlossen worden ist. Der Umbau wäre für die Kommune zu teuer geworden. In dem Artikel wird das Heim über den Klee gelobt, und das Hotel wird als besonders empfehlenswert für Familien angepriesen. Als Kinderparadies.«

»Ha.« George stieß ein wütendes Schnauben aus. »Gelobt! Sag das mal den ehemaligen Heimkindern. Nach Jahren habe ich einen Freund von Stevie ausfindig gemacht. Er hat mir erzählt, wie es wirklich dort zuging. Luke Myers. Ist von dort abgehauen, kurz bevor Stevie verschwand. Er war der Einzige, der sich getraut hat, den Mund aufzumachen.«

»Was hat er gesagt?«

Georges Nasenflügel bebten. »Er hat von eisigen Zimmern und grausigem Essen erzählt. Von Prügeln und Demütigungen. Von … Missbrauch.« Seine Stimme brach.

Hanna saß still. In dem Artikel wurde das Heim für seine Disziplin und seinen pädagogischen Erziehungsansatz gewürdigt, mit dem schwererziehbare oder verhaltensauffällige Kinder aus Problemfamilien auf das Leben in der Gesellschaft vorbereitet wurden. Von Demütigung, Missbrauch und Prügel war nicht die Rede gewesen. Welch ein Hohn, ausgerechnet dort ein Kinderparadies zu errichten.

George räusperte sich. Seine Arme hingen kraftlos an den Seiten herunter, aber seine Fäuste waren geballt. »Ich konnte dem Heimleiter nichts nachweisen«, presste er hervor. »Obwohl Luke sich bereit erklärt hatte, vor Gericht auszusagen.«

»Haben sie ihm nicht geglaubt?«

»Der Anwalt des Heimleiters konnte die Anklage abschmettern. Er hat es als Verleumdung dargestellt. Luke hatte inzwischen ein beachtliches Strafregister. Einbruch, Betrug, Körperverletzung …«

»Das muss hart für euch gewesen sein.«

George rührte sich nicht. »Für Luke war es schlimmer. Ich habe fast ein Jahr gebraucht, um ihn dazu zu bringen, eine Aussage zu machen. Dann wurde er diskreditiert. Er ist völlig durchgedreht. Aber wir haben trotzdem nicht aufgegeben, bis das Heim geschlossen wurde.«

Hanna zog die Augenbrauen in die Höhe. »Wurde es nicht aufgrund von Sicherheitsmängeln geschlossen?«

»Doch. Ich habe sie zur Anzeige gebracht.«

Auf der Facebook-Seite öffnete sich das Chatfenster, und eine Nachricht ploppte hoch.

Marten: Hanna?

Hanna hielt die Luft an. Marten. Ihr Magen zog sich zusammen. Sie hatte ihm vertraut. Es hatte sich gut angefühlt, ihn als Freund zu haben.

Marten: Ich war vorhin bei euch. Britt ist in deiner Wohnung. Sie will mir nicht sagen, wo du bist. Sie hat nur gesagt, du willst nichts mehr mit mir zu tun haben. Was ist los?

Was für ein plumper Versuch, um herauszufinden, wo sie war. Hielt er sie für so dumm?

Marten: Hanna? Ich sehe, dass du online bist. Bitte antworte. Ich habe kein gutes Gefühl bei Britt. Du solltest vorsichtig sein, wie weit du ihr vertraust. Ich glaube, sie hat vorhin deine Wohnung durchsucht. Ich habe sie deutlich gehört, und sie hat nur aufgemacht, weil ich sonst nicht aufgehört hätte, gegen die Tür zu hämmern und nach dir zu rufen.

Ihre Wohnung durchsucht? Hanna lachte bitter auf.

Marten: Vorsicht mit Britt. Sie spielt falsch. Mit etwas Glück kann ich das morgen sogar beweisen. Können wir uns treffen?

Beweisen! Als ob sie nicht genug Beweise hätte. Wie geschickt er versuchte, sie aus der Reserve zu locken. Und doch meldete sich eine leise Stimme in ihr. Irgendetwas passte da nicht.

Marten: Hanna? Bitte melde dich! Ich mache mir wirklich Sorgen. Simon weiß auch nicht, wo du bist. Wenn ich bis morgen kein Lebenszeichen von dir bekomme, melde ich dich als vermisst.

Hanna schloss die Seite und fuhr den Computer herunter. Sollte er doch. Sie konnte sich aufhalten, wo sie wollte.

Mit einer fahrigen Bewegung zog sie einen Stapel frisch bedrucktes Papier aus dem Drucker und klopfte ihn mit der Seitenkante auf den Tisch, bis die Blätter ordentlich aufeinanderlagen.

Sie überflog den Text des Flugblatts. Morgen würde sie es verteilen und die letzte Chance nutzen, dass George sie begleiten konnte, bevor Mary und er zu ihrer jährlichen Reise nach Spanien aufbrachen. In der Finca eines Freundes verbrachten sie die Herbstmonate, wenn die Tage kürzer und kühler wurden und Mary noch mehr als sonst mit ihrem Rheuma zu kämpfen hatte. Dann schlich sie auf Zehenspitzen in ihr Zimmer und beugte sich über Lilous Bett. Den Wal an sich gedrückt lächelte sie im Schlaf, und Hanna streckte die Hand aus, um ihr über die Haare zu streichen. Sie schreckte zurück.

Lilous Lächeln war erloschen, ihre weit geöffneten Augen starrten sie an. Hanna stand stocksteif vor dem Bett, ihr Gehirn befahl ihr, Lilou über die Stirn zu streicheln, doch ihre Hände folgten ihr nicht. Als hätte der Blick ihrer Tochter sie zu Eis gefrieren lassen, stand sie reglos vor ihr.

»Grace Manor Home«, flüsterte Lilou, so klar und deutlich, als hätte sie in den letzten Stunden gelernt zu sprechen. Dann schloss sie die Augen und schlief weiter.

Dienstag, 27. September

53

George öffnete Hanna die Beifahrertür. Mit einem erleichterten »Geschafft!« ließ sie sich in die weichen Polster des Fords fallen und verstaute ihre Handtasche im Fußraum. Seit sieben Stunden waren sie jetzt unterwegs. Aber wenigstens hatten sie fast alle Flugblätter in den örtlichen Pubs und Läden verteilen können.

George startete den Motor.

»Danke«, sagte Hanna, während sie sich anschnallte. »Das hätte ich allein nie in der Zeit geschafft.« Er musste damals wirklich als Held gefeiert worden sein. Der Respekt, den man ihm allerorts entgegenbrachte, war außergewöhnlich.

»Schon gut.« George brummte die Antwort fast unverständlich vor sich hin, und Hanna verstand, dass er keinen weiteren Dank wünschte.

Typisch George. So typisch wie sein generalstabsmäßiger Auftritt heute früh, als er, einen roten Marker in der Hand, auf der Karte die Route einzeichnete, die sie abfahren sollten, um die optimale Reichweite für das Flugblatt zu erzielen. Er hatte das Heim als Ausgangspunkt genommen und einen Radius von zwanzig Meilen gewählt.

»Schade, dass ihr übermorgen schon abreist. Das wird ganz komisch sein, ohne euch in eurem Haus zu wohnen.« Sie wünschte, George und Mary würden ihre Abreise verschieben. Sie konnte sich das Cottage ohne sie nicht vorstellen. Lilou und sie würden die kleinen Räume nie mit dem Leben füllen können, das Mary und George ihnen durch ihre pure Anwesenheit einhauchten. Das Wort Aura kam ihr in den Sinn. Mary und George hatten beide eine starke Ausstrahlung. Man spürte, wenn sie in einem Raum waren. Es war, als würde sich die Energie mit ihrem Eintreten verändern. *Aura. Energie.*

Obwohl sie sich dagegen sträubte, drängte sich die Erinnerung an den Besuch bei Ariane in ihre Gedanken.

Zwei fremde Einflüsse hängen an Lilous Aura ... zwei Gestalten, die nicht loslassen ...

Zwei.

Wieder sah sie Ariane vor sich, wie sie keuchend den Schal wegschleuderte.

So viel Wut. So viel Hass.

Stevies Schal. Lilous ungewöhnliche Liebe zu Mary.

Hanna presste die Zeigefinger an ihre Schläfen, versuchte ihre Gedanken wegzudrücken. Doch sie kamen trotzdem. In Wellen, so schnell aufeinander, dass eine die nächste überrollte. Der Brei in Britts Haaren, der Schal in Lilous Bett, der Schlüssel im Stiefel, das gehässige Kichern, wenn Lilou mit Om allein sein wollte, das Buddeln im Sand, die lateinischen Spinnennamen, die Liebe zu Mary, die Freundschaft mit Om, die Worte Grace Manor Home ...

»Mach dir keinen Kopf«, sagte George mit einem Seitenblick auf Hanna. »Wenn wir erst einmal weg sind, wirst du dich in unserer Hütte genauso wohlfühlen wie jetzt.«

Sie war froh, dass George sie aus ihren Gedanken gerissen hatte. »Fahrt ihr wirklich jedes Jahr nach Spanien?«

»Ja.« George setzte den Blinker und reihte sich in den zunehmenden Berufsverkehr ein.

»Immer an denselben Ort?«

»Ja, Maspalomas auf Gran Canaria.«

»Da ist es noch ziemlich warm, oder?«

George zuckte die Schultern. »Mir ist hier nicht kalt. Meinetwegen müssten wir nicht monatelang nach Spanien. Aber Mary braucht das. Gegen ihr Rheuma. Seit dem Unfall hat sie immer wieder starke Anfälle. Ihre Hände... Sie spielt es herunter, aber ich merke es ihr an.«

»Gibt es keine Medikamente dagegen?«

»Doch, aber die Nebenwirkungen sind nicht akzeptabel. Ein paar Jahre lang hat der Arzt sie auf Morphium gesetzt, aber dieses Teufelszeug zerstört einen Menschen. Anfangs merkst du es gar nicht, aber irgendwann wunderst du dich darüber, was mit der Person an deiner Seite passiert.« George betätigte die Scheibenwaschanlage und säuberte die Frontscheibe. »Sie wird ein anderer Mensch.«

»So schlimm? Was hat es mit Mary denn angerichtet?«

»Schwere Depressionen. Somnolenz.«

»Und in Spanien braucht sie das nicht?«

»Nein. Da ist es warm und trocken, da hat sie noch nie einen Schub gehabt. Hier dagegen ist es im Herbst am schlimmsten. Wenn wir den Herbst ohne Schub schaffen, kommt sie durch den Winter, sogar hier.« George wandte ihr sein Gesicht zu. Sein Blick war eindringlich, und er betonte seine nächsten Worte, als hätte er Hannas heimlichen Wunsch erraten. »Mary muss jetzt fahren. Nicht in zwei oder drei Wochen. Wenn der Schub erst mal da ist, hilft die Sonne auf Gran Canaria auch nicht mehr.«

Hanna nickte. Sogar sie kämpfte mit der kühlen Feuchtigkeit, die durch die Kleider drang und sie von innen auszukühlen schien, sobald sie das Haus verließ.

George erreichte die ausgebaute Landstraße und beschleunigte. Im Vorbeifahren sah Hanna ein großes braunes Hinweisschild auf ein Hotel. Grace Manor Hotel – Fun-Park und Dinosteig – 1 Meile – Nächste Ausfahrt.

»Ist das das ehemalige Heim?«

Ohne zu antworten, drückte George das Gaspedal durch.

»Können wir dort anhalten? Ich würde es mir gerne einmal ansehen.«

Wieder reagierte er nicht.

»George?«

»Wir haben keine Zeit mehr.« Die Tachonadel war inzwischen weit über die erlaubte Höchstgeschwindigkeit gestiegen.

»Es liegt auf dem Weg.« Sie passierten ein zweites Hinweisschild. Riesengroß und mit einer bunten Zeichnung des Hotels. Einem imposanten viktorianischen Herrenhaus, neben dem ein mächtiger Dinosaurier und ein Karussell abgebildet waren. »Bitte! Es sind keine zweihundert Meter Umweg. Wir könnten dort ein Flugblatt abgeben.«

»Nein!« Georges Kopf war hochrot, an seiner Stimme merkte Hanna, dass er sich mühsam beherrschte, um nicht loszubrüllen. Er raste mit fast hundert Meilen an der Ausfahrt vorbei. »Niemand, der in dem Heim gewesen ist, wird je einen Fuß in dieses Hotel setzen. Niemand. Hörst du? Dort findest du ihn nicht. Kapier das doch.«

Der Rest der Rückfahrt nach Combe Martin verlief schweigend. Kurz nach der Ausfahrt hatte George das Tempo gedrosselt und hielt sich seitdem an die vorgeschriebene Geschwindigkeit. Sein Ausbruch hatte sie erschreckt. Er war so unvermittelt gekommen wie damals, als sie ihm Steves Foto gezeigt hatte und er sie fast aus dem Haus geworfen hätte. Hanna beäugte George von der Seite. Sein Profil war unergründlich. Der Blick auf die Straße gerichtet. Die Lippen zusammengekniffen, als müsste er mit aller Gewalt Worte in seinem Mund verschließen. Wie konnte jemand nur auf der einen Seite von so unfassbarer Fürsorglichkeit sein und dann plötzlich explodieren wie ein Vulkan, unberechenbar und Furcht einflößend.

Combe Martin war auf seiner Route nicht eingezeichnet gewesen, da es etwas über dreißig Kilometer von dem Heim entfernt lag, dennoch bog er jetzt ab und fuhr zur Borough Road, der Hauptstraße, die direkt zur Uferpromenade führte. Er suchte einen Parkplatz und manövrierte das Auto mit einem eleganten Schlenker in die Lücke.

»Lass uns die letzten Blätter hier verteilen. Morgen ist hier großer Markt, da kommen die Leute aus der ganzen Gegend, um einzukaufen.« Seine Stimme war wieder völlig ruhig. Er benahm sich, als sei nichts gewesen. Gelassen stieg er aus dem Auto und öffnete die Beifahrertür. Nebeneinander liefen sie die Promenade entlang. Gezielt wählte George bestimmte Läden aus und instruierte die Ladenbesitzer dahingehend, das Flugblatt gut sichtbar in ihrem Laden anzubringen und Hanna sofort zu informieren, sollte jemand darauf reagieren. In dem Souvenirladen, aus dem Lilous Wal stammte, nahm George sie zur Seite.

»Das ist Wally.« Er deutete auf den untersetzten Mann Ende fünfzig hinter der Kasse. »Wenn hier in der Gegend etwas passiert, dann weiß Wally das als Erster. Er ist die größte Tratsche in ganz Devon, aber er weiß auch, wann er sein Maul halten muss … Und er ist mein Freund. Wenn du nach unserer Abreise Hilfe brauchst, dann wende dich an ihn.«

Hanna sah zu Wally, der gerade seinen gewaltigen Bauch hinter die Ladentheke schob, und dann wieder zu George.

»Wally ist dein Mann. Vertrau mir.« Er legte seine Hand auf ihre Schulter und schob sie sanft durch den Laden zur Kasse.

»Na, du Stinktier, nimmst du wieder arglose Touristen aus?« George reichte Wally die Hand und schüttelte sie kräftig.

»Schön wär's, aber die Touristen sind auch nicht mehr, was sie mal waren. Früher haben die im Urlaub ihr Geld rausgehauen, heute hocken die auf ihren Kröten, als wären sie kurz vorm Hungertod.« Wally nahm ein Bündel Geldscheine aus der Kasse und zählte sie. Dann wandte er sich mit einem breiten Lächeln an Hanna. »Schön, dass du George und Mary besuchst. Deine Tochter hat es Mary ziemlich angetan.« Er schnitt eine Grimasse. »Sie spricht von nichts anderem als deinem Wunderkind. Wüsste ich es nicht besser, würde ich glauben, es wäre ihr Enkel. Zum Glück lieben wir Mary so sehr, sonst hätte sie längst Sprechverbot bekommen.«

»Wally ...«, unterbrach George ihn warnend.

»Was denn? Als meine Brenda und ich Großeltern geworden sind, ist Brenda ja auch erst mal zu einer ewig gurrenden und flötenden stolzen Oma mutiert, aber gegen Mary war das ja noch gar nichts ...« Er zwinkerte Hanna zu. »Da pass man auf, dass Mary dir deinen Schatz nicht noch abschwatzt oder dich ...«

»Wally! Es reicht!« Georges Stimme schnitt Wally mit einem donnerähnlichen Grollen das Wort ab. Wally hob abwehrend die Hände und machte eine beleidigte Miene.

»Was denn? Man wird wohl noch einen Scherz machen dürfen!«

»Wir sind nicht zum Spaß hier«, sagte George und knallte eines der Flugblätter auf die Theke. »Hanna steckt in Schwierigkeiten, und ich will mich auf dich verlassen können, wenn sie Hilfe braucht. Ist das klar?«

Wally nickte. Wieder hatte sich sein Gesichtsausdruck verändert. Keine gerunzelte Stirn, keine Spur von Beleidigtsein. »George hat mir ein wenig erzählt. Ganz schöner Mist, in den ihr da reingeraten seid. Natürlich stehe ich jederzeit zu deiner Verfügung. Georges und Marys Freunde sind auch meine Freunde.«

»Danke.« Hanna spürte eine Veränderung in Wally. Die Leichtigkeit, die er soeben noch versprüht hatte, war plötzlich verschwunden. Stattdessen hatte sich eine Anspannung in dem kleinen Laden aufgebaut, so intensiv, dass Hanna all ihre Sinne schärfte.

»Wenn ich sage jederzeit, dann meine ich jederzeit.« Wally schob seine wulstige Hand über die Theke und stupste sie an. »Jederzeit, okay?«

»Jederzeit«, wiederholte Hanna.

»Gut. Ich verlasse mich auf dich.« George klopfte auf die Theke und tippte sich dann mit dem Finger zum Gruß an die Stirn. »Grüß Brenda, und sag ihr, sie soll dich nicht so mästen.«

»Dicke leben länger.« Wally klopfte sich auf seinen runden Bauch. »Und haben mehr Spaß dabei.«

54

Zu Hause wartete Mary bereits mit dem Nachmittagstee und einem Berg Gebäck auf sie. Hanna nahm auf ihrem Stuhl in der Küche Platz und sah Lilou dabei zu, wie sie Bauklötzchen in zwei Tupperdosen einräumte. Eine für sich, eine für Om. Normalerweise hätte sie Lilou als Erstes an sich gedrückt, doch heute scheute sie sich davor. Sie beobachtete Lilou, als wäre sie ein fremdes Kind. Ihr fiel auf, dass sie ein rosa Langarmshirt und ein Jeanskleid trug, das sie nicht kannte, und neue Blümchenspangen im Haar hatte.

Vergeblich versuchte sie zu spüren, was Ariane gespürt hatte.

»War Lilou brav?«, fragte Hanna schließlich, obwohl sie die Antwort bereits kannte.

»Ein Engel.« Mary seufzte. »Sandra kam vorhin rüber und hat mit uns Muffins gebacken. Sie ist genauso in Lilou vernarrt wie ich. Das neue Kleidchen ist von ihr, ist es nicht hübsch? Ich wünschte, wir könnten die vermaledeite Reise verschieben. Ich würde viel lieber hier bei euch bleiben.«

Hanna verkniff sich eine Antwort. Sie registrierte Georges warnenden Blick, als er die Küche betrat. Er musste Marys letzten Satz gehört haben. Anstatt sich hinzusetzen, stellte er sich hinter ihren Rollstuhl und legte seine Hände auf ihre Schultern.

»Ich glaube nicht, dass ich noch lange bleiben werde, vielleicht ein, zwei Tage nachdem ihr gefahren seid«, sagte Hanna.

Lilou versenkte das letzte Klötzchen in einer der Dosen und lief dann zu Hanna.

»Mama!« Sie streckte die Arme nach Hanna aus.

Hanna zögerte, dann nahm sie Lilou vom Boden hoch. Lilou schmiegte sich an sie. Hanna spürte den warmen Atem an ihrem Hals und roch den Duft nach Babyshampoo, und die Barriere, die sich während der Fahrt hierher aufgebaut hatte, brach in sich zusammen. Sie drückte Lilou fest an sich. *Was machst du nur? Sie ist deine Tochter. Sie braucht deine Liebe. Lass sie nicht allein. Du weißt genau, wie sich das anfühlt.*

»Ein oder zwei Tage?«, fragte Mary. »Ist das nicht etwas kurz? Ich halte es für viel sinnvoller, wenn George und ich eine Woche länger hierbleiben. Spanien läuft schließlich nicht weg.«

George nahm das Teesieb aus der Kanne und legte es in die Spüle. »Wir haben das besprochen, Mary. Die Reise wird nicht verschoben.«

»Ach du!« Wütend rollte Mary ihren Stuhl zum Tisch und streckte die Arme nach Lilou aus. Hanna setzte sie ihr wortlos auf den Schoß und band ihr ein Lätzchen um.

»George hat recht. Es ist völlig sinnlos, die Reise zu verschieben.« Hanna griff nach einem Scone und bestrich ihn mit Butter.

Diesmal warf Mary einen prüfenden Blick zu George. Er ignorierte ihn, schenkte Tee aus, ohne zu fragen, wer einen wollte, und setzte sich dann seelenruhig hin.

»Ich kenne dich, George Warrington. Du hast Hanna irgendwelche Geschichten erzählt, damit sie zu dir hält.« Mary drohte ihm mit ihrer Gabel. »Aber nicht dieses Mal. Ich entscheide, ob und wann ich fahre, hast du verstanden?«

Hallo Linus,
ich bin wieder in Combe Martin, auf der Suche nach Informationen über Steve. Ich muss unbedingt wissen, was er von dir wollte, als er dich im Frühjahr aufgesucht hat.
Ich habe Rose gefunden, die Frau aus dem Tagebuch. Es könnte sein, dass Steve und Rose gemeinsam versuchen, mich fertigzumachen.
Ich habe herausgefunden, dass Steve hier in einem Heim gewesen ist – Grace Manor Home. Ich weiß, du hast Steve erst später kennengelernt, aber kannst du mir etwas zu diesem Heim sagen? Hat er was darüber erzählt? Es muss ziemlich schrecklich gewesen sein.
Bitte melde dich, es ist sehr wichtig.
Herzlich
Hanna

Hanna klickte auf »Senden« und stand von Georges Schreibtisch auf. Am Fenster beobachtete sie, wie Mary vor George den Gartenweg entlangfuhr. An der Art, wie sie den Rollstuhl bewegte, erkannte Hanna, dass sie noch immer böse mit George war und nur mitkam, weil ihre Nachbarin Sandra heute das alljährliche Abschiedsessen für sie gab. Im Hintergrund vernahm sie das helle *Bling*, mit der sich eine neue Nachricht ankündigte. Sie ging zum Computer zurück und öffnete die Mail.

Wir können uns morgen treffen, 12 Uhr. Sandy Bay.
Linus

Erleichtert schloss sie das Mailprogramm und fuhr den Computer herunter. Sandy Bay war in etwa fünfzehn Minuten mit dem Auto zu erreichen, eine Bucht zwischen Combe Martin und Ilfracombe, die beim Vorbeifahren zum Anhalten und Aussteigen einlud, um von dort einen Blick über den Bristolkanal auf das gegenüberliegende Wales zu werfen. Diesmal hatte sie keine Bedenken, Linus alleine zu treffen, im Gegenteil, nach den vielen Mails freute sie sich, ihn zu sehen, um ihm persönlich für seine Unterstützung zu danken. Sie verließ das Wohnzimmer und ging durch den Flur zur Treppe. Er war schlecht beleuchtet, und Hanna erschrak, als es hinter ihr laut knackte. Ruckartig fuhr sie herum, doch es war nichts. Nur das Knacken des Holzes, kein ungewöhnliches Geräusch in einem so alten Haus. Trotzdem konnte sie ihre Unruhe nicht mehr abschütteln. Etwas lag in der Luft. Aber sie konnte nicht beschreiben, was. Langsam ging sie weiter. An dem halbblinden Spiegel stoppte sie. Seitdem sie hier war, hatte sie den Spiegel gemieden. Hatte sie jeden Spiegel gemieden. Den Anblick von Steves zerfressenem Kopf hätte sie nicht ertragen.

Sie kniff die Augen so fest zusammen, dass weiße Sternchen durch die Schwärze flitzten, und drehte sich zum Spiegel. Wenn sie wirklich jemanden spürte, wenn Steve tatsächlich hier war, dann würde er sich jetzt zeigen. Sie öffnete die Augen und starrte ihr eigenes Spiegelbild an.

Mittwoch, 28. September

55

Das Geräusch von Schritten auf der Kiesauffahrt weckte Hanna. Die Sonne war noch nicht aufgegangen, doch Hanna war mit einem Schlag hellwach. Der Milchmann. Wenn sie jetzt aufstand, konnte sie eine Runde laufen, bevor Lilou aufwachte. Sie stieg aus dem Bett, leise, um Lilou nicht zu wecken, und zog ihre Trainingshose und eine warme Fleecejacke an. Auf Zehenspitzen verließ sie das kleine Gästezimmer und huschte nach unten. Sie sah auf die Uhr. Fünf nach sechs. Reichlich Zeit, um die acht Kilometer über den Campingplatz runter zum Meer, zur Promenade und über die Hauptgeschäftsstraße zurück in die ruhige Wohnsiedlung zu laufen, in der das Cottage lag. Nach einem kurzen Warm-up lief sie die Straße entlang zu dem schmalen Feldweg, der von dort bis zu dem Wohnwagenpark führte. Schon nach den ersten Schritten fühlte sie sich freier. Sie sog die salzige Luft ein, die nach Meer und Morgentau schmeckte und ihr Blut mit neuem Sauerstoff anreicherte. Sie hatte es vermisst. Das Laufen in der Natur. Von niemandem drangsaliert. Nur sie und die Straße, die ihre schnellen Schritte mit einem schmatzenden Geräusch kommentierte. Sie liebte das Laufen. Es war ehrlich. Keine Tricks. Keine Spielchen. Keine Regeln. Sie erhöhte ihr Tempo und bog in den Wohnwagenpark ein. Er lag still vor ihr. Die wenigen Gäste, die hier einen späten Urlaub verbrachten, schliefen noch in ihren spartanischen Behausungen.

Hanna konzentrierte sich auf die holprige Straße und ließ ihre Gedanken wie Pingpongbälle hin und her schießen.

Martens Nachricht spukte seit gestern in ihrem Kopf. Etwas hatte sie gestört, aber sie kam nicht drauf, was die Irritation hervorgerufen hatte. Marten hatte sie vor Britt gewarnt. *Sie hat gesagt, du willst nichts mehr mit mir zu tun haben… Ich glaube, sie hat vorhin deine Wohnung durchsucht… Sie spielt falsch…*

Wenn Marten und Britt unter einer Decke steckten, musste Marten wissen, dass sie ihm nicht mehr vertraute. Es musste ihm klar sein, dass sie nicht auf seine Nachricht antworten würde. Dass sie ihm auf keinen Fall ihren Aufenthaltsort mitteilen würde.

Sie legte einen Sprint bis zum Ende des Wohnwagenparks ein. Auf der offenen Strecke zum Meer reduzierte sie das Tempo und ließ ihre Arme kreisen. Er würde auch wissen, dass sie Britt nicht mehr vertraute.

Sie hielt die Arme mitten in der Bewegung an. Sie hätten Simon vorgeschickt. Weder Marten noch Britt konnten ahnen, dass sie von Simons und Britts Treffen erfahren hatte. Die Arme sausten nach unten.

Es gab also zwei Lager. Britt, Steve und Simon auf der einen Seite. Marten auf der anderen. Zu wem gehörte er? Ihren Eltern? Passte die Anfrage wegen ihres Erbes dazu? Oder war es wirklich Teil seiner Detektivarbeit herauszufinden, was sie bedrohte? Sie glaubte Lilous Flüstern zu vernehmen.

Grace Manor Home.

Eine Gänsehaut überzog ihren Körper. Woher kannte Lilou den Namen? Sie war bei dem Gespräch mit George nicht dabei gewesen. Und selbst wenn, hätte sie ihn niemals so aussprechen können. War Steve doch tot? Hatte Ariane recht? Sah sie tatsächlich einen Geist? Aber was wollte dann Britt? Rache, weil Steve Hanna geheiratet hatte und nicht zu ihr zurückgekehrt war? Hanna stöhnte auf. Was für ein schreckliches Durcheinander.

Sie erreichte das Meer und lief hinunter zur Düne. Menschenleer lag sie vor ihr. Hanna versuchte alle Gedanken auszublenden und genoss die Stille, die nur durch das gleichmäßige Rauschen der Brandung unterbrochen wurde. Plötzlich durchbrach der Schrei einer Möwe die Ruhe wie ein Warnschuss. Ängstlich sah sie sich um. Was hatte die Möwe aufgeschreckt?

Sie erinnerte sich an ihren Unfall. Georges ernstes Gesicht. *Du bist hier nicht sicher.* Sie drehte sich auf dem Absatz um und rannte über die Düne zu der kleinen Promenade und von dort weiter auf die Borough Road, um den dunklen Pfad über den Wohnwagenpark zu vermeiden.

An Wallys Souvenirladen stoppte sie. Georges Auto stand davor. Sie presste ihre Nase an das noch dunkle Schaufenster und erspähte im hinteren Ladenteil einen Lichtschein. Dann sah sie George und Wally. Wally stand hinter der Ladentheke, George schräg daneben. Er schob Wally etwas zu. Hanna sah genauer hin. Es waren zwei Geldbündel. Wieder kam ihr der Vergleich in den Sinn. *Als sei er ein italienischer Don …*

Eine raue Stimme ließ sie zusammenfahren. »Der Laden hat noch geschlossen.«

Hanna drehte sich um. Vor ihr stand ein Mann. Das Gesicht entstellt von Aknenarben. Die Augen blutunterlaufen.

»Ich … ich weiß«, stammelte sie. Dann lief sie los, schneller und schneller, bis sie das idyllische Cottage erreichte.

Lilou schlief noch, als Hanna frisch geduscht nach ihr sah. Hanna ging in Georges Arbeitszimmer und schaltete den Computer an. Sobald sie eine Internetverbindung hatte, rief sie Steves Suchseite auf. Niemand hatte einen Eintrag oder eine Benachrichtigung hinterlassen. Enttäuscht wollte sie die Seite wieder schließen, als das Chatfenster aufpoppte.

Marten: Hanna?

Ihr Magen kribbelte.

Marten: Ich sehe, dass du online bist. Kannst du dich bitte melden?

Hanna zögerte. Sie erinnerte sich daran, wie er ihren Namen aussprach, wie er das erste A darin betonte.

Marten: Es geht um Britt. Du darfst ihr auf keinen Fall vertrauen. Was immer du tust und wo immer du bist. Halte dich von ihr fern.

Er musste herausgefunden haben, dass Britt Steves Freundin gewesen war. Oder gab es noch etwas, das sie wissen sollte?

Marten: Ich weiß nicht, was ich getan habe, dass du mich meidest, aber es kann sich nur um ein Missverständnis handeln. Gib mir die Chance, es zu klären.

Hanna begann zu tippen.

Was hast du mit dem Anwalt meiner Eltern zu tun? Sie überlegte und schrieb weiter. *Wieso trittst du als Marten Stein auf, wenn du Vanderhoven heißt?* Wenn sie das schrieb, konnte er eins und eins zusammenzählen und wusste, dass sie den Brief gelesen hatte. Sie löschte den Satz. Nervös klopften ihre Finger auf die Fläche neben der integrierten Maus. *Warum hast du dich über meine Erbschaft erkundigt?* Wenn sie das schrieb, könnte er denken, dass der Anwalt sie gewarnt hatte. Ja. Das war gut. Das konnte sie schreiben, ohne zu viel preiszugeben. Sollte sie einen Gruß darunterschreiben?

Martens Onlinezeichen erlosch.

Von oben hörte sie Lilou nach ihr rufen.

Hanna löschte ihren Eintrag und fuhr den Computer herunter, als ihr Blick an einer rudimentären Kinderzeichnung hängen blieb. Ein großes Haus, schief und krumm, mit kleinen Fenstern und einer riesigen Tür und einem Karussell. Sie erkannte es sofort. Grace Manor Hotel. So ähnlich war es auf dem Hinweisschild an der Straße skizziert worden. Sie las Marys Notiz in der unteren Ecke des Bildes: *Lilou, 28.9.*

Hanna streckte die Hand nach der Zeichnung aus und berührte sie an einer Ecke. Selbst eine so rudimentäre Zeichnung war für Lilou unmöglich zu schaffen. Sie war noch in dem Stadium der Kritzelei. Wieder beschlich Hanna das unheimliche Gefühl, sie sei nicht allein im Zimmer, jemand beobachte sie. Ohne den Schreibtisch aus den Augen zu lassen, ging sie rückwärts zur Tür und verließ das Zimmer. Wer oder was auch immer Lilou beeinflusste, Hanna verstand die Nachricht. Sie musste Grace Manor Hotel einen Besuch abstatten.

Fünf Minuten vor zwölf parkte Hanna ihren Leihwagen vor Sandy Bay. Sie stieg aus und sah sich um. Das Meer lag glatt vor ihr, die Sicht war gut genug, um bis nach Wales blicken zu können. Außer ihrem Nissan befand sich kein weiteres Auto in der Parkbucht.

»Du bist also zurückgekommen.«

Hanna schrak zusammen. Dann drehte sie sich um. Linus stand vor ihr.

»Ich habe dich gar nicht gehört.«

»Was ist los?«

»Ich muss wissen, was Steve von dir wollte.«

»Kohle.«

»Er wollte sich Geld leihen?«, fragte Hanna erstaunt. »Nachdem ihr zehn Jahre keinen Kontakt hattet?«

»Er wollte schnell an Kohle kommen.« Linus verzog das Gesicht zu einem Grinsen. »Wenn du verstehst, was ich meine.«

Hanna verstand. »Was hast du ihm gesagt?«

Linus lachte auf. »Was glaubst du?«

»Als Steve im Frühjahr hier war, soll er bei einem Telefonat gesagt haben, dass das Schwein bezahlen wird. Vielleicht wollte er jemanden erpressen.«

Linus' Grinsen verschwand. »Ich habe ihm gesagt, dass er sich verpissen soll. Ich lass mich von ihm nicht in irgendwas reinziehen.«

»Weißt du mehr darüber?«, bohrte Hanna nach. »Weißt du, um wen es ging?«

»Es ist gesünder, nicht zu viel zu wissen. Auch für dich.« Er presste seine Lippen zusammen, und Hanna wusste, dass er ihr nichts mehr zu diesem Punkt sagen würde.

»Okay. Grace Manor Home. Hat Steve je darüber gesprochen?«, fragte Hanna. »George hat mir davon erzählt, es muss die Hölle gewesen sein.«

»Unsinn.« Seine Augenbrauen hoben sich. »Hölle … albern.«

»Der Heimleiter soll die Jungen geschlagen haben.«

»Wer in dem Heim war, ist von seinen Eltern dorthin geprügelt worden.«

Er wandte sich ab und starrte aufs Wasser. »Für die meisten war das Heim die einzige Chance.«

Hanna zog das Foto der beiden Steves aus ihrer Tasche. »Kennst du den Jungen neben Steve?«

»Nein«, sagte Linus nach einem flüchtigen Blick auf das Foto. Er sah auf seine Uhr. »Ich muss los.«

»Aber …«, wollte Hanna protestieren, doch er schnitt ihr das Wort ab.

»Mein Rat: Vergiss Steve, vergiss das Heim. Fahr nach

Hause und fang noch mal neu an.« Er hob die Hand zum Gruß, wandte sich ab und ging zu seinem Fahrrad.

»Steve ist vielleicht tot!«, rief Hanna ihm hinterher, in einem verzweifelten Versuch, ihn zum Bleiben zu bewegen.

Tatsächlich verharrte Linus auf der Stelle und drehte sich dann wie in Zeitlupe um. Augen und Lippen zusammengekniffen, sah er sie aufmerksam an, dann zischte er: »Ein Grund mehr, ihn so schnell wie möglich zu vergessen.«

Hanna hörte die Warnung in seiner Stimme und wollte nachhaken, doch er hatte sich bereits wieder umgedreht, auf sein Fahrrad geschwungen und strampelte eilig davon.

56

6. April 1991

Sie haben ihn gefunden. Er hat es nicht mal bis zu seinen Nachbarn geschafft.

Ich weiß nicht, bin ich froh, dass er wieder da ist und ich aufhören kann, mir Sorgen zu machen, oder bin ich enttäuscht, dass er geschnappt worden ist? Irgendwie beides, aber ich hab ihn noch nicht gesehen, der Alte hat ihn nicht zu uns gelassen. So, wie der Alte drauf ist, kann Steve sich jetzt eh auf Wochen in dem beschissenen Einzelzimmer einrichten. Das ist schlimmer als Einzelhaft.

Ich hoffe nur, der Alte prügelt ihn nicht so wie Marcus damals. Das überlebt Steve nicht. Wenn er beim Fußball eine mitbekommt, braucht der total lange, um wieder hochzukommen. Aber er beißt dann immer die Zähne zusammen und sagt nichts. Ich hab mal die Hausmutter gefragt, als ich mir den Knöchel verknackst hab und sie mir einen Stützverband angelegt hat. Die ist voll okay, ich glaube, die hat genauso viel Schiss vorm Alten wie wir. Und die hat mich gleich schwören lassen, dass ich beim Fußball gut auf ihn aufpasse, weil er damals sieben gebrochene Rippen hatte, als er hier angekommen ist. Sie hat gesagt, dass er echt Glück hatte, dass da nicht eine Rippe seine Lunge oder so was verletzt hat. Sie hat gesagt, eigentlich darf Steve gar keinen Sport machen, und Fußball schon gar nicht. Und da hat bei mir gleich was geklingelt, und ich hab mir gedacht, ob Luke das wohl gewusst hat und er Steve deswegen so plötzlich eingeladen hat, bei uns mitzuspielen und heimlich gehofft hat, dass er sich voll übel verletzt. Aber ich wollte mir nicht vorstellen, dass mein bester Freund so was macht. Und dann hat Steve so super gespielt, und irgendwie ist alles gut geworden, und Luke hat Steve akzeptiert. Wenn ich Steve diese dämliche Spinne nicht auf die Hand gesetzt hätte, wäre alles gut, dann wäre Luke jetzt hier, und Steve wäre nicht beim Alten, um sich die Prügel seines Lebens abzuholen.

Donnerstag, 29. September

57

Die Auffahrt zu dem Hotel war von Rhododendren gesäumt. Im Mai, wenn die immergrünen Büsche in leuchtenden Farben blühten, sahen sie sicher spektakulär aus. Hanna parkte das Auto auf dem geräumigen Hotelparkplatz und stieg aus. Halb zehn. Sie hatte für die Fahrt hierher weniger Zeit gebraucht als geplant. Um drei Uhr musste sie spätestens zurück sein, um mit Mary und George einen Abschiedstee zu trinken, bevor sie nach Heathrow zu ihrem Flieger aufbrachen.

Das ehemalige Heim war ein imposanter Backsteinbau mit einer ausladenden, nach oben enger werdenden Freitreppe, die zu einem doppelflügeligen Portal führte. Die Fenster waren mit Bleistreifen in Kästchen unterteilt und hatten zum Teil farbige Gläser. Vor dem Haus zierten auf jeder Seite der Treppe bunte Blumenrabatten das Rasenstück zwischen Parkplatz und Eingang. Ein Schild wies die Besucher darauf hin, dass Vergnügungspark und Dinosteig nur über den Hoteleingang zu erreichen waren und Eintrittskarten an der Hotelrezeption gelöst werden konnten. Ob es hier wohl auch so gepflegt ausgesehen hatte, als Steve seine Zeit als Heimkind abgesessen hatte? Hanna zog das Foto der beiden Steves aus der Tasche. Keine Spur von Rhododendren oder Blumen. Ob Linus gelogen hatte, als er behauptete, den Jungen neben Steve nicht zu kennen? Er hatte sich das Foto kaum angesehen, beinahe als wüsste er genau, wer da neben Steve stand. Wahrscheinlich wollte er es nicht sagen, weil er dann hätte zugeben müssen, dass der zweite Junge Stevie Warrington war. Und dann hätte er ihr erklären müssen, warum er ihr nicht gesagt hatte, dass Steve nicht Steve hieß. Langsam schritt sie den Weg zum Hoteleingang entlang. Je näher sie dem Gebäude kam, desto nervöser rieben ihre Finger an dem silbernen Schlüssel. Nach etwa fünfzig Metern erreichte sie das massive Eingangsportal. Ein Flügel war fest arretiert, am anderen prangte ein Schild mit der Aufschrift *Drücken*. Sie presste die Hand dagegen und wunderte sich, wie leicht sich die schwere Tür öffnen ließ. Die Eingangshalle war genauso imposant wie das Gebäude selbst. Der Boden war in Form eines einfachen Mosaiks gefliest. An einer Seite befand sich eine in dunklem Holz getäfelte Rezeption, auf der anderen Seite waren mehrere Sessel und Sofas zu Sitzgruppen vor einem überdimensionalen Kamin arrangiert. Als Hanna sich der Rezeption näherte, sah sie durch eine Glastür einen großen, mit Tischen und Stühlen bestückten Raum. Das musste das Hotelrestaurant sein. Es war hell, auf einer Seite führten mehrere Fenstertüren zum Garten. Spontan änderte sie die Richtung. Durch die Glastür blickte sie durch den Speisesaal in den Garten. Fantasievoll geschnittene Buchsbäume waren spielerisch auf einem mit Splitt bedeckten Karree angeordnet. Dahinter erstreckte sich englischer Rasen, umzäunt von einem Spalier aus dunkelroten und hellrosa Rosen, die einem gekiesten Fußweg als Baldachin dienten. Links davon konnte sie ein Karussell und einen kleinen Zug sehen, dessen Waggons den Figuren von »Thomas, die Lokomotive« nachempfunden waren. Sie mussten zu dem Fun-Park gehören, der auf dem Hinweisschild des Hotels beworben wurde.

»Der Speisesaal ist leider nur für Hotelgäste.« Eine ältere Dame mit sorgfältig gelegten Silberlöckchen eilte auf sie zu.

»Danke. Aber ich bin nicht wegen des Essens hier.«

Sie griff in ihre Handtasche und zog das Foto heraus.

»Entschuldigung, haben Sie hier schon gearbeitet, als das Hotel noch ein Heim war? Kennen Sie vielleicht diese beiden Jungen?«

Die Frau nahm das Foto und betrachtete es sehr genau. Dann deutete sie auf Steve. »Das ist der Baker-Junge. Ja. Ganz sicher. Tom Baker. Ein ganz wilder. Kam immer mit seinen Fußballverletzungen zu mir. Der andere könnte Steve Warrington sein. Tragischer Fall. Das Foto muss gute zwanzig Jahre alt sein.«

Ein Mann in einem Rollstuhl näherte sich. Hanna schätzte ihn auf Mitte sechzig, das graue Haar noch voll, die Gesichtszüge hart.

»Sprechen Sie ihn bloß nicht auf Steve Warrington an«, flüsterte die Frau und steckte Hanna nervös das Foto zu.

Hanna ließ es in ihrer Tasche verschwinden.

»Gibt es ein Problem?«, fragte der Mann mit dem knappen Befehlston eines Offiziers.

»Alles in Ordnung«, sagte die Frau hastig. »Die Dame möchte nur ein Zimmer buchen.«

Der Mann ließ seinen Blick kurz zwischen Hanna und der älteren Frau schweifen. »Wenn Sie ein Zimmer buchen wollen, hilft Ihnen die Rezeption gerne weiter. Kommen Sie mit!«

Abrupt wendete er den Rollstuhl, und Hanna folgte ihm. An der Rezeption verwies er sie an die Empfangsdame und fuhr ohne weiteren Gruß davon. Ein junges Mädchen in einem schwarzen Kostüm lächelte sie freundlich an.

»Guten Tag, Madam, wie kann ich Ihnen helfen?«

»Ich hätte gern ein Zimmer. Für zwei Nächte. Mit Babybett.«

»Selbstverständlich.« Die Empfangsdame studierte ihren Bildschirm, dann wandte sie sich Hanna zu.

»Zimmer hundertzwölf, erster Stock. Mit Blick in den

Garten.« Sie schob ein Anmeldeformular über den Tresen. »Würden Sie mir das bitte ausfüllen?«

Hanna füllte das Formular aus und gab es der jungen Frau zurück.

»Fun-Park und Dinosteig sind im Zimmerpreis mit inbegriffen. Die Öffnungszeiten sind von zehn bis sechs Uhr. Nur der Spinnenzoo im Keller ist nicht frei zugänglich. Aber Sie können sich bei mir für eine der kostenlosen Führungen anmelden.« Sie legte ein Blatt mit zwei Spalten vor Hanna. Über der einen Spalte stand 11:30 a.m., über der zweiten 5:00 p.m., und in jeder Spalte waren bereits drei oder vier Namen eingetragen. Ganz unten gab es mehrere Abbildungen von beeindruckenden Vogelspinnen mit großen, haarigen Körpern und Beinen. Lateinische Namen betitelten die abgebildeten Tiere. Ein Name stach Hanna ins Auge. Avicularia geroldi. *Gulaia eolli.* Ihr Traum. Lilous Besessenheit von Spinnen. Sie wusste instinktiv, dass die Antworten zu ihren Fragen hier verborgen waren, und spürte die Bedrohung, die wie eine Warnung in der Luft des alten Gemäuers lag.

58

Der Hotelgarten war beeindruckend. Sobald man das Rosenspalier verließ, gelangte man in einen parkähnlichen Teil voll alter Laubbäume mit ausladenden Kronen und mächtigen Stämmen. Der Garten selbst war von einer Steinmauer umgeben, die zu hoch war, um sie ohne eine Leiter überwinden zu können. Hanna lief die Mauer ab, um den Ort zu finden, an dem das Foto der drei rauchenden Jungen aufgenommen worden war. Tom Baker. Sie sprach den Namen laut aus.

Wenn sie zurück war, würde sie George bitten, vor seiner Abreise einen letzten Anruf für sie zu tätigen und ihr einen Kontakt bei der Polizei zu vermitteln. Wenn Tom den Namen gewechselt hatte, weil er sich etwas hatte zuschulden kommen lassen, dann würde das registriert sein. Sie kam zu einem Teich, der in der Nähe der Mauer angelegt worden war.

Seerosen bedeckten die Wasseroberfläche. Am Rand wuchsen unterschiedliche Sorten von Seegras und Schilf, und auf der leicht hügeligen Böschung hinter dem Teich drängten sich verschiedene Ziersträucher, deren Namen Hanna nicht kannte. Einige Meter von dem Teich entfernt befand sich ein Pavillon mit einem Tisch und sechs Stühlen. Hanna ging darauf zu. Auf einem der Stühle saß eine Frau und zeichnete. Hanna betrat den Pavillon, setzte sich an den Tisch und nickte der Frau mit dem Zeichenblock zu. Diese legte den Block so ab, dass Hanna die Zeichnung betrachten konnte.

Es war ein wahres Meisterwerk, Teich und Sträucher waren in ihren Details so exakt abgebildet, als hätte sie ein Foto geschossen. Vor dem Teich spielten Kinder mit einem Ball. Und doch hatte das Bild etwas zutiefst Verstörendes. Hanna betrachtete es genauer. Die Gesichter der Kinder waren verhärmt. Trauer und Mutlosigkeit spiegelten sich in ihnen, die Augen waren ohne Glanz, Köpfe, Schultern und Mundwinkel hingen nach unten.

»Ich nenne sie die Unratkinder«, sagte die Frau plötzlich.

»Unratkinder?«

»Kinder, die keine Stimme haben.« Die Frau fuhr mit ihrem Finger über das Gesicht eines der Kinder. »Ich meine damit, niemanden, der sich für sie einsetzt. Sie sind einfach vergessen worden. Abgeschoben und vergessen. Wie Unrat, den man möglichst weit weg von seinem sorglosen Leben verscharrt, damit einen der Gestank nicht stört.«

Hanna wusste nicht, was sie darauf sagen sollte. Ob die Frau von sich selbst sprach? Sie schätzte sie auf Mitte dreißig.

»Waren Sie …« Hanna räusperte sich. »Sind Sie auch so ein Unratkind?«

Die Frau schüttelte den Kopf. »Nein, aber mein Mann.« Sie nahm ihren Stift in die Hand und schrieb in großen Buchstaben »Die Unratkinder Nr. 48« darüber. »Er ist hier aufgewachsen. Nur damals war das noch nicht so schön und gepflegt. Da gab es weder Vergnügungspark noch Dinosteig, keine Rosen und keine Buchsbäume. Als Luke hier war, gab es stattdessen zugige Zimmer, kahle Wände, kaltes Wasser und massenhaft Schläge.«

Luke! Der Satz aus dem Tagebuch flirrte vor Hannas Augen. *Es ist, wie Luke beschrieben hat. Eines Tages triffst du sie, und du weißt, die ist es.* Ob sie die Frau war, von der Luke gesprochen hatte?

»Wie lange war Luke hier?«

»Er ist mit sechs hergebracht worden und mit siebzehn abgehauen.« Sie wandte Hanna den Kopf zu. »Elf lange Jahre. Er ist missbraucht und geschlagen worden. Es gab niemanden, der sich für ihn eingesetzt hätte. Wenn jemand seinen Hund schlägt, wird sofort der Tierschutz alarmiert, und der Schläger bekommt eine Anzeige. Aber diese Kinder hier, die hatten niemanden. Da haben alle weggesehen. Und ich sage Ihnen auch, warum.«

Die Frau machte eine Pause. Ihre Wangen hatten sich gerötet, und ihre Hände gestikulierten wild.

»Wer hier gelandet ist, war Abschaum der Gesellschaft, Unrat eben. Das waren die Kinder, deren Eltern Loser waren. Säufer, Drogenabhängige, Eltern, die ihre Kinder vernachlässigt und misshandelt haben.« Die Wangen der Frau glühten. »Können Sie sich die Seelen dieser Kinder vorstellen? Zuerst werden sie zu Hause so schlecht behandelt, dass der Staat eingreifen muss, und dann werden sie in einem Heim untergebracht, in dem sich der gleiche Horror wiederholt. Nur unter dem Deckmantel der Nächstenliebe. Wissen Sie, wie diese Nächstenliebe aussah? Können Sie sich das vorstellen?«

Hanna schüttelte den Kopf. Bilder schwirrten vor ihrem inneren Auge. Bilder von Tom als Kind, verstört und verängstigt, frierend und hungrig. Große braune Augen, die um Liebe bettelten und Schläge ernteten.

»Wenn ein Kind hier ankam, hat es einen Willkommensbrei bekommen. Luke sagt, er war ungenießbar. Der Heimleiter hat ihn gewürzt.« Die Frau lachte hart auf. »Auf seine Art. Versalzen und verzuckert, als Beigabe gab es mal Maden, mal Fingernägel oder Rotze. Er hat das nicht einfach so gemacht. Luke sagt, er hat daran gesehen, wie leicht einer zu brechen ist, und danach hat er die Kinder ausgesucht, die er verhökert hat.«

»Verhökert?« Hanna zog ihre Augenbrauen hoch.

»Er hat sie an gut zahlende Herren ›ausgeliehen‹. Damit hat er sich sein Gehalt aufgebessert. Ist das nicht toll? Die Kinder werden aus den Fängen ihrer unfähigen Eltern gerettet und den Klauen eines Monsters anvertraut. Und weil bei seinen Kunden auch Herrschaften der oberen Gesellschaft vertreten sind, kommt er damit durch. Praktisch keine Kontrollen, und wenn mal jemand was gesagt hat, wurde er mundtot gemacht. Wer glaubt schon so einem Unratkind?«

Ein Schweigen entstand, so spannungsgeladen, dass es kaum zu ertragen war.

»Ich bin Lousia.« Die Frau streckte Hanna ihre Hand hin.

»Hanna.« Hanna schüttelte sie und wunderte sich über die Kraft, die in der zierlichen Hand steckte.

»Bist du hier Gast?«, fragte Louisa.

»Jein.« Hanna öffnete ihre Tasche und zog das Foto hervor. »Ich suche meinen Mann. Er war neunzehnhunderteinundneunzig in diesem Heim. In seinem Tagebuch hat er einen Luke erwähnt.«

»Luke ist einundneunzig abgehauen. Wir haben uns kurz davor kennengelernt und uns unsterblich ineinander verliebt.« Louisa streichelte liebevoll über eines der Kinder auf ihrer Zeichnung. »Er ist aus dem Heim getürmt, und wir sind zusammen durchgebrannt. Es war unglaublich romantisch. Jedenfalls am Anfang.«

»Was ist passiert?«

»Seine alten Dämonen haben ihn immer wieder eingeholt. Er hatte so viel Wut im Bauch. Auf alles. Er musste immer beweisen, wie stark und unangreifbar er war. Und er hat sich genommen, was er wollte, ob es ihm zustand oder nicht. Die Gesellschaft sei ihm etwas schuldig, hat er immer gesagt, um sein Verhalten zu verteidigen. Die Gesellschaft hätte ihn fallen gelassen, und das sei jetzt das Ergebnis. Aber die

Gesellschaft sieht das anders.« Louisa seufzte. »Die Gesellschaft sitzt am längeren Hebel. Und er hockt im Knast. Aber ich warte auf ihn. Nächstes Jahr kommt er raus. Bis dahin werde ich jede Woche hier sitzen und ein Bild malen und es an den Richter schicken, der ihn verurteilt hat, ohne seine Vergangenheit zu berücksichtigen.«

Louisa streckte ihre Hand nach dem Foto aus und betrachtete es. »Die Jungs auf dem Foto sagen mir nichts. Aber ich habe Lukes Freunde auch nie kennengelernt. Er hatte nur zwei, die ihm etwas bedeutet haben, Marcus und Tom. Marcus ist gestorben, kurz bevor ich Luke kennengelernt habe.«

Hannas Hand zitterte vor Aufregung, als sie das Foto von Louisa entgegennahm. *Tom.* Louisas Mann war tatsächlich der Luke aus dem Tagebuch. Wieder ein Puzzlestein.

»Wie heißt dein Mann?«

»Ste… Tom Baker«, verbesserte Hanna sich.

»Ach! So was!«, rief Louisa aus. »Tom ist etwa ein Jahr nach Luke abgehauen. Luke hat ihm damals Geld gegeben, damit er sich ein paar Tage über Wasser halten konnte. Er hat ihn zu einem Cousin geschickt. Aber da ist er nicht lange geblieben, weil es Ärger gab. Er hat wohl geklaut. Es ist sehr schwer, jemanden, der weder eine Perspektive noch Rückhalt hat, wieder auf die Spur zu bekommen. Luke hatte wenigstens mich, Tom hatte niemanden.«

»Seid ihr mit ihm in Kontakt geblieben?«

»Luke hat sich ab und an mal mit ihm getroffen. Dann hat Tom irgendein Ding gedreht, das ein paar Nummern zu groß war, und ist abgetaucht. Seitdem haben wir nie wieder etwas von ihm gehört. Ich habe ihm damals gewünscht, dass er ein nettes Mädchen kennenlernt, für das es sich lohnt zu kämpfen.« Sie legte ihre Hand auf Hannas Schulter. »Steckt er in Schwierigkeiten?«

»Ich weiß es nicht«, sagte Hanna leise. »Ich weiß so vieles

nicht. Bis vor Kurzem wusste ich nicht einmal, dass er in diesem Heim gewesen ist.«

Louisa packte ihre Sachen zusammen. »Mir wird langsam etwas kühl. Ich hoffe, du findest ihn. Unsere Männer haben genug mitgemacht, sie brauchen unsere Liebe.«

Sie stand auf, reichte Hanna zum Abschied die Hand und ging. An der Stufe drehte sie sich noch einmal um. »Pass auf dich auf. Es heißt, dass Grace Manor Hotel ein schreckliches Geheimnis hütet. Du kannst sicher sein, der Alte und sein Sohn werden alles tun, um es zu schützen. Nimm dich vor dem Alten im Rollstuhl in Acht. Lass dich nicht von seiner Behinderung täuschen. Er ist der Teufel in Menschengestalt.«

59

Hanna setzte sich ins Auto und startete den Motor. Trotz des sonnigen Wetters hatte der eisige Wind sie während der letzten zwei Stunden völlig ausgekühlt. Sie drehte die Heizung auf und wartete, dass warme Luft aus den Lüftungsöffnungen strömte. Ihr Blick war auf das Hotel gerichtet. Als Hotel ein Kinderparadies. Als Heim eine Hölle. Louisas Worte hallten in ihr nach. *Wer glaubt schon einem Unratkind.*

Tom Baker. Ihr Mann. Ein Unratkind.

Wie schrecklich es gewesen musste sein, so aufzuwachsen. Kein Wunder, dass er den Skarabäus aufgehoben hatte, wenn Britt die erste Frau war, die zu seiner geschundenen Seele vordringen konnte. Wenn Luke nach den Erlebnissen im Heim auf die schiefe Bahn geraten war, warum sollte Tom nicht den gleichen Weg eingeschlagen haben? Vielleicht hatte er deswegen seinen Namen geändert. Weil er neu anfangen wollte. Oder musste. Mit der Identität eines anderen. Eines Freundes, wenn sie das Foto von Tom und Steve richtig deutete. Aber was war mit dem echten Steve Warrington? Hatte er dem Namenswechsel zugestimmt? Wusste er davon?

Lebte er noch?

Hanna streckte ihre Hände aus und hielt sie direkt vor die Lüftungsgitter. Warme Luft legte sich wohlig um ihre Haut. Die Uhr am Armaturenbrett zeigte zwanzig nach eins. Sie hatte noch genug Zeit. Die Fahrt dauerte eine gute halbe Stunde, um drei musste sie zurück sein. Sie wühlte in ihrer Tasche nach dem Handy, das Mary ihr für die Zeit ihres Besuches überlassen hatte, um zu sehen, ob sich endlich jemand auf das Flugblatt hin gemeldet hatte. Mit einer unwirschen Bewegung leerte sie die Tasche auf den Beifahrersitz aus und räumte sie dann Stück für Stück wieder ein. Marys Handy war nicht dabei. Stattdessen griff sie nach ihrem Smartphone. Seit ihrer Abreise aus Aachen hatte sie es nicht mehr benutzt, um nicht geortet werden zu können. Sie schaltete es an und wählte die Nummer der Warringtons. Niemand antwortete. Ob sie bei den Nachbarn waren, um sich zu verabschieden? Mehrere *Plings* zeigten ihr an, dass sie Kurznachrichten erhalten hatte. Neun Nachrichten. Zwei Tarifinfos, sechs Nachrichten von Marten, eine von Britt.

Sie öffnete die erste Nachricht.

Hallo Hanna, wo bist du? Ich kann dich nicht erreichen, bei dir macht keiner auf. Bitte melde dich. Marten

Die zweite:

Hanna, verdammt, wo bist du? Britt war in deiner Wohnung. Sie hat dort etwas gesucht und wollte das vor mir verbergen. Ich mache mir Sorgen, ruf mich an!!!! Marten

Hastig öffnete sie die dritte Nachricht.

Ich weiß, es sieht komisch aus, aber ich kann dir das mit den Fotos erklären. Es ist nicht, wonach es aussieht. Ich war gerade in deiner Wohnung. Da sind keine Projektoren. Bitte melde dich. Britt

Sie öffnete die vierte Nachricht.

Hanna, ich habe wichtige Neuigkeiten wg. M u G. Du kannst auch nachts anrufen, egal wann. Marten

Wegen Mary und George?

Die fünfte klang noch besorgter.

Hanna, du musst dich melden. Du MUSST dich vor Britt in Acht nehmen. Keinen Kontakt mehr zu ihr, bevor wir nicht miteinander geredet haben. Marten

Was war mit Britt? Was mit Mary und George?

Sie öffnete die sechste Nachricht.

Falls du in England bei M u G bist, eine Information. George hatte ein Verfahren wg. schw. Körperverletzung. Ich versuche mehr herauszufinden. Sei auf der Hut. Marten

Schwere Körperverletzung? George? Lilou war dort. Mit zitternden Fingern öffnete Hanna Martens letzte Nachricht. Sie war vom gestrigen Tag.

Hanna, ich habe eben mit George gesprochen. Er behauptet, du bist nicht bei ihnen. Ich glaube ihm nicht. Wenn du in England bist, melde dich!

Er hatte mit George gesprochen? Warum hatte George ihr nicht gesagt, dass Marten angerufen hatte? Sie hatte Mary und George zwar gebeten, sie zu verleugnen, falls Marten anrufen würde, aber sie hätte erwartet, dass George sie über seinen Anruf informieren würde. Das Bild von George und Wally, als er Wally ein Bündel Geldscheine über die Theke gereicht hatte, blitzte auf. Entschlossen legte sie den Rückwärtsgang ein und stieß das Auto aus der Parklücke. Sie würde George zur Rede stellen. Jetzt sofort.

Zügig bog sie in die Landstraße ein und überholte die gemächlich dahinfahrenden Autos, die sich an die örtliche Geschwindigkeitsbegrenzung hielten. *Gerichtsverfahren wegen schwerer Körperverletzung*. Der harte Griff um ihre Schulter, als George sie bei ihrem ersten Zusammentreffen aus dem Haus werfen wollte, kam ihr in den Sinn. Ein ungutes Gefühl breitete sich in ihr aus.

An einem besonders unübersichtlichen Streckenteil zwang ein Lastwagen sie zum Bremsen. Sie wollte überholen, scherte aus, musste jedoch wegen des dichten Gegenverkehrs das Überholmanöver abbrechen. Endlich war die Lücke groß genug. Sie schaltete einen Gang herunter und trat das Gaspedal durch. Auf der Gegenfahrbahn kam ihr ein Transporter viel zu schnell entgegen. Er blinkte auf, hupte. In letzter Sekunde fädelte Hanna wieder ein. Im Rückspiegel sah sie, wie ein grüner Landrover sich zwischen sie und den weiter zurückfallenden Lastwagen drängte. Er war ihr schon vorher aufgefallen. Seit mindestens fünf Kilometern hing er an ihr dran. Nervös schielte Hanna in den Rückspiegel. Bei der nächsten Ausfahrt fuhr sie ab. Sie folgte dem Wegweiser nach Barnstaple, verlangsamte ihr Tempo, gab wieder Gas. Der grüne Landrover blieb hinter ihr und wahrte den immer gleichen Abstand, als wären die Autos durch eine überdimensionale Abschleppstange miteinander verbunden. An der Straße erschien der Hinweis auf ein Pub mit großer Mittagskarte in zweihundert Metern. Sie behielt ihr Tempo bei. Umklammerte das Lenkrad. Zehn Meter vor der Einfahrt bremste sie unvermittelt und bog dann mit quietschenden Reifen in den Parkplatz ein. Zwei Fußgänger sprangen laut schimpfend zur Seite. Sie brachte das Auto kurz vor der Eingangstür so abrupt zum Stehen, dass der Kies wegspritzte. Eine Gruppe von Gästen stand rauchend vor der Eingangstür und schüttelte den Kopf. Hanna sprang aus dem Auto und versteckte sich dahinter. Sie hörte, wie der Landrover ihr Bremsmanöver nachahmte, am Parkplatz vorbeischlitterte und dann den Rückwärtsgang einlegte und ihr folgte. Unentschlossen blieb er mitten auf dem Parkplatz stehen. Hanna sprintete los. Noch bevor der Fahrer reagieren konnte, riss sie die Tür auf und schrie so laut, dass jeder sie hören konnte: »Was wollen Sie von mir?«

Sie hielt überrascht inne.

Linus saß auf dem Fahrersitz. Abwehrend hob er die Hände. »Ich könnte dich das Gleiche fragen.«

»Du bist mir gefolgt, nicht umgekehrt. Also, warum fährst du hinter mir her?« Aus den Augenwinkeln sah Hanna, wie die Raucher interessiert ihrem Gespräch folgten.

»Weil du nach mir suchst.« Ein spöttisches Grinsen erschien um seine Mundwinkel.

»Ich suche nicht nach dir!«, rief Hanna. »Was soll der Blödsinn?«

»Und warum pflasterst du dann die ganze Gegend mit Fotos von mir voll?«

»Fotos …? Von dir?« Hanna versuchte zu verstehen, was er sagen wollte. Auf dem Flugblatt waren Tom und Steve abgebildet. Was hatte das mit ihm zu tun?

»Von mir«, wiederholte er mit einem Gesichtsausdruck, als wäre sie schwer von Begriff. »Auch wenn ich heute anders aussehe als vor zwanzig Jahren. Darf ich mich vorstellen? Diesmal mit meinem richtigen Namen: Steve Warrington.«

60

7. April 1991

Vorhin hat der Alte mich in sein Heiligtum geholt. Steve war auch dort. Und Linus. Steve hat am Schreibtisch gestanden. Er hat sich daran festgehalten, damit er nicht umkippt. Er war total weiß im Gesicht, und auf seiner Stirn standen Schweißtropfen. Scheiße, hab ich mir gedacht, Linus hat gequatscht. Der Alte weiß von der Spinne. Jetzt bin ich auch dran. Meine Hände waren total schwitzig, und ich hab nur noch gedacht, wie komm ich hier bloß raus?

Der Alte ist dann auf mich zu, den Stock in der Hand, und ich hab mir fast in die Hose gemacht. Zara war seine Lieblingsspinne. Die lässt der nicht ungestraft zertrampeln, und Linus, der Schlappschwanz, hat sicher alles auf Steve und mich geschoben. Dabei war alles seine Schuld. Nur, Linus würde das nie zugeben, obwohl er der Sohn vom Alten ist. Die anderen belauschen und ausnehmen wie eine Weihnachtsgans, damit er sie nicht verpetzt, das kann er, aber er hat einfach keine Eier in der Hose. Selbst der Alte hat das inzwischen kapiert, und er hat ihm schon oft vor uns allen gesagt, dass er nicht weiß, warum der liebe Gott ihn mit so einer Schwuchtel bestraft hat. Dann war der Alte vor mir und hat den Stock über mein Bein gezogen. Und noch mal. Ohne ein Wort. Ich hab aufgeschrien. Dabei wollte ich ihm auf keinen Fall zeigen, dass er mir wehtut, aber es hat scheiß wehgetan. Es tut immer noch weh, wenn ich hinlange. Er hat wieder ausgeholt, und ich hab die Arme hochgerissen, um meinen Kopf zu schützen, aber dann hat er auf meine Rippen gezielt, und das hat noch mehr wehgetan, und ich hab noch lauter geschrien. Und dann hab ich aufgehört zu schreien, weil ich gesehen hab, wie Linus gegrinst hat. Das hat mich so rasend gemacht, dass ich ihn umbringen wollte. Das waren seine Schläge. Die hat er verdient. Da, im Zimmer vom Alten, hab ich mir geschworen, dass ich seinen Sohn irgendwann fertigmache. Erst Linus und dann ihn. Beide werden büßen. Jeden einzelnen Schlag werden sie büßen.

Doppelt. Dreifach.

Das hat geholfen. Ich hab nicht mehr geschrien. Der Alte hat noch dreimal zugeschlagen. Und immer hab ich mir gedacht: doppelt. Dreifach. Und die Zähne zusammengebissen. Dann hat er aufgehört. Als ob es keinen Spaß mehr macht, wenn ich nicht schreie.

Dafür ist er ganz nah rangekommen. Dein Freund da hat mir erzählt, was mit Zara passiert ist, hat er geflüstert, und sein Atem hat nach Salami gestunken. Dein Freund hat gesagt, du wolltest ihn davon abhalten, zu den Spinnen zu gehen. Er hat gesagt, er hätte sich nicht abhalten lassen. Er hat gesagt, er hätte sich losgerissen, und du bist ihm hinterhergelaufen, damit er keinen Blödsinn macht. Aus den Augenwinkeln habe ich gesehen, wie Steve den Finger an den Mund gelegt hat. Also hab ich nur genickt. Und da ist der Alte noch näher rangerückt, und mir ist fast schlecht geworden, so nah war er an meinem Gesicht, seine Lippen an meinem Ohr und der Salamiatem direkt in meiner Nase. Dann pass das nächste Mal besser auf deinen Freund auf, hat er geflüstert. Pass gut auf ihn auf, denn wenn ihm was passiert, dann bist du schuld. Und ich hab zu Steve geschaut, und er war noch bleicher, und ich hab mir gedacht, ihm ist schon was passiert. Und vielleicht hab ich das gar nicht gedacht, sondern hab das laut gesagt, weil dann ist er zu Steve gegangen. Und er hat gelacht, und sein Lachen war höhnisch und fiese. Ich hab die Angst in Steves Augen gesehen, als der Alte auf ihn zu ist, aber er ist keinen Zentimeter zurückgewichen. Er hat sich nur am Schreibtisch festgehalten und komisch geatmet. Der Alte hat ihn in meine Richtung geschubst und noch mehr gelacht. Und dann hat er uns zur Tür rausgeschoben, und bevor er sie zugemacht hat, hat er mich am Kragen gepackt und gesagt, vergiss nicht, wenn ihm was passiert – und er hat mit dem Kopf auf Steve gezeigt –, dann bist du dran. Linus hat genau gesehen, wie du deinen Kumpel die Kellertreppe runtergestoßen hast.

61

»Ste… Steve…Warrington?«, stammelte Hanna, und sie spürte, wie die Farbe aus ihrem Gesicht wich. »Steve Warrington?«

»Überrascht dich das? Du suchst doch so eifrig nach ihm…«

Hanna versuchte ihre Fassung wiederzugewinnen. Steve Warrington. Er sah dem schmalen Jungen auf dem Foto nicht ähnlich. Oder doch? Hätte sie ihre Handtasche nicht im Auto gelassen, könnte sie jetzt das Foto herausholen und vergleichen, so musste sie sich auf ihr Gedächtnis verlassen.

»Und warum die ganze Scharade als Linus?«, fragte sie, obwohl sie die Antwort bereits kannte.

Wenn er sich seit zwanzig Jahren vor seinen Eltern versteckte, warum sollte er dann das Risiko eingehen, ihr seine wahre Identität zu offenbaren? *Wenn* er Steve Warrington war.

Er drehte seinen Kopf von ihr weg und starrte durch die Windschutzscheibe zu den Rauchern, die sich eine zweite Runde Zigaretten angesteckt hatten und sie weiter beobachteten. Schließlich wandte er sich wieder an sie. »Ich glaube nicht, dass ich dir das erzählen möchte.«

»Beweis mir, dass du Steve Warrington bist.«

Er zog die Augenbrauen hoch. »Was soll ich dir beweisen? Meinen Pass hat dein Mann.«

Sie stemmte die Hände in die Hüften. »Wer ist Luke?«

»Luke?« Er studierte sie wachsam. »Luke *wer*?«

»Luke. Aus dem Heim.«

»Was geht dich Luke an?« Er stieg aufs Gas und ließ den Motor aufheulen.

Hanna fuhr zusammen. Dann überschrie sie den Motorenlärm. »Ich will wissen, was du über ihn weißt.«

Das Motorengeräusch ebbte wieder zu dem niedertourigen Tuckern des Dieselmotors ab. »Luke war mein bester Freund.«

»Du meinst, er war Toms bester Freund. Tom Baker. Das ist dein neuer Name, nicht wahr? Mein Mann hieß Tom. Er war Lukes bester Freund.«

Sie hatte anscheinend ins Schwarze getroffen. Sein Gesichtsausdruck veränderte sich. Auf der Stirn erschien eine tiefe Furche, und der Mund kräuselte sich, als würde er jeden Moment einen Wutausbruch bekommen. Hanna sah sich nach den Rauchern um. Der letzte drückte gerade seine Zigarette aus. Dann verschwand er in der Eingangstür des Pubs. Sie waren allein auf dem Parkplatz. Sie bemerkte, wie Steve ihrem Blick gefolgt war.

»Mary und George suchen seit zwanzig Jahren nach dir. Warum erlöst du sie nicht?«

»Warum sollte ich sie erlösen?« Die Zornesfalte auf der Stirn wurde noch ausgeprägter. »Ich habe einen Grund, mich von ihnen fernzuhalten.«

Hanna hakte nach: »Das muss ja ein sehr wichtiger Grund sein. Zwanzig Jahre sind eine lange Zeit. Du hast das Leben deiner Eltern zerstört, ist dir das eigentlich klar?«

»Ich? Das Leben meiner Eltern zerstört? Das ist ein Witz, oder?« Er klatschte mit den Händen auf das Lenkrad. »Wer ist hier eigentlich das Opfer? Wer war denn in dem Heim? Sie oder ich? Soll ich mich jetzt noch für meine gewalttätigen Eltern rechtfertigen?«

»Mary und George gewalttätige Eltern?«, rief Hanna aus. »Das glaube ich nicht. Nie und nimmer!«

»Ach, du warst wohl dabei, als ich ein Kind war?« Seine Stimme hatte einen harten Klang. Er stellte den Motor ab.

»Natürlich war ich nicht dabei, aber…« Aber was? Was gab ihr das Recht, seine Aussage anzuzweifeln? »Wo immer George auftaucht, wird er mit Respekt behandelt. Wie ein Held, nicht wie ein mieser Schläger.«

Er stieg aus. Hanna wich einen Schritt zurück. Seine Nähe schüchterte sie ein. Er war wirklich groß und stämmig. Hatte sehr schmale Lippen. Wie George. Aber das war die einzige Ähnlichkeit. Auch mit Mary konnte sie auf Anhieb keine Verwandtschaft erkennen. Die Nase? Marys war fein, seine viel größer, aber sie waren beide sehr gerade und vorne spitz.

»Mein Vater, der Held…« Er lachte höhnisch. »Tolle Helden, die ihre Kinder grün und blau schlagen… Aber es funktioniert. Jedes Mal. Mein Vater der Held. Ich der Lügner. Noch nach zwanzig Jahren. Das müsste dir jetzt als Antwort genügen, warum ich mich von meinen Eltern fernhalte.«

Wer glaubt schon einem Unratkind? Als hätte sie Louisas Aussage beweisen müssen. Wie kam sie dazu, seine Geschichte anzuzweifeln? Vielleicht log er. Vielleicht war dieser Hüne gar nicht Stevie. Genauso gut war es aber möglich, dass Mary und George gelogen hatten. Klang die Geschichte mit der Entführung und der Schwester, dem schlägernden Freund und dem schwerstverletzten George nicht wirklich ziemlich hanebüchen? Martens SMS fiel ihr ein. *George hatte ein Verfahren wegen schwerer Körperverletzung.* Schwere Körperverletzung. *Zu Hause werden sie so schlecht behandelt, dass der Staat eingreifen muss…* Hatte George Stevie verletzt? In einem unkontrollierten Wutausbruch? War Stevie deswegen in dem Heim gelandet? Ihr Kopf schwirrte. Waren Mary und George unberechenbare Lügner? Aber warum hatten sie Lilou und sie so liebevoll aufgenommen, als gehörten sie zur Familie? Sie hörte Wally, als stünde er neben ihr. *Sie spricht von nichts anderem als deinem Wunderkind. Wüsste ich es nicht besser, würde ich glauben, es wäre ihr Enkel … Da pass man auf, dass Mary dir deinen Schatz nicht noch abschwatzt …*

George würde alles für Mary tun. Alles? Würde er ihr ein Enkelkind stehlen? Hanna stöhnte auf. *Was für ein Unsinn! Das glaubst du doch nicht wirklich!* Und doch beschlich sie ein leiser Zweifel. *Denk an Tom, du wusstest nicht einmal, wie dein eigener Mann heißt! Denk an Britt, du dachtest, sie sei deine Freundin.*

Sie hörte ihr Handy klingeln. Ohne ein weiteres Wort rannte sie zu ihrem Auto und riss die Tür auf. Sie wühlte in der Handtasche nach dem Telefon und verfluchte sich, dass sie es nicht einfach auf dem Sitz hatte liegen lassen. Als sie es endlich in der Hand hielt, verstummte das Klingeln. Sie prüfte die Nummer. Marten. *Nicht jetzt.* Sie musste mit Mary und George sprechen. Während sie den Motor anließ, suchte sie mit einer Hand nach deren Nummer und wählte. Sie legte das Handy auf die Ablage des Armaturenbretts, stellte auf Lautsprecher und ließ es läuten. Gleichzeitig legte sie den Gang ein und fuhr aus dem Parkplatz heraus, an Linus und dem Landrover vorbei. Sie stieß auf die Straße, ohne sich davon zu überzeugen, ob der Verkehr es zuließ. Dann wechselte sie den Gang und trat das Gaspedal durch. Die Reifen quietschten, und sie stob davon, das Tuten des Handys wie ein Warnsignal im Ohr.

Der Weg erschien ihr viel länger als auf der Hinfahrt, obwohl sie deutlich schneller fuhr. Noch zwei Ortschaften. Die Verkehrsnachrichten schalteten sich mit einer Staumeldung für die M4 ein. Ein Unfall mit über zwanzig Fahrzeugen. Ein Rückstau von mindestens dreißig Kilometern. Autofahrer sollten die Autobahn meiden oder extreme Wartezeiten in Kauf nehmen. Mary und George mussten über die M4 zum Flughafen. Bei dem Stau würden sie es nicht rechtzeitig zum Flieger schaffen. Sie würden ihren Flug verschieben müssen, so wie Mary das ohnehin wollte. Hanna wurde ruhiger. Noch vier Kilometer. Sie ging vom Gas und drückte auf Wahlwiederholung.

Die letzte Ortschaft.

Warum ging keiner ans Telefon? Siedend heiß fiel ihr ein, dass Mary diejenige gewesen war, die sie aufgefordert hatte, Lilou bei ihr zu lassen und zum Grace Manor Hotel zu fahren, solange sie noch da waren. *Sei nicht albern. Mary würde dir nie dein Kind wegnehmen.*

Endlich erreichte sie die Straße, in der Mary und George wohnten. Viel zu schnell bog sie um die Kurve, rammte den Gehweg und fuhr mit Vollgas die Straße hoch. Sie stellte das Auto vor Georges Garage ab, riss die Tür auf und rannte zum Haus.

Es war anders als sonst.

Alle Fensterläden waren geschlossen.

Noch nie hatte sie die Fensterläden geschlossen gesehen.

62

7. April 1991

Er ist eingeschlafen. Endlich. Ich dachte schon, er wird gar nicht mehr schlafen, dabei braucht er den Schlaf dringend, so übel, wie es ihm geht. Ich weiß nicht, was der Alte mit ihm gemacht hat, aber er hat ziemlich was mitbekommen. Vorhin wollte er mich dazu überreden, mit ihm abzuhauen. Wie er sich das vorstellt, hab ich ihn gefragt, er kommt doch nicht mal allein bis zum Klo, ohne zusammenzubrechen. Aber das hat er nicht gelten lassen. Er schafft das schon, hat er gemeint, er muss nur raus aus dem Heim. Wenn er erst mal auf der Straße ist, schafft er es. Letztes Mal warst du fit und hast es nicht gepackt, wollte ich antworten, aber dann hab ich es mir verkniffen und gesagt, dass wir morgen einen Plan machen können. Wenn er besser drauf ist. Da hat er gelächelt. Zumindest hat er versucht zu lächeln, so richtig gelächelt war es nicht. Dazu hat er zu viele Schmerzen. Auch beim Atmen, deshalb atmet er auch ganz flach. Manchmal röchelt er so, als ob er keine Luft bekommt. Das macht mir Angst, und ich gehe zu ihm und sage, eh, Babyfurzer, mach kein Scheiß, ja?, und er winkt nur, oder er versucht zu winken, es ist nur eine kurze Bewegung der Finger, als ob er sagen will, hör auf zu nerven, Unkraut vergeht nicht. Aber er hat unrecht. Auch Unkraut kriegt man tot. Marcus hat das immer gesagt, Unkraut vergeht nicht. Der Alte kriegt uns nicht klein. Der kann uns ummähen, so oft er will, wir stehen wieder auf. Aber Marcus ist tot. Er ist einmal zu oft umgemäht worden. Und Steve ist fertig. Ich weiß nicht, warum der Alte ihn zu mir gelegt hat, obwohl er uns zuerst getrennt hat. Nur wir beide sind in dem Zimmer. Als ob wir aussätzig wären. Der Ausbrecher und sein Freund. Macht mir nichts aus. Steve ist eh der beste Zimmergenosse, den man sich vorstellen kann. Nur heute nicht. Heute macht er mir Angst. Ich denke schon die ganze Zeit an dieses Unheil, das ich immer bei ihm gespürt habe. Ich spüre es noch immer. Es ist nicht vorbei. Da kommt noch was, und ich weiß, dass ich es nicht aufhalten kann, auch wenn ich nicht weiß, was es ist. Aber der Alte sperrt uns nicht ohne Grund ein. Und das, was er da gesagt hat, mit der Treppe und dass Linus gesehen hat, wie ich meinen Kumpel die Treppe runtergeschubst habe, das geht mir nicht mehr aus dem Kopf. Was hat er damit gemeint? Was hat er vor? Ich hab Steve nicht die Treppe runtergestoßen. Das weiß er genauso gut wie ich. Und was soll ich schon mit Steve machen? Was meint er mit ich soll gut aufpassen? Auf was denn? Dass er isst? Schläft? Pinkelt? Ist doch Ehrensache, dass ich auf Steve aufpasse.

Er hat für mich gelogen. Er ist jünger als ich, und er hat mich in Schutz genommen. Ich müsste ihn beschützen, aber er hat mich beschützt. Ich glaub nicht, dass er weniger Schläge bekommen hätte, wenn er was andres erzählt hätte. Aber ich deutlich mehr. Spätestens heute hätte er sich die Aufnahme in die Clique verdient.

Clique? Welche Clique?

Es gibt keine Clique mehr.

Nur mich. Ich hätte Steve gerne in meiner Clique.

Wenn es ihm besser geht, gründen wir eine. Eine neue Clique. Das fühlt sich besser an, als zu versuchen, Luke und Marcus zu ersetzen. Nicht dass ich Luke und Marcus jetzt nicht mehr mögen würde. Aber das ist vorbei. Jetzt fängt was Neues an.

Wenn Steve wieder auf den Beinen ist.

63

Ihr Herz setzte aus.

Hanna zwang sich, tief zu atmen. Die schwarzen Fensterläden stierten sie an wie die Augen eines Drachen, der nur darauf wartete, sie mit dem nächsten Feuerstoß zu vernichten.

Vielleicht sind sie wegen des Staus früher los und haben Lilou bei Sandra gelassen. Hanna versuchte, das Rasen ihres Herzens zu bändigen, das dem Stillstand gefolgt war. *Lilou ist bei Sandra. Ganz sicher. Lauf zu ihr, sieh nach.*

»Hanna!« Eine Hand legte sich auf ihre Schulter.

Sie fuhr herum.

Ihre Augen weiteten sich. Sie wich zurück. »Du?«

»Mache ich dir Angst?« Ungläubiges Erstaunen wischte das Lächeln aus Martens Gesicht.

»Wo ist Lilou?«, fragte Hanna atemlos. »Wo sind Mary und George?«

»Mary und George mussten früher los«, erklärte Marten. »Auf der M4 ist ein riesiger Stau. Ich habe dich angerufen. Ich hatte angeboten, auf Lilou aufzupassen, aber sie wollten sie mir nicht anvertrauen.«

Hanna versuchte zu sprechen, doch ihre Stimme versagte.

»Lilou ist bei Sandra«, fuhr Marten fort. »Sie hat mich eingeladen, bei ihr auf dich zu warten.«

Hanna räusperte sich. »Ich will zu Lilou.«

»Was machst du hier?«, fragte Hanna Marten, nachdem sie Lilou in Empfang genommen und es sich in Sandras Wohnzimmer gemütlich gemacht hatte.

»Ich suche dich – auf meine Nachrichten antwortest du ja nicht …«

»Mein Handy war aus«, entschuldigte sich Hanna. »Apropos Nachricht – Was ist das mit George? Weißt du mehr über sein Verfahren wegen Körperverletzung?«

»Er hat einen Patrick Mahoney krankenhausreif geprügelt. Gebrochene Nase, zwei ausgeschlagene Zähne, zwei angebrochene Rippen.«

Sandra kam mit Tee und Sherry ins Wohnzimmer. »Habe ich Patrick Mahoney gehört?«

»Ich erzähle Hanna von dem Verfahren gegen George.«

»Das war eine schlimme Sache.« Sandra schenkte Tee ein. »Für George. Mahoney ist meiner Meinung nach viel zu gut weggekommen. Wusstet ihr, dass er Georges Sohn krankenhausreif geschlagen hat? Mahoney ist ein nichtsnutziger Feigling, der seinen Frust an Frauen und Kindern auslässt. Und wenn er mal was abbekommt, heult und greint er wie ein kleines Mädchen.«

Hanna nickte stumm. Marten und Sandra bestätigten Marys und Georges Version der Geschichte. »Mahoney hat die Anklage zurückgezogen. Ich glaube, jemand hat ihm ziemlich Druck gemacht.« Sandra hielt die Milchkanne fragend in die Höhe und reichte sie dann an Hanna weiter. »Es wäre also gut ausgegangen, wenn nicht die Sache mit Mary passiert wäre.«

»Mit Mary?«

Sandra seufzte tief. »Stille Wasser sind tief, sage ich nur.«

Hanna zog Lilou auf ihren Schoß und gab ihr eine Tasse Milch.

»Mary und George haben versucht, den Heimleiter aus dem Verkehr zu ziehen. Er soll Steve misshandelt haben und was weiß ich noch. Aber der Typ hat Freunde in wichtigen Positionen sitzen, an den kommst du praktisch nicht ran.«

»Ja, das habe ich heute schon einmal gehört«, sagte Hanna.

»Schließlich hat George es geschafft, das Heim schließen zu lassen. Aber der Heimleiter ist obenauf geschwommen. Stellt euch vor, er hat der Kommune das Gebäude für eine geradezu lächerliche Summe abgekauft. Das war eine einzige Schieberei. Der Gemeinderat hat argumentiert, dass sich die Gemeinde die Erhaltung und den Umbau des Gebäudes nicht leisten kann. Das Haus ist denkmalgeschützt.«

»Und dann?« Hanna hing gebannt an Sandras Lippen.

»Mary hat das nicht verkraftet. Sie hatte Mahoney und dem Heimleiter die Schuld an Stevies Verschwinden gegeben. Und dann bringt Mahoney George vor Gericht, und der Heimleiter bekommt ein großzügiges Geschenk von der Gemeinde.«

»Sie hat versucht, sich umzubringen, nicht wahr? George hat mir das erzählt«, sagte Hanna.

»Mehr als das. Sie hat den Heimleiter von der Straße gedrängt. Sein Sportwagen hatte gegen ihren Geländewagen keine Chance. Sie hat ihn durch die Leitplanke geschoben und ist hinterher. Beide haben überlebt. Und beide sitzen heute im Rollstuhl.«

Der alte Mann im Rollstuhl. Der ehemalige Heimleiter. Die Warnung der silbergelockten Dame. *Sprechen Sie ihn nicht auf Steve Warrington an.* Louisas eindringliche Worte: *Er ist der Teufel in Menschengestalt.* Hanna lief es kalt über den Rücken.

»Ist sie wegen versuchten Mordes angeklagt worden?«

»Nein. Sie hatte den besten Anwalt, den man für so etwas bekommen konnte. Wobei es Mary damals völlig egal gewesen wäre, ob sie ins Gefängnis gemusst hätte oder nicht. Sie hatte sich mit ihrer Suche nach Stevie ein eigenes Gefängnis gebaut.« Sandra strich sich eine Strähne ihrer glatten grauen

Haare aus der Stirn. »Der Anwalt hat auf Unfall plädiert. Er hat behauptet, Mary hätte die Kontrolle über das Auto verloren und dabei den Heimleiter aus Versehen gerammt. Da sie nach ihrem ersten Selbstmordversuch an Blackouts gelitten hatte, ist er damit durchgekommen. Ihr wurde der Führerschein entzogen, und der Heimleiter hat von ihrer Versicherung ein enormes Schmerzensgeld kassiert. Das hat er in das Hotel investiert.« Sie beugte sich vor und winkte Hanna und Marten verschwörerisch zu sich. »Man hätte Grace Manor Home abreißen sollen«, flüsterte sie mit einer bedeutungsschwangeren Stimme, die Hanna einen weiteren Schauder über den Rücken jagte. »Ich glaube nicht an Spukgeschichten, aber Grace Manor Home war ein böser Ort.«

Hanna verstand jetzt, warum George so besorgt auf alles reagierte, was Mary aus dem Gleichgewicht bringen könnte. Und sie begriff, warum George auf keinen Fall zu dem ehemaligen Heim fahren wollte, aber Mary sie dazu gedrängt hatte. Es war für sie längst nicht abgeschlossen.

Der Mann im Range Rover! Einen Tag trat er als Linus auf. Den nächsten als Steve Warrington. Sie unterdrückte ein wütendes Schnauben. Er hatte ihr eine Lüge aufgetischt. Und sie wäre fast darauf hereingefallen. Aber warum? Wer war er? Was hatte er vor?

»Kannst du den Besitzer eines Autos herausfinden, wenn ich die Nummer und den Fahrzeugtyp habe?«

Marten sah überrascht auf. Lilou war mit ihrem Wal inzwischen zu ihm gegangen und spielte auf seinem Schoß. »Hier in England?«

Hanna nickte. »Kann sein, dass die letzten Ziffern verdreht sind.«

»Ich denke schon. Aber es wird sicher ein paar Tage dauern.«

»Dann notier mal …«

64

7. April 1991

Heute Nacht hat Steve Blut gespuckt.

Zuerst hat er wirres Zeug geredet, von Krieg und Soldaten und seiner Mutter. Ich dachte, er redet mit mir, und hab mich zu ihm ans Bett gesetzt. Aber er hat nur weiter von den Soldaten geredet und dass sie seine Mutter geklaut haben. Und dann hat er geweint, ganz leise, und hat dabei nach seiner Mama gerufen. Eigentlich hat er es geflüstert, Mama. Immer wieder Mama. Ich hab ihm die Tränen abgewischt, mit meinem Schlafanzugärmel, und da hab ich gemerkt, wie heiß er ist. Dann hab ich versucht mit ihm zu reden, Steve, hab ich gesagt, Steve, deine Mama ist nicht da. Aber er hat immer nur nach seiner Mutter verlangt, als ob er mich gar nicht bemerkt hat. Immer nur Mama, und ich hab mir gedacht, wenn ich seine Mama holen könnte, egal wie, ich würde es tun. Und es wäre egal, ob der Alte mich windelweich schlägt. Und dann hab ich mir überlegt, nach wem ich rufen würde, wenn es mir so schlecht geht. Und da ist mir aufgefallen, dass ich nicht weiß, nach wem ich rufen würde. Mit Sicherheit nicht nach meiner Mutter und auch nicht nach meinem Vater. Man muss schon verdammt allein auf dieser beschissenen Welt sein, wenn man nicht mal das weiß. Wenn ich morgen tot umfalle, schert das kein Schwein. Vielleicht Luke oder Steve. Aber Luke hat sich einfach verpisst. Dem ist es jetzt auch egal. Und dann hab ich mir überlegt, was Steve wohl für ein Verhältnis zu seiner Mutter hat, wenn er nach ihr weint. Und dann hab ich kapiert, dass er nicht gelogen hat, als er erzählt hat, dass sein Vater ihn nicht geschlagen hat. Vielleicht sind seine Eltern tot. Vielleicht hat seine Mutter ihn richtig gut behandelt. Vielleicht ist er deshalb so anders. Und irgendwie hab ich ihn beneidet, obwohl das völlig hirnrissig war, so schlecht, wie es ihm geht. Er atmete ganz komisch. So röchelnd. Ich bin dann einfach sitzen geblieben, was sollte ich denn tun? Irgendwann hat er aufgehört zu weinen und hat auch nicht mehr geredet. Vielleicht ist er eingeschlafen, aber vielleicht auch nicht. Seine Augen waren ganz komisch, nicht richtig auf, aber auch nicht zu, und die Augäpfel sind immer von einer Seite zur anderen, das konnte man sehen, weil die Augen ja nicht richtig geschlossen waren. Und dann hat er plötzlich Blut gespuckt. Da hab ich gewusst, er braucht Hilfe, und ich hab so lange an die Tür gehämmert, bis der ganze Gang sich davor versammelt hat, aber die war ja abgesperrt. Jemand hat den Alten geholt, und der kam in unser Zimmer. Allein. Die anderen hat er weggeschickt und gesagt, dass alles in Ordnung ist und ich übertreibe. Und dann hat er mir eine geklebt, dass mein Ohr geklingelt hat, und mich am Kragen gepackt. Tom, hat er gesagt, hör mir gut zu, weil ich sag das nur ein Mal. Wenn Steve abkratzt, weil du ihn die Treppe runtergestoßen hast, und du hier ein Spektakel veranstaltest, bist du dran. Du wanderst direkt in den Jugendknast. Überleg dir gut, was du sagst und tust. Solange du still bist, hast du meinen Schutz.

Ich hab das erst gar nicht kapiert, ich hab nur gedacht, was redet er von Abkratzen und Knast, und ich hab gesagt: Bitte, Steve muss unbedingt ins Krankenhaus, er hat Blut gespuckt. Und da hat er mir noch eine geknallt. Und dann hat er gesagt, du hast nicht zugehört, Tom Baker. Du hörst nie zu, das ist das Problem mit dir. Schon immer gewesen. Steve bleibt hier bei dir. Du bist für ihn verantwortlich, und wenn er stirbt, ist das deine Schuld. Du bist schuld, vergiss das nicht. Und dann ist er wieder gegangen und hat hinter uns zugesperrt, und ich hab gewusst, dass er keinen Arzt holen wird.

Ich hab Steve nicht die Treppe runtergestoßen. Der Alte weiß das genauso gut wie ich, aber er wird es so hinstellen. Und alle werden ihm glauben, und ich werde verknackt für etwas, das ich gar nicht getan habe.

Steve hustet wieder. Ich muss zu ihm. Wenigstens seine Hand halten. Vielleicht denkt er ja, dass ich seine Mama bin, wenn ich seine Hand halte.

65

Sie hatten bereits die Hälfte des Weges zum Grace Manor Hotel zurückgelegt und noch immer kein Wort gesprochen. Die grüne Landschaft flog an ihnen vorbei, sanfte Hügel, gelbe Felder und grüne Wiesen. Hanna fuhr die Konturen des kleinen Schlüssels nach und versuchte ihre wachsende Unruhe im Zaum zu halten. Dunkle Wolken zogen auf, sie wuchsen von Minute zu Minute und türmten sich zu düsteren Himmelshochhäusern über dem Meer, so düster wie ihre Gedanken, die sich wie ein Kreisel um all die neuen Informationen drehten. Brachte sie Lilou und sich in Gefahr, wenn sie in dem Hotel übernachteten, obwohl dort der Heimleiter lebte? Jeder, der ihn kannte, warnte vor ihm. Allerdings, wie gefährlich konnte ein Mann im Rollstuhl werden? Warum sollte er ihnen überhaupt gefährlich werden – im Gegensatz zu ihr, die genau wusste, wer er war, hatte er keine Ahnung. Weder dass sie die Frau eines ehemaligen Zöglings war und in seinem Hotel nach Antworten suchte noch dass ihre Tochter den Namen des Heims ausgesprochen hatte, ohne je davon gehört zu haben. Für ihn war sie ein Gast aus Deutschland. Eine Touristin, die im schönen Devon ihren Urlaub verbrachte. Trotzdem war sie froh gewesen, als Marten wie selbstverständlich ihre Koffer zu seinem Auto gebracht und erklärt hatte, er würde sie zu dem Hotel begleiten.

Marten stellte einen anderen Radiosender ein. Ein Moderator verlas die Vier-Uhr-Nachrichten. Der Stau auf der M4 wuchs weiter an. Hanna dachte an Mary und George. Wie unvorstellbar groß Marys Verzweiflung gewesen sein musste. Und Georges Wut. Sie dachte an Lilou, an den kurzen Moment, als sie vor dem abgesperrten Haus gestanden und ihr Herz zu schlagen aufgehört hatte. Sie dachte an den Mann im Landrover, an seinen Auftritt, mit dem er es geschafft hatte, sie zum Zweifeln zu bringen. Er kannte Tom. Und Steve. Und Luke. Was verbarg er vor ihr, dass er sie davon abbringen wollte, weiter nach Tom zu suchen? Der Moderator kündigte einen Britpop-Song an. Marten drehte das Radio lauter. Es fühlte sich gut an, einfach neben ihm zu sitzen. Trotz der Kluft zwischen ihnen, die so lange bestehen würde, bis sie die Sache mit seinem Namen und dem Brief geklärt hatte. Sie ließ ihren Blick über die vorbeiziehende Landschaft gleiten und überlegte, wie sie ihn am besten darauf ansprach, ohne preiszugeben, dass sie den Brief gelesen hatte.

»Marys Sohn war also zusammen mit deinem Mann in dem Heim?«, unterbrach er ihre Gedanken. Er setzte den Blinker und überholte einen Lastwagen. Wie er herunterschaltete, ausscherte, wieder zurück auf die rechte Spur glitt. Alle Bewegungen strahlten eine Ruhe aus, die langsam auch auf Hanna überging. Sie lehnte sich im Autositz zurück.

»Mary hat ihren Sohn auf einem der Fotos erkannt. Das Foto muss in dem Heim aufgenommen worden sein. Ich habe dort eine Frau getroffen. Sie hat meinen Mann als Tom Baker identifiziert. Er soll aus Grace Manor Home abgehauen und auf die schiefe Bahn geraten sein. Wahrscheinlich hat er seinen Namen geändert, weil er hier gesucht wurde.« Aus den Augenwinkeln beobachtete sie seine Reaktion, doch sie konnte aus seinen Gesichtszügen nicht herauslesen, ob die Information ihn überraschte.

»Auf dem Heimweg hat mich der Mann verfolgt, von dem ich Steves Tagebuch habe. Er hat behauptet, er sei Steve Warington. Aber das stimmt unter Garantie nicht.«

»Ist das der Typ, den ich mittels des Autokennzeichens finden soll? Was will er von dir?«

»Dass ich nach Aachen zurückkehre«, sagte Hanna. »Ich glaube, was immer Ste… Tom im Frühjahr nach England gebracht hatte, es hatte was mit seiner Zeit im Heim zu tun. Und dieser Typ, der sich als Steve Warrington ausgegeben hat, weiß das und versucht mich davon abzuhalten, weiter nachzuforschen. Deshalb hat er mir im Sommer das Tagebuch gegeben und versucht jetzt, einen Keil zwischen die Warringtons und mich zu treiben.«

»Und was versprichst du dir von dem Aufenthalt im Hotel?«

»Ich weiß nicht. Ich habe das Gefühl, Lilou hat mich dort hingeführt. Sie haben einen Spinnenzoo. Rate mal, was für Spinnen.«

»Vogelspinnen?«

Hanna nickte. »Zufall?«

»Ariane lag also richtig. Meinst du, der zweite Einfluss, von dem sie gesprochen hatte, könnte Marys Sohn sein?«

Hanna zuckte mit den Schultern. Noch immer fiel es ihr schwer, über die unbegreiflichen Ereignisse um sie herum zu reden. »Der Schal gehörte Marys Sohn. Was immer das bedeuten mag.«

»Nun, wenn es bedeutet, dass er der zweite Einfluss in Lilous Aura ist, würde das einiges erklären. Nicht zuletzt, warum Lilou so sehr an Mary hängt.«

»Ja, aber seit Sandra vorhin von Grace Manor Home gesprochen hat, als ob es ein verhexter Ort sei, frage ich mich, ob es klug ist, Lilou dort mit hinzunehmen.«

Martens Hand legte sich kurz auf ihre. »Du hast gar keine andere Wahl. Wenn beide Jungen im Grace Manor Home waren und es da Vogelspinnen gibt, musst du dorthin. Mit Lilou. Auch wenn du es nicht wahrhaben willst, sie ist dein

Medium.« Marten verließ die Landstraße und bog auf die Zubringerstraße zu dem Hotel ab. »Jetzt möchte ich wissen, warum du mich seit dem Besuch bei Ariane meidest.«

Das Hotel kam in Sichtweite. Hanna streckte ihren Arm aus. »Wir sind da.«

»Du lenkst ab.« Er bog in den Parkplatz ein. »Es muss einen Grund geben, dass du dein Verhalten mir gegenüber so abrupt geändert hast. Du bist doch keine launische Zicke. Also raus damit!«

Hanna schloss für einen kurzen Moment die Augen, dann sah sie ihn an. »Wer ist Marten Vanderhoven? Und warum holst du Erkundigungen bezüglich meines Erbes ein, ohne das mit mir zu besprechen?«

66

8. April 1991

Wir sind gefangen wie die Ratten im Käfig.

Ich muss das Türschloss knacken. Ich muss Hilfe holen, aber nicht den Alten, niemanden von hier. Ich muss von draußen Hilfe holen, Steve verreckt sonst in meinen Armen. Der Alte wird es nicht zulassen, der lässt Steve lieber krepieren. Ich bin kein Arzt, aber man muss auch keiner sein, um zu sehen, dass es Steve nicht beschissener gehen könnte. Wenn der nicht sofort hier rauskommt, ist es vorbei.

Ich muss wieder zur Tür, es weiter versuchen, bevor die anderen aufstehen und ich nicht mehr unbemerkt abhauen kann. Aber ich muss auch bei Steve am Bett sitzen bleiben. Sobald ich aufstehe, wird er unruhig, und das ist nicht gut. Ich kann ihn nicht alleine lassen, und ich brauche mindestens eine Stunde, um Hilfe zu holen.

Was soll ich nur tun?

Wenn ich nicht gehe, stirbt er, da bin ich mir sicher, aber dann bin ich wenigstens bei ihm.

Wenn ich gehe und er währenddessen stirbt, ist er ganz allein.

Warum ist niemand hier, der uns hilft? Warum ist NIE jemand da, der uns hilft?

Was ist das nur für ein beschissenes Scheißleben????????

67

Hanna beobachtete, wie Martens Lächeln in sich zusammenfiel und seine Wangen anfingen zu glühen.

»Was?«

»Du hast genau verstanden, was ich gesagt habe«, sagte Hanna scharf. »Warum nennst du dich Stein, wenn du Vanderhoven heißt?«

»Wie kommst du darauf?« Marten stoppte den Motor, ließ jedoch die Hand am Zündschlüssel, als säßen sie in einem Fluchtauto, das jederzeit startbereit sein müsste.

»Hör auf mit den Spielchen. Ich habe *dir* zwei Fragen gestellt. Beantworte sie einfach. Dann kannst du mir Fragen stellen.« Hanna ließ Marten nicht aus den Augen. Suchte er fieberhaft nach einer Antwort? Je länger er sie hinauszögerte, desto geringer würde ihr Wahrheitsgehalt sein.

Marten seufzte. »Na gut. Erst ich, dann du. Abgemacht?«

»Abgemacht.«

»Mein Vater ist Niederländer, meine Mutter Deutsche. In den Niederlanden ist es üblich, dass jeder Ehepartner seinen Namen behält, also mein Vater Vanderhoven, meine Mutter Stein«, begann Marten und drehte sich seitlich zu ihr. »Als Kind nimmt man den Namen des Vaters an, also heiße ich Marten Vanderhoven, wie mein Vater.«

Er machte eine Pause, als überlegte er, wie er ihr den Rest der Geschichte beibringen sollte.

»Und?«

»Mein Vater hat uns relativ früh verlassen. Er ist nach England und hat dort mit einem Partner eine Detektei aufgemacht. Die Schnüffelei liegt wohl in der Familie. Allerdings hat er Mist gebaut und ist sogar angeklagt und verurteilt worden. Früher wäre das kein Thema gewesen. Ich praktiziere ja nicht in England. Aber heute ist so was eine Katastrophe. Wenn du Marten Vanderhoven googelst, kannst du genau nachlesen, was er gemacht hat. Und das ist für mich fatal. Wenn die Leute mich abchecken, rufen die nicht an und fragen, ob ich das bin, sondern sie klicken einfach weiter und suchen einen anderen.« Er zuckte resigniert die Schultern. »Also habe ich den Namen meiner Mutter angenommen. Die Detektei läuft unter Marten Stein, meine Anwaltszulassung dagegen noch unter Marten Vanderhoven.«

Sein Vater. In dem Artikel war zum Alter der beklagten Detektive keine Angabe gemacht worden. Es war absolut möglich, dass er die Wahrheit sagte.

»Das ist alles. Du siehst mich so zweifelnd an.« Er zückte seinen Geldbeutel und holte seinen Ausweis hervor. »Hier. Amtlich.«

Hanna nahm den Ausweis in die Hand. Stein stand darauf, geborener Vanderhoven. Sie spürte, wie ihr die Röte ins Gesicht stieg. Nach allem, was er für sie getan hatte, hätte er verdient gehabt, dass sie ihn mit ihrer Entdeckung konfrontierte und ihm die Chance gab, sich zu erklären. »Nein, natürlich glaube ich dir. Auch ohne Ausweis.«

»Ach? Wirklich?« Marten legte seinen Kopf schief und grinste. »Deshalb hast du auch gleich danach gegriffen …«

Hanna hörte, wie Lilou aufwachte und sich in ihrem Kindersitz reckte. Sie schnallte sich ab. »Lass uns mit Lilou noch etwas herumlaufen, sonst schläft sie nachher nicht. Wir könnten mit ihr in den Fun-Park, bevor er schließt.«

Sie hob Lilou aus dem Auto und schritt zögerlich auf das Hotel zu, aus dessen Fenstern sie plötzlich Tausende lauernde Augen zu beobachten schienen.

Der Fun-Park war winzig, aber völlig ausreichend für die jungen Gäste, für die er offensichtlich konzipiert worden war. Ein Karussell bildete den Mittelpunkt der Anlage, drum herum waren im Kreis eine Schiffschaukel, ein Trampolin, ein Spiegellabyrinth, eine Wurfbude und eine Riesenrutsche aufgebaut. Am Eingang parkte ein Zug auf Rädern, dessen Beschriftung den Gästen Touren durch den Garten und den Dinosteig versprach.

Kaum hatten Hanna, Lilou und Marten den Fun-Park betreten, zog Lilou wie wild an Hannas Hand.

»Da, da!«

Lilou riss sich los und stürmte auf das Karussell zu. Hanna lief hinterher und fing sie wieder ein. »Stopp, Püppchen, nicht so stürmisch, ja? Du musst an Mamas Hand bleiben.«

»Iss! Da! Iss!« Aufgeregt hüpfte Lilou auf und ab und lehnte sich mit all ihrem Gewicht nach vorn, Richtung Karussell.

Hanna sah auf und bemerkte den blauen Wal, der eingebettet zwischen Pferd und Feuerwehrauto Kindern als Fahrzeug diente.

»Ein Wal!« Hanna hob Lilou hoch und näherte sich dem Karussell. »Der sieht aus wie deiner, nicht wahr?«

»Iss! Iss!« Lilou streckte sich nach dem Wal aus.

»Da werden wir wohl Karussell fahren müssen.« Marten legte seinen Arm um Hannas Schulter und schob sie sanft die Stufen hoch. »Wie kriegt man das Ding denn an?«

»Du musst ein Pfund in den Schlitz stecken.« Hanna setzte Lilou in den Walbauch und hockte sich daneben. Lilou schnalzte mit der Zunge und klatschte in die Hände.

Marten steckte die Hand in seine Hosentasche und kam mit einer Handvoll Münzen die Stufen hoch. Er warf ein Pfund in den Automaten, und das Karussell setzte sich in

Bewegung. Leise Jahrmarktmusik ertönte aus Lautsprechern über ihren Köpfen.

»Also dann, du bist dran.« Marten ging neben Hanna in die Hocke und legte eine Hand auf den Kopf des Wals. »Woher wusstest du das mit Vanderhoven?«

Hanna wurde heiß. »Nicht so schnell. Du hast erst eine Frage beantwortet. Warum hast du dich nach meinem Erbe erkundigt?«

»Du hast mir den Auftrag gegeben.«

»Ich?« Hanna funkelte ihn an. »Das stimmt doch gar nicht.«

»Du hast mich beauftragt herauszufinden, wer Rose ist«, konterte Marten.

»Ich weiß, wer Rose ist«, sagte Hanna triumphierend. »Rose ist Britt.«

»Und wer ist Britt?«

»Meine Nachbarin.« Hanna runzelte irritiert ihre Stirn. Was sollte diese Frage? Marten wusste genau, wer Britt war.

»Ich weiß, dass Britt deine Nachbarin ist, aber wusstest du, dass sie deine Schwester ist?«

68

Ihr ganzes Leben lang hatte Hanna danach gestrebt zu erfahren, wer ihr Geschwister war. Jetzt wünschte sie, sie hätte es nie erfahren. Schweigend lief sie neben Marten den Dinosteig entlang. Lilou hatte ihren Kopf an Martens Schulter gelehnt und zeigte sich vollkommen unbeeindruckt von den Dinosaurier-Attrappen, die alle fünfzig Meter aus dem Wald in den Weg hineinragten.

Hanna war froh, dass der Fun-Park seine Tore schloss. Sie hätte das fröhliche Gedudel keine Minute länger ertragen, auch wenn sie Lilou von dem Wal fast nicht hatten lösen können. Sie musste sich bewegen. Am liebsten wäre sie den ganzen Weg zum Wald gerannt. So schnell und so lange, bis ihre Lungen um Gnade gewinselt hätten. Britt war ihre Schwester. *Rose ist deine Schwester.*

»Es tut mir leid.« Marten berührte sie am Arm.

»Dass Britt meine Schwester ist?«

»Dass ich es dir nicht schonender beigebracht habe. Ich weiß, dass du dir eine Schwester oder einen Bruder gewünscht hast.« Er fuhr mit den Fingern ihren Arm entlang und ergriff ihre Hand. »Das muss ein schwerer Schlag für dich sein.«

»Wie …«, begann Hanna und brach ab. Ein Kloß stieg in ihrem Hals auf, und sie schluckte ihn mit aller Macht herunter.

»Wie ich darauf gekommen bin?«

Hanna nickte.

»Du hattest mir von dem Fehltritt deines Vaters erzählt.

Und Steve, ich meine Tom, hat in diesem Tagebuch all diese Informationen über dich gesammelt. Ich habe einfach die zwei Dinge zusammengebracht. Warum kommt Tom ausgerechnet auf dich? Er war mit dieser Rose zusammen. Dann verlässt er sie und spioniert dich aus. Meine Frage war also: Hat diese Rose ihm etwas über dich erzählt? Und wenn ja, warum? Ich habe mir überlegt, weshalb eine Frau ihrem Liebsten von einer anderen erzählt. Wohlgemerkt, einer Frau, die er nicht kennt und die auch sie nicht kennt, zumindest nicht persönlich. Und da kam mir die Idee. Was, wenn deine Schwester genau wusste, wer du bist? Wenn sie von weitem dein Leben über die Presse mitverfolgt und gesehen hat, wie reich und privilegiert du aufwächst, während sie in ärmlichen Umständen lebt? Natürlich alles nur Vermutungen, aber irgendwo musste ich ja anfangen.«

»Hat sie denn …«

»Ja. Sie hat. Ihre Mutter hat die sehr großzügige Abfindung deines Vaters innerhalb von fünf Jahren komplett durchgebracht. Sie wollte eine zweite Abfindung und ist von dem Anwalt deiner Eltern abgeschmettert worden. Inzwischen hatte sie angefangen zu trinken, und sie und ihre Tochter sind ziemlich schnell in die Sozialhilfe abgerutscht. Als Britt fünfzehn war, ist ihre Mutter an Leberkrebs gestorben, und Britt ist in ein Heim gekommen. Das war alles nicht besonders lustig für sie. Irgendwie muss sie herausbekommen haben, wer ihr Vater ist, und das muss dann besonders bitter gewesen sein. Stell dir vor: Du hast nichts, und dein Vater lebt mit seiner Familie in Saus und Braus. Im Licht der Öffentlichkeit. Da sieht alles noch viel glamouröser und toller aus. Kannst du dir vorstellen, wie das an dir zerrt?«

»Ich hätte alles mit ihr geteilt«, sagte Hanna leise. »Warum hat sie denn nichts gesagt?«

»Woher sollte Britt wissen, dass du anders tickst als deine

Eltern?« Er drückte ihre Hand. »Vielleicht hat sie ihrer Mutter versprochen, nichts zu sagen. Vielleicht hat euer Anwalt sie eingeschüchtert. Ich weiß es nicht.«

»Tom hat sie davon erzählt.«

»Ja. Davon bin ich ausgegangen. Er war schließlich ihre große Liebe. Und der erzählt man doch alles. Besonders das, was einen am meisten aufwühlt.«

Hanna starrte auf das scharfe Gebiss des nächsten Dinosauriers, ohne es wirklich wahrzunehmen. Sie hatte Tom von ihrer Suche nach dem unbekannten Geschwisterkind erzählt, und er hatte die ganze Zeit von ihrer Schwester gewusst. Eigentlich hätte sie vor Wut beben müssen. Er hatte sie betrogen und verraten, und dieser neue Aspekt katapultierte den Verrat ins Unermessliche. Doch ihre Traurigkeit überlagerte die anderen Gefühle.

»Deshalb hat er mich ausgewählt. Er wollte die Ungerechtigkeit ausbügeln. Das hat er in seinem Tagebuch geschrieben. Dass jemand bezahlen wird. Und das war wohl ich. Er wollte mir die Kohle für Britt abnehmen. Er muss sie wahnsinnig geliebt haben.«

Marten ließ ihre Hand los und fuhr Lilou über die Haare. »Das stimmt. Aber dich hat er noch mehr geliebt.«

Hanna blickte auf. »Mich hat er benutzt.«

»Das war der Plan. Aber dann hat er sich in dich verliebt, und als Lilou kam, hat er Britt verdrängt. Er hatte bereits seit Jahren keinen Kontakt mehr zu ihr und wollte es dabei belassen, und dann bist du im Fernsehen aufgetreten. Offenbar hast du einen Rekord gebrochen.«

Hanna zog die Augenbrauen zusammen. »Was hat das damit zu tun?«

»Britt hat dich in der Sendung gesehen, und dann wurdest du als Frau Warrington vorgestellt... Kannst du dir vorstellen, was das in ihr ausgelöst hat? Ausgerechnet du, die verwöhnte Schwester, die immer alles hatte, nimmt ihr auch noch den Mann! Britt hat mir erzählt, dass sie völlig durchgedreht ist und noch am selben Abend einen Zug nach Aachen genommen hat, um sich zu vergewissern, ob Steve und du wirklich ein Paar seid.«

»Du hast mit Britt gesprochen?«

»Ich habe sie gestern mit meinem Wissen konfrontiert. Ich glaube, sie war richtig erleichtert, dass ich Bescheid wusste.«

Hanna schloss ihre Hand um den silbernen Schlüssel. Sie wollte nichts mehr hören und gleichzeitig doch jedes Wort wissen, das Britt und Marten gewechselt hatten.

»Nachdem Britt festgestellt hat, dass Ste… Tom mit dir verheiratet war, ist sie nach Berlin zurück und hat einen Plan geschmiedet, wie sie es euch heimzahlen kann«, fuhr Marten fort. »Sie hat die Wohnung unter euch gemietet und verlangt, dass er sich entscheidet: du oder sie. Und sie hat ihm klargemacht, dass sie dir reinen Wein einschenken würde, wenn er sich für dich entscheidet.«

»Dann war Britt die Frau, mit der Tom in der Kneipe gestritten hat.«

»Genau«, bestätigte Marten. »Dort hat er ihr eröffnet, dass er nicht zu ihr zurückkommen wird. Er hat ihr von dir erzählt. Dass du ganz anders bist, als sie immer angenommen hatten, und er es nicht zulassen würde, dass sie dir wehtut. Und er hat ihr erzählt, dass du als Kind die Sachen deiner Eltern durchsucht hast, um herauszufinden, wer deine Schwester oder dein Bruder sein könnte und du deswegen sogar im Internat gelandet bist. Und dass du dir so sehr ein Geschwister wünschst, dass du sogar bereit wärst, dein Erbe zu teilen. Er hat versucht, sie davon zu überzeugen, sich als deine Schwester zu outen und neu anzufangen. Und er hat ihr gesagt, dass er sie immer noch liebt, aber eben nicht mehr so wie früher. Natürlich hat Britt anfangs geblockt. Sie war viel zu verletzt, um darauf einzugehen. Also hat sie ihm ein Ultimatum gestellt, dir reinen Wein einzuschenken, und ihm gedroht, sonst alles zu tun, um euer Glück zu zerstören.«

Das Metall des Schlüssels quetschte sich in ihren Handballen. Sie ließ ihn los. »Hat sie etwas mit seinem Verschwinden zu tun?«

»Nein. Aber das hat sie zunächst gedacht. Er ist kurz vor Ende des Ultimatums verschwunden, und sie war sich sicher, dass er die Konfrontation mit dir gescheut hat.«

»Deshalb war sie so felsenfest davon überzeugt, dass er abgehauen ist…«

»Ganz genau. Und deshalb hatte sie auch ein schlechtes Gewissen. Vor allem nach dem, was mit Lilou passiert ist. Immerhin ist sie ihre Nichte. Abgesehen davon haben seine Worte sie neugierig gemacht. Jahrelang hat sie dich als Feindbild aufgebaut, und jetzt erzählt er ihr, dass du nach ihr gesucht hast, um alles mit ihr zu teilen. Deshalb hat sie den Kontakt zu dir gesucht. Sie wollte sich selbst ein Bild machen.«

»Sie hat mich oft im Treppenhaus angesprochen«, bestätigte Hanna seine Worte. »Manchmal dachte ich, sie wartet hinter der Tür darauf, dass ich die Treppen runtergehe…«

»Als Steve, ich meine Tom, dann weg war und Lilou im Krankenhaus, hat sie sich furchtbar gefühlt und versucht, dir zu helfen. Jetzt konnte sie natürlich nicht mehr sagen, wer sie war und dass sie Steve unter Druck gesetzt hat, dich zu verlassen. Erst recht nicht, als du den Skarabäus und den Brief gefunden hast. Als dann Lilou fast entführt wurde, dachte sie, Steve könnte einen Kumpel geschickt haben, um Lilou zu holen. Und dann bist du aus England zurückgekommen, und Steve war gar nicht Steve, und die Geschichte mit Rob kam ans Licht. Da hat sie angefangen, sich Sorgen um seine und auch deine Sicherheit zu machen. Sie wollte dir mehrmals die Wahrheit sagen, aber sie sagt, du hättest sie gemieden und seist abweisend gewesen, und sie hat einfach nie den richtigen Zeitpunkt gefunden.«

»Ich habe alle gemieden.«

»Ich weiß. Und das war dein gutes Recht. Du hast diese Zeit für dich gebraucht.«

Hanna nickte stumm. Es erklärte einiges. Britts vehementes Beharren, dass Tom sie verlassen hatte, ihre Hilfsbereitschaft, als sie mit Lilou im Krankenhaus war, ihre Suche nach Nähe und gleichzeitig ihre Pampigkeit, wenn Hanna über ihre Kindheit sprach, ihre Reaktion auf den Skarabäus, ihre Verschwiegenheit, wenn es um ihre verlorene Liebe ging, ihr Interesse an den Fotos, ihr liebevoller Umgang mit Lilou … Sie versuchte, die neuen Informationen in ihrem Gehirn zu ordnen, miteinander zu verknüpfen, zu begreifen, dass Tom sie trotz all der Lügen tatsächlich geliebt und sich ihretwegen von seiner Rose getrennt hatte, dass Rose Britt und Britt die Schwester war, die sie so lange gesucht hatte und von der sie jetzt nicht mehr wusste, ob sie sie je wiedersehen wollte.

»Wie bist du auf Britt gekommen?«, fragte sie schließlich.

»Ich habe im Umfeld deines Vaters geforscht. Vergiss nicht, ich bin professioneller Schnüffler.« Er nahm die Hand von Lilous Kopf und tippte mit dem Zeigefinger an seine Nase. »Obwohl ich zugeben muss, es war wirklich eine harte Nuss. Und die Spesen sind auch etwas in die Höhe geschossen – merk dir eines: Jede Information hat ihren Preis.«

Plötzlich richtete Lilou sich in Martens Arm auf, als hätte sie nur auf den richtigen Moment gewartet, um ihr Gespräch zu unterbrechen.

»Om da!« Sie deutete in den Wald. Marten legte die Hand auf ihren Rücken, um sie aufrecht zu halten.

»Mama mit!« Lilou wand sich und zappelte. »Unta.«

»Du sollst sie absetzen.«

Behutsam stellte Marten sie auf den unebenen Waldboden.

»Mama mit.« Sie lief drei Schritte auf den Wald zu, drehte sich dann um und winkte Hanna zu sich. »Om da!«

»Wir sollen mitkommen.« Hanna beobachtete Lilou. Unruhe erfasste sie und verdrängte die ungeheuerlichen Neuigkeiten, die sie eben noch beschäftigt hatten.

Sie dachte an den Spinnenzoo im Hotel und an Lilous Fixierung auf Spinnen. Sie dachte an den Besuch bei Ariane und Stevies Schal.

Zwei fremde Einflüsse … Ich spüre ihren Vater … Ich glaube, Steve ist tot … Koexistenz … So viel Wut, so viel Hass …

Alles passte plötzlich zusammen. Die Erscheinungen im Spiegel und Toms schleichende Veränderung. Lilous Besessenheit, alles zu vergraben, ihre Liebe zu Mary, Om und Lilous Schnalzen. Und plötzlich wusste sie, dass Tom tot war. Dass Ariane die Wahrheit gesagt hatte. Dass sie ihren Rat befolgen und herausfinden musste, wozu er die Koexistenz brauchte.

Marten sah Hanna zweifelnd an. »Hältst du das für sinnvoll? Sie möchte von dem Weg abgehen, und wir sollten eigentlich besser umkehren, wenn wir vor dem Regen im Hotel sein wollen.«

»Wir *müssen* mitgehen.« Hanna ging zu Lilou und nahm sie an der Hand. »Wohin führst du uns?«

»Mama mit. Om da.«

Gemeinsam verließen sie den Weg und traten zwischen die mächtigen Bäume, deren ausladende Kronen das spärliche Licht des dahinscheidenden Tages fast zur Gänze aussperrten.

Marten folgte ihnen. »Weißt du, was du tust?«

»Ich folge Lilou.«

»Genau das macht mir Sorge.« Marten rutschte auf dem feuchten Waldboden aus und hielt sich an einem Ast fest. »Hier ist es ganz schön glitschig. Und es zieht ein richtig übles Unwetter auf. Vorhin kam eine Warnung im Radio.«

»Vertrau mir.« Hanna verstärkte den Griff um Lilous Hand, bereit sie zu halten, falls sie auch den Halt verlor.

Kurz darauf kam eine Hütte in ihre Sichtweite. Sie war nur etwa dreißig Meter entfernt und trotzdem kaum zu sehen, so dicht war sie in eine Gruppe von Tannen eingepasst.

»Mit! Mit!« Lilou zerrte Hanna mit sich und begann zu laufen.

Hanna folgte ihr. Schließlich standen sie vor der Hütte. Sie war klein und auf den zweiten Blick nicht nur in eine Gruppe von Tannen eingepasst, sondern auch in den Hügel eingebaut, der zu dem etwa fünfzig Meter entfernten Hotel führte. Sie mussten eine Abkürzung genommen haben. Der Rundgang zurück zum Hotel hätte mindestens fünfzehn Minuten länger dauern müssen.

»Und jetzt?« Marten rüttelte an der Tür und drehte sich dann zu Hanna um.

»Ich mach das Schloss auf, was sonst?« Sie öffnete ihren silbernen Schlüssel, zog den Minaturdietrich heraus und legte ihre Hand auf den Türgriff.

Als hätte sie die Tür bereits geöffnet, sah sie durch sie hindurch, in einen dunklen, engen Gang. Sie sah die Kinder aus ihrem Traum so deutlich wie nie zuvor. Zwei Jungen, sie rannten und stolperten über den unebenen Weg. Sie hörte ihr angstvolles Keuchen, lauter und klarer als sonst, das Trampeln, ihr Kreischen. Jemand jagte hinter ihnen her und fluchte. Sie zog die Hand zurück, als hätte sie sich an der Klinke verbrannt. Sofort verschwand das Bild, und sie blickte auf die vom Wetter gezeichnete Tür. Trotz des kühlen Windes brach ihr der Schweiß aus.

»Mach das nicht.« Martens Stimme klang warnend. »Nicht mit Lilou, ohne zu wissen, was uns hinter der Tür erwartet. Lass uns ins Hotel zurückgehen und genau planen, wie wir weiter vorgehen.«

Hanna drehte sich zu ihm. Durch das Blätterdach hörte sie die ersten Regentropfen, ohne sie zu spüren. Sie wusste nicht, was sie gerade hinter dieser Tür gesehen hatte. Aber sie wusste, es hatte etwas mit ihrem Traum zu tun. Und sie wusste, dass Marten recht hatte. Was immer hinter der Tür lauerte, es war eine Gefahr, die sie nicht einschätzen konnte.

69

Marten steuerte zielstrebig auf den Tisch mit drei Gedecken zu, an dessen Kopfende ein Hochstuhl platziert war. Er warf einen Blick auf die Tischkarte und drehte sich zu Hanna um. »Wir sitzen hier.«

Hanna spürte, wie Lilou sich an sie drängte, und flüsterte ihr beruhigende Worte ins Ohr, während sie Marten an den Tisch folgte. Er stand in der Nähe der großen Fenster und bot einen bezaubernden Blick in den Garten. Die Buchsbäume und Rosenspaliere waren in romantisch gelbliches Licht getaucht, das einen eigenartigen Kontrast zu dem Rauschen der Äste bildete, die sich bedrohlich im Wind wiegten.

Hanna versuchte, Lilou in den für sie vorgesehenen Hochsitz zu setzen, doch sobald sie ihre Beine in den Sitz schieben wollte, strampelte sie sich wieder frei.

»Lilou!« Hanna hielt ihre Tochter verärgert ein Stück über den Sitz. »Jetzt stell dich nicht so an. Wir wollen essen.«

»Niss! Om!« Lilou schüttelte den Kopf und klammerte sich an Hannas Arm.

»Das ist aber nicht Oms Stuhl, sondern deiner.«

»Om!« Lilous Stimme wurde schrill.

»Sollen wir lieber gehen?« Marten verharrte vor dem Stuhl, den er gerade für Hanna zurechtrücken wollte.

»Nein. Dann lassen wir den Stuhl eben für Om frei und ich nehme sie auf den Schoß.« Hanna setzte sich gemeinsam mit Lilou auf den Stuhl.

Marten nahm ihr gegenüber Platz und studierte die Menükarte. »Kürbiscremesuppe mit Ingwer, Putenbrust im Parmesanmantel auf Spinatbett mit Polentaschnittchen, Nussparfait auf karamellisierten Orangenscheiben.« Marten sah sie über die Menükarte hinweg an. »So etwas gab es hier früher bestimmt nicht auf der Speisekarte.«

»Mit Sicherheit nicht.« Wie dieser Raum wohl ausgesehen haben mochte, als Steve hier als Heimkind gewohnt hatte? Ob die hohen Decken damals schon mit Stuck und die Wände mit Landschaftsbildern in sanften Pastelltönen verschönert waren? Die Tische waren locker im Raum verteilt und boten Platz für etwa fünfzig Gäste, waren aber nur zu einem Viertel belegt, vorwiegend von älteren Paaren.

»Was darf ich Ihnen zu trinken bringen?« Ein junges Mädchen, etwas übergewichtig, aber mit einem freundlichen Lächeln, das einen sofort für sie einnahm, stand abwartend an ihrem Tisch.

»Stilles Wasser, bitte«, sagte Hanna. »Eine Flasche.«

»Mir eine Cola«, sagte Marten.

Die Bedienung entfernte sich, und Lilou lockerte ihren Klammergriff um Hannas Hals. Hanna drehte sie um und setzte sie auf ihren Schoß. Noch immer spürte sie die Anspannung in dem kleinen Körper, und sie strich Lilou beruhigend über den Kopf.

»Übrigens, du bist dran«, sagte Marten. »Woher wusstest du das mit meinem Namen?«

Die Bedienung kam mit den Getränken zurück und verschwand wieder.

Hanna schenkte Wasser in die Gläser. »Ich habe den Brief gelesen, der in deinem Auto unter dem Schal lag.« Sie beobachtete sein Gesicht. Sein Mund wirkte verkniffen.

»Du hast in meinen Sachen geschnüffelt?«

Hanna nickte und vertiefte sich in die Menükarte.

»Du bist gut.«

Überrascht sah sie hoch. Er hatte sich zurückgelehnt, und seine Lippen verzogen sich zu einem breiten Grinsen.

»Du hast also gedacht, ich wäre ein Schurke, und hast trotzdem die Show weiter mitgemacht. Hut ab! Ich bin dir auf den Leim gegangen.«

»Du bist mir nicht böse?«

»Schnüffeln ist mein Job.« Martens Grinsen verschwand. »Ich hatte mir so etwas schon gedacht, aber ich habe dir nicht zugetraut, dass du so gut schauspielern kannst.«

Hanna lachte erheitert.

»Guten Abend.«

Die Stimme kam wie aus dem Nichts. Hanna drehte den Kopf und blickte in die stechenden Augen des alten Mannes. Er hatte beide Hände an den Rädern seines Rollstuhls, als habe er nicht vor, sich länger bei seinen Gästen aufzuhalten, als es seine Pflicht als Hotelbesitzer verlangte. Hanna merkte, wie Lilou versteifte, und sie legte ihre Arme beschützend um Lilou.

»Alles zu Ihrer Zufriedenheit?«

»Danke«, hörte sie Marten sagen. Der Alte nickte und begann seinen Rollstuhl nach hinten wegzubewegen, als Lilou sich auf ihrem Schoß aufbäumte. Erschrocken lockerte Hanna ihren Griff und sah fassungslos, wie Lilou sich in einem Schwall auf den Tisch erbrach.

Reflexartig sprang sie mit Lilou auf und stützte ihren Kopf. Lilou würgte, und sie sah die rote Masse, die sich auf dem strahlend weißen Tischtuch ausbreitete, als wäre es frisches Blut. Sie vernahm die Befehle, die der Alte der Bedienung zurief, und das Scharren von Stühlen, und sie spürte die neugierigen Blicke der anderen Gäste.

Ohne zu überlegen, stieß sie den Stuhl zurück und rannte mit Lilou aus dem Speisesaal. Rannte durch das Foyer. Rannte ins Freie. Regen peitschte ihr ins Gesicht, und sie drehte sich mit dem Rücken zum Wind, um ihr Kind zu schützen. Ihr Körper bebte. Ihre Beine fühlten sich so zittrig an, als habe sie gerade einen Marathonlauf hinter sich gebracht. Sie mussten ins Krankenhaus. Wo war das Blut hergekommen? Lilou wimmerte leise. Hanna legte ihre Stirn an Lilous Kopf und wiegte sie hin und her.

»Wir müssen sie zu einem Arzt bringen.« Marten war ihr gefolgt. Er legte seine Jacke über Lilou. »Ich habe etwas von ihrem Erbrochenen in dem Glas. Lass uns beten, dass es kein Blut ist.«

Lilou schlief so friedlich in Hannas Armen, als wäre nichts geschehen. Dennoch kämpfte Hanna gegen ihre eigene Müdigkeit, gegen das Zufallen der Augen und das Nachvornesacken des Kopfes.

Im Neonlicht des Warteraums der Kinderstation wirkte Lilou gespenstisch bleich. Sie hatten ihr Blut und Urin abgenommen, Fieber gemessen und sie gründlich untersucht. Dann hatten sie Lilou zu ihr zurückgebracht. Sie sollten auf die Ergebnisse der Laboruntersuchung warten, hatte der Arzt gesagt. Sonst nichts. Bis dahin weigerte er sich, irgendwelche Fragen zu beantworten.

Die Nacht wurde immer stürmischer. Die abrupten Bewegungen der Äste, die von der Kraft des Windes in alle Richtungen gebogen wurden, bestätigten die Unwetterwarnung des Radiomoderators. Hanna fröstelte und schmiegte sich dichter an Marten. Sie sprachen kein Wort, schwiegen schon seit fast zwei Stunden. Hanna wusste, dass sie Marten nicht erklären musste, was sie gerade durchmachte.

Endlich ging die Tür auf, und der Arzt betrat das Zimmer. Sein Gesicht war ernst. Hanna grub ihre Finger in Martens Arm. Auch Marten musste die Furche auf der Stirn des Arztes bemerkt haben und zog Hanna fester an sich.

»Ihrer Tochter geht es gut.« Die Furche zwischen den Augen des Arztes vertiefte sich. Hanna glaubte, sich verhört zu haben. Hatte er »gut« gesagt, oder hatte sie »gut« hören wollen?

»G... gut?«, stammelte Hanna.

»Ihr fehlt rein gar nichts.« Der Arzt bekräftigte seine Aussage mit einer unwirschen Bewegung seiner Hand. »Aber mit Ihnen stimmt wohl etwas nicht.«

»Was?« Wieder glaubte sie sich verhört zu haben.

»Wie bitte?« Marten richtete sich neben ihr im Stuhl auf.

»Was fällt Ihnen ein, mir meine Zeit mit diesem grotesken Theater zu stehlen. Von wem das Erbrochene auch sein mag, Ihre Tochter hat es nicht gespuckt.« Seine Stimme wurde lauter. »Halten Sie uns für so blöd, dass wir nicht merken, wenn eine Blutgruppe nicht übereinstimmt?«

Hanna öffnete den Mund, doch es kam kein Ton heraus.

Der Arzt drehte sich ohne ein weiteres Wort um und verließ den kärglich eingerichteten Warteraum.

»Lass uns gehen«, sagte Marten leise und half ihr hoch. Er wickelte Lilou in seine Jacke und trug sie aus dem Zimmer. »Das Wichtigste ist doch, dass es ihr gut geht. Alles andere besprechen wir im Hotel.«

Hanna folgte ihm. Sie war wie vor den Kopf geschlagen. Lilou hatte Blut gespuckt, das nicht ihr eigenes war. Alles in ihr sträubte sich, ins Hotel zurückzufahren, und doch wusste sie, dass sie keine andere Wahl hatte, wenn sie Lilou von diesem Spuk befreien wollte.

70

8. April 1991

Es ist mir egal, was der Alte mit mir macht. Steve ist viel zu heiß. Und sein Atmen wird immer schneller. Ganz flach. Ich werd so lange Terror machen, bis alle wach sind. Dann muss der Alte reagieren. Ich hab mir überlegt, dass ich vor allen zugebe, dass ich Steve die Treppe runtergestoßen hab. Ich sag, dass er mich genervt hat mit seinem Hinterhergerenne, und dass er irgendwas Übles über Luke gesagt hat und immer wollte, dass ich mit ihm auf Rolle gehe. Und dass ich ausgeflippt bin. Und dass ich das nicht wollte, aber dann ist er gestolpert und gefallen, und eigentlich war es ein Unfall. Dann ist der Alte aus dem Schneider und kann so tun, als ob ich der Böse bin. Vielleicht schafft er Steve dann in ein Krankenhaus. Mir ist egal, wenn ich wegen Körperverletzung verknackt werde. Schlimmer als hier wird es woanders auch nicht sein. Hauptsache, Steve lebt.

Er sagt nichts mehr. Ich glaub, er ist zu schwach zum Reden. Nur manchmal hustet er, und dann kommt jedes Mal Blut, und er verzieht das Gesicht, als ob er Schmerzen hat.

Ich mach das jetzt, und ich weiß nicht, was passieren wird, und wenn ich Pech habe, macht mich der Alte genauso fertig wie Steve. Aber das ist mir auch egal. Mir ist alles egal. Außer Steve.

Also, ich hör jetzt auf und mach so einen Scheißlärm, dass die denken, der Krieg ist ausgebrochen. Kann gut sein, dass das die letzten Worte sind, die ich hier reinschreibe.

71

Eben noch hatte sie im Auto vor Müdigkeit kaum die Augen offen halten können, jetzt war sie hellwach. All ihre Sinne schienen wie neu belebt zu sein. Mit Ausnahme von Licht in zwei Fenstern lag das Hotel wie ein schlafender Koloss vor ihr. Marten stieg die Stufen zum Eingangsportal hoch und hielt ihr die Tür auf.

Das Nachtlicht der Rezeption schimmerte fahl in der großen Halle, in der Luft vermischte sich der Duft von Karamell und Orangen mit dem Geruch nach Krankenhaus, der Lilou noch immer anhaftete. Die wohlige Wärme der letzten Glut des Kaminfeuers kämpfte gegen die Winddurchlässigkeit der bunten Bleiverglasungen, das Knirschen ihrer Schuhe auf dem gefliesten Boden übertönte das Summen des Aufzugs.

Die Aufzugstür glitt auseinander, und der Alte rollte heraus.

»Ist mit Ihrer Kleinen alles in Ordnung?«

Er kam schnell näher, und Hanna meinte in seinen Augen aufrichtige Sorge zu erkennen.

»Hat sie etwas Falsches gegessen?«

»Nur eine kleine Unpässlichkeit«, antwortete Marten, und Hanna war erleichtert, dass er das Reden übernahm. »Kein Grund zur Besorgnis. Nichts Ansteckendes.«

»Mein Sohn hat vorhin im Krankenhaus angerufen. Falls Sie Unterstützung brauchen. Aber sie wollten ihm keine Auskunft geben.« Der Alte taxierte Marten. »Darf ich Ihnen einen Schnaps auf den Schreck ausgeben?«

Er schwenkte zu Hanna. »Ihnen natürlich auch.«

Noch bevor sie ablehnen konnten, bewegte er seinen Rollstuhl zur Bar und öffnete einen Schuber.

»Ich denke, ein achtzehn Jahre alter Whisky wäre jetzt angemessen.«

Flaschen klirrten, und der Schuber wurde schwungvoll wieder geschlossen. Mit einer Flasche und drei Gläsern in seinem Schoß rollte er zu einer der Sitzgelegenheiten. »Nehmen Sie Platz.«

Mit einem Seitenblick auf Hanna ließ Marten sich nieder. Der Alte stellte die Gläser auf dem Tisch ab und schenkte sie großzügig voll.

Er nahm seines, sah erst Marten und dann Hanna auffordernd an und hielt es in die Höhe.

»Auf die Gesundheit.«

»Auf die Gesundheit«, wiederholte Marten und erhob sein Glas. Er trank einen kräftigen Schluck und stellte es ab.

»Sie nicht?«, fragte der Alte an Hanna gerichtet.

»Danke, ich habe keine Hand frei.«

»Soll ich Ihnen die Kleine abnehmen?« Der Alte fuhr zu Hanna und streckte seine Arme nach Lilou aus.

Hanna spürte, wie Lilous Körper sich verkrampfte, und hörte, wie ihre Atemzüge schneller wurden.

»Ich glaube, ich sollte sie so schnell wie möglich zu Bett bringen. Wenn Sie mich bitte entschuldigen.« Sie rang sich ein Lächeln ab. »Gute Nacht.«

Eilig ging sie zum Aufzug, hielt aber nach wenigen Metern inne. Vor ihrem inneren Auge erschien die Hotelfassade mit den zwei beleuchteten Fenstern. Sie kehrte um, zwang sich, nicht zu laufen, ihre Stimme normal klingen zu lassen.

»Marten, ich bräuchte Lilous Schlafsack aus deinem Zimmer. Würdest du ihn für mich holen?«

Marten wechselte mit dem Alten wenige Worte und eilte dann zu ihr.

Nachdem die Lifttür sich hinter ihnen geschlossen hatte, legte er seinen Finger an den Mund. Dann beugte er sich zu ihrem Ohr und flüsterte.

»Was ist? Ich habe keinen Schlafsack.«

»In deinem Zimmer brennt Licht«, hauchte sie zurück. »Hast du es angelassen?«

»Nein.« Martens Züge verfinsterten sich. »Aber dann weiß ich jetzt, warum der Alte seinen Whisky mit uns teilt.«

»Es fehlt nichts.« Marten kam auf Zehenspitzen durchs Zimmer und setzte sich neben Hanna aufs Sofa.

»Aber ich habe Licht gesehen.« Hannas Stimme vibrierte. Das alles war zu viel für einen einzigen Tag. Lilous Erbrechen, die Vision an der Hütte, die Erkenntnis, dass Britt ihre Schwester war, die Verfolgungsjagd mit Linus und seine hanebüchene Lüge, die Angst um Lilou, immer wieder die Angst um Lilou …

»Ich glaube dir.« Trotz der gedimmten Beleuchtung erkannte sie an Martens Körperhaltung, dass er im Gegensatz zu sonst unter Anspannung stand. »Wenn der Alte versucht hat, uns deswegen aufzuhalten, hat er den Komplizen, der in meinem Zimmer war, gewarnt.«

Die Mala glitt in schnellen Runden durch seine Finger. »Das ist nicht gut. Wir sollten das Hotel verlassen.«

»Und was wird aus Lilou? Wie sollen wir ihr helfen, wenn wir jetzt abbrechen?« Sie presste ein mit Lilien besticktes Kissen an sich. »Wie sollen wir herausfinden, was das Blut bedeutet?«

»Wir kommen morgen zurück.« Die Gebetskette stoppte abrupt in seiner Hand. »Ein guter Stratege weiß, wann er sich zurückziehen muss.«

»Lilou wollte zu dieser Hütte«, sagte Hanna. »Da könnten wir als Erstes hin.«

Marten nahm die Mala in seine Faust und quetschte sie zusammen. »Ich habe bei der Hütte kein gutes Gefühl. Mit Lilou können wir da auf keinen Fall rein.«

»Sie wollte dahin. Meinst du nicht, dass sie weiß, was sie tut, wenn sie wirklich von ... von Tom gesteuert wird?«

»Vielleicht. Aber selbst, wenn es so sein sollte, wissen wir nicht, was Tom vorhat. Nur mal hypothetisch. Wenn er tot ist und Lilou benutzt, um seinen Mörder zu finden, dann bist du in Gefahr.«

Hanna zupfte an der Stickerei des Kissens. Martens Worte ängstigten sie.

Marten ließ die Perlen der Mala wieder durch seine Finger gleiten. »Wenn jemand in die Hütte geht, dann bin ich das. Allein.«

Hanna legte das Kissen zur Seite und stand auf. »Ich glaube, Lilou hat nach mir gerufen.«

Am Bett beugte sich Hanna zu Lilou hinunter. Ihr Atmen war schnell und flach. »Mama«, flüsterte sie kläglich und streckte die Arme nach ihr aus. »Mama!«

Hanna nahm sie hoch. Sie war völlig durchgeschwitzt. Hanna fühlte ihre Stirn. Dann wandte sie sich an Marten. »Ich glaube, sie hat Fieber.«

Marten war mit drei Schritten bei ihnen. Er legte die Rückseite seines Zeigefingers auf Lilous Stirn. »In meinem Koffer ist ein Thermometer. Ich hole es«, sagte er dann, und Hanna erkannte an der Eile, mit der er den Raum verließ, dass er höchst alarmiert war.

Die Minuten zogen sich endlos. Hanna zählte die Rosenblüten an der Tapete. Sie konnte nur die Umrisse erkennen, weil das Licht für die feingliedrigen Details der Blüten zu schwach war. In ihren Armen wiegte sie Lilou. Der Schlafanzug war durchgeschwitzt. Hanna ging mit ihr zum Koffer und holte Wechselkleidung hervor. Als sie Lilou ablegte und umzog, begann das Kind zu jammern. Es war ein hohes, qualvolles Jammern, als habe sie große Schmerzen, und doch so leise, als wäre nicht mehr genug Kraft für laute Töne in ihr. Hanna streifte ihr so behutsam wie möglich den Schlafanzug über und steckte die kleinen Füße in dicke Socken. Sie überlegte, ob sie ihr eine Strickjacke anziehen sollte, und entschied sich dagegen. Bei Fieber nicht zu warm einpacken, hatte der Kinderarzt sie gewarnt.

Endlich lag Lilou wieder trocken in ihren Armen. Sie atmete noch immer zu flach und zu schnell, als ob sie das Luftholen anstrengte. Hanna ging mit ihr im Zimmer auf und ab. Mit jeder Minute wuchs ihre Unruhe. Wo blieb Marten? Sie sah auf die Uhr. Halb eins. Er war seit fast fünfzehn Minuten weg. Auch ohne Thermometer erkannte sie, dass Lilous Fieber stetig stieg. Das Blut, der Schwall, der aus ihr herausgebrochen war, drängte sich in ihre Gedanken. Sie zitterte. *Verdammt, Marten, wo steckst du?* Sie mussten zurück ins Krankenhaus! Schließlich hielt sie es nicht mehr aus. Sie rief ihn am Handy an, fluchte, als es auf dem Couchtisch läutete. Behutsam wickelte sie Lilou in eine Babydecke und verließ mit ihr das Zimmer. Hastig lief sie die Treppe hoch und huschte über den dicken Teppich zu seiner Tür.

»Marten?« Hanna klopfte leise. »Marten? Bist du da?«

Keine Antwort.

Sie klopfte wieder. Etwas lauter diesmal. »Marten?« Das Drängen in ihrer Stimme wurde stärker. Versuchte er ein Thermometer zu organisieren, weil er doch keines dabeihatte? *Unsinn, dann hätte er mir Bescheid gesagt.* Sie verlagerte Lilou, um eine Hand frei zu haben, und löste den Dietrich aus dem Schlüssel. In Sekunden hatte sie das altertümliche Schloss geknackt und betrat das Zimmer.

»Marten?« Sie machte Licht. Sein Koffer lag geöffnet auf

dem Bett. Sie näherte sich. Warf einen Blick hinein. Pullover und eine Jeans lagen ordentlich gefaltet nebeneinander. Ohne Lilou abzulegen, durchsuchte sie den Koffer. Kein Thermometer. Sie ging weiter ins Bad. Der Kulturbeutel stand aufgeklappt neben dem Waschbecken, das Fieberthermometer war ordentlich zwischen Feile und Nagelschere eingereiht. Sie hörte ein Knacken hinter sich und fuhr herum. Hastig trat sie ins Zimmer zurück.

»Marten?«

Niemand antwortete. Langsam wurde ihr sein Fernbleiben unheimlich. Schnell holte sie das Thermometer aus dem Badezimmer, legte Lilou auf Martens Bett und maß ihre Temperatur. 39,9. Sie steckte das Fieberthermometer in ihre Jackentasche, hob Lilou vom Bett und machte sich auf den Rückweg. Lilou brauchte dringend ein Fieberzäpfchen.

Wieder im zweiten Stock vernahm Hanna gedämpfte Stimmen. Angespannt lauschte sie dem Gemurmel. Es kam aus der Richtung ihres Zimmers. Marten? Aber mit wem sprach er?

Lautlos schlich sie über den Teppich. Ein paar Meter vor ihrem Zimmer sah sie, dass die Tür angelehnt war. Ein schwacher Lichtstrahl drang durch den Spalt und zeichnete einen hellen Fleck auf den Teppich. Sie blieb stehen. Sie war sich sicher, dass sie die Tür hinter sich geschlossen hatte. Wieder hörte sie Stimmen. Zu leise, um zu verstehen, was sie sprachen. *Hat Marten einen Arzt aufgetrieben? Wie hat er das Schloss geöffnet?* Sie näherte sich der Tür. Stoppte abrupt. Jetzt erkannte sie eine der Stimmen. Linus! Hanna blieb wie angewurzelt stehen. Sie presste Lilou an sich, spürte die Hitze, die von ihrem kleinen Körper ausging. Angespannt drückte Hanna sich an der Wand entlang. Sie musste näher zur Tür, um verstehen zu können, was gesprochen wurde.

Eine Schublade wurde aufgezogen und wieder geschlossen.

»Hier ist es nicht.« Es war Linus' Stimme.

»Es muss hier sein. Such weiter.«

Ein knirschendes Geräusch ertönte. Hanna erkannte es sofort. Die Räder des Rollstuhls. Der Alte!

»Vielleicht übernachten sie zufällig hier.« Wieder Linus.

»Zufällig?« Der Alte stöhnte auf. »Warum bin ich nur mit so einem Volltrottel als Sohn gestraft worden?«

Sohn des Heimleiters! Daher also kannte Linus Tom. Hanna bekämpfte das Zittern, das ihren Körper ergriff.

»Ich habe im Krankenhaus angerufen. Die Kleine hat kein Blut gespuckt. Das war eine Show. Die haben das für uns abgezogen, um uns zu drohen. Das mit dem Blut steht unter Garantie in Toms verfluchtem Tagebuch drin. Und sie hat es.«

Tom! In dem Tagebuch stand nichts von Blut. Linus musste das wissen, er hatte es ihr selbst gegeben. Dann sprach Linus weiter. In seiner Stimme lag Trotz.

»Ich habe ihre Wohnung viermal durchsucht. Jede Schublade habe ich umgedreht. Mehrmals. Und ich hatte eine Kamera installiert. Sie hat es nicht. Und wenn sie es hat, warum geht sie dann nicht zu den Bullen? Was will sie hier damit?«

Hanna versteifte. Linus hatte die Kamera in ihrer Wohnung installiert! Er hatte die Schubladen in ihrer Wohnung durchwühlt – er hatte Toms Schlüssel, nicht Rob.

Wieder stöhnte der Alte. Dann äffte er Linus' Stimme nach »Was will sie hier damit? Das Gleiche wie Tom, du Trottel! Uns erpressen natürlich. Auch wenn sie das nicht so pathetisch verbrämen wird, von wegen Sühne für unsere Schuld und all der Mist.«

»Aber sie weiß doch von nichts. Sie wusste nicht mal, dass ihr Mann Tom Baker hieß. Außerdem waren Toms Drohungen nur dummes Geschwätz. Er hat uns erpresst, weil er selbst erpresst wurde. Wenn er sich wirklich rächen wollte, warum hat er dann zwanzig Jahre gewartet?«

»Ich weiß nicht, warum du so eine dämliche Frage stellst. Ich habe dir gleich gesagt, dass es ein Fehler war, ihm überhaupt Geld zu geben. Er wäre nicht zur Polizei gegangen. Und selbst wenn, wer hätte ihm schon geglaubt? Einem gesuchten Kleinkriminellen, der unter falschem Namen lebt … Wenn du nicht wie Rambo im Alleingang losgestiefelt wärst, säßen wir jetzt nicht mit dem Arsch auf Grundeis.«

»Du warst nicht dabei, als ich ihn am North Cliff View getroffen habe«, verteidigte sich Linus. »Tom war kein Kind mehr, das man mit einem Stock oder einer haltlosen Drohung beeindrucken konnte. Der hat sich nicht einschüchtern lassen. Er hatte eine Liste von Damaligen, die er zu einer Aussage überreden wollte. Er hat gesagt, wenn er untergeht, dann gehen wir mit unter. Und das hat er so gemeint. Er hat sich verändert. Ich hab lange drüber nachgedacht, warum er so unter Druck stand. Ich glaube, er hatte das erste Mal in seinem Leben wirklich was zu verlieren. Er hätte alles getan, um sein falsches Familienidyll zu schützen. Ich musste Zeit gewinnen.«

»Zeit gewinnen! Für zwanzigtausend Pfund! Was hätten die Heimis denn aussagen sollen? Die wissen doch nichts!« Die Stimme sprach weiter. »Wenn die Frau so ahnungslos ist, warum schleppt sie dann diesen Schnüffler hier an? Als ich den Ausweis gesehen habe, ist mir der Name gleich ins Auge gefallen. Vanderhoven. Du musst dich doch daran erinnern.«

»Vage.«

Eine kurze Pause. Ein Rascheln, als ob er ihren Koffer durchwühlte. Dann wieder Linus. »Ich hätte im Sommer den Stein direkt in die Autoscheibe werfen sollen, dann wären wir sie für immer los gewesen.«

Etwas fiel zu Boden.

»Wenigstens müssen wir uns um den Vanderhoven nicht mehr sorgen.«

Hanna schnappte nach Luft. *Marten!* Unwillkürlich verstärkte sie ihren Griff um Lilou.

»Und wenn du nicht so hirnlos vorgeprescht wärst, müssten wir uns um die Frau und ihr Gör auch keine Gedanken mehr machen. Verdammt, Linus, wie konntest du nur so bescheuert sein?«

»Ich hatte keine andere Wahl. Ich dachte, du freust dich, wenn ich uns das Problem vom Hals schaffe. Du motzt doch immer an mir rum und sagst, dass ich Probleme wie ein Mann angehen soll. Aber, was wundere ich mich, ich werde es dir nie recht machen können.«

»Ja. Wie ein Mann. Nicht wie ein Idiot.« Ein Knirschen zeigte an, dass der Alte sich durch das Zimmer bewegte. »Deinetwegen haben wir überhaupt erst ein Problem. Tom hätte nichts in der Hand gehabt, wenn du damals die Eier gehabt hättest, mir zu sagen, dass du Zara zertrampelt hast. Aber du musstest ja Steve die Treppe runterstoßen, damit er dich nicht verrät. Glaubst du, du kannst beliebig viele Leichen irgendwo unentdeckt vergammeln lassen?«

Hanna wurde von Panik gepackt. Sie blickte den Flur entlang, spürte, wie ihre Beine nachzugeben drohten. Sie könnte die anderen Gäste wecken. Sich Hilfe holen. Sie dachte an die fünf älteren Paare im Speisesaal, und ihre Hoffnung schwand. Sie konnten irgendwo einquartiert sein. Martens Zimmer lag zwei Stockwerke über ihr. *Du musst weg von hier! Hilfe holen!*

Auf Zehenspitzen bewegte sie sich Richtung Treppe, als die nächsten Worte sie wie eine Bombe trafen. Sie stoppte und konzentrierte sich ganz auf die Stimmen.

»Du bist unfair. Der Plan hat perfekt funktioniert. Sie hat die Suche nach Tom abgebrochen, nachdem sie das Tagebuch gelesen hat«, verteidigte sich Linus.

»Das Tagebuch!«, brauste der Alte auf. »Ich verstehe bis

heute nicht, wie du dir von Tom das falsche hast andrehen lassen können.«

»Er hat es aus einer Schatulle mit Fotos von hier genommen. Du hättest auch gedacht, dass es das richtige ist. Und außerdem war damals nicht die Zeit, das Scheißbuch durchzulesen. Ich musste ihn schließlich loswerden. Endgültig loswerden.«

Er hat Tom getötet! Hanna unterdrückte einen Aufschrei. *Tom hat mich zu seinem Mörder geführt!* Und der würde keine Sekunde zögern, auch Lilou und sie zu töten.

»Wo ist nur diese Frau mit ihrem Gör hin?«, fragte der Alte ungeduldig. »Schau nach, ob sie im Zimmer von dem Vanderhoven ist, und versau es diesmal nicht.«

Hanna sah sich panisch nach einem Versteck um. Der Flur bot keinerlei Schutz.

»Mama«, wimmerte Lilou.

»Schsch.«

Sie vernahm schnelle Schritte, die sich der Zimmertür näherten, und rannte los.

»Da ist sie!«, hörte sie Linus rufen.

»Was wartest du dann noch?«

Hanna raste zur Treppe. Sie nahm immer zwei Stufen auf einmal. Hinter ihr polterten Linus' Stiefel über die Steinstufen. In der Rezeption sah sie sich um. Die Theke. Die Sofas. Der Speisesaal. Der Ausgang zum Garten. Sie hatte nicht genug Zeit, um die Eingangstür ohne Schlüssel zu öffnen. Das Schloss war zu kompliziert. Sie musste sich verstecken, um Zeit zu gewinnen. Linus war an der letzten Stufenreihe angekommen. Sie rannte zum Speisesaal. Die Tür war nicht verschlossen. Blitzschnell zwängte sie sich mit Lilou durch die halb offene Tür in den Saal und schloss die Tür so leise wie möglich. Das Geräusch des Einrastens ging in dem Klappern von Linus' Stiefeln unter. Hanna ging neben der Tür in die

Knie, um nicht durch die Glaspaneele gesehen zu werden. Sie legte Lilou auf ihrem Bein ab und zog den Dietrich aus dem Schlüssel. Dann ließ sie ihn lautlos in das Schloss gleiten und ertastete den Mechanismus. Sie hörte unregelmäßige Schritte. Laufen. Stehen. Wieder Laufen. Stehen. Er suchte sie in der Halle. Dann lief er zur Eingangstür und rüttelte daran. Sie vollführte eine winzige Bewegung, der Mechanismus rastete mit einem Klicken ein, das von Linus' Rütteln übertönt wurde. In gebückter Haltung schlich Hanna zu den Fenstertüren, die hinaus in den Garten führten. Die Beleuchtung, die ihn zuvor für die Essensgäste in romantisches Licht getaucht hatte, war jetzt abgeschaltet. Der Garten lag stockdunkel vor ihr. Nur das Rauschen der Äste im Sturm verriet, dass die Dunkelheit vor ihr einen alten Park mit Bäumen beherbergte. Hanna arbeitete sich zur letzten Tür vor, um so viel Abstand wie möglich zwischen sich und den Eingang des Speisesaals zu bringen. Schritte näherten sich. Dann lautes Rütteln.

»Hast du die Tür zum Speisesaal abgesperrt?«

Der Alte musste inzwischen in der Rezeption angekommen sein. »Wie denn, du Idiot!«, brüllte er. »Es gibt keinen Schlüssel!«

Das Rütteln verstärkte sich.

Hanna brachte den Dietrich erneut zum Einsatz. Ihre Hände zitterten. *Du musst Ruhe bewahren. So spürst du den Punkt nicht.* Sie atmete tief durch. Einmal. Zweimal. Fühlen. Spüren. Eine kurze Bewegung nach oben, dann nach rechts mit einem sanften Druck nach unten. Das Schloss gab nach. Sie hörte ein Krachen und drehte erschrocken den Kopf. Linus warf sich mit seinem ganzen Gewicht gegen die Flügeltür des Speisesaals. Das Glas splitterte, die Türflügel barsten. Sie riss die Terrassentür auf und rannte in die Dunkelheit.

72

8. April 1991
Ich hab total versagt.

Ich hab an die Tür gehämmert, an diese beschissene Scheißtür, und um Hilfe geschrien, aber er hat schon vor der Tür gestanden. Es muss so gewesen sein, sonst hätte er die Tür nicht so schnell öffnen können. Er hat sie aufgestoßen, und ich hab sie voll in die Fresse gekriegt und bin nach hinten getaumelt und über den Pisseimer gefallen. Der Alte war sofort über mir. Er hat mich am Kragen gepackt und hochgerissen und meinen Kopf an die Wand geknallt. Immer wieder. Ich dachte, er bringt mich um. Ich wollte ihm sagen, dass er mich als Sündenbock nehmen kann und Steve ins Krankenhaus bringen soll, aber er hat mich gar nicht zu Wort kommen lassen. Irgendwann hat er dann aufgehört, und da hab ich gesehen, dass er nicht allein war. Linus hat bei Steve am Bett gestanden und hat gegrinst, und ich bin furchtbar wütend geworden und wollte mich auf ihn stürzen, aber der Alte muss das gemerkt haben. Er hat mich gepackt und auf mein Bett geschleudert und ist rüber zu Steve. Und ich hab gedacht, er muss doch sehen, dass es mit Steve zu Ende geht, und er muss jetzt einfach was machen. Und da hab ich zu ihm gesagt, dass er alles auf mich schieben kann und ich nie wieder Ärger mache, wenn er Steve jetzt hilft, aber er hat mir gar nicht geantwortet. Hat nur Linus zugenickt, und dann haben sie Steve aus dem Bett gehievt. Ich bin zu ihnen und hab gefragt, ob er jetzt zum Arzt kommt, und der Alte hat gesagt, das geht dich einen Dreck an, Tom Baker, kümmer dich um deinen eigenen Scheiß, und wasch dir dein Gesicht, bevor du meine Laken versaust. Da hab ich erst das Blut bemerkt, das an mir runtergelaufen ist. Und dann sind sie abgezogen und haben Steve mitgenommen. Ich hab kurz gewartet, und dann bin ich hinterher, weil der Alte vergessen hat, die Tür abzuschließen. Sie haben ihn ins Zimmer vom Alten gebracht. Ich hab durchs Schlüsselloch geschaut. Ich hab genau gesehen, was der Alte getan hat. Sie haben Steve auf sein Sofa gelegt, und der Alte hat an seine Stirn gelangt und seinen Puls gefühlt. Und dann hat er den Kopf geschüttelt. Linus hat was gesagt, aber ich konnte ihn nicht verstehen, und der Alte hat wieder den Kopf geschüttelt. Und dann hat er …

Ich weiß gar nicht, wie ich das aufschreiben soll. Wie kann ich so was hinschreiben?

Aber ich muss. Und wenn der Alte mich mundtot macht, gibt es wenigstens dieses Heft. Das ist dann der einzige Zeuge.

Also. Der Alte hat sich zu Steve gebeugt, und er hat sich ein Kissen genommen. Und dann hat er das Kissen auf Steves Kopf gedrückt. Einfach draufgedrückt. Erst ist nichts passiert, aber dann haben Steves Beine gezuckt, und er hat die Arme gehoben, als wollte er sich wehren. Und dann lag er ganz still. Ich habe den Kopf weggedreht und hab auf meine Uhr gestarrt. Ich konnte nicht mehr hinsehen. Nur auf die verdammte Uhr. 2 Uhr 43. Um 2 Uhr 43 ist Steves Herz stehen geblieben. Ich werde das nie vergessen.

Er hat Steve getötet. Er ist ein dreckiger Mörder, aber wenn ich damit zu den Bullen renne, wird mir keiner glauben. Der Alte wird alles auf mich schieben. Und wenn ich jetzt weglaufe, wird er es auch auf mich schieben, und alle werden denken, dass mein Verschwinden ein Geständnis ist. Ich muss weg von hier, ich halte es nicht mehr aus, aber ich muss warten, bis der richtige Zeitpunkt gekommen ist, um diesem verdammten Mörderpack zu entkommen.

73

Hanna hatte das Rosenspalier verlassen und lief über die offene Wiese des parkähnlichen Gartens. Sie erkannte die Konturen der Bäume, die etwas weiter bedrohlich im Sturm schwankten. Sie wusste, es war gefährlich, in die Nähe der Bäume zu fliehen, aber es war auch ihre einzige Chance, dem unregelmäßigen Tanz des Lichtstrahls zu entgehen, der immer wieder über sie hinweghuschte. Sie wagte nicht, ihr Tempo zu verringern, obwohl Lilous Gewicht an ihrem Rücken zerrte und ihre Arme schwer wurden. Dank der vielen Kilometer, die sie mit Lilou im Kinderwagen gelaufen war, war sie es gewohnt, ohne die Unterstützung ihrer Arme zu laufen. Sie hielt Lilou fest an sich gepresst, die Beinchen um ihren Bauch geschlungen, um die Arme zu entlasten. Mit einer Hand drückte sie das Köpfchen gegen ihre Schulter, damit es beim Laufen nicht vor und zurück schlug. Die Decke rutschte immer wieder von Lilous Kopf und setzte ihn dem kalten Regen aus, der Hanna erbarmungslos ins Gesicht peitschte. Endlich erreichte sie den Schutz der Bäume. Sie schlug einen Haken und rannte in eine andere Richtung weiter, um Linus zu verwirren. Bei jedem Schritt achtete sie darauf, sich nicht in einer Wurzel zu verfangen und zu straucheln. Ein Sturz konnte das Ende ihrer Flucht bedeuten. Ohne die Möglichkeit, sich mit den Händen abzufangen, würde sie sich bei dem Tempo verletzen.

Hinter einem Baum verschnaufte sie kurz und wickelte Lilou neu in die Decke ein. Sie achtete darauf, dass ihr Kopf gegen den Regen geschützt war und sie dennoch genügend

Luft bekam. Lilou war wach, doch sie wirkte apathisch. Hanna lief wieder los. Lilous Atmen war noch immer flach, fast röchelnd manchmal, und die Dringlichkeit, sie zu einem Arzt zu bringen, beschleunigte Hannas Schritte. Wenn sie die Mauer erreichte, konnte sie es schaffen. Irgendwo in der Mauer musste eine Tür sein, durch die sie das Gelände verlassen konnte. Der hüpfende Lichtkegel von Linus' Taschenlampe schlug ihre Richtung ein. Hanna steigerte die Geschwindigkeit. *Schritt für Schritt. Durchhalten.* Vor ihr tauchte der Pavillon auf, und sie schnaufte erleichtert auf. Hinter dem Pavillon lag der Teich, dahinter die Mauer und in der Mauer der rettende Ausgang. Sie blickte sich um und wählte dann bei der Mauer die Richtung, die sie weiter von dem Lichtkegel entfernte. Sträucher stellten sich ihr in den Weg, Dornen verfingen sich in ihrer Hose, die sie mit einem energischen Ruck befreien musste. Sie spürte die Dornen, die sich wie Krallen in ihr Fleisch bohrten und brennende Kratzwunden hinterließen. Unbeirrt lief sie weiter, schützte Lilou mit ihrem Körper vor den Ästen, die sich nach ihr ausstreckten, als wollten sie ihr das Kind entreißen.

Linus hatte nun auch die Mauer erreicht. Kurz verschwand der Lichtkegel, als suchte er den Boden nach Spuren ab. Dann zeigte das Licht wieder in ihre Richtung. Hanna legte an Tempo zu. Wenn Linus einigermaßen fit war, konnte sie ihn mit Lilou im Arm nicht lange auf Abstand halten. Sie musste eine Tür finden, die sie wieder verschließen und zwischen sich und ihren Verfolger bringen konnte. Die Mauer schien endlos zu sein. Gestrüpp, Dornenbüsche, kniehohes, nasses Gras, das sich wie Schlingpflanzen um ihre Fußgelenke legte und sie zwang, ihr Tempo zu drosseln.

Endlich sah Hanna einen schwarzen Fleck in der hell getünchten Mauer. Sie schöpfte neue Hoffnung und sprintete darauf los. Den Abstand zu Linus schätzte sie auf etwa hundert Meter. Der Fleck war tatsächlich eine Tür. Sie drückte die Klinke herunter. Abgesperrt. Mit einer Hand zog sie den Dietrich hervor und steckte ihn in das Schloss. Sie versuchte die Mechanik zu erspüren, doch Sie war völlig verrostet. Mit einem leisen Fluch schlüpfte sie aus einem Schuh und schlug den Absatz mit aller Kraft auf das Schloss, um es zu lösen. *Er kann das hören!* Sie zog den Schuh wieder an und probierte es erneut. Der Lichtkegel war inzwischen auf etwa fünfzig Meter herangekommen und näherte sich schnell. Mit aller Kraft wirkte sie auf den Mechanismus ein, spürte, wie er Millimeter für Millimeter nachgab. Endlich schnappte der Riegel zurück, und Hanna stieß die Tür auf. Es blieb keine Zeit, das verrostete Schloss wieder zu versperren, sie schlug die Tür nur zu und rannte blindlings in den vor ihr liegenden Wald.

Schon bald erkannte sie, dass sie auf dem Dinosteig gelandet war, den sie erst wenige Stunden zuvor mit Marten abgelaufen war. Sie verließ den Pfad und lief durch den dichten Wald weiter, sah, wie das Hüpfen der Taschenlampe abrupt stoppte und der Lichtkegel dann gleichmäßig von rechts nach links und wieder zurück wanderte. Linus musste stehen geblieben sein, um nach ihr zu suchen. Schwer atmend stellte sie sich hinter einen Baum, um nicht aus Versehen in den Schein seiner Lampe zu geraten. Sie versuchte sich zu orientieren, doch sie hatte keine Ahnung, auf welcher Höhe des Pfads sie sich befand. Die Nacht war zu dunkel, um außer den Umrissen der Bäume etwas erkennen zu können. Der Lichtkegel schwenkte von ihr weg, und sie lief wieder los. Der Boden war rutschig und leicht abschüssig, und mehr als einmal wäre sie fast gestürzt, hätte sie sich nicht in letzter Sekunde an einem Baumstamm oder einem Ast festgehalten. Ihr linker Arm umklammerte Lilou wie eine Eisenkralle. Lilou hatte wieder leise zu jammern begonnen, so leise, dass es im Heulen des Sturms fast unterging. Aber Hanna traf jedes klägliche »Mama« wie ein Peitschenhieb, der sie antrieb, immer weiter zu laufen, obwohl sie ihre Arme und Beine kaum noch spürte und ihr Rücken sich anfühlte, als hätte ihn jemand mit einem Holzknüppel bearbeitet.

Plötzlich stoppte sie abrupt. Wie aus dem Nichts erschien vor ihr die Hütte, zu der Lilou sie gestern geführt hatte. Sie musste einen Bogen geschlagen haben und zum Hotel zurückgelaufen sein. Nervös sah sie sich nach dem Schein der Taschenlampe um. Sie wanderte im Zick-Zack durch den Wald, doch sie kam unverkennbar in ihre Richtung.

»Mama!« Lilous Stimme war kaum noch ein Flüstern.

Sie musste das Kind unbedingt aus der Kälte bringen. Ihr eine Pause von diesem infernalischen Ritt durch Nässe und Dunkelheit verschaffen. Kurz entschlossen nahm sie den Dietrich. Das Schloss ließ sich problemlos öffnen. Es fühlte sich geschmeidig an, als sei es erst vor Kurzem geölt worden.

Hanna riss die Tür auf und trat ein. Die Hütte war stockdunkel. Sie verschloss die Tür hinter sich. Als hätte sie auf einen Knopf gedrückt, erschienen dieselben Bilder wie am Nachmittag. Kinder, die panisch durch einen dunklen Gang trampelten und verängstigt brüllten. Erschrocken ließ sie die Klinke los, und die Bilder verschwanden abrupt. Hanna zitterte unkontrollierbar. Sie wusste nicht, ob vor Erschöpfung oder weil ihr die Bilder Angst einjagten. Vorsichtig tastete sie sich mehrere Schritte durch die undurchdringbare Dunkelheit und ging auf die Knie, wickelte Lilou behutsam aus der Decke und fühlte ihre Stirn. Sie glühte. Hanna schluchzte auf, presste sich sogleich die Hand vor den Mund. *Werd jetzt nicht panisch! Du schaffst das. Von hier ist es nicht weit zum Hotel. Also ist es auch nicht weit bis zur Straße. Du wirst Lilou rechtzeitig zum Arzt bringen. Gib ihr eine Pause. Such ein Versteck. Eine Waffe. Wenn Linus hier nach dir sucht, hast du den Überraschungsmoment auf deiner Seite.* Sie atmete tief durch, sog ihre gepeinigten Lungen voll mit Sauerstoff und spürte neue Energie ihren Körper durchfluten. Sie nahm Lilou wieder hoch und verbarg sie unter ihrer Jacke. Die tropfnasse Decke ließ sie am Boden liegen. Dann drehte sie sich nach rechts und tastete sich zur Wand vor. Sie musste den Raum auskundschaften. Schnell. Nach zwei Schritten erreichte sie die Wand. Kein Möbelstück hatte sich ihr in den Weg gestellt. Mit einer Hand fuhr sie die Wand hinauf und hinunter, um nach einem Fenster oder Lichtschalter zu suchen. Nach vier Schritten hatte sie die Tür wieder erreicht. Sie ließ sie hinter sich und tastete sich weiter. Zwei Schritte von der Tür entfernt begann die Seitenwand. Sie arbeitete sich weiter vor. Auch dort störte nichts ihren Weg. Nach mehreren Minuten begriff Hanna, dass sie sich nicht in einer Hütte, sondern in einem Gang befand. Sie hätte die Rückwand des Raumes schon längst erreichen müssen. Ihre Schritte hallten unnatürlich von den Wänden wider. Hanna verlangsamte ihren Schritt. Die Bilder der panisch flüchtenden Kinder gingen ihr nicht mehr aus dem Kopf. Was war hier passiert? Wohin führte dieser Weg? Ins Hotel? Das war am wahrscheinlichsten. Die Richtung passte und die Entfernung auch. *Willst du wirklich ins Hotel zurück? Dort wartet der Alte auf dich!*

Als hätte sie ihre eigenen Bedenken nicht wahrgenommen, setzte sie ihren Weg fort. Schritt für Schritt, wie sie es gelernt hatte. *Der Alte ist allein. Er weiß nicht, dass du diesen Weg gefunden hast. Du kannst ihm entkommen. Er kann keine Treppen steigen. Du bist im Vorteil. Es ist deine Chance. Dort ist ein Telefon. Der Haupteingang. Ein Parkplatz mit Autos. Du kannst nicht zurück. Du kannst dich hier nicht vor Linus in Sicherheit bringen.* Sie hangelte sich mit einer Hand an der Wand entlang. Mit einem Mal wurde ihr bewusst, dass Linus sie im Nu einholen würden, sobald er den Gang betrat. Mit seiner Taschenlampe war er im Vorteil. Er konnte diesen Gang entlanglaufen. Vor allem, wenn er ihn kannte. Hanna beschleunigte ihre Schritte, eine Hand an der Wand schleifend, und kurz darauf stieß sie auf eine Tür.

Sie legte ihren Kopf an das Holz und lauschte. Außer einem gedämpften Surren konnte sie keine Geräusche vernehmen. Sie entriegelte fast lautlos das Schloss und öffnete die Tür wenige Zentimeter, gerade genug, um in den angrenzenden Raum blicken zu können. Die Tür blieb mit einem lauten Knarzen stehen. Hanna fuhr zusammen. Dann steckte sie ihren Kopf in den Spalt und sah sich um. Gespenstisch grünliches Licht erhellte den Raum. Das Surren war jetzt deutlicher zu hören. Es war ein monotones Geräusch, das nur ab und zu durch ein Knacken unterbrochen wurde. Die Wände waren mit Glaskästen bestückt, unterbrochen von den Schiebetüren eines Aufzugs. Keine Fenster. Der Gang musste direkt durch die leichte Anhöhe vor dem Hotel in den Keller geführt haben. In den Glaskästen befanden sich exotische Pflanzen, beschriftete Tafeln klebten an den Fenstern. In der Mitte des Raumes thronte eine Insel, die ebenfalls aus Terrarien bestand. Eindrucksvolle Glasverschläge, in denen tropische Pflanzen wucherten, deren Farben durch das grüne Licht noch intensiver wirkten. Entsetzt realisierte Hanna, dass sie im Spinnenzoo gelandet sein musste. Bei dem Gedanken an die fetten Vogelspinnen, die unter der dichten Flora auf ihre Opfer lauerten, musste Hanna würgen. Die Bilder ihres Traums wurden übermächtig. Der Gang, durch den sie gekommen war, musste der Gang gewesen sein, durch den die Kinder geflüchtet waren. Wovor geflüchtet? Sie dachte an die Spinnen aus ihrem Traum. Die Spinnen auf ihrem Körper.

Instinktiv trat sie einen Schritt zurück. Dann hörte sie lautes Fluchen durch den Gang hinter ihr schallen. Linus war ihr gefolgt! Hastig trat sie in den Spinnenzoo und schloss die Tür hinter sich. Sie suchte den Raum nach einem Ausgang ab. Er musste auf der anderen Seite der Terrarien-Insel liegen. Sie lief zu der Insel, als der Aufzug zu rattern begann.

Der Alte.

Es konnte nur der Alte sein. Sie lief um die Insel herum. Fand den Ausgang mit einem massiven Schrank versperrt. Realisierte, dass der Aufzug der einzige Zugang zu dem Raum war. Hektisch blickte sie sich nach einem Versteck um. Unter den Glaskästen fielen ihr die Holzverschläge auf. Sie waren so breit wie die Terrarien darüber. Breit genug, um einen Menschen zu beherbergen. Das Fluchen wurde lauter. Der Lift ratterte.

Sie saß in der Falle.

74

8. April 1991

Ich bin an ihm drangeblieben. Ich bin nicht mal mehr in mein Zimmer zurück. Ich bin ihm gefolgt, in meinem Pyjama mit den Blutspuren und den Pissflecken von dem Eimer. Die Nacht war dunkler als sonst. Vielleicht wegen dem Regen. Das war gut für mich. Selbst wenn jemand aus dem Fenster geschaut hätte, hätte mich keiner gesehen. Es war aber auch schlecht. Ich konnte nicht sehen, wie er ihn vergraben hat. Ich hab nur gehört, wie die Schaufel sich in den Boden bohrt und die lehmige Erde vom Eisen rutscht und mit einem leisen Platschen auf den Lehmhaufen aufschlägt.

Ich habe lange dagestanden, ich weiß gar nicht, wie lange, aber irgendwann hab ich vor Kälte zu zittern angefangen, und trotzdem konnte ich nicht weg. Ich musste dem Geräusch zuhören.

Tschk-Schschsch.

Tschk-Schschsch.

Tschk-Schschsch.

Das war wie ein Zwang. Irgendwann hat es dann aufgehört zu regnen, sogar der Wind hat sich gelegt. Das war komisch. Als ob der Regen und der Wind Steve eine letzte Ehre erweisen wollten.

Er wird tief graben müssen, damit nicht ein Hund die Leiche ausbuddelt.

Ich wollte zu ihm hinlaufen und ihm die Schaufel aus der Hand schlagen und ihn in das Grab stoßen, das er für Steve ausgehoben hat. Ich wollte ihn lebendig begraben. Ich wollte, dass er leidet und langsam erstickt, und ich hab das so sehr gewollt, dass meine Beine richtig gekribbelt haben. Aber ich hab's nicht gemacht. Er hätte mich einfach mit der Schaufel erschlagen und mit ins Grab gelegt. Und dann wäre der einzige Zeuge seines Verbrechens beseitigt gewesen. Ich kann jetzt nichts machen, nur sein beschissenes Spiel mitspielen und so tun, als wüsste ich von nichts.

Aber eines Tages wird er büßen. Das hab ich Steve versprochen. Bei jedem Tschk-Schsch hab ich ihm geschworen, dass der Alte und Linus nicht ungestraft davonkommen. Bei meiner Seele hab ich das geschworen. Wenn ich erst mal draußen bin und mir keiner mehr was kann. Dass ich zurückkomme und den Alten fertigmache und Steve ein richtiges Begräbnis organisiere. Deshalb muss ich dieses Tagebuch jetzt in dem Versteck zurücklassen. Wenn der Alte es bei mir findet, haben wir nie eine Chance auf Gerechtigkeit. Hier steht alles drin. So wie es passiert ist. Das darf einfach nicht verloren gehen. Und wer sucht schon hier nach dir? Die Avicularia geroldi werden das Geheimnis jedenfalls nicht ausplaudern.

Ich komme zurück. Bei allem, was mir heilig ist.

75

Hanna brauchte nicht länger als einen Herzschlag, um den Verschlag unter der Terrarien-Insel in der Mitte des Raumes zu öffnen. Mit einem unterdrückten Keuchen wich sie zurück. Marten lag vor ihr, seltsam verdreht, Arme und Beine gefesselt, die Augen geschlossen. Sie streckte ihre Hand aus und berührte seinen Hals. Atmete erleichtert auf, als sie einen schwachen Puls fühlte. Plötzlich schlug er die Augen auf. Er blickte sie an, als erkenne er sie nicht, dann fielen ihm die Augen wieder zu. Hanna legte Lilou behutsam auf den Boden und versuchte seine Handfesseln zu lösen. Es war ein grobes Hanfseil, das sich tief in seine Haut geschnitten hatte. Sie spürte, wie er zusammenzuckte, als sie an dem Knoten riss.

Der Lift stoppte. Das Rattern verstummte, die Tür glitt mit einem schleifenden Geräusch zur Seite. Hanna duckte sich tiefer in den Verschlag, obwohl der Alte vom Lift aus nicht auf diese Seite der Terrarien-Insel sehen konnte. Sie hörte die Räder auf dem PVC-Belag knirschen. Mit bebenden Händen machte sie sich weiter an dem Knoten zu schaffen, aber er war zu fest gezurrt.

»Mama«, wisperte Lilou fast lautlos.

Ohne die Finger von dem Knoten zu nehmen, sah sie zu Lilou. Sie hatte sich aufgerichtet und kniete kerzengerade neben ihr. Das fiebrige Glitzern war aus ihren Augen verschwunden.

»Gulaia eolli«, flüsterte Lilou.

Hanna folgte Lilous Blick und bemerkte die Tafel, die an

der Fensterscheibe des Terrariums angebracht war. Die stark vergrößerte Abbildung einer Vogelspinne der Gattung Avicularia geroldi.

Die Tür des Geheimgangs wurde aufgerissen, Linus rumpelte heftig schnaufend in den Raum. »Wo ist die verdammte Schlampe?«

Das Knirschen der Räder. »Wenn sie hier ist, kann sie nicht raus.«

»Sie ist hier. Ich habe ihre Babydecke im Eingang gefunden. Sonst hätte ich dir nicht Bescheid gesagt. Du hast sie doch nicht verpasst, oder? So schnell kann sie nicht gewesen sein.«

»Gulaia eolli!« Lilous Flüstern wurde drängender.

Hanna legte ihren Finger an den Mund. Endlich begann sich der Knoten um Martens Handgelenk zu lösen, doch Hanna wusste, dass sie nicht mehr genug Zeit haben würde, ihn ganz zu öffnen und Marten auch noch von der Fußfessel zu befreien. Sie suchte den Verschlag nach einer Waffe ab. Sah einen Hammer. Sie ließ von dem Knoten ab und griff danach.

»Gulaia eolli«, wiederholte Lilou und stupste Hanna an.

»Psst! Hast du das gehört?« Linus rang immer noch nach Atem. »Hinter der Insel!« Schwere Stiefel polterten über den Boden.

Hanna packte Lilou und setzte sie zu Marten. Er versuchte, die Augen aufzuschlagen, doch Hanna konnte nur das Weiße erkennen.

Sie schloss den Verschlag und sprang auf die Beine. Linus kam um die Insel herum auf sie zugerannt. Hanna sprintete los. Sie war schneller und wendiger als er, aber gleich würde sich der Alte ihr in den Weg stellen. Gegen beide hatte sie keine Chance.

Der Alte kam ihr mit seinem Rollstuhl entgegen. Der Triumph des Siegers funkelte bereits in seinen Augen, wie bei einer fetten Spinne, die selbstgefällig dem Todeskampf ihres Opfers beiwohnte. Mit einem Schrei stürmte sie auf ihn los und sprang. Ein Bein vorgestreckt, das andere hinten angewinkelt, als liefe sie einen Hürdenlauf. Sie zielte auf seinen Kopf und traf ihn seitlich. Ihr Fuß verfing sich in der Kopfstütze und riss den Rollstuhl nach hinten um. Gemeinsam krachten sie auf den Boden.

Ein stechender Schmerz schoss ihr Bein hoch. Stöhnend rappelte sie sich auf. Ihr Bein knickte ein. Sie blendete den Schmerz aus und humpelte weiter.

Hinter sich hörte sie bestialisches Zorngebrüll. Linus' Schritte waren verstummt. Sie schaute sich um. Er bemühte sich, seinen Vater mitsamt Rollstuhl wieder aufzurichten.

Hanna blickte zum Aufzug. Konnte sie es schaffen? Würden die Türen schnell genug zugehen, bevor Linus sie eingeholt hatte? Und Lilou? *Du kannst Lilou nicht hier zurücklassen! Sie finden und töten sie, bevor du Hilfe geholt hast!* Mit großen Schritten war sie wieder an der anderen Seite der Insel angelangt.

Lilou stieß von innen den Verschlag auf.

Hanna drückte ihren Fuß dagegen. »Bleib da!«

Schnell entfernte sie sich von dem Versteck und ging die Insel entlang Richtung Aufzug.

Fieberhaft überlegte sie. Wie konnte sie die beiden von sich ablenken? Durch das Glas der Terrarien sah sie verschwommen, wie Linus den Rollstuhl wieder aufgerichtet hatte, seinen Vater vom Boden hochhob und ihn in den Sitz hievte. Sobald der Alte wieder saß, war sie verloren. Sie konnte nicht einmal mehr laufen. Der Schmerz in ihrem Bein war unerträglich geworden.

Hanna kniff die Augen zusammen und hob den Hammer über ihren Kopf. Mit aller Kraft sauste er auf die Scheibe.

Sofort holte sie wieder aus und ließ ihn erneut auf das Glas krachen. Die Scheibe zerbarst in tausend Stücke. Sie humpelte zur nächsten Scheibe und zerstörte auch sie. Dann wandte sie sich der Wandseite zu und zerschlug die nächste Scheibe. Sie hatte nur noch Sekunden, bis Linus bei ihr wäre und ihr den Hammer entreißen und sie töten würde. Wieder schlug sie auf das Glas, spürte, wie es nachgab. Dann hatte Linus' kräftiger Arm sie gepackt. Sie ließ den Hammer fallen. Linus schlug ihren Kopf an die nächste Scheibe. Sie hörte ein Krachen, dann spürte sie etwas Warmes an ihrer Schläfe herunterlaufen. Er riss sie von dem Terrarium weg, sie bäumte sich auf, lief mit den Füßen die Wand hoch und hämmerte ihren Fuß gegen das angeknackste Glas. Es zerbrach. Linus versetzte ihr einen Faustschlag, dann packte er sie mit beiden Armen und schleifte sie zur Rückwand, in die Nähe des Aufzugs. Dort schleuderte er sie zu Boden und trat nach ihren Beinen. Hanna stöhnte auf. Hörte das Knirschen der Räder, bevor sie sie sah. Dann stand der Alte vor ihr.

»Soll ich sie jetzt fertigmachen? Die Schlampe hat die Terrarien kaputt gemacht.« Wieder trat er nach ihr. Hanna krümmte sich. Mit letzter Kraft versuchte sie, sich aufzurichten, als Linus' Stiefel sie im Magen traf. Sie sackte zusammen.

»Nein. Such das Gör. Es muss hier sein. Wir müssen sie zum Reden bringen.«

In dem Moment kam Lilou in ihr Blickfeld. So schnell ihre Beine sie tragen konnten, lief sie auf Hanna zu, und noch bevor Linus reagieren konnte, warf sie sich auf sie und schlang ihre Arme um Hannas Hals. Hanna schluchzte auf. Warum hatte sie Lilou hierhergebracht? Sie drückte sie an sich, so fest sie konnte.

»Wie süß«, spottete Linus und grinste teuflisch. »Mutter und Tochter in trauter Zweisamkeit.«

»Mach schon«, beendete der Befehlston des Alten das Spotten. »Du weißt, was du zu tun hast.«

Linus trat einen Schritt vor und zerrte an Lilou. Hanna schloss ihre Arme fester um sie und trat mit aller Wucht nach Linus. Er jaulte auf und wich einen Schritt zurück.

»Wie lange willst du dich eigentlich noch von diesem Weibsstück zum Narren halten lassen?«, höhnte der Alte. »Was für einen Weichling habe ich nur zum Sohn?«

Linus holte mit seinem Bein aus und zielte auf Hannas Kopf. Dann wurde es schwarz vor ihren Augen.

Ein Schwall eiskaltes Wasser traf ihr Gesicht. Sie stöhnte auf. Wo kamen diese Schmerzen her? Hanna öffnete die Augen. Der Albtraum war wieder da. Schlimmer, als sie ihn je geträumt hatte. Sie war gefesselt. Der Alte stupste sie mit einem Stock an und zeigte dann auf das Terrarium in der Insel. Lilou saß inmitten der tropischen Pflanzen. Eine faustgroße Spinne krabbelte auf sie zu. Stoppte dann, als hätte ihr jemand Einhalt geboten. Eine zweite und dritte Spinne erschienen hinter ihr.

»Nein!« Hanna wollte sich aufrichten, doch sie konnte sich nicht rühren.

Boshaftes Gelächter erfüllte den Raum. Linus stand neben dem Terrarium und schob die Spinnen mit einem Stecken näher zu Lilou. Eine Spinne richtete ihre Vorderbeine auf.

»Unsere giftigsten Spinnen. Du hast ihr Zuhause kaputt geschlagen. Der Lärm hat sie ziemlich wütend gemacht. Siehst du, wie sie die Vorderbeine hebt? Sie ist in Angriffsstimmung.« Der Alte pikste Hanna erneut mit dem Stock. »Für uns ist so ein Biss nicht schlimm, aber bei einem Kleinkind … Mehr als vier Bisse braucht es nicht. Du hast genau eine Chance, dein Balg zu retten: Sag mir, wo Toms Tagebuch ist.«

»In meinem Koffer.«

»Da haben wir gesucht.« Linus zeigte mit dem Stecken auf sie. »Da war nur das Heft, das du von mir bekommen hast.«

»Ein anderes habe ich nicht!« Hanna zerrte panisch an ihren Fesseln.

»Du lügst!«, brüllte Linus und ließ den Stecken in die tropischen Farne knallen. »Du hast es, sonst wärst du nicht hier!«

»Nein!,« schrie Hanna. Alles in ihr bäumte sich auf, sie kämpfte gegen die Fesseln, mit Kräften, die so enorm waren, dass sie nicht zu ihr zu gehören schienen, und doch nicht groß genug, um die Hanfseile zu sprengen.

Die Spinne machte zwei Schritte weiter auf Lilou zu, dann blieb sie wenige Zentimeter vor ihr stehen. Lilou saß ganz still. Sie lächelte. Ohne jede Angst. Linus klopfte mit dem Stecken hinter den Spinnen auf den Boden des Terrariums.

»Das mögen sie gar nicht«, sagte der Alte, als fände er Lilous bevorstehendes Schicksal äußerst bedauerlich.

Plötzlich drehte sich eine der Spinnen um und setzte zum Sprung an. Sie sprang Linus an den Hals, der sich panisch an den Kragen fasste.

»Was zum Teufel«, entfuhr es dem Alten. Er wendete seinen Rollstuhl und fuhr zu seinem Sohn.

Hanna robbte hinterher, sah, wie Linus sich wand und fluchte. Unterschiedliche Spinnen krabbelten von allen Seiten über den Boden und krochen in seine Hosenbeine. Er zuckte unkontrolliert und schlug wild um sich. Sie hörte Lilou mit der Zunge schnalzen und sah hoch. Sie stand am Rand des Terrariums. Unter ihr glitzerte ein Scherbenmeer, aus dem einzelne Splitter wie winzige tödliche Eisberge herausragten.

Der Alte hob seinen Stock und holte aus, um Lilou vom Rand zu stoßen, als wischte er ein lästiges Insekt vom Tisch.

»Lilou, zurück!«, brüllte Hanna und versuchte trotz der Fesseln auf die Beine zu kommen. Der Stock sauste durch die Luft. Mit einem Schrei hievte Hanna sich auf die Knie, als der Stock mitten in der Luft zum Stehen kam. Wie aus dem Nichts stand Marten zwischen Lilou und dem Alten. Er entwand ihm den Stock und versetzte dem Rollstuhl einen heftigen Stoß. Hanna sah, wie der Alte seinen wild um sich schlagenden Sohn rammte. Linus verlor das Gleichgewicht und fiel. Er krachte mit dem Kopf gegen die Kante des Terrariums und blieb dann in dem Scherbenmeer liegen. Blut färbte den gläsernen Scheiterhaufen rot. Marten riss Lilou vom Rand herunter und brachte sie zum Aufzug. Dann rannte er zu Hanna und schleppte sie mit sich zurück zum Lift.

Die Tür schloss sich qualvoll langsam. Hanna erwartete, dass der Alte noch einen Joker aus dem Ärmel ziehen und sie stoppen würde, doch nichts geschah. Sie saß auf dem Boden der mit Aluminium ausgekleideten Kabine. Lilou stand dicht an sie gedrängt. Erst jetzt sah sie, dass Martens Gesicht totenbleich und seine Jacke voller Blut war. Aus der Innentasche ragte ein altes, zusammengerolltes Schulheft hervor.

Sie hatten es aus dieser Hölle geschafft, und doch wusste sie, dass der Albtraum noch nicht zu Ende war.

76

Die Sirene des Krankenwagens verstummte. Durch das Fenster der Rezeption sah Hanna die Blitze des Blaulichts durch die dunkle Nacht schneiden. Sie hätte Erleichterung verspüren müssen, doch selbst dazu war sie zu erschöpft. Sie humpelte zur Eingangstür und sperrte sie auf. Kurz darauf hörte sie das Getrappel von Füßen auf der Treppe. Dann standen zwei Männer und eine Frau vor ihr.

»Haben Sie uns gerufen?«

Hanna nickte und zeigte auf Marten. »Es geht ihm nicht gut.« Sie humpelte zum Lift. Marten lag zusammengekrümmt davor. Er rührte sich nicht. Die Frau kniete sich neben ihn und legte ihre Hand an seinen Hals. Dann winkte sie ihren Kollegen zu sich.

Der dritte Sanitäter kam zu ihr und musterte sie kritisch. Er tastete ihren Kopf ab.

»Sie selbst sehen auch nicht so besonders aus. Sie haben eine beachtliche Platzwunde am Hinterkopf und eine zweite über Ihrem Auge. Die müssen beide genäht werden.«

Die Lifttür bewegte sich. Hanna verfolgte aus den Augenwinkeln, wie sie sich zur Hälfte schloss, dann abrupt stehen blieb und sich wieder öffnete. Der Postkartenständer, der die Tür gestoppt hatte, wackelte kurz und lag dann wieder still.

Der Sanitäter drehte den Kopf zum Lift und richtete dann seine Augen auf sie. Die Frage stand unausgesprochen in seinem Gesicht.

»Im Keller ist noch einer. Zwei. Der Hotelbesitzer und sein Sohn. Der Sohn ist auch verletzt.«

Der Mann trat zu dem Postkartenständer und hob ihn auf. »Warum blockieren Sie den Lift?«

»Sie haben versucht uns zu töten.« Hanna registrierte den zweifelnden Blick. »Glauben Sie, wir haben uns zum Spaß so zugerichtet?«, fragte sie aufgebracht. Lilou schreckte auf und verzog ihren Mund zum Weinen. Hanna legte ihr beruhigend die Hand auf den Kopf.

Der Mann wiegelte ab. »Ist ja gut. Ich darf mich doch wohl wundern. Es ist eher ungewöhnlich, dass Hotelbesitzer ihre Gäste angreifen.«

»Sie haben meinen Mann umgebracht.«

Der Sanitäter warf einen Blick zu Marten. »Ihr Mann lebt.«

»Das ist nicht mein Mann.« Hanna kniff ihre Augen zusammen, um die Tränen zurückzudrängen, die plötzlich wie eine Flutwelle in ihr hochschwappten. Mit einem Mal wurde ihr klar, dass sie nicht den geringsten Beweis hatte.

Solange sie nicht wusste, wo Tom begraben war, stünde es Aussage gegen Aussage, und nach ihrem Auftritt im Krankenhaus wusste sie jetzt schon, wer gewinnen würde. »Mein Mann liegt irgendwo im Wald vergraben.«

Wieder erntete sie einen skeptischen Blick. Die Lifttüren öffneten sich. Der Sanitäter sprang hinein.

»Passen Sie auf, dort unten laufen Dutzende Vogelspinnen frei herum«, rief Hanna ihm hinterher, doch sein Blick verriet ihr, dass er auch an dieser Aussage zweifelte.

Freitag, 30. September

77

Die Tür zum Krankenzimmer flog auf. Hanna ließ das Schulheft auf ihr Bett sinken, als das Knirschen von Rädern auf dem PVC ihr das Blut in den Adern gefrieren ließ. Trotz ihres Gipsbeins sprang sie aus dem Bett. Der heftige Kontakt mit dem Boden jagte einen höllischen Schmerz durch ihr Bein. Stöhnend suchte sie nach einer Waffe und schnappte sich den gläsernen Wasserkrug vom Nachttisch. Dann duckte sie sich hinter ihr Bett.

»Sie ist nicht hier.« Als hätte jemand abrupt am Seilzug einer Marionette gezogen, schnellte sie hoch. George rollte Mary weiter ins Zimmer. Als er Hanna sah, öffneten sich seine Lippen zu einem besorgten Ausruf.

»Hanna! Was um alles in der Welt…«

»George! Siehst du denn nicht, dass sie Hilfe braucht?«, fiel ihm Mary ins Wort.

George lief zu Hanna und half ihr ins Bett zurück. Ihr Bein pochte grässlich. »Wie… warum… Was macht ihr denn hier?«

»Wir haben den Flieger verpasst. Und als wir heute Morgen einchecken wollten, kam Wallys Anruf. Ich hatte ihn gebeten, ein Auge auf dich zu haben, und ihm genug Geld dagelassen, falls es nötig würde, einen Detektiv vor Ort anzuheuern.« Seine Augen verengten sich. »Was ist passiert? Wo ist Lilou?«

Hanna zeigte auf das Bettchen neben ihr. »Sie schläft.« Sie bemerkte die Angst, die in Marys Augen aufflackerte, und fügte schnell hinzu: »Ihr geht es gut. Sie ist nur etwas müde.«

Mary fuhr zu Lilous Bett und strich über ihr Köpfchen. »Und du?«

»Mein Sprungbein ist angebrochen.« Hanna hob das eingegipste Bein. Das Pochen beruhigte sich langsam wieder. »Am Kopf, das sind nur zwei Platzwunden. Und ich habe eine leichte Gehirnerschütterung. Sonst nur ein paar blaue Flecken und ein Schleudertrauma, weil Linus mir gegen den Kopf getreten hat.«

George ballte seine Fäuste. »Gegen den Kopf? So ein …«

»Was ist nur geschehen?«, unterbrach Mary ihn. »Wally hat nur gesagt, dass du im Krankenhaus bist und der Heimleiter Anzeige erstattet hat. Körperverletzung und Sachbeschädigung. Sein Sohn Linus soll schwer verletzt sein. Ihr hättet sie angegriffen.«

Hanna stöhnte auf. Mit dieser Dreistigkeit hatte sie nicht gerechnet. Wie sicher musste jemand sich fühlen, dass er eine solche Behauptung aufzustellen wagte. Marten und sie waren keine verschüchterten Heimkinder. Dachte er, er könnte damit durchkommen, weil sie hier nur Gäste waren?

»Wir glauben das natürlich nicht!«, fuhr Mary fort und sah sie kämpferisch an. »Du weißt, dass du unsere volle Unterstützung hast. Aber du musst uns alles erzählen.«

So knapp wie möglich berichtete Hanna von den Ereignissen der letzten Nacht. Sie bemerkte, wie Mary immer blasser und George immer röter wurde, wie Marys Hand immer schneller über Lilous Haare strich und Georges Finger sich immer mehr ineinander verkrampften.

»Dieses Schwein! Wir werden ihn nicht damit davonkommen lassen!«, brach es aus George hervor, als sie geendet hatte. »Ich fahre sofort zur Polizei und stelle die Sachlage richtig. War jemand hier, um dich zu vernehmen?«

»Ja, aber da habe ich geschlafen. Die Schwester meinte, sie kämen später wieder.«

»Wenn die Decke noch in diesem Eingang liegt, dann ist das ein Beweis für Hannas Flucht, nicht wahr, George?« Mary blickte George fragend an.

»Natürlich. Niemand wird glauben, dass ein gestandener Mann wie Linus vor einer Frau davonläuft, die auch noch ein Baby im Arm trägt. Die Beamten werden die Fußspuren auswerten können. Und wenn Marten voller Blut war, dann muss dieses Blut auch in dem Verschlag zu finden sein. Das würde deine Version des Vorfalls auch stärken.« George stierte nachdenklich in die Luft. »Sie haben deine Sachen durchwühlt, hast du gesagt?«

Hanna nickte.

»Dann müssten ihre Fingerabdrücke zu finden sein. Das wäre ein weiteres Indiz. Und natürlich die Verletzungen. So wie du es geschildert hast, war Linus unverletzt, bis er in die Scherben gestürzt ist. Das wird sich auch nachprüfen lassen.« George bebte. »Wir lassen deine Verletzungen genau dokumentieren, jede einzelne. Und Martens auch. Wie geht es ihm überhaupt?«

»Schlecht. Er hat ein Schädel-Hirn-Trauma, mehrere gebrochene Rippen und einen Leberriss. Er hat Lilou und mir das Leben gerettet.«

»Hier ist er in guten Händen.« Mary lächelte sie an. »Du wirst sehen, es wird alles gut.«

Hanna schüttelte den Kopf. »Da ist eine Sache, die ich euch noch nicht erzählt habe.«

Sie griff nach dem Schulheft und hielt es George hin. »Das ist Toms Tagebuch. Lilou hat es gefunden. Es war in dem Verschlag unter dem Terrarium der Avicularia geroldi. An der Decke befestigt, sagt Marten. Das konnte man nur sehen, wenn man wie Marten in dem Kasten lag.« Sie machte eine Pause. Suchte nach Worten. »Tom schreibt, dass … er schreibt … euer Stevie ist tot.«

Marys Hand hielt abrupt in der Bewegung inne. George gab ein gurgelndes Geräusch von sich. Er riss ihr das Schulheft aus der Hand, als hätte sie ihn damit bedroht.

»Es tut mir so leid. So unendlich leid.«

Hektisch blätterte George die Seiten durch.

»Es steht auf den letzten Seiten. Der Heimleiter hat ihn getötet.«

Stille legte sich über das Krankenzimmer. Hanna suchte nach den richtigen Worten, um Mary und George zu trösten, doch sie fand keine.

Nach einer Pause, die wie eine Ewigkeit schien, klappte George das Heft zu und ging zu Mary. Sein Gesicht war puterrot, seine Hände zitterten. Mary hingegen strahlte eine unnatürliche Ruhe aus. Sie hatte ihre Hand von Lilous Kopf genommen und in ihren Schoß gelegt.

»Wir haben es schon lange geahnt.« Marys Stimme war genauso unbewegt wie ihr Gesicht. »Aber solange ich es nicht wusste, durfte ich die Hoffnung nie aufgeben.«

Abrupt ließ George den Rollstuhl los und drehte sich zur Wand. Wie ein Donnerschlag krachte seine Faust dagegen. Er keuchte, als stünde er vor einem Kollaps. Hanna wollte aufstehen und zu ihm humpeln, doch Mary hielt sie zurück.

»Lass ihn. Er braucht das jetzt.«

Sie schwiegen gemeinsam. Dann kehrte George zum Bett zurück. Sein Gesicht war noch immer gerötet. »Er wird wieder davonkommen«, presste er hervor. »Und wir haben nichts als ein altes Schulheft. Das wird nie als Beweis reichen. Solange wir nicht wissen, wo Stevie …«

Hanna nahm seine Hand. »Ich glaube, ich weiß, wo Stevie vergraben ist.« Sie dachte an Lilous Wal und an ihr Schnalzen, als sie in dem Karussell gesessen hatte. Es war mehr als nur die Freude am Fahren gewesen. Sie war am

Ziel gewesen. An dem Ort, zu dem Steve und Tom sie geführt hatten. An den Ort, an dem Steve vor Toms Augen verscharrt worden war. »Sucht ihn unter dem Karussell mit dem Wal.«

Donnerstag, 6. Oktober

78

»In zwei Stunden hole ich dich wieder ab.«

Hanna warf George eine Kusshand zu und schloss die Autotür. Dann humpelte sie mit ihrem Gehgips durch die inzwischen wohlbekannten Gänge des Krankenhauses. An der Tür zu Martens Zimmer verharrte sie kurz und genoss das Kribbeln in ihrem Bauch. Sie atmete tief durch, dann öffnete sie die Tür.

»Na endlich!«, begrüßte Marten sie, und sie erkannte an seiner Stimme, wie ungeduldig er schon auf sie gewartet hatte.

Sie küsste ihn auf die Wange und setzte sich zu ihm aufs Bett. Er nahm ihre Hand. Die Berührung ließ die Schmetterlinge in ihrem Bauch wild mit den Flügeln schlagen, und sie wünschte, sie könnte sich einfach zu ihm aufs Bett legen und sich an ihn schmiegen. Seit er sie zu dem Hotel begleitet hatte, war ihr bewusst, dass sie inzwischen weit mehr verband als eine einfache Freundschaft. Sie spürte, dass er genauso fühlte, auch wenn sie beide es mit keinem Wort erwähnten.

»Du strahlst heute so. Was ist los?«, fragte er.

»Wir haben ihn im Sack!«

Marten runzelte die Stirn. »Ich dachte, das sei längst geklärt? Diese absurden Vorwürfe gegen uns sind doch schon fallen gelassen worden.«

»Stimmt, aber das betrifft nur Linus. Der Alte selbst hat nichts getan. Auch an meinen Sachen waren nur Linus' Fingerabdrücke. Die Fußspuren, unsere Verletzungen … sie können dem Alten nichts anlasten. Beihilfe vielleicht. Aber selbst da könnte er sich rauswinden, und so wie er zu seinem Sohn steht …«

»Was dann?«

»Sie haben Stevie identifiziert. Zusammen mit Toms Tagebuch reicht das für eine Anklage.« Hanna ließ Martens Hand los und humpelte zum Fenster. Sie warf einen Blick hinaus auf den Krankenhausgarten, dessen Bäume eine herbstliche Färbung angenommen hatten. Sie verfolgte die sachte Bewegung der Äste im Wind und dachte an die stürmische Nacht, die sie vor einer Woche gemeinsam erlebt hatten. Sofort beschleunigte sich ihr Puls, wie jedes Mal, wenn sie sich an die schrecklichsten Stunden ihres Lebens erinnerte. Dann drehte sie sich wieder zu Marten um.

»Du hast George die letzten Tage nicht erlebt. Als wäre er besessen. Als sie Stevie ausgegraben haben, ist er den ganzen Tag dabei gewesen. Und dann die Autopsie … Wenn er nicht da war, dachte ich immer, gleich läutet das Telefon, und wir erfahren, dass George den Alten umgebracht hat.«

Sie humpelte zum Bett zurück und setzte sich wieder zu Marten. Wie so oft, hörte er einfach nur zu, als wüsste er, dass sie noch nicht fertig war.

»Das Gute daran ist, der Alte kann sich nicht rausreden. Niemand wird ihm abnehmen, dass er zufällig das Fundament von dem Karussell auf Stevies Grab gesetzt hat. Das kann er nicht auf Tom abwälzen. Und dadurch wird seine Version der Geschichte unglaubwürdig. George will jetzt mithilfe des Tagebuchs und Lukes Aussage eine Nebenklage anstrengen.«

»Und Mary?« Marten hatte wieder ihre Hand genommen. »Ist sie noch immer so still?«

Hanna nickte. »Es ist wohl ihre Art, mit ihrer Trauer umzugehen. Toms Tagebuch zu lesen war schrecklich für sie. Sie hat nur geweint. Bei jeder Zeile. Und trotzdem war es wichtig für sie.« Sie machte eine Pause. Die Erinnerung an Marys Verzweiflung, ihren Sohn solch einem Martyrium ausgesetzt zu haben, schnürte ihr den Hals zu.

»Ich wollte sie davon abbringen, aber sie hat zwanzig Jahre lang nach Antworten gesucht. Du kannst dir vorstellen, niemand hätte sie davon abhalten können.« Hanna dachte an Toms Bemerkungen über Stevie. Dass er so anders sei. Dass er ihn beschützt hatte. Wie sehr er seine Eltern geliebt hatte. »Sie beide sind unglaublich stolz auf Stevie. Er ist so tapfer gewesen. So stark. Er muss ein wunderbares Kind gewesen sein.«

Marten ergriff ihre Hand jetzt mit beiden Händen und barg sie darin wie in einem Kokon.

»Sie werden es schaffen. Jetzt, wo sie den Verantwortlichen vor Gericht bringen können. Und ich glaube, Lilous Anwesenheit ist ein Segen für sie.« Hanna lächelte. »Sie haben Stevies Fotos herausgeholt. Sie sind im ganzen Haus verteilt. Als wäre er zurückgekommen. Die Atmosphäre im Haus hat sich völlig verändert.«

»Und du?«, fragte Marten. »Wie geht es dir mit Tom?«

Hanna löste ihre Hand aus seinen. »Ich weiß nicht. Es macht mich sehr traurig. Aber … es ist so viel passiert. Das alles hat mich sehr verletzt. Ich habe mich innerlich weit von ihm entfernt.«

»Hat George dir die Unterlagen über Tom besorgen können?«

»Ja. Ich verstehe jetzt, warum er nie über seine Zeit in England gesprochen hat. Als er etwa zehn Monate nach Steves Tod aus dem Heim abgehauen ist, muss er komplett den Boden unter den Füßen verloren haben. Er hat nur Mist gebaut. Ladendiebstahl, Sachbeschädigung, Hausfriedensbruch, Autoknacken. Er war im Jugendknast und in Resozialisierungsprogrammen. Hat immer wieder den Ort gewechselt.« Hanna hielt in ihrer Aufzählung inne. Die Vorstellung, dass Tom so viele Jahre orientierungslos und verbittert einen Platz im Leben gesucht hatte, stimmte sie traurig. »Nach dem, was er erlebt hat, wundert mich es nicht, dass er so abgedreht ist. Zweitausend war er in den Überfall auf einen kleinen Supermarkt verwickelt, und seitdem verliert sich jede Spur. Er war gerade auf Bewährung und hätte eine Haftstrafe antreten müssen. Keine Jugendstrafe. Ich denke, dass er damals seinen Namen gewechselt hat und als Steve Warrington nach Deutschland geflohen ist. Und dort weiß ich nur, was er mir erzählt hat. Seine Zeit auf dem Bau und dann die Lehre.«

»Rose… Britt,« warf Marten ein. »Das muss ein großer Wendepunkt in seinem Leben gewesen sein.«

»Ja«, stimmte Hanna zu. »Und ich bin Britt dankbar dafür. Ohne sie hätte es den Tom, den ich kennen und lieben gelernt habe, nie gegeben.«

Wie sehr sich die Situation in dem kurzen Zeitraum geändert hatte. Die Erkenntnis, wer Tom wirklich gewesen war, wie schwer er es im Leben gehabt hatte und wie sehr es ihn getroffen haben musste, als erst Robs Erpressung und dann Britts Auftauchen sein neues Leben zu zerstören drohten, hatte sie sehr nachdenklich gemacht. Sie glaubte zu verstehen, dass er nur aus Angst, sie zu verlieren, nicht ehrlich zu ihr gewesen war. Sie hatte ihren Frieden mit ihm geschlossen und fühlte sich seltsam befreit, als hätte sie die letzten Monate in einer zu engen Jacke gesteckt und könnte sich das erste Mal wieder frei bewegen.

»Hat Linus denn inzwischen gestanden?«, unterbrach Marten ihre Gedanken.

Hanna nickte. »Die Polizei konnte nachweisen, dass er sich zum Zeitpunkt von Toms Ermordung in Deutschland aufgehalten hat. Zurückgeflogen ist er erst an dem Tag, als ich nach Rapallo gereist bin. Die Polizei hier arbeitet jetzt mit der deutschen Polizei zusammen. Ich denke, sie werden Toms Leiche bald finden.« Wieder machte sie eine Pause. »Weißt du, je mehr ich über alles nachdenke, desto sicherer bin ich mir, dass Tom Lilou nicht benutzt hat, um seinen Mörder zu finden, sondern um Steves Mörder zu finden. Er wollte, dass Steves Leiche entdeckt wird, nicht seine.«

Ihr Handy läutete. Sie prüfte das Display. »Entschuldige bitte. Das ist Simon.«

Sie nahm das Gespräch an. »Hallo, Simon.«

»Hallo, Hanna. Alles okay bei dir?« Simons Stimme klang gepresst.

Hanna horchte auf. »Bei mir schon. Stimmt was nicht?«

»Nein, alles gut«, wiegelte Simon ab, doch seine Stimme strafte seine Worte Lüge.

»Spuck's aus. Was ist los? Ich höre doch, dass dich was bedrückt.«

Er seufzte. Dann hörte es sich an, als hielte er seine Hand über den Hörer. »Ich hab dir doch gleich gesagt, sie merkt was.«

»Simon!«, sagte Hanna scharf. »Glaub mir, wenn ich auf eine Sache keinen Bock mehr habe, dann auf Geheimnisse, Verschwörungen und alles, was dazugehört. Klar?«

»Ich weiß. Es ist nur… hier ist jemand, der mit dir sprechen möchte. Ich gebe jetzt das Telefon weiter, und ich bitte dich einfach, nicht gleich aufzulegen, okay? Versprichst du mir das?«

»Versprochen.« Sie verzog ratlos ihren Mund und zuckte die Schulter, als sie Martens fragenden Blick bemerkte. Sie hörte, wie das Telefon weitergegeben wurde, dann sagte eine leise Stimme »Hallo, Hanna«, und sie hätte die Verbindung am liebsten unterbrochen.

»Britt.«

»Ich weiß, ich hab's total vermasselt, aber bitte, gib mir fünf Minuten, um es dir zu erklären. Bitte.«

Hanna schloss die Augen. »Gut.«

»Ich bin Rose. Es stimmt. Ich hätte dir das sagen sollen.«

»Du bist meine Schwester. Das hättest du mir auch sagen sollen.« Sie berührte den Schlüssel.

Das ist für dich, mein Engel.

Ich öffne Oma Wilmis Geschenk. Eine Kette mit einem silbernen Schlüssel.

Danke, Oma. Die ist sehr schön.

Sie ist besonders.

Oma Wilmi nimmt den Schlüssel und löst eine winzige Öse, zieht an dem Schlüsselbart und dreht einen kleinen Dietrich heraus. Sie lächelt mich an. Mit dem ihr eigenen Lächeln, das uns verbindet wie zwei Verschwörer.

Für deine Suche. Gib niemals auf.

»Ja. Das macht es so schwer. Ich habe mit achtzehn erfahren, wer mein leiblicher Vater ist, und ich fand es so unglaublich ungerecht, dass ich nichts hatte und du alles. Ich habe Steve davon erzählt. Aber ich habe mit ihm nie den Plan geschmiedet, dich auszunehmen. Wirklich nie. Und dann habe ich in Aachen die Wohnung unter euch gemietet. Ich wollte Steve fertigmachen, verstehst du? Weil er mich hat sitzen lassen. Deinetwegen. Wie konnte er mir das antun? Und dann habe ich ihn zur Rede gestellt, und er hat mir von dir vorgeschwärmt. Dass du ganz anders bist. Keine Prinzessin und so … Und dass du nach mir gesucht hast. Und dass du nichts dafür kannst, dass unser Vater sich so beschissen verhalten hat. Und auch nicht, dass Steve sich an dich rangemacht hat, weil er dich für mich ausnehmen wollte. Und dass er dich wirklich liebt und dass er mich damals verlassen musste, weil er Mist gebaut hatte und Angst hatte, mich mit hineinzuziehen.«

Hanna öffnete die Augen. »Warum hast du mir nicht gesagt, was du über Steve wusstest? Warum hast du mir nicht gesagt, dass du meine Schwester bist?«

Britts Stimme klang flehend. »Wie denn? Ich hatte doch schon wochenlang Smalltalk mit dir gemacht. Ich wollte eigentlich so schnell wie möglich wieder weg. Und dann bricht die Katastrophe über dich herein, und ich hab mich schuldig gefühlt, weil ich dachte, Steve sei meinetwegen weg. Ich konnte doch nicht sagen, übrigens, ich bin deine Schwester und bin nach Aachen gezogen, um deine Ehe zu zerstören? Und je näher wir uns kennengelernt haben, desto schwieriger wurde es. Mit der Lüge hatte ich dich wenigstens als Freundin und durfte auch mit Lilou zusammen sein. Ich wollte dir alles beichten, als du aus England zurückgekommen bist. Und dann hattest du dieses Tagebuch in die Hände gekriegt, und ich bin nicht mehr an dich rangekommen. Können wir nicht noch einmal von vorne anfangen? Simon meinte, wenn ich dich nicht frage, werde ich immer damit leben müssen.« Leiser fügte sie hinzu: »Ich vermisse euch so sehr.«

»Simon und du? Seid ihr …?«

»Naja. Wir sind auf dem besten Weg dahin.« Britt kicherte nervös. »Unser erstes Date war an dem Tag, wo … du weißt schon. Als du die Fotos gefunden hast. Das ist dann nicht so verlaufen wie geplant. Aber ich war so fertig, dass ich Simon alles erzählt habe.«

Hanna sah zu Marten, und er nickte ihr zu, als wollte er sagen, folge deinem Herzen, du vermisst sie auch.

»Hanna? Gibst du mir eine zweite Chance? Bitte?«

Hanna spürte Martens Hand. Sie dachte daran, wie sie ihn für einen Betrüger gehalten hatte. Anstatt ihn zur Rede zu stellen, hatte sie ihn gemieden, und er war ihr nachgereist und hatte Lilou vor dem Sturz in die Glasscherben gerettet.

»Ich habe mir immer eine Schwester gewünscht.«

Sonntag, 6. November

79

Der Waldweg war fast kahl, nur noch vereinzelt hielten Bäume ihre rot-braun melierten Blätter fest, als wollten sie dem nahenden Winter trotzig die Stirn bieten.

»Das muss ein Buchenwald sein«, sagte Hanna beiläufig, während ihre Finger an der Beifahrerscheibe kleine Kreise zogen. »Bei meinen Eltern hängt noch viel mehr Laub an den Ästen. Eichen werfen ihre Blätter später ab.«

»Wie war es bei deinen Eltern?«, fragte Marten sofort, als hätte er nur auf den geeigneten Moment gewartet, um sie auf ihr erstes Wiedersehen mit ihrer Familie anzusprechen. »Möchtest du mir davon erzählen?«

»Schwierig, aber nicht hoffnungslos.« Sie löste ihren Blick von den kargen Ästen der vorbeiziehenden Bäume und lächelte ihn an. »Auf Lilou haben sie genau so reagiert, wie ich es mir erhofft hatte. Sie wäre aber auch das Traumkind meiner Mutter gewesen. Britt hat sie mit Schnallenschuhen und einem niedlichen Kleid ausstaffiert und ihre Locken mit Haarspangen zu einer richtigen Frisur gebändigt… Mama hat meine alte Puppenküche ausgegraben, und da gab's für die beiden kein Halten mehr.«

»Das freut mich.«

»Auf meine Bitte bezüglich Britt haben sie weniger gut reagiert. Mama hat völlig dichtgemacht und ist dann mit Lilou abgezischt. Papa dagegen meinte, er würde darüber nachdenken. Für Britt würde es viel bedeuten, wenn Papa sie anerkennt.«

»So wie ihr deine Freundschaft viel bedeutet.« Er parkte

das Auto vor Arianes Haus und zog den Schlüssel ab. »Du bist sicher, dass Ariane sich Lilou ansehen soll?«

»Ja.«

»Ganz sicher? Letztes Mal warst du sehr skeptisch.«

Sie öffnete die Tür und stieg aus. »Seitdem ist viel passiert.«

Lilou ließ sich nur unter lautem Protest von ihrer Mutter aus dem Kindersitz heben. Dennoch ging Hanna zielstrebig mit ihr zur Haustür, wo Ariane bereits auf sie wartete.

»Da seid ihr ja!« Sie streckte Lilou die Arme entgegen. »Na, mein Goldspatz, kommst du zu mir?«

Lilou drängte sich an Hanna und wandte den Kopf ab.

»Sie fremdelt etwas. Lass ihr ein wenig Zeit.«

Ariane lächelte wissend und bat Hanna und Marten herein. Im Wohnzimmer setzte Hanna Lilou wie beim letzten Mal vor dem Sofa ab und wollte Marten zu der separaten Sitzecke folgen, doch Lilou krallte sich an ihr fest.

»Mama mit!«, sagte sie weinerlich und klammerte sich an Hannas Hose.

»Mama bleibt bei dir, es ist alles gut.« Hanna setzte sich auf das Sofa.

Ariane brachte den Korb mit Stofftieren und stellte ihn vor Lilou. »Na, Goldspatz, möchtest du dir ein Tier aussuchen?«

Zaghaft griff Lilou in den Korb, zog einen Löwen heraus und setzte sich damit zwischen Hannas Füße.

»Möchtest du auch einen für deinen Freund Om?«

Lilou schüttelte den Kopf und versteckte sich mit dem Löwen hinter Hannas Bein.

»Om hat uns verlassen. Wir brauchen keinen zweiten Teller mehr, und Oms Zahnbürste haben wir auch weggepackt.« Hanna beugte sich vor und küsste Lilou zärtlich auf die blonden Locken.

»Gibt es sonst noch Veränderungen seit eurem Abenteuer in England?« Ariane ließ sich vor Lilou auf die Knien nieder.

»Sie ist viel fröhlicher und freut sich wieder, wenn ich mit ihr herumalbere. Und sie schnalzt nicht mehr mit der Zunge. Ach, und in der Krippe hat sie jetzt angefangen, mit den anderen Kindern zu spielen. Spinnen sammelt sie auch nicht mehr. Dafür fremdelt sie wieder.«

»Das klingt gut«, sagte Ariane, brachte ihre nach außen geöffneten Handflächen auf Brusthöhe und schloss die Augen. Hanna machte Anstalten zu gehen, um Ariane arbeiten zu lassen, doch sie schüttelte den Kopf, ohne die Augen zu öffnen. »Bleib nur, ich kann euch gut unterscheiden. Ich brauche nicht lang.«

Hanna sah sich nach Marten um. Er lächelte ihr zu und zeigte mit einem Daumen nach oben. Sie dachte an ihren letzten Besuch bei Ariane, an ihre Zweifel und Ängste, ihre Wut über die vermeintliche Täuschung und den überstürzten Aufbruch. Wie anders sie sich heute fühlte. So frei, so unbeschwert.

»Ich kann sie nicht mehr spüren.« Ariane öffnete die Augen. »Keine Blockade mehr, nichts. Ich dringe direkt zu Lilou vor, und sie hat eine wunderbare Aura. Ich spüre viel Energie. Gute Energie. Was immer ihr gemacht habt, ihr habt gute Arbeit geleistet …«

»Kommst du noch auf einen Kaffee mit hoch?«

Hanna hörte das Klackern von Britts Absätzen im Treppenhaus. Beschämt erinnerte sie sich daran, wie sie nach dem letzten Besuch bei Ariane Britt als Ausrede benutzt hatte, um Marten abzuwimmeln. Es lagen keine sechs Wochen dazwischen, in denen sich so unglaublich viel verändert hatte.

Die Polizei hatte Tom gefunden, nachdem Linus ein umfassendes Geständnis abgelegt hatte. Seine Leiche war in einem schrecklichen Zustand gewesen, und es hatte sie mit großer Trauer erfüllt, ihn so vor sich zu sehen. Dennoch war es ihr ein Trost gewesen zu wissen, dass Lilou und sie wenigstens für kurze Zeit Glück und Liebe in sein Leben gebracht hatten. Und so absurd es angesichts der Ereignisse der letzten Wochen klang, sie war ihm dankbar, dass sie durch ihn ihre Schwester gefunden hatte.

Britt und sie waren sich im letzten Monat nähergekommen, sie hatten sich alles über ihre so verschiedenen Kindheiten erzählt und viel übereinander und voneinander gelernt. Ihnen beiden war klar, dass sie sich nie wieder verlieren würden. Doch Hanna hatte nicht nur ihre Schwester gefunden, sondern auch einen neuen Zugang zu ihren Eltern und dabei endlich ihre Angst verloren, verrückt zu werden. Erst jetzt merkte sie, wie sehr diese Furcht sie gefangen gehalten hatte, und es amüsierte sie beinahe, dass ausgerechnet eine Erfahrung, wegen der so mancher sie für verrückt erklären würde, sie davon erlöst hatte.

Britts Klackern bewegte sich durchs Treppenhaus und kam die Stufen zu Hannas Wohnung hoch.

»Na, ihr drei, wie war's?« Sie blieb neben Marten stehen. »Ich habe Dinkel-Käsekuchen gebacken. Du bleibst doch noch? Ich sterbe vor Neugier!«

»Da kann ich wohl kaum Nein sagen.« Marten bedeutete Britt mit einer Armbewegung, vor ihm die Wohnung zu betreten, und folgte ihr. Britt nahm Lilou auf den Arm und tänzelte mit ihr zur Küche. Hanna hörte Lilou lachen und wusste, dass Britt sie wie einen Sandsack über die Schulter geworfen haben musste.

Marten legte seine Jacke ab und ging gemeinsam mit Hanna den fröhlichen Tönen hinterher. In der Küche war Britt bereits dabei, gemeinsam mit Lilou den Tisch zu decken. Fünf Teller und Tassen stapelten sich auf der Tischplatte.

»Fünf? Wir sind nur zu viert«, sagte Hanna zu Britt. »Du weißt doch, Lilou braucht keinen Teller mehr für…«

»Simon kommt gleich«, erklärte Britt. »Ist das okay? Er wollte mit dir über die Beerdigung sprechen. Er hat eine tolle Idee für den Gottesdienst.«

Hanna nickte. Es freute sie, dass Britt und Simon sich gefunden hatten, und sie war froh, dass sie sich endlich trauten, ihre Gefühle zu zeigen, statt aus lauter Rücksichtnahme auf ihren Witwenstatus so zu tun, als wären sie nur Freunde.

Sie nahm fünf Sets aus der Schublade und reichte sie Marten, der sich an den Tisch gesetzt und begonnen hatte, die Teller zu verteilen. Es läutete.

»Das wird Simon sein«, rief Britt aufgeregt und steckte Lilou ein kleines Stückchen Kuchen in den Mund.

Hanna grinste. »Ich gehe schon.«

Als sie im Flur am Spiegel vorbeikam, bemerkte sie einen Schatten. Sie spürte, wie ihr Herzschlag sich beschleunigte, und wusste, dass er dort sein würde. Sie blieb stehen. Zwang sich, ihren Kopf zu heben, den schrecklichen Anblick ein letztes Mal zu ertragen. Da war er. Sie sah sein Gesicht. Es war unversehrt und so schön, wie sie es in Erinnerung hatte. Es machte ihr keine Angst. Sie trat näher an den Spiegel und streckte ihre Hand aus. Berührte sein Spiegelbild und spürte das kalte Glas.

»Leb wohl«, flüsterte sie, und noch während sein Abbild langsam verblasste, bemerkte sie das Lächeln auf seinem Gesicht, traurig und froh zugleich, und sie wusste, dass er gekommen war, um sich von ihr zu verabschieden.

Dank

Wie bei jedem meiner Bücher steht an erster Stelle mein Mann Michael, ohne dessen liebevolle und tatkräftige Unterstützung auch dieses Buch nicht hätte entstehen können.

Besonders danke ich auch meinen Testlesern: Allen voran der Autorin Lisa-Marie Dickreiter, deren dramaturgische Hinweise wegweisend waren, und meiner Mutter Gerda Leisch für ihre unverzichtbare psychologisch-analytische Kritik von Handlung und Personen sowie ihren unermüdlichen Einsatz als Vollblutgermanistin auf der Suche nach Fehlern, meinen Freundinnen Bärbel Siebold, Johanna Leisch, Friederike Wilhelmi und Dr. Kirsten Bönisch für ihre klugen Anmerkungen. Außerdem danke ich Sabine für ihre super Tipps.

Natürlich darf meine Lektorin Anke Göbel nicht fehlen, die trotz all der Testleser mit unglaublicher Zielsicherheit die noch wunden Stellen des Manuskripts gefunden hat und auf deren gründliches Lektorat ich nicht verzichten möchte.

Auch meinem Agenten Thomas Montasser möchte ich herzlich für seine Begeisterung und Hilfestellung von Anbeginn des Projektes danken.

Schließlich noch von Herzen Dank für die liebevolle Unterstützung an meine Freundin Bärbel Siebold, meine Mutter Gerda Leisch, meine Schwiegereltern Christa und Erich Horbach und meine Söhne Max und Fabian.

Und zu guter Letzt: ein großes Dankeschön meinen Lesern, ohne die ich nicht schreiben dürfte! Ich hoffe, Ihnen mit diesem Buch einige Stunden Lesefreude bereitet zu haben!

Stephanie Fey

»Stephanie Fey modelliert das Gesicht ihres Thrillers mit den richtigen Zutaten: dunkle Faszination und packende Spannung.«
Wulf Dorn

978-3-453-43586-5